Nage libre

NICOLA KEEGAN

Nage libre

traduit de l'anglais (États-Unis)
par Madeleine Nasalik

ÉDITIONS DE L'OLIVIER

L'édition originale de cet ouvrage a paru
chez Alfred A. Knopf en 2009,
sous le titre : *Swimming*.

Certains passages du texte original
ont été modifiés par l'auteur
pour l'édition française.

ISBN 978.2.87929.620.3

Pour ma mère, Kay Keegan
Et mes deux pères, Reuben George Keegan
et Joseph O'Mahoney.

« Si cette fabuleuse athlète se jetait à l'eau lestée de toutes ses médailles d'or, elle coulerait à pic. »

Ernest K. Mankovitz, Supercoach
de l'équipe olympique,
Sports Illustrated, juin 1990

Dans l'eau, je flotte

Assise dans les bras de Leonard, je lui saisis le nez. J'ai une frimousse préhistorique et je l'ignore encore, mon visage se fend d'un sourire béant, bouche grande ouverte, qui repousse un bourrelet sous mes yeux et me plonge momentanément dans le noir. Chaque fois que le monde s'obscurcit, je crie. La nature m'a dotée de sourcils étonnamment mobiles : quand je crie, ils crient avec moi. Leonard me tapote le dos, me fait sauter sur ses genoux ; il a les traits tirés, l'air hagard, le teint du même vert pomme que celui avec lequel les bonnes sœurs badigeonnent le rebord des fenêtres. Je me console en une fraction de seconde, j'appuie sur son gros nez de toutes mes forces sans soupçonner qu'une copie identique pointera au beau milieu de ma figure.

J'ai sept mentons aux dimensions et volumes divers, sept crevasses dans lesquelles se terrent des miettes que ma mère doit extirper avec minutie après le bain. Nous avons nos rituels : il ne se passe pas une matinée sans qu'elle se penche sur moi, un coton imbibé d'huile d'amande douce à la main et deux valises violettes sous les yeux, et sans que j'envoie valser, d'un mouvement de karatéka, la bouteille d'huile débouchée qu'elle tient de l'autre. Aujourd'hui, elle a éclaté en sanglots lorsque le flacon a projeté un jet d'huile luisante à travers la chambre après lui avoir frôlé l'oreille. Par solidarité, j'ai joint mes vagissements à ses larmes ; la graisse qui enrobe mes chevilles clapotait sur mes pieds monstrueux, tels des collants trop larges.

Je mène une vie simple : si quelque chose me déplaît, je crie tant que le problème n'est pas résolu. Je n'aime pas fermer les yeux car à l'intérieur de ma tête, la musique, les lumières et les gens que je connais s'échappent. Je n'aime pas rester seule, je n'aime pas rester seule avec Bron, je n'aime pas me retrouver seule dans mon lit ni me réveiller dans le siège-auto sans personne autour. Je n'aime pas sentir le silence autour de moi. Les fois où je m'endors bercée par les battements du cœur de ma mère, calquant le rythme de mon souffle sur le sien, et que je me réveille couchée sur le dos entre les barreaux de ma prison pastel, je me sens trompée, trahie. Je gémis, mes intestins vibrent sous l'effet de la rage et j'attends qu'on vienne s'occuper de moi ; c'est ma mère qui arrive généralement, inquiète et stupéfaite que sa deuxième petite soit l'antithèse absolue de la première, celle au nez en trompette et au sommeil de plomb. Jour, nuit, du pareil au même pour moi. Leonard essaie de réfléchir ; c'est peine perdue.

Nous voici tous les quatre au centre aquatique quaker, chez les bébés-nageurs, à attendre que débute mon premier cours. Ma mère est juchée sur le bord de la piscine, elle serre entre ses bras une Bron frissonnante qui me scrute de son regard serein, l'ovale de son visage empreint de concentration. Elle refuse d'entrer dans l'eau et personne ne la force. Je saisis les lèvres de Leonard et je tire ; il me tapote la main de son index, murmure : *Arrête*. Je ne marche pas, pas encore ; il est obligé de me porter partout où nous allons et son dos commence à déguster. Hier, il a hurlé contre ma mère. *Qu'est-ce que tu lui donnes à manger, bon Dieu ?* En réponse ma mère a hurlé, elle aussi. *Le même fichu lait maternisé qu'à Bron*. Je lui lance un coup d'œil. Postée dans son dos, Bron se cramponne à son cou avec un geste de propriétaire. Elle suce son pouce, son regard dévore mon visage flasque. Du pied, je martèle le ventre de Leonard. Il pousse un grognement. J'ébauche des petits bonds, désigne Bron du doigt, gazouille et pépie. J'essaie de dire : *Elle me veut du mal.*

Leonard : *Chut; écoute la gentille dame.*

De quoi parle-t-il ? Je n'en ai aucune idée. Je martèle son ventre de mes petits pieds boudinés puis j'agrippe un des longs poils qui jaillit de ses sourcils et tire dessus.

Une femme s'approche de moi, une marionnette de sirène sur la main. La sirène me dit des choses gentilles mais Bron m'a gâché à tout jamais le plaisir que procurent les spectacles de marionnettes. Je tente de m'enfuir en lâchant des hoquets dramatiques, escaladant l'épaule de Leonard qui me retient vaille que vaille. La femme m'interpelle mais comme je ne connais pas son visage, je ne la regarde pas. Elle porte un maillot-jupette et un collier avec un gros smiley en plastique jaune. Leonard me fait sauter dans ses bras. J'efface la marionnette de mon esprit, ravale mes sanglots, me jette sur le smiley. Leonard manque de me lâcher, lance : *Aaattttttention toi* ; une boule de douleur cinglante palpite au creux de ses reins.

La dame : *Elle est prête, aucun doute.*

Leonard : *Vous êtes sûre ?*

Elle : *Sûre et certaine.*

Lui : *Qu'est-ce qu'il faut que je fasse ?*

Elle joint les mains. *Hop, à l'eau.*

Lui : *J'espère que ça va marcher.*

Elle : *Oh, ne vous inquiétez pas. Vous allez voir. Ça va vous changer la vie.*

Il trempe mes pieds dans l'eau tiède. Je sautille, pousse un hurlement strident. La dame sursaute. *Ouh là. Je vois ce que vous voulez dire.*

J'ai neuf mois et mon record de sommeil s'élève à une heure et quarante-trois minutes. Je suis convaincue de m'appeler *Bouh*, mais je me trompe. *Bouh* n'est qu'un des surnoms dont on m'affublera au fil des ans : *Bouh*, *Mena*, *Phil*, *Pip*, tandis que le prénom inscrit sur mon acte de naissance, *Philomena*, avec ses quatre syllabes, représentera la première désillusion majeure de mon existence. *Philomena*, personne ne se fatiguera à m'appeler ainsi avant mon entrée à l'école, et sur les instances des bonnes sœurs. Je cultive plusieurs hobbies qui m'absorbent corps et âme : donner des coups de pied, hurler, faire tomber des objets, redonner des coups de pied, pleurer. Ces derniers temps, j'ai pris l'habitude de hurler comme un loup. Assise dans mon lit, trois heures avant le lever du soleil, j'empoigne les barreaux et lance une mélopée funèbre à la lune. Je me suis mise à ramper par terre et, quand personne ne me tient à l'œil, je m'entortille dans les fils électriques, me coince les doigts dans les bouches d'aération et crie en attendant qu'on vienne à mon secours. Hier, j'ai boulotté la moitié d'une bougie que j'ai éliminée ce matin à grand renfort de grognements épouvantables et sous les lamentations de ma mère : *J'ai tourné la tête une seconde, rien qu'une seconde.*

Leonard peine sur *Ces mammifères mal-aimés* qu'il publiera à la naissance de Roxanne et qui lui vaudra de décrocher la plus grosse bourse d'études jamais décernée dans l'histoire de l'université américaine. Il posera en une du *Glenwood Morning Star* en compagnie de Rosie, une adorable roussette africaine, vraie peluche au regard rêveur. Il sait qu'il n'a pas à rougir de son travail mais pour l'instant il est tout simplement fauché et exténué, parce qu'il dort sur la banquette de sa vieille voiture, un oreiller sur la tête, quand mes pleurs le poussent à bout. Il fêtera l'événement avec son équipe d'allumés, Gerald l'astronome, Ahmet Noorani et le docteur Bob, puis partira étudier le comportement des chauves-souris aux quatre coins du globe et rentrera le nez brûlé par le soleil, avec dans ses bagages une collection de bols exotiques trop grands pour contenir quoi que ce soit. Moi aussi j'en ferai, des choses. J'aurai honte de son métier, je raconterai à tout le monde qu'il est docteur pour de vrai jusqu'à ce que les catholiques petit format se travestissent en catholiques boutonneux et découvrent que ce type en costard miteux que Channel 9 interviewe tous les ans à l'occasion d'Halloween, c'est mon père. Ils me surnommeront Batgirl, dessineront des oreilles sur la porte de mon casier et sur toutes mes photos de classe. Le jour où je remporterai ma première médaille d'or, ils s'en repentiront.

Leonard me plonge dans l'eau jusqu'au nombril ; les interstices de ma couche laissent rentrer l'eau chaude. J'en suis si heureuse que je piaille. Je consulte ma mère du regard ; elle tape dans ses mains et fait des gazou-gazou. Un autre bébé est en route, je me suis tellement fait attendre qu'elle et Leonard ont décrété qu'il valait mieux agrandir la famille, et vite, *boum boum boum*. Quand Leonard a lâché *boum boum boum*, il a frappé sa paume du tranchant de la main, geste que j'apprendrai bientôt à redouter. Ma mère, d'accord au départ, a changé d'avis depuis, mais ne le sait pas encore, trop épuisée pour énoncer une pensée cohérente. J'observe Bron, mes sourcils se rejoignent. Cela fait quelque temps qu'elle ne se gêne plus pour me balancer des coups de Barbie à travers les barreaux de mon lit. Pour me pincer très fort de ses griffes vicieuses. Devant eux elle joue le petit ange, mais le masque tombe dès qu'ils tournent le dos. Elle essaie de m'effrayer d'une grimace, et ça marche : je hurle. Tant et si bien que maman et Leonard échangent un regard, sourcils froncés, tandis que Bron exulte. Je fais partie de ces gens qui ne parviendront jamais à saisir ce qui relie le temps à l'espace. Ce matin, installée dans ma chaise haute, j'ai bien tenté de la frapper pendant qu'elle jouait à la Barbie à l'autre bout de la pièce ; le pâle soleil hivernal jetant de longs rayons dorés sur ses cheveux. À l'instant où mon poing a frappé l'air et pas son crâne j'ai poussé un cri de frustration ; maman et Leonard se sont concertés en silence, l'œil assombri par une angoisse muette.

La dame au visage inconnu murmure : *Lâchez-la.*

Leonard se raidit. *Je ne sais pas si j'en suis capable.*

La dame : *Faites-moi confiance. Elle est prête*, et il me lâche.

Une chaleur liquide m'engloutit, je bloque ma respiration. Surpris, mes yeux s'écarquillent ; c'est nouveau, bleu et pas noir, alors c'est supportable. Je donne quelques coups de pied qui me font avancer. Ma couche absorbe de l'eau et gonfle comme ces drôles de poissons-ballons ; elle glisse lentement le long de mes cuisses et s'entortille entre mes genoux. Nouveau coup de pied ; elle tombe et je surgis à la surface comme un bouchon. Leonard : *Ouah ! C'était vraiment… il faut que je lui mette une couche ou pas ?*

La dame réfléchit un petit moment en tripotant sa sirène. *Non, observons-la quelques instants. Elle a l'air…*

Je scrute Leonard et le son qui sort de ma bouche veut dire : *Hé ! On est où, là ? Tu m'expliques ce qui se passe ?* Comme il ne répond pas, j'insiste, *Pa ? Pa ?*, avant de couler. *Elle m'a appelé papa. Vous avez entendu ? Elle vient de dire papa.* Ma mère applaudit ; Bron plisse les yeux. Le bonheur de Leonard se propage dans l'eau par vibrations ; il m'aide à prendre de la vitesse.

Toute ma vie j'aurai cette manie de taper dans les objets posés en travers de mon chemin : chaussures, cabas, rouleaux de papier-toilette, pièces de monnaie, cailloux, balles de tennis, chaussures roulées en boule, sacs de gym, Roxanne (une fois ou deux), fruits sphériques. Cette habitude deviendra une pulsion irrépressible qui me sera fort utile. Nouveau coup de pied ; j'avance, et la joie me submerge. Je n'ai pas encore conscience que je flotte au centre de Glenwood, que Glenwood flotte au milieu du Kansas, que le Kansas est un état simple, à distance raisonnable de ses voisins plus compliqués. Je ne sais pas non plus que mon esprit est un océan, qu'il recueille des objets passés au tamis de la lumière du soleil, du crépuscule, de la lune, des abysses où il fait nuit noire, qu'il est installé dans les tranchées profondes creusées au-dessous par la nature. J'ignore qu'un jour le vent s'emportera et que, quand le vent s'emporte, il soulève une poussière qui ramène tout dans son sillage. Ce que je sais pour le moment, c'est que le moindre coup de pied me projette vers l'avant, alors je frappe l'eau, libérée de ma prison de chair. Je suis telle que j'étais, tournoyant au cœur d'une insondable mémoire ancestrale, nue, grosse d'un embonpoint qui défie la gravité ; le monde alentour bruit de sons étouffés, apaisants, qui m'endorment. Je remonte ; les yeux ouverts, j'apprends à planer.

Maman attend un bébé, je ne sais pas encore qu'elle est simplement obèse comme moi. On se dilatera ensemble, jusqu'au matin fatidique où j'ouvrirai les yeux et découvrirai qu'elle a disparu. Je fouillerai la maison, trottinant et braillant à tout-va, pendant que Bron, mutique, fera de la peinture avec ses doigts. La baby-sitter au visage tout en angles sera là pour pincer un de mes innombrables mentons et faire areu areu avant de me regarder, tétanisée, cabosser la porte du frigo à grands coups de pied. Leonard se matérialisera à temps et nous embarquera dans la voiture. Je regarderai les arbres défiler de l'autre côté de la vitre, absorbée dans un sanglot, et retrouverai maman au fond d'un lit insolite, une Roxanne à la tête cramoisie au creux des bras. Je me jetterai par terre et attendrai qu'elle repose cette créature pour interrompre mes convulsions et, quand elle me présentera sa joue, je lui décocherai un uppercut poisseux. J'aurai oublié la bonne sœur, élancée et en grande tenue, portant une assiette de cookies, qui m'a évaluée d'un regard froid et professionnel depuis le seuil ; elle, elle ne m'oubliera pas.

Lorsqu'une Dot toute bleue et tout aussi remuante débarquera un an plus tard, je comprendrai que je ne serai plus jamais seule dans le cocon apaisant et protecteur. À la maternité je me planterai près du lit de maman, des larmes brûlantes noyant mes joues, les paumes ouvertes en aveu de défaite, et prononcerai ces quatre mots : *Celle-là est bleue*. Quatre mots qui feront un tabac pendant le dîner, jusqu'au jour où ils atterriront dans les oubliettes de l'histoire familiale.

Moi qui ne me suis jamais regardée dans le miroir, je commencerai à flairer l'horrible vérité à l'avènement de la puberté. Mes pieds sont uniques en leur genre mais je l'ignore encore, impressionnée seulement par leur réactivité. Je frappe l'eau de mes deux jambes, exécute un salto parfait et tout le monde, Leonard compris, retient son souffle. Le tapage parvient aux oreilles de la classe de gym aquatique de Glenwood ; ils s'interrompent au beau milieu d'une pirouette et s'agglutinent au bord du petit bassin. Coup de pied, propulsion vers l'avant. J'effectue un huit parfait, la foule s'étrangle. Je plonge, exhibant un derrière dissimulé sous des strates de saindoux ivoire ; la foule recule d'un pas, suffoquée. Mes mentons se sont empilés les uns sur les autres à la manière d'un accordéon, ce n'est pas une mélodie qui jaillit de leurs replis, mais de l'eau. Je ne sais pas ce que je suis. Je ne sais pas que le monde sur lequel je poserai mon regard, j'en ferai seule l'expérience de bout en bout. En revanche je me rappelle que j'ai des bras, alors je les agite. La dame dont le visage m'est de plus en plus familier se sent démunie. Elle se tient debout, cernée par l'eau chaude, ses dents de lapin mâchonnent sa lèvre inférieure, la sirène pendouille contre sa hanche.

Les parents qui portent dans leurs bras leur bébé nageur frétillant m'observent bouche bée. Je file devant les gros poteaux de Leonard, stoppe, fais demi-tour, prends appui sur lui de mes pieds grassouillets et prends mon élan. Je glisse sur le dos, le monde se déroule à toute vitesse. Au passage je reconnais la dame et la salue d'un gargouillis, deux asticots de morve verdâtre affleurant à mes narines. Elle aimerait bien convoquer Channel 9, réfrène son envie et le regrettera toute sa vie. Je surgis à la surface, bras tendus ; je piaille. Les membres de la classe de gym aquatique, sans oublier le moniteur, ont la chair de poule. Je replonge. Je refrappe. Je me propulse. Je frôle les jambes poilues de Leonard et remonte à la surface, lentement, à la façon d'un sous-marin qui regagne sa base. Je ralentis dans un tourbillon d'énergie apaisante qui me berce doucement à la cadence d'une horloge. Mes yeux deviennent lourds, mes paupières papillonnent. Maman, sous l'emprise d'hormones surpuissantes, fond en larmes. Bron fronce les sourcils et s'accroupit pour cogiter. Leonard me sort de l'eau et me serre dans ses bras. Je recrache du chlore tiède mélangé à du lait, lui fais pipi dessus, m'endors. Je dormirai quatorze heures d'affilée.

Je ne me réveille pas lorsqu'ils m'emmitouflent dans ma combinaison bleu ciel à l'épaisse doublure. Lorsqu'ils nouent sous l'un de mes mentons le redoutable bonnet qui gratte tant, quand ils m'attachent dans le siège-auto, quand ils m'extirpent de la voiture, quand Leonard me cogne la tête par mégarde contre la portière et que ma mère pousse un cri. Je ne me réveille pas non plus lorsqu'ils gravissent l'escalier, me glissent dans mon pyjama, me recouvrent de ma couette toute douce, éteignent la lumière. Je ne me réveille toujours pas lorsque Bron m'enfonce entre les côtes la baguette magique de Cendrillon qui nimbe son visage grave d'une lueur glauque. Leonard vérifie si je respire encore, ma mère vérifie à son tour, ils vérifient ensemble. Implicitement, parce que leur progéniture est vaincue par K.-O., ils sont enfin capables de l'aimer. Ils se délectent de cet amour tandis que mon souffle, par vagues, monte et reflue, que le dôme de mon ventre s'affaisse puis grossit. Le silence qui règne entre les murs de la maison a laissé de la place pour l'espoir. Leonard frotte l'estomac de maman et, sans le faire exprès, tire du sommeil une Roxanne suspendue la tête en bas dans une torpeur prénatale. Celle-ci l'entend chuchoter : *Regarde-la dormir, cette petite fripouille !*

Le plus beau jour de la vie

Dans le garage, Leonard s'affaire. Il emballe les filets japonais et parle de choses pour lesquelles je n'ai jamais eu une once d'intérêt. Il porte un pantalon vert foncé, des Clarks en daim beige, une vieille veste à imprimé camouflage. Sur le revers, il a épinglé une chauve-souris dorée, cadeau du Sanctuaire des chauves-souris.

Elles sont expertes dans l'art de voler, Bouh, absolument imbattables, elles attaquent en piqué et attrapent des papillons de nuit, des mouches, des éphémères, entre leurs dents, en plein vol.

Dégueu, je lance, l'esprit ailleurs.

Ce matin j'ai nettoyé l'aquarium de Bébé Lenny après avoir déposé celui-ci dans un sac en plastique transparent en prenant mille précautions, j'ai rincé l'aquarium que j'ai essuyé avec soin, puis l'ai rempli d'eau fraîche, ni trop chaude ni trop froide, j'ai placé à l'intérieur les comprimés de conditionneur, parsemé le fond de cailloux orange, planté le petit château violet derrière lequel il aime jouer à cache-cache et, à côté, la figurine qui fait de la plongée avec son harpon. J'ai replacé Bébé Lenny dans l'aquarium puis saupoudré la surface de l'eau d'une pincée de ces flocons dont il raffole, même s'ils puent le poison. Bébé Lenny a tracé des cercles sous l'eau, ouvert la bouche, aspiré de la nourriture. Il a suspendu son élan et, immobile, a incliné la tête. La protubérance bizarre en forme de cerveau qu'il porte sur le front palpitait, ses yeux d'insecte n'exprimaient qu'un vide abyssal, ses grosses joues se bombaient, sa toute petite bouche lâchait de temps à autre une bulle, ses jolies nageoires remuaient toutes en même temps. Je l'ai observé : sa petite bouille traduisait une tristesse inhabituelle et ses yeux en tête d'épingle semblaient quémander mon aide.

Je me suis dit qu'un changement de décor ferait du bien à ce pauvre Bébé Lenny, que cela lui plairait de connaître le vaste monde avec son ciel et la cîme de ses arbres. J'ai déplacé l'aquarium et Bébé Lenny s'est mis à frétiller, sa tristesse envolée, fasciné par les éclats que le soleil projetait sur ses branchies dorées. Je l'ai regardé s'ébattre, aussi joyeuse que lui, et à ce moment-là j'ai entendu maman me hurler de ranger ma chambre. Mes pieds ont suivi sa voix comme deux toutous obéissants. Erreur fatale.

J'ouvre la bouche, j'essaie de dire quelque chose à Leonard, mais les mots restent coincés en travers de ma gorge comme autant d'arêtes.

Il a dit non à la robe de la Destinée, non à la tiare en pétales, non aux socquettes ornées d'une croix en strass, non au serre-tête en ouatine blanche garni de longs rubans et de nœuds ourlés de satin. Dans un soupir, il a donné son feu vert au double gâteau en chocolat au glaçage spécial communion, au pendentif Première communion en or quatorze carats, aux ballerines en cuir blanc avec des boucles dorées en forme de cœur, et même s'il s'agit de la « Journée la plus sainte de toute ma vie » je vais devoir mettre la robe de Bron, la Cassandra, parce qu'avec les quatre-vingts dollars qu'elle a coûtés il y a trois ans, il faut bien l'amortir.

Attention, si tu t'obstines ton visage va rester bloqué, affirme Leonard en m'étudiant, l'ampoule nue suspendue au plafond du garage jetant des reflets crus sur le verre de ses lunettes. *Attrape le coin et tire quand je te dis de le faire. Et ça n'a rien de dégoûtant ; ça fait partie des merveilles de la nature.*

Ma meilleure amie, Lilly Cocoplat, est lion, elle est née sous le signe de l'extravagance ; ses bigots de parents cèdent à tous ses caprices. À la piscine, elle décrit sa tenue avec un luxe de détails tout cocoplatiens. Moi je bois ses paroles, le menton sur le flotteur, battant des jambes avec énervement ; des masses d'eau écument et tourbillonnent derrière moi. Elle va porter une robe longue en organdi d'inspiration irlandaise, son voile fixé dans les cheveux par un peigne garni de cinq longs rubans de satin sera semé de trèfles à quatre feuilles, brodés à la main ton sur ton, et gansé de velours violet. À quoi s'ajoute un assortiment de luxe spécial Première communion – modèle Moments Précieux –, incluant un missel Moments Précieux, une bourse en brocart de satin bordé de dentelle vert d'eau, un étui à rosaire en satin, un rosaire plaqué argent aux perles de verre bleues, un bracelet en or, motif « ailes d'ange ». Ses parents organisent une fête qui va réunir plus de cent Cocoplat, à la fois famille proche et cousins germains. Au menu, soda, tarte aux fraises, saucisses cocktail et autres délices.

Dot ouvre la porte du garage, pépie : *Vous avez besoin d'aide ?*

Leonard lève les yeux.

Pas ce soir, mon aurore. Ta sœur est là.

Son visage se décompose, sa queue-de-cheval s'affaisse, son sourire s'étiole ; elle ferme la porte.

Ma mère nous promet *un brunch intime et familial* à la Vieille Branche. Je déteste ce restaurant. Il y a un ours à la gueule miteuse qui fait semblant de jouer du banjo, et puis tout, du sol au plafond, est en bois sec : le parquet, les bancs, les lambris, les ventilateurs branlants sont couleur bois, la lunette des W.-C. est cent pour cent bois, le gâteau au chocolat est couleur sciure.

En bon scientifique, Leonard ne se préoccupe ni de l'ambiance ni des accessoires. *Si Dieu existe vraiment, tu crois qu'il se soucierait de ces futilités ?*

J'ignore encore ce que je suis, en revanche j'adore les futilités. C'est ce qui me donne un sentiment de sainteté. Je veux la jupe en satin qui arrive à mi-mollet, le corsage cousu de petites perles, les manches en dentelle transparente, le voile à ruchés en organdi, des perles aux oreilles. Je rêve d'une fête où joueraient des musiciens aux ceintures chamarrées, où les tables seraient recouvertes de nappes blanches, où l'on servirait un assortiment de gâteaux à plusieurs étages, où une pièce entière serait affectée au stockage des cadeaux. Chez Lilly, je cabriole sur son lit en hurlant : *Ce serait trop génial que je reçoive une piñata dorée pleine de trucs en or à collectionner !*

Lors du carême j'ai tiré un trait sur toutes les sortes de chocolat possibles et imaginables, sauf le malté, je suis allée me coucher sans me plaindre, je me suis tenue à carreau à l'église et j'ai écouté avec attention sœur Séraphine nous expliquer que la convoitise combinée à la frustration nous enseigne une leçon capitale sur le sort de l'homme et par homme elle entendait l'humanité en général, y compris nous ; Lilly lui a posé la question, histoire de s'en assurer. Moi, je m'étais mis en tête que me priver de chocolat compenserait ma convoitise et révélerait à la terre entière que j'étais un prix d'excellence, qu'au bout du compte mes efforts seraient récompensés.

Faux.

Les filets japonais pliés, Leonard parcourt une liste qu'il a fait plastifier.

Désignation du projet : BatBostwana.
Détecteur de chauves-souris : OK.
Lampe torche : OK.
Thermomètre : OK.
Protocoles d'étude : OK.
Registre : OK.
Liste des prévisions météo : Mmmmh, m'en faudrait plus.
Carte du site : OK.
Réserve de piles : OK.

Bloc-notes : OK.

Réserve de stylos : OK.

Bombe antimoustiques : OK.

Gouttes oculaires : OK.

Certificats.

J'ai pas envie d'aller à la Vieille Branche, je l'interromps.

Je croyais que ça te plaisait, la Vieille Branche, répond-il, distrait.

J'aime pas la Vieille Branche. J'aimerais mieux un pique-nique ou une garden-party… les Cocoplat louent une tente de réception.

Une tente de réception ? Il éclate de rire, incrédule. *Louer une tente de réception pour une gamine de huit ans. Je serai de retour seulement la veille de ta communion, miss Grincheuse, et ta mère ne peut pas organiser tout toute seule.*

Bientôt neuf, je corrige.

Pardon pour cette erreur monumentale, rétorque-t-il en rangeant ses affaires dans la boîte avec grand soin, l'esprit ailleurs.

Lorsque Bron débarque dans notre chambre, je fais semblant de lire. Elle me fixe du regard jusqu'à ce que je lève le nez de mon livre.

Quoi ? je lance, mon cœur battant la chamade.

Oh, Bouh. Tu me charries, là.

Quoi ? je répète, mon âme se fanant à vitesse grand V.

Elle ne dit rien. *Alors c'est comme ça que tu vas la jouer.*

Quoi ?

Tu me charries, pas vrai ? Je t'ai connue plus inspirée.

Mais de quoi tu parles ?

Mes yeux se dérobent, ils brûlent, ils louchent. Je suis prise de suées, du besoin de filer aux toilettes. Ça urge. Grosse commission.

Elle change de tactique.

Tu sais où est Bébé Lenny en ce moment ?

Prenant une profonde inspiration, je récite : *La dernière fois que je l'ai vu, il était sur le dessus de la cheminée, en pleine forme.*

Ma réponse l'agace. *Marrant*, dit-elle en s'appuyant contre la porte, *tu changes son eau et cinq minutes plus tard il est dehors, cramé par le soleil. Ça te dirait de venir voir ?*

Quoi ? je m'exclame, pupilles dilatées.

Dehors, dans son aquarium ? je répète, les mains tremblantes.

Comment il est arrivé là ? je m'écrie, un voile flou devant les yeux.

Très convaincant, réplique-t-elle avant de quitter la pièce.

Je me recouche, aussi rigide qu'une statue, et fais semblant de lire, un livre bien droit devant les yeux.

Roxanne passe sa tête par l'entrebâillement, les joues écarlates d'excitation, sa queue-de-cheval moite de sueur plantée de guingois sur son crâne. *Bébé Lenny a explosé !* hurle-t-elle avant de prendre ses jambes à son cou.

Je me retourne sur le ventre, j'enfonce mon visage dans l'oreiller, j'attends.

Dot frappe et glisse sa tête par la porte. Elle irradie de tristesse. *Bron raconte à tout le monde que tu as tué Bébé Lenny.*

Je m'énerve : *Bron ferait mieux de la fermer*, et bizarrement rien ne vient troubler le calme alentour jusqu'à ce qu'on m'appelle pour venir dîner.

Le mensonge se dresse au centre de la salle à manger comme une grue qui s'apprête à lâcher une voiture dans le vide.

Bron empale une tomate sur sa fourchette. *Tu as assassiné Bébé Lenny, avoue.*

Assassiner, le mot est fort, Bronwyn, proteste Leonard.

Je n'avouerai rien parce que je n'ai rien fait, je déclare, la voix plus haute de trois octaves, l'âme accablée par le crime, les mains aussi fébriles que des feuilles d'arbre.

Roxanne, victime d'un fou rire, s'étouffe sur ses pommes de terre.

Avoue que tu l'as sorti et que tu l'as oublié dehors.

Ça suffit vous deux, s'agace Leonard. *Je suis certain que la personne qui a laissé Bébé Lenny dehors…*

En plein soleil, l'interrompt Bron.

… ne l'a pas fait exprès. Il me scrute.

Me voilà obligée de retourner aux toilettes. Deuxième service.

Ce soir-là, Bron me tend une perche. *OK, supposons que tu as nettoyé l'aquarium de Bébé Lenny, comme prévu. Tout a marché comme sur des roulettes. Ensuite, tu t'es dit… Difficile d'imaginer que tu avais prémédité ton coup, pauvre choute. Enfin bref, maintenant la meilleure solution ce serait d'avouer, et on referme le dossier. On n'en parle plus. Tout est pardonné.*

Le soulagement se tapit là, dans l'obscurité. Il me suffit de tendre la main pour le sentir. Il fait trop noir pour qu'elle voie mon visage, je n'aurai pas à voir le sien. Je scrute l'obscurité nocturne aussi épaisse qu'une couverture en laine, mélange de taches noires nébuleuses et d'angles aigus, un éclat de lune se faufile dans la chambre par une fente du rideau et tranche le mur à la façon d'un couteau magique.

Je n'y suis pour rien, Bron. Peut-être que c'est Roxanne.

La veille du plus beau jour de la vie, je me confesse pour la première fois.

Ai-je prononcé le nom de Dieu avec amour ?

Ai-je menti ?

Ai-je obéi à mes parents et à tous ceux qui cherchent à m'aider ?

Ai-je pardonné à autrui ?

Ai-je triché ?

Est-ce que je me montre gentille et serviable envers tout le monde ?

Est-ce que je prie avec régularité ?

Est-ce que je me mets en colère ?

Est-ce que je me moque des autres, des enfants qui sont moins chanceux que moi ?

Je me recroqueville dans le confessionnal. *Pardonnez-moi, mon père, car j'ai péché.*

Le père Tod est un grand amateur de sandwichs au fromage. Dès qu'il y a un pique-nique, Lilly Cocoplat et moi, on joue aux espionnes ; il engloutit trois sandwichs au fromage puis se jette sur la tarte.

Celui qui cache ses péchés ne prospère point.

Paupières closes, j'égrène les mensonges qui ont conduit au cadavre de Bébé Lenny ; à voix basse, je dévide le fil des pensées qui ont provoqué sa perte. Mon âme se défane, mon cœur s'apaise. Le père Tod se met à respirer bruyamment. Je me demande s'il s'est assoupi, mais il marmonne quelques mots incompréhensibles puis m'accorde sa bénédiction. Je devrais me sentir mieux, sauf qu'il n'en est rien. J'en ai déjà ras le bol de cette existence morne, poussiéreuse et solitaire. Je quitte le confessionnal pour payer ma dette au son de sept *Je Te salue Marie*, mais je trouve quand même injuste de devoir croire, quand Leonard en est dispensé.

Le plus beau jour de la vie, il règne une chaleur contre nature. Chaque fois que je gigote, maman, deux ou trois barrettes coincées entre ses lèvres, me frappe le crâne de la brosse à cheveux. Si je me rebiffe, elle frappe une seconde fois, plus fort, et siffle : *Ton père a passé les deux derniers jours dans un avion ; laisse-le dormir*. Le même soleil qui a tué Bébé Lenny se déverse par la fenêtre, brûlant.

Mes cheveux retombent sur mes épaules en bouclettes et frisottis étudiés, la Cassandra frappe mes genoux en un triangle d'étoffe amidonnée. Pendant des mois, sœur Séraphine nous a hurlé, *un pas en avant et pause, un pas en avant et pause*, la paralysie faisant trembler ses membres desséchés. Nous sommes les dernières qu'elle a préparées à la Première communion, en août elle prendra sa retraite et finira ses jours sur l'Avenue des Saints ; quand elle ne nous crie pas dessus, elle pleure des larmes de nonne, froides et couleur chair.

Lilly Cocoplat, visiblement ravie, esquisse un pas lent, marque une pause, un pas lent, une pause. Son voile spectaculaire lui arrive aux chevilles, elle a remplacé son visage habituel par un autre tout nouveau tout beau calqué sur la Vierge Marie. Elle incline la tête, écarquille les yeux, ébauche un petit sourire. Moi, je vois clair dans son jeu : ses neurones turbinant à plein régime, elle compte ses cadeaux. Postées en demi-cercle sous Jésus, nous chantons « Pour Lui, mon amour ». Le père Tod mentionne Satan plus souvent qu'à son habitude. L'hostie sacrée se pose en équilibre précaire sur le bout de ma langue, mais je réussis à rétablir la situation. *Ô lumineux mystère, merci de m'aider à voir que le monde n'est pas qu'un moteur géant près de tomber en panne d'essence.*

Je sais qu'en ayant la foi je peux envoyer Bébé Lenny dans un endroit qui en vaut la peine et non au fin fond des toilettes valser dans le tout-à-l'égout, finir sa vie dans le bâtiment gris de la station d'épuration située à la lisière de Glenwood, sur la route de l'aéroport. La chaleur de mon crâne se connecte à celle de mes mains, le cuir de mes chaussures chauffe tellement qu'elles s'embrasent à la façon du buisson ardent. Lilly Cocoplat sue à grosses gouttes, le satin de ses aisselles fonce à vue d'œil, le tulle s'affaisse sur son chignon comme une voile que le vent ne gonfle plus. Désormais toutes les nonnes ont le nez qui brille, les parents et le reste de l'assemblée tanguent dans la fournaise, les lunettes de lecture de Séraphine sont recouvertes d'une fine pellicule de buée. Le père Tod dessine, mains levées, le signe universel de la délivrance collective : nous voilà libérés. De l'église déferle la foule des fidèles, la sueur coule sur le visage hâlé de Léonard, le vent s'agrippe aux arbres et les déchiquette, le tonnerre gronde par-delà l'horizon, mes bouclettes rendent leur dernier soupir et je retrouve mes cheveux raides. Leonard m'adresse un clin d'œil lassé tandis qu'une armada de Cocoplat s'extasient en chœur sur leur communiante, et maman me tient si serré contre elle que les coutures de la Cassandra menacent de lâcher.

La Vieille Branche est bondé, comme à l'ordinaire. J'ouvre mes cadeaux : un bon d'achat pour des barres chocolatées, un pendentif en or, rutilant, et une mince enveloppe contenant des billets verts qui craquent sous les doigts. Je commande des côtelettes de porc à la sauce sucrée que je dévore avec ferveur. Leonard et maman ressassent leurs sempiternels sujets de conversation. Ajustant la fermeture de ma chaîne, Bron chuchote : *Raconte-moi ce qui est arrivé à Bébé Lenny et je te jure solennellement que c'est la dernière fois que j'en parle. Sinon, je déterre la hache de guerre*, ajoute-t-elle un ton en dessous, lugubre.

À cette heure-là les Cocoplat doivent être en train de se déhancher dans leur tente ; des ballons gonflés à l'hélium sont accrochés aux arbres de leur jardin en majestueuses grappes roses et argentées. Lilly a troqué son voile contre son diadème préféré. Leonard explique des trucs à Roxanne, Dot boit ses paroles. J'étudie mes côtelettes, la faim m'a quittée. J'ignore encore que la mort peut télescoper la vie à n'importe quel moment et en détacher quelqu'un d'un petit coup de ses ciseaux aiguisés, avec une précision telle qu'il ne reste qu'un espace béant, là où le vide aurait dû être plein. Je suis convaincue que Bron ne me quittera jamais, qu'elle fera toujours partie du décor et que, même si la guerre est une calamité, tout vaut mieux que la mine qu'elle fait quand elle gagne. Je m'écarte d'elle et la fusille du regard, mal à l'aise, à la seconde où l'ours miteux bondit devant notre table, s'arme de son faux banjo et attaque un solo.

Gros veaux de l'I-da-ho
Pauv' bêtas de l'A-ri-zona
Les Dauphins vont vous gober
En une seule bouchée

Un vent venu du nord balaie les plaines, jusqu'au creux de la vallée Shawnee, projette de la neige contre le flanc de notre car scolaire qu'il secoue violemment tandis que nous filons sur l'autoroute. De retour d'une compétition qui nous a entraînées hors de la ville, nous nous gavons de sucreries, nos muscles se détendent dans les banquettes inconfortables, nos cheveux sèchent sous nos bonnets en laine. Pour nous motiver, nous avons gribouillé des dessins explicites sur la buée des vitres. Quand nous étions plus petites, nos œuvres se limitaient à des dauphins lancés en plein sprint, à des NUMÉRO 1 ! LES MEILLEURES ! CHAMPIONNES ! Maintenant nous caricaturons nos concurrentes en les engonçant dans leurs bourrelets, avec des touffes de poils qui dépassent de leur maillot, avachies sur les plots de départ comme des escargots malades, le visage rongé par une acné purulente, des flèches d'Indiens fichées dans leurs culs flasques. Si d'aventure le coach Stan risquait une incursion dans le fond du bus, nous effacerions nos chefs-d'œuvre d'un revers de main, mais l'entraîneur reste vissé à sa place, le nez plongé dans les stats. Nous chantons, frappons le sol des deux pieds dans le but de faire un boucan de tous les diables : *oommm tchagga tchagga tchagga oommm tchagga tcha*. Le car peine à traverser les tunnels de neige et le ciel s'assombrit, pour s'enfoncer peu à peu dans une obscurité absolue.

Une guillotine spéciale ne va pas tarder à me trancher la tête. Leonard a fait savoir qu'à mon entrée au collège, l'éducation deviendrait la priorité des priorités et que les journées consacrées au club aquatique des Dauphins seraient reléguées aux vacances d'été. Du coup, je vis mes derniers week-ends sous-marins et fais mine d'en avoir conscience.

Le coach Stan allume sa lampe-stylo et nous convoque l'une après l'autre. L'heure des évaluations a sonné.

Il me jette un coup d'œil, pousse un soupir : *Assieds-toi. Inégale. Capable d'en mettre plein la vue le vendredi et de se planter en beauté le lendemain. J'attendais autre chose de ta part aujourd'hui, je m'étais mis en tête que pour une fois tu te détacherais peut-être du peloton… que tu exploiterais une fraction de cette énergie…*

Je le coupe : *On a gagné.*

Ah oui ? rétorque-t-il.

Me voilà démoralisée ; ça s'annonce mal.

Tu as amélioré ton chrono ?

Non.

Peaufiné ta technique ?

Je regarde par la vitre, en contrebas, une voiture s'illuminer dans un éclair de lampadaire jaune avant de se fondre de nouveau dans la chaussée déserte.

Sans parler de ta respiration…

Soupir. *Je respirais.*

Il me dévisage. Impossible de lui faire confiance, se dit-il. Pas tant qu'elle ne verra pas les choses en face.

Je lui rends son regard. *On a gagné, coach Stan. Elles se sont pris une raclée.*

Il éteint et rallume son stylo du pouce, absorbé dans ses pensées.

J'arrive à distinguer la teinte rougeâtre de son sang à travers la chaleur de la lumière.

Tu n'as pas la rage.

Si, j'ai la rage. Le caramel mou à moitié mâchonné me colle encore aux dents.

Le jour où tu l'auras vraiment, tu le sentiras, et moi aussi.

Dans les vestiaires, Lilly Cocoplat et moi nous amusons à tenir un registre très précis de l'évolution physique des autres Dauphins. Lilly se sert de son shampooing comme d'un microphone. Quand l'une des filles pleure, nous sommes les premières étonnées : on s'amuse, c'est tout. Lilly Cocoplat est précoce pour son âge et, à son contact, je deviens moi aussi plus mûre. Tantôt nos camarades ululent de rire, tantôt elles nous haïssent.

Ouvrez grand vos oreilles, les Dauphins. La chatte que notre pauvre Kelly cache entre ses guibolles, drôlement velues d'ailleurs, est toujours chauve. Lilly parle dans une bouteille d'Herbal Essences.

J'enchaîne. *D'accord avec toi, Lilly ; c'est limite incroyable et je me permettrais d'ajouter : la chatte toute chauve de Kelly Hill ressemble à un tout petit pied.*

À un pied de bébé.

Nous explosons si fort de rire que rien n'arrive à nous calmer.

Le coach Stan nous sépare aussi souvent que le permettent les circonstances. Si Lilly est dans le couloir n° 1, je suis dans le 5. Si elle fait des abdos dans son coin, je nage avec des poids attachés aux chevilles ; ça ne m'empêche pas d'attraper des fous rires qui me laissent à moitié morte. Je me défends : *C'est pas ma faute si elle me fait marrer,* lorsque l'entraîneur, de son bras puissant, me tire de l'eau, toute hoquetante. Mais trop de choses nous rapprochent pour que le coach parvienne à nous séparer. Nous glissons au même moment notre chanson fétiche d'Adam Ant dans notre walkman, à trois nous appuyons sur *play*, puis nous chantons et dansons.

Don't drink don't smoke what do you do
Must be something la la

Quand je ferme les yeux, je suis saturée d'amour à l'égard de l'existence et de tout ce qui s'y rattache, un amour cent pour cent naturel, profond, paisible, justifié de la première à la dernière seconde. À la fin d'une longue séance, comme je sors de l'eau, la torpeur déclenchée par les endorphines me gagne, la fatigue me submerge. Lilly Cocoplat me fait tellement rire que j'avale ma salive de travers. J'ai mal quand j'écris, quand je me pose sur une chaise, quand je fais pipi, quand j'enlève mon pull, gravis l'escalier, réponds au téléphone, ouvre un livre, monte dans une voiture, descends de voiture, me déchausse, m'étends sur mon lit. La douleur prouve que la séance a été utile : plus elle est forte, plus je gagne en rapidité. En revanche, lorsque le soleil se répand dans l'atrium, que la vapeur s'élève de la piscine, l'eau prend un aspect brumeux, nerveux, vibrant, et plus rien ne compte. Je regarde mon ombre ramper sur le carrelage au fond de l'eau, insensible à la torture que représente une série de cinquante longueurs, même si les autres Dauphins s'en plaignent amèrement. Ce qui m'apparaît clairement alors, c'est le frisson de soulagement qui accompagne chacune de mes inspirations et le silence implacable qui règne sous mon crâne. Ces accès d'amour éternel à l'égard de l'univers, je les garde pour moi ; même Lilly n'en sait rien.

Lilly s'est mise à la natation lorsque son asthme a été diagnostiqué. Moi, pour l'instant, je n'ai aucun problème particulier. J'aime nager, tout simplement, et j'aime l'ambiance autour. Un nageur plus âgé, un collégien plutôt mignon, émerge du bassin et échange quelques mots avec un des assistants des entraîneurs, des ados se roulent une pelle sur le parking et se moquent bien de s'exhiber, l'une des filles de l'équipe ramène un *Playgirl* qu'elle planque dans son sac à dos et, à tour de rôle, nous venons loucher sur de beaux gosses tristounets dont la saucisse, d'excellente humeur, nous fait coucou par la braguette de leur jean. Et, quand nous passons la nuit chez une copine, aucune ne ferme l'œil et pourtant nous nous levons toutes à six heures et nageons deux heures d'affilée, bon gré mal gré, parce que plus on en bave, plus la souffrance nous réunit.

Le coach Stan se poste au bord de la piscine, sifflet entre les dents, une lueur sinistre dans les yeux. J'adore m'entraîner dans la piscine olympique, observer les champions en pleine séance de musculation, écouter leurs entraîneurs hurler BOUGE TON CUL ; ON N'A PAS TOUTE LA JOURNÉE. Nous échangeons un regard, éclatons de rire – *T'as entendu, il a dit cul* –, puis nageons une heure, une heure et demie, avant de nous éponger en dévorant les biscuits à la figue, excellents pour la santé, confectionnés par la mère de Lilly. L'été, libre comme l'air, je reste si longtemps sous l'eau que mes cheveux se transforment en fibres de nylon.

L'année dernière, au banquet annuel, le coach Stan a pris Leonard à part : *Je serais curieux de voir ce que ça donnerait si Philomena y mettait du sien, ne serait-ce qu'une seconde, et arrêtait de faire le zouave avec Lilly Cocoplat.* Feignant un intérêt poli, Leonard ne l'a écouté que d'une oreille.

Avant chaque compétition importante, Stan frappe son genou de son bloc-notes et, baissant d'un ton, s'adresse à nous comme si nous l'écoutions attentivement. *Jeunes nageuses : la recette de la victoire. Quand ce bassin s'associe à ce qu'un individu a de meilleur à offrir… un peu d'attention, Lilly… avec un bel effort collectif, tout devient possible. C'est dans cette arène…* À court de patience, Lilly et moi faisons des grimaces, beuglons : *Allez coach Stan ! Les Dauphins en force !* Le coach nous ignore. *Mais d'abord, il faut s'assurer de sa technique. J'ai vu des nageurs d'envergure mondiale commettre faute sur faute à cause du stress, rétrograder, pour revenir à l'époque de leur premier coach et nager à leur niveau d'antan.*

Dès qu'il tourne le dos, j'écarquille grand les yeux, *Tu m'en diras tant*, et fais le signe de la victoire – en réalité V comme vagin. Lilly Cocoplat en profite pour se tordre de rire. Pas une seule seconde l'idée ne m'effleure qu'un jour je me tiendrai au côté de Fredrinka Kurds, une Berlinoise de l'Est détentrice du record mondial, qu'elle crachera un jet de chlore du coin de la bouche sous les hourras de quarante-douze millions de spectateurs. J'ignore même où se situe Moscou ; on m'a juste appris que c'est un endroit horrible.

Après l'entraînement nous n'avons qu'une hâte, rentrer ; non seulement il y a des devoirs à finir mais aussi un estomac à caler. Quelques Dauphins se sèchent les cheveux pendant des heures. Elles penchent la tête en avant, puis la renversent vers l'arrière, leur tignasse encadrant leur visage comme une fourrure toute douce. Moi, je m'en fiche ; je m'enfonce un bonnet en laine sur le crâne et je ne touche plus à mes cheveux ; en séchant, mes cheveux adoptent des formes comiques. Ça rend folle ma mère : *Sèche-toi les cheveux, nom d'un chien ; il fait moins vingt dehors.*

Leonard me verrait bien en clone de Bron, moi pas. Il veut que je devienne un petit génie, que je saute des classes comme d'autres sautent à la corde, que je gagne des prix dans des clubs de français, il veut exposer mes médailles, mes rubans, mes coupes étincelantes remportées lors de débats épineux ou de championnats d'orthographe interscolaires. Il veut que j'observe le monde, curieuse et maligne, pour pouvoir en parler ensuite avec moi à la table du dîner. La rapidité de ma brasse, il s'en moque, il m'écoute à peine quand je lui raconte que j'ai battu, pour la énième fois, mon record personnel. Le dimanche après-midi, au milieu des rayons du supermarché, il me rabâche, *Maintenant tu as onze ans.*

Quand il vient me chercher à l'école, m'y dépose, quand on prend l'avion, sa voix tranchant sur la friture ambiante : *Maintenant tu n'es plus une gamine*. Pendant que défilent les spots publicitaires, qu'il fait bouillir l'eau et infuser le thé : *Le collège, c'est une affaire sérieuse*. Il m'annonce si souvent la fin du monde que je n'y crois pas une seule seconde et continue à espérer un miracle, une résurrection à la Jésus-Christ. Ainsi est-ce le choc, l'horreur, la stupéfaction, l'effarement, l'apocalypse, lorsque je me retrouve au bord de la piscine, le dernier jour de ma dernière saison. Je ne sais pas encore à quel point je vise juste quand je déclare d'un ton tragique : *Mon cœur est brisé en mille morceaux et, et, et à partir de là ça va être de pire en pire. Je le sais, je le sens. Ça va être de pire en pire, c'est sûr*. La morve jaillit de mes narines, je sanglote tant et si bien que je suis prise de convulsions. À cette joyeuse cacophonie, la Cocoplat et les rares filles qui arrivent encore à me supporter joignent leurs cris. Le coach Stan fait la moue, met en marche son chronomètre, l'arrête.

De pire en pire

Lorsque le visage de sœur Nestor trahit son mécontentement, sa laideur atteint un point de non-retour.

En retard. Cette nonne mathématicienne n'a que peu de patience en dehors de l'étude des Saintes Écritures.

Je pose les yeux sur la grosse horloge ronde aux aiguilles noires, la courtaude fixée sur le huit, la plus mince s'apprêtant à décapiter la cinquantième minute. Des gouttes d'eau ruissellent le long de ma queue-de-cheval et maculent le sol, formant une flaque que j'essaie d'éponger de mes chaussures, des Keds bleu marine assorties aux rayures de mes chaussettes. J'étudie ma main : je serre si fort mon sac à dos détrempé que mes phalanges ont pris une teinte verdâtre. Les rayons X des yeux de mes camarades, des adolescents sans pitié, me transpercent de part en part, me fouillent, détectant toutes mes faiblesses. À la façon d'un laser, ils chauffent mon visage à blanc, suivent le contour de mes larges épaules, marquent une brève pause pour railler ma poitrine concave, ne s'attardent pas sur mes poteaux et suffoquent face à mes pieds gigantesques. Je hisse le sac à dos sur mes épaules et, d'une main froide, referme sur mes secrets les pans de mon pull bleu marine.

Pardon, ma sœur, lançons-nous presque à l'unisson.

En retard. Encore. Elle hésite sur le châtiment qu'elle doit nous réserver.

Bron se tient près de moi. Tout est de sa faute, mais je préfère me taire, éviter les ennuis. Nestor les évite elle aussi ; elle ignore

Bron délibérément et garde ses yeux vrillés sur moi puisque je suis la plus grande désormais et qu'elles ont dû recevoir des instructions, *Évitez cette diablesse*. Dot et Roxy étudient leurs chaussures. Nous avons débarqué devant toute l'école pendant l'assemblée du matin. Assemblée que Nestor a interrompue afin de marquer le coup. J'espère si fort que Bron ne la défie pas du regard que j'en ai la gorge nouée. *Ô Gloria in Excelsis Deo.*

J'en ai plein le dos de toutes ces… conneries, lâche Bron.

Ses mots franchissent le gymnase à la vitesse d'une décharge électrique. Nestor pivote lentement en direction de celle qui vient de proférer une telle énormité. Jusqu'ici je me suis débrouillée pour ne pas vraiment croiser son regard, mais là ma tête est attirée par un aimant surpuissant. Je retiens mon souffle.

Leonard nous a dit que Bron est presque guérie, que la cause de son immense fatigue, qui s'est conclue par une bosse sur sa nuque grosse comme mon poing, est désormais localisée et ne tardera pas à être éradiquée. Sauf qu'elle n'a pas l'air guérie du tout, Bron, et que la seule et unique chose à avoir été éradiquée chez elle, c'est sa bonne humeur. Elle a le teint cireux, les yeux qui exhalent des volutes de fumée, et elle pince les lèvres si fort qu'elle a l'air d'avoir avalé sa bouche. Il n'y a pas longtemps, elle a menacé de dire aux bonnes sœurs de tomber le voile. Je scrute mes lacets mouillés, je maudis Leonard en mon for intérieur. C'est lui le responsable, lui qui a insisté pour qu'elle finisse son année de terminale malgré mes mises en garde : *Mauvaise idée. Elle aime trop les cheveux. Vaudrait mieux attendre que les siens repoussent. Tu sais ce qui arrive quand elle déteste un truc*. Il a balancé un *Foutaises* qui a scellé le destin de Bron, et voilà le résultat.

Nestor pèse la situation puis nous donne congé d'un mouvement de son terrible menton. Nous rejoignons nos classes respectives dans les gradins et tout le monde reprend en chœur. *Ce pays est le tien, ce pays est le mien, de la Californie jusqu'à l'île de*

New York. Je fais semblant de chanter, le cœur n'y est pas. Assise derrière moi, Lilly Cocoplat oriente une fausse voix de contralto vers mes tympans : *Ce pays est le tien, ce pays est le mien, de la Vaginie jusqu'à l'île de New Chatte, des boulettes de marron jusqu'aux mers de sperme, ce pays est là pour faire pipiiii.* J'éclate d'un rire forcé, un peu patraque. Sœur Augusta me tire de côté et m'avertit : *Je t'ai à l'œil, jeune fille.*

Les nonnes ne font jamais d'exercice, méprisent la nage et les nageurs, ne croient pas en l'effort physique, jugent le sport indigne d'intérêt – à l'exception du softball. Ce n'est pas parce qu'elles restent pures qu'elles n'éprouvent aucune attirance pour le mal. Je parierais qu'aux ventes de charité elles ne présentent pas tous les gâteaux qu'on leur a donnés, qu'elles préparent plus de pommes au caramel qu'elles n'en servent, que la machine à barbe à papa fait des heures sup' jusque tard dans la nuit. Pendant les kermesses, elles dégustent des glaces trois boules à l'aide d'une petite cuillère en plastique, le regard dissimulé derrière d'énormes lunettes à monture papillon dont les verres foncent automatiquement au soleil.

Au goûter je mange du gâteau et, alors qu'elle en raffole autant que moi, Bron n'en avale pas une miette. Elle ne s'attelle pas non plus à l'article destiné à la gazette des élèves du Saint Nom, *Sous les projecteurs*, ne brosse pas ses longs cheveux blonds devant le miroir pour qu'ils retombent sur ses épaules en un rideau chatoyant, ne chante pas dans le toboggan à linge sale parce qu'elle trouve que sa voix y sonne comme celle d'une star. Elle n'est pas coincée avec ses meilleures copines dans l'une de ces voitures pleines à craquer qui klaxonnent quand je rentre à la maison, seule. Elle se terre dans notre chambre, toutes lumières éteintes, porte fermée, interdiction formelle de la déranger. Quand je plaque mon oreille sur sa porte, aucun son ne s'en échappe, on croirait presque qu'elle n'est pas là. Assise dans la cuisine, Dot s'instruit dans le but de tutoyer la perfection. Au sous-sol, Roxanne fabrique un bong artisanal à partir d'un rouleau de papier-toilette, de chatterton, d'aluminium et d'une poignée de cure-dents. Où sont mes parents, je l'ignore ; ils ont disparu. Dans ces cas-là, June, la fille prodigue d'un paroissien à la vie houleuse, s'occupe de nous. Elle récure le four, plie les vêtements, répond au téléphone, vibre de cette énergie héréditaire qui a causé la brouille de sa famille avec la justice de Dieu et celle des hommes. Profitant que mes parents ne traînent pas dans les parages, elle lâche des bordées de jurons : *Je me demande ce qui est arrivé à ce putain de gâteau.* Je hausse les épaules, elle fait de même. Nous nous découvrons de multiples points communs : nous aimons les plats préparés, nous sommes infatigables, polyvalentes, nous avons tendance à nous cogner partout. Comme moi, elle trébuche dans l'escalier ou multiplie les chutes jusqu'à ce que l'un de ses membres osseux heurte quelque chose susceptible de laisser une marque. Nous comparons nos blessures de guerre. Elle fait le ménage de façon frénétique et passe l'aspirateur tambour battant, traçant des lacets sinueux que j'emprunte comme autant de sentiers. Sa besogne finie, elle s'assied sur un tabouret de bar et virevolte, lit des magazines ou regarde la télé.

Tu n'en as pas marre de nager ? Elle m'observe en train de chercher de quoi calmer ma faim.

Nan. Trois fois par semaine, c'est quasi rien. La plupart des sportifs de mon âge nagent deux fois par jour. J'ôte l'emballage d'un gâteau marbré nappé d'un sucre glace aussi blanc que crémeux.

Moi, ça me soûlerait vite… assène-elle en triturant l'ourlet râpé de son jean. *Dis, à quoi tu penses quand tu nages ?* Elle se met à tripoter une boucle d'oreille.

À rien. À nager, je mens, grattant le sucre de mon petit doigt.

Quand Leonard débarque, il ne sait plus où donner de la tête ; le voilà au téléphone, plongé dans un livre, absorbé dans la contemplation du mur, son attitude nous mettant au défi de le distraire.

Ses émotions, il les dissimule, mais le masque se craquelle déjà. Son nouveau moi se dévoile, plus rigide, plus calme, plus solitaire. Je l'interromps en entrant dans son bureau et le dévisage jusqu'à ce qu'il capitule et lève les yeux.

Papa, est-ce que je peux recommencer à m'entraîner avec le coach Stan pendant l'année ? Les sœurs disent que je suis moins tête en l'air qu'avant. J'ai presque treize ans… et je ne m'endors plus en cours. Je suis sûre que plus jamais je ne dormirai en classe…

De la main, il m'oblige à faire silence. *Non.*

Je trouve ma mère au salon, elle parle du bon vieux temps avec ses meilleures amies, une théière pleine et une assiette de cookies desséchés, ceux de la boîte en fer au-dessus du micro-ondes, délaissés au centre de la table. Je l'écoute évoquer un tourbillon de souvenirs, ses envies étranges de femme enceinte, des fringales inédites, un seul et unique cocktail alcoolisé, le tabagisme passif, les fringues synthétiques, les lotions antimoustiques, une complicité saugrenue avec la centrale électrique de Glenwood. Je l'écoute disséquer l'histoire des morts de la famille. Elle me fixe de ses yeux méfiants, lèvres pincées, lorsque je m'immisce dans une brèche qu'elle n'a pas encore envahie de ses paroles, et j'explique avec sérieux, en moulinant des bras, le gouffre énorme qu'a creusé mon exil du club de natation dans mon existence désormais vide. Elle me coupe au milieu d'une phrase, jette un *Tais-toi* d'une voix que j'entends pour la première fois et qui a dû lui racler la gorge.

Eucharistie

Leonard conduit comme un dératé, évite de justesse les voitures stationnées le long du trottoir. Toute la petite famille s'en va assister à la messe de Noël en l'église du Saint Nom. En retard. La bête noire des bonnes sœurs ? Les retardataires. Arriver trop tard à la messe de Noël, c'est arriver trop tard pour le Christ. Je me cramponne à la poignée de la portière pour ne pas écraser Roxanne. Si je l'écrabouille, elle écrabouillera Dot, Dot écrabouillera Bron, et c'est là que les ennuis commenceront. Nous avons reçu des ordres très stricts la veille : *Laissez-la tranquille*. Je m'agrippe à la poignée au moment où le véhicule fait une embardée et que ma mère pousse un soupir, comme si elle n'y était pour rien. À l'heure où nous étions censés pénétrer dans l'église comme une famille normale, elle se baladait dans la maison vêtue en tout et pour tout d'un chemisier en mousseline de soie et d'un collant noir, ses poils pubiens aplatis par la maille comme une mangouste au milieu d'une autoroute, les lèvres encore non fardées. Je me fichais de l'endroit où elle l'avait fourrée sa jupe, tout ce que je voulais, c'est qu'elle l'enfile. Tous les ans, le même cirque : la neige qui tombe par poignées entières, le sol verglacé et ma mère à moitié nue, en jupe mais sans haut, en soutien-gorge épais et veste mais sans pantalon, errant à travers la maison, coiffée, maquillée, mon père dans son antre à attendre, les étoiles qui scintillent à des années-lumière de distance tandis que les autres familles prennent déjà place sur les bancs en bois, l'orgue bourdonnant en fond sonore, l'odeur des haleines se mêlant aux parfums de Noël et à l'encens.

Avant d'entrer, nous ouvrons la lourde porte avec prudence et risquons un œil à l'intérieur, en quête d'une place libre. D'habitude les Schipper arrivent après nous mais, ce soir, je les repère au dernier rang, leurs cheveux labourés par une raie si soignée qu'elle révèle intégralement une oreille. Seuls les bancs situés derrière les bonnes sœurs sont vides. Le père Tod marmonne à l'autel, tenant le calice à deux mains. Jésus n'a pas encore daigné descendre, Il s'attarde encore là-haut, Il hésite. Impossible d'y couper, il va falloir remonter l'allée centrale. Leonard, mâchoires serrées, chuchote : *On avance.*

J'ai pris quinze centimètres, je suis presque aussi grande que mon père, je vis la première année franchement pourrie de mon existence. J'ai beau les supplier de venir, mes règles se font attendre. Je prie le ciel avec ferveur, répète en boucle : *Je suis prête.* Je vérifie le fond de ma culotte dès que l'occasion se présente. Mon cœur se fendille face au rectangle doux et immaculé qui trahit la petite gamine. Au collège, les filles saignent de concert et le sujet est sur toutes les lèvres. Je découvre que j'offense Dieu le jour où j'attire ma mère dans la cuisine pour lui raconter un mensonge : *Ça y est, je les ai.* Elle va chercher dans sa salle de bains une maxi-serviette hygiénique qu'elle me tend avec un bref sanglot. Mise au courant, Bron vrille sur moi un regard qui en dit long : elle sait qu'il y a anguille sous roche, mais n'est pas d'humeur à enquêter. Quant à Lilly Cocoplat, elle déclare : *Alors tu vois que c'est rien. C'était pas la peine d'angoisser.* Et, les yeux dans les yeux, j'aggrave mon cas : *Ouais, c'est affreux.* Chaque chose en son temps, je sais, et je colle soigneusement une maxi-serviette au fond de ma culotte.

Justement, j'en porte une alors que je me faufile sur le banc, à côté de Dot. Je la sens entre mes jambes, telle une torpille qui absorbe la chaleur sèche de mon corps. J'incline la tête et fais mine de prier pour le bonheur universel. Lorsque vient le moment du rite de la paix, les bonnes sœurs pivotent vers moi, menton soutenu par leur barbette, me serrent la main de leurs doigts secs et m'accordent la paix du Christ. Elles occupent mon paysage depuis mon premier jour sur terre.

Le rite de la paix ne manque jamais de stimuler le sens du drame de ma mère. Cette année, elle s'est mis en tête de donner libre cours à une époustouflante crise de nerfs. Elle pleure à larmes si chaudes qu'elle lutte corps à corps contre elle-même, et Leonard doit se cramponner à elle de peur qu'elle ne s'écroule sur les religieuses. Bron apprécie moyennement : elle a les traits tirés et se tient aussi droite et dure qu'une planche. Des ennuis en perspective. Je grince des dents, à la recherche d'une issue de secours : bientôt les cantiques, ensuite le buffet avec thé chaud, cidre, café, jus de fruits, sans oublier les deux cents variétés de gâteaux. Je localise Lilly Cocoplat, prise en sandwich entre ses deux escogriffes de parents. Elle enfonce son majeur dans sa narine et tousse par deux fois. J'ai toutes les peines du monde à me contrôler ; les guimpes s'agitent en bruissant ; ma mère se ressaisit, le temps de me pincer de ses ongles pointus. La vie n'est qu'équilibre délicat.

Au buffet, Leonard est cerné en un clin d'œil par les robes noires. Sœur Atrocia pérore comme une mitraillette, un morceau entamé de strudel calé au creux de la main. Nestor hoche la tête avec véhémence, ici, et encore là, mâchonnant quelque chose de non identifié, mais ses protubérances mammaires sont saupoudrées de miettes roses. Je regarde leurs lèvres bouger, certaine qu'ils échangent des informations de la plus haute importance. J'envoie la Cocoplat en éclaireur ; elle revient chargée d'une assiette où s'étalent du crumble aux pommes, une tranche de gâteau des anges, une poignée de chocolats emballés d'aluminium et un verre contenant un liquide rouge : *Rien*.

C'est quoi, ce truc rose que mange Nestor?

J'ai cherché. Il n'en reste plus.

Bron se tient devant la baie vitrée, à moitié cachée par l'arbre vénérable revêtu, sur toute sa hauteur, d'anges découpés dans du papier argenté. Appuyée contre la vitre, elle se sert de sa main restée libre pour chasser ma mère.

Leonard et moi, nous avons fini par signer un compromis. Durant l'année scolaire j'intègre l'équipe de natation du collège et m'entraîne avec les Dauphins le mercredi après-midi, à la condition *sine qua non* que mes notes ne dégringolent pas. Lilly fait des bonds de cabri quand je lui annonce la nouvelle, mais elle s'intéresse de moins en moins à la piscine. Ça saute aux yeux.

L'équipe du Saint Nom est prise en charge par la dernière recrue des sœurs, le père Timothy Heaver, entraîneur de tennis et fan absolu de Bjorn Borg. Si nous n'existions pas, personne ne le remarquerait. Le père Tim profite de la première compétition de la saison pour prononcer un discours qui fait autant référence à la Sainte Trinité qu'à la vie fabuleuse de Bjorn Borg. Le père Tim est du genre à transpirer, les atmosphères chlorées ne lui vont pas bien au teint et il est impossible d'échanger un mot avec lui au cours des séances d'entraînement car les joueuses de tennis l'assiègent comme des moucherons. J'essaie de lui expliquer deux ou trois choses dans l'intimité du confessionnal, par exemple le principe de la surcharge graduelle qui préconise d'augmenter par paliers la charge de travail que peut supporter un athlète, un peu plus chaque jour, afin qu'il dépasse ses limites. *C'est prouvé, mon père. Le coach Stan l'a expliqué aux Dauphins quand on avait six ans*. Le père Tim est d'avis qu'une séance par jour, cela suffit largement, même si tous les nageurs du monde se paient notre tête.

On ne va pas améliorer nos chronos, je murmure, devinant sa silhouette à travers la grille couleur ardoise.

Bien sûr que si, et en prime on va s'amuser. Il s'arc-boute sur son coude, pose le front au creux de sa paume.

Je foudroie son profil du regard et élève la voix d'un cran. *Ce n'est pas comme ça qu'on va renforcer nos muscles ; allez-y, demandez au coach Stan. Appelez-le. Il vous dira la même chose : on a besoin de deux séances d'entraînement draconien par jour. Sinon, on va stagner.*

Il me répond dans un murmure quasi inaudible. *Bien sûr que tes muscles vont se renforcer. Qu'est-ce qui les en empêcherait ?*

Je rétorque, un peu trop fort, indifférente aux oreilles qui traînent. *Posez la question au coach Stan, père Tim. Et pour les discours… je pourrais vous donner…*

Il enfreint le protocole de la confession catholique, à savoir le principe d'anonymat absolu, et scrute l'ombre massive que je dessine dans le box. *C'est pour cela que tu es venue ?*

Je croise les bras, les yeux au sol. *Oui*.

Il ne détourne pas le regard ; je sens son souffle sur moi. *Il n'y a rien d'autre ?*

Mes rotules s'enfoncent dans le bois. *Non*.

Rien dont tu souhaites m'entretenir… Il agite la main, la manche de sa soutane dégouline sur son poignet.

Tout va bien. Papa l'a dit, je chuchote. Il me bénit, laissant échapper un soupir.

Avec moi l'équipe de natation compte douze membres, dont onze nagent « pour le fun ». La plupart sont d'ailleurs des joueuses de tennis camouflées : elles s'extasient sur Chris Evert et portent des socquettes ornées de petites balles jaunes qui rebondissent au rythme de leurs pas.

Je force le père Tim à me réserver un couloir. Je plante mes pieds dans le carrelage, affiche une franchise désarmante et lance : *Je veux un couloir rien qu'à moi, père Tim.*

Les compétitions se concluent par un fiasco, toutes sans exception. Je nage mal, j'ai le moral dans les chaussettes. Comme ma croissance n'est pas achevée, je suis percluse de douleurs. Un matin c'est une brûlure sourde derrière les genoux, le lendemain une sensation étrange dans la hanche. Des crises existentielles me paralysent sur le plot de départ, je taquine les extrêmes de la maussaderie. Je lance : *Bon sang, ces crampes font un mal de chien*, et les joueuses de tennis me jettent un coup d'œil méfiant.

Ma nage se désagrège comme une feuille de papier dans l'eau. Les Dauphins, mes anciennes camarades que j'ai toujours battues facilement, me battent à leur tour à plates coutures. Elles ont droit à des entraîneurs équipés de moustaches et de calepins, à des sponsors et des soirées pyjamas, à des séjours dans des campings et à des séances de piscine le matin. Je ne pousse pas de hourras, mais de leur côté elles ne se retiennent guère : *Le Saint Nom, c'est pas bon.*

Le père Tim déclare : *On a nagé de notre mieux et moi, personnellement, je suis très fier*, les joueuses de tennis sourient en bloc, je fais la tête. Il nous donne sa bénédiction.

Ça m'agace. *Ne nous bénissez pas pour de vrai, père Tim. Faites-le dans votre tête.*

Les seules nageuses qui nous dépassent en nullité dans tout l'état du Kansas, ce sont les Rangers d'Arc City. Arc City, berceau de la pizza à croûte épaisse, des filles à gros mollets et au torse enrobé de graisse dont on peut compter les bourrelets de l'autre côté du bassin. Cela me démange de gagner ne serait-ce qu'une épreuve, mais je suis en proie à une terrible nervosité, je plonge trop tôt, me fais disqualifier, reste bloquée dans la corde de rappel, le cœur au bord de l'implosion. Le père Tim philosophe : *Ce sera pour la prochaine fois !* tandis qu'une Ranger me fait un doigt d'honneur, le lard qui matelasse son bras ballottant sous l'effort. De retour chez moi je téléphone au coach Stan, une boule de désespoir logée au fond de la gorge. Il m'accueille avec un soupir. *Con-cen-tre-toi. La prochaine fois, respire par le ventre, comme je te l'ai appris.*

La prochaine fois

Leonard est penché sur la petite porte découpée dans celle, immense, du hangar. Je me sens à la fois détachée et attentive. C'est très agréable. Je me tiens derrière lui, la lampe torche braquée sur la serrure, le ciel aux nuances de saphir annonce l'aube. Il ouvre ; j'éclaire l'intérieur du hangar.

Ce qui frappe au premier coup d'œil dans le fabuleux Mooney M20K 305 Rocket, ce sont ses ailes, sa tache orange vif, la bande bleu layette qui zèbre sa carlingue jusqu'au bout de son nez admirable. Nous l'empruntons souvent, à tour de rôle. Le docteur Bob se joint à nous lorsqu'il n'est pas de garde ; Ahmet Noorani saute parfois à bord à la dernière minute. De temps à autre maman dompte son mal des transports à l'aide d'un chewing-gum à la menthe, de bonbons au gingembre, d'une bouteille d'eau et d'un sac en papier ourlé de plastique, mais uniquement à l'occasion de nos longs week-ends culturels durant lesquels nous dormons dans des gîtes exigus, louons une voiture, allons dans des fêtes foraines et nous crêpons le chignon.

Ce matin, à notre arrivée, Shirley R. s'est fendu d'un *Salut, Mister Chauve souris* lorsque son regard a atterri sur Leonard. En réponse il lui a lancé un sourire, son maigre visage sillonné de rides. *Bien le bonjour, Shirley ; la météo m'a l'air au beau fixe aujourd'hui*. Moi, pour tout accueil, j'ai eu droit à un signe de tête glacial, les lèvres crispées en une épaisse barre corail. Shirley a surpris la Cocoplat en train de l'imiter la dernière fois que nous avons volé ensemble ;

on avait oublié de vérifier qu'on était bien seules dans les toilettes, mais nous avons retenu la leçon. J'ai ravalé le sourire que je lui destinais. Certaines personnes vous accordent une chance, une seule, après quoi elles vous rayent de leur existence.

Ce matin je vole seule avec Leonard, même si ce n'est pas mon tour de l'accompagner. Pas besoin de tirer à la courte paille : il m'a intimé *Sois prête à cinq heures*, donc j'étais prête à l'heure dite. J'avais disposé mes vêtements à côté de mon lit, de façon à les enfiler dès mon réveil sans déranger Bron. Elle ne s'est pas réveillée. En refermant la porte j'ai posé mon regard sur elle, emmitouflée dans sa couette, le visage caché sous ses longs bras aux coudes pointus. Hier soir rien n'aurait pu entacher sa bonne humeur. Elle a chanté *Cat's in the Cradle*, et ça m'a rendue si triste que je lui ai demandé de se taire. Elle a embrayé sur *Rikki, Don't Lose that Number*, une chanson que je déteste, alors je me suis faufilée dans le bureau de Leonard, j'ai piqué des caramels achetés aux bonnes sœurs que j'ai rapportés dans la chambre. J'en ai mâchonné une poignée, elle en a mordillé quelques-uns et m'a demandé : *Tu ne trouves pas que ça fait très majordome anglais ?*

Quoi ?

La maladie de Hodgkin. Tu ne trouves pas que Hodgkin, ça fait majordome anglais ?

Là-dessus, j'ai gobé mon caramel. *Ouais, si tu le dis.*

Quand nous pénétrons dans la salle d'attente de l'aérodrome, mon cœur s'emballe ; je repère une petite bande de Mooniaques vautrés sur le sofa en tweed, un gobelet en polystyrène rempli de goudron fumant à la main, des cartes topographiques dépliées sous le nez. Mooniaques et clones aquatiques de Chris Evert se ressemblent : ils s'habillent tous pareil et dissimulent la passion dévorante qu'ils éprouvent pour leur unique centre d'intérêt : *les anciens Mooney, les modèles récents, les pistons les plus puissants à fendre l'azur.*

Coup de chance : aujourd'hui ils planifient une espèce de chasse au trésor qui sillonne les États du Sud, avec un terminus quelque part en Floride. Leonard échange avec eux une poignée de main, ils m'adressent un coucou tandis que je me dirige, le dos voûté, vers le distributeur de Coca qui n'accepte que les pièces de vingt-cinq cents.

Parfait. Moi qui ne supporte pas qu'on prenne du retard, je m'affale sur le sofa miteux en lâchant de longs soupirs et scrute les pages centrales des magazines d'aviation que Shirley a punaisées aux murs. Bron n'oublie jamais d'apporter un livre, au cas où, et s'installe en travers du fauteuil de velours, jambes ballantes sur les accoudoirs. Roxanne, elle, préfère regarder par la fenêtre tout en se rongeant les ongles. Dot retourne à l'accueil et s'assied sur les genoux de Shirley, elle salue les nouveaux arrivants ou dessine des avions bariolés plongeant dans l'espace intersidéral. Les effluves du café spécial pilotes amateurs assiègent la petite salle surchauffée au fur et à mesure des allées et venues de voyageurs lestés d'un sac week-end sur l'épaule et d'amples porte-documents en cuir dont le contenu n'éveille absolument pas ma curiosité.

Il nous arrive souvent d'effectuer des excursions culturelles aux quatre coins du Kansas. Debout aux aurores pour voir l'énorme puits et la météorite à Greensburg, puis l'île aux Singes à Independence. Lors d'une visite au parc du Magicien d'Oz à Liberal, nous engloutissons des piles de pancakes qui nous arrivent au menton. À Meade, immense déception face au tunnel utilisé par le gang des Dalton pour s'évader en 1929, un tas de boue sans intérêt. Nous assistons à la célébration de l'écureuil noir qui se déroule chaque année à Wichita, et achetons des écureuils en plastique dont les traits figés reflètent les complexités de la joie humaine. À Cawker City, nous étudions la plus grande pelote de ficelle au monde et, à Liberal, au musée des Sciences médicales Halstead, la femme transparente dont l'appareil génital brille de mille feux. J'examine les points phosphorescents, les ovaires aussi éclatants que le soleil, les tubes et tuyaux rose fuchsia. Je m'approche d'elle, anxieuse de découvrir l'élément vital qui manque chez moi, quand Bron m'attrape par le bras et serre fort : *Les gens te regardent*. Nous atterrissons dans un champ, à un jet de pierre d'une fête locale, où nous lançons une razzia sur les bocaux de crème de châtaignes, mélasse dont la couleur rappelle celle d'une taupe, les pickles, le maïs frais et doux qu'on égrène, puis nous levons l'ancre. Nous louons une voiture dans un aéroport perdu au milieu des champs comme une vulgaire cabane et parcourons le parc national des Smoky Mountains, pique-niquons au bord d'un petit lac à l'eau vitreuse et glaciale, retenons notre souffle au moment de plonger, rentrons à la maison précédés d'un soleil violacé, tandis que notre mère vomit à plein volume dans l'un de ces sacs estampillés American Airlines que Leonard récupère à bord des avions de ligne qu'il emprunte.

Il nous arrive de voler pour le simple plaisir de voler, à l'aventure, en traçant des cercles larges et réguliers, hypnotisés par le monde en contrebas, sans piper mot jusqu'à l'atterrissage houleux, caoutchouc contre ciment, instant où le ciel retrouve soudain sa place. Il s'agit là de vols thérapeutiques qui répondent à un postulat précis : s'arracher à l'emprise terrestre revient à en apaiser la morsure. Et ça marche : en une valse débridée, les petits problèmes disparaissent à l'horizon en attendant que les plus gros capitulent et se joignent à eux.

Le docteur Ahmet Noorani, urologue et Pakistanais de son état, possède un hangar voisin du nôtre. Il pilote un Cessna en piteux état, rebaptisé Coin-Coin par mes soins, et construit son propre avion. Chaque fois que nous venons, nous le trouvons dans son atelier, en salopette d'un blanc sale, clef à molette dans une main et cigarette jaune vif dans l'autre. Dès qu'il nous voit, il délaisse ses outils et nous étreint l'une après l'autre, nous attirant vers son visage râpeux pour nous claquer deux bises. Leonard et lui sont unis non par une passion commune, mais par la solidarité masculine : tous deux vivent au milieu d'une tribu de femmes. Ahmet en a trois, trois filles courtes sur pattes et grassouillettes, blondes comme les blés, qui n'ont aucun air de famille avec lui. Les clans féminins s'étudient de part et d'autre du hangar, ne se mélangent pas, quand bien même Ahmet nous encourage : *Alors les fifilles, ne soyez pas timides ; qu'est-ce qui vous prend ? À la maison elles jacassent sans arrêt...* Si jamais le docteur Noorani soumet à Leonard l'une de ses questions aux intonations mélodieuses, c'est la garantie de passer une heure à examiner les pièces du moteur étalées par terre sur une bâche grise. Aujourd'hui le hangar voisin est plongé dans l'obscurité, les outils rangés avec soin dans une boîte métallique, la bâche pliée consciencieusement par-dessus. Coin-Coin est attaché, ses mirettes recouvertes d'un matériau isotherme argenté.

Je le salue comme je l'ai toujours salué, depuis le premier jour. *Coucou Coin-Coin.*

Leonard lève la tête. *Arrête de te moquer. Coin-Coin est un vaillant petit avion.*

Un avion est plus facile à manœuvrer qu'une poussette. Leonard tient la barre, portière ouverte, sa Pataugas beige plantée sur le marchepied, il est plongé dans ses calculs, anticipant le voyage, et fredonne de plaisir. Oubliant ma force, je pousse trop violemment.

On ne transporte pas une cargaison de briques... doux, tout doux.

Notre haleine forme des volutes de buée alors que nous piétinons la paille gelée et odorante dispersée en couche fine sur le tarmac. Le calme règne, à tel point qu'on entend détaler de terreur les lapins. Leonard effectue les vérifications d'usage, une fois, deux fois, sans se presser. Il chausse ses lunettes et, par chiquenaudes, abaisse ou remonte les commandes; moi, je regarde le soleil auréoler l'horizon d'un arc de lumière blanche.

L'avion roule droit sur la piste, Leonard murmure des trucs à la tour de contrôle, la tour lui répond sur le même ton. Il pivote vers moi comme s'il venait de se rappeler ma présence, m'offre un sourire, lève les pouces en signe de victoire: *255 Oscar Papa Roméo, à vous.* Le rugissement du moteur fait vibrer mon plexus solaire, la vitesse me plaque sur mon siège jusqu'au moment où nous nous libérons de la gravité, les organes en suspens pendant le décollage. Je suis mal à l'aise à ma place de copilote car je n'ai pas envie de mourir. Et l'idée de mourir seule, en compagnie de Leonard, me déplaît tout autant. L'idéal, ce serait de trépasser en famille, sinon je crie à l'injustice. Je préfère garder secret mon raisonnement, car à en croire Leonard, planer à sept mille cinq cents mètres d'altitude présente mille fois moins de risques que parcourir à bord de notre break les six kilomètres qui séparent notre rue de la kermesse de Pâques organisée par le Saint Nom. Il n'a pas tort, je le reconnais, mais ce n'est pas l'impression qui me frappe quand le Rocket lève bien haut le nez, s'arrache à l'emprise de la gravité et laisse la terre loin derrière, tandis que des forces invisibles me clouent à l'armature de mon siège. J'ai l'estomac qui fait des loopings.

Voler seule avec Leonard implique le droit d'avoir un casque pour moi toute seule, ce qui me permet de suivre les échanges entre les aiguilleurs du ciel et les autres avions dissimulés dans les nuées. J'adore écouter les pilotes qui survolent le Kansas, leurs observations laconiques, leurs requêtes qui vont droit au but, le rare plaisantin qui traverse un orage et dont la voix me berce, se réverbère sur mon oreille interne, me plonge dans un effroi si profond et si délicieux que je flotte, à demi consciente, promenant mes yeux mi-clos sur les nuages, les collines verdoyantes, les soldats de plomb qui, sur la terre ferme, mènent des existences étriquées.

Nous franchissons un essaim de nuages, mastodontes gris et denses ; avec eux, morosité garantie, m'indique Leonard. Les cieux s'ouvrent sur un azur aveuglant et le voici enfin, le soleil, cyclope bienveillant qui nous protège, heureux élus, avec constance, et la vie est un prodige de tous les instants.

La voix de Leonard couvre les parasites. *Pas mal, hein ?*

Je lui réponds : *Ouais, pas mal.*

Il reste silencieux, n'ouvre la bouche que pour signaler une étrange concrétion naturelle noyée dans les épis de maïs – des mains d'or pur, disloquées, qui jaillissent d'une couette immaculée ; le Missouri vitrifié par le froid, emprisonnant une péniche grise et solitaire, pareille à une grosse mouche happée par une toile d'araignée hérissée de givre.

Je passe le temps en calculant la distance qui sépare la terre du ciel, visse mes yeux sur la surface du globe et m'amuse à imaginer un crash. Parfois je nous ai catapultés à l'extérieur avant l'impact, et nous gisons sur le dos, criblés de bleus, de meurtrissures, les cheveux roussis et encore fumants, le visage enduit de gasoil ; sonnés, mais en vie. Nous échangeons un sourire stupéfait, nos dents ont la blancheur exagérée des personnages de dessin animé. Mais, le plus souvent, mon imagination dérive vers le choc fatal ; une multitude d'objets durs et inanimés perforent notre appétit de vivre, la vie s'échappe de notre corps dans un furieux jet de vapeur, nos entrailles bruyantes se vident aussi complètement qu'un écran qu'on aurait débranché. Notre mort simultanée déclenche en moi des larmes délicieuses que je confie à la manche de mon pull, tandis que Leonard nous entraîne à travers le ciel, toujours plus avant ; il témoigne une confiance aveugle à cette machine qui nous transporte à l'abri de son ventre de métal.

Il se racle la gorge. *J'ai une faveur à te demander.*

Voilà qui est nouveau. Je me racle la gorge. *OK.*

Comme il reste muet, je me tourne vers lui. Nous survolons

à vitesse constante de généreuses cuillerées de mousse blanche. Il sent mon regard posé sur lui mais ne bronche pas, des nuages fantomatiques se reflètent dans ses lunettes noires. C'est là qu'il assène, solennel : *Je te demande de rendre les choses aussi faciles que possible pour Bron et ta mère.*

Calquant mon ton sur le sien, je chuchote : *OK.*

Fin de la discussion. Il éteint les casques ; un pilote qui arrive de Kansas City réclame la permission d'atterrir.

L'atterrissage est une affaire délicate. Bousculade de sensations, montée d'adrénaline, frissons soudains, ciel haletant, descente précipitée vers les ténèbres. Les trains d'atterrissage touchent la piste et nous nous extirpons de la carlingue avec mille précautions, comme si on nous avait greffé de nouveaux pieds. J'ignore quelles émotions voler procure à Leonard mais, chaque fois, il semble transfiguré. Nous trouvons Ahmet Noorani en train de se prélasser sur un transat, un exemplaire de *Trucs et astuces pour construire son avion* ouvert sur les genoux ; ses chevilles velues dépassent de ces chaussettes aux couleurs vives qu'il affectionne. À la seconde où il nous aperçoit, il se relève d'un bond, m'attire vers son menton râpeux et me colle un baiser sonore sur les deux joues.

Je leur tourne le dos et leur fausse compagnie. Le ciel est envahi d'avions qui s'évitent avec soin dans un ballet terrifiant. Je les observe un instant avant de piquer un sprint. Je ne sais pas où mes pas me portent, je sais juste que Leonard me rattrapera, probablement. Je file à toutes jambes sous les arbres, débouche dans un champ qui s'ouvre sur Glenwood. Le chagrin ne me touche pas et je sais que c'est mal.

Un mètre quatre-vingts et des poussières

Ce soir, aux quatre coins du Kansas, on sort en famille. Dans les pizzerias et les bowlings règne une atmosphère rendue moite par la buée exhalée, les rues sont envahies de berlines où s'entassent des familles massives qui mordent dans des kolaches aux prunes sortis du four. En les longeant, Leonard pousse un juron. Je me cramponne à la poignée de la portière. Maman fignole son maquillage, elle n'en a pas eu le temps à la maison. Roxanne, défoncée, les prunelles illuminées de l'intérieur, attend qu'on s'adresse à elle pour parler sur un ton monocorde, comme si sa langue était engluée dans une crème épaisse. Personne ne semble remarquer qu'elle est accro à la fumette, personne à part Bron, Dot, les bonnes sœurs, June, l'école tout entière, et moi. Le père Tim a choisi de croire que son cœur pourchasse son âme en vain ; certains jours, je le surprends à la bénir par deux fois. Leonard et maman ne voient rien ; ils ont d'autres soucis. Bron contemple la scène par la vitre tout en nattant d'une main absente les franges de l'écharpe qui lui recouvre la tête, chevelure de substitution. Dot regarde droit devant elle, les genoux collés l'un contre l'autre pour laisser plus de place à celles qui ont besoin de s'étaler. Le film que nous allons voir a commencé depuis cinq bonnes minutes. Les arbres s'unissent au vent et envoient leurs feuilles virevolter dans le ciel morose avant qu'elles ne tombent dans les flaques huileuses où j'ai pataugé tout l'après-midi, grisée de plaisir, avec des chaussures pas très indiquées pour ça.

Le docteur Bob m'a fait passer mon examen annuel. Je mesure un mètre quatre-vingts. J'ôte mes chaussettes, je me voûte. Un mètre quatre-vingts, toujours. Je défais ma queue-de-cheval, je m'avachis. Rien n'y fait : un mètre quatre-vingts. Je prends un ton dramatique : *J'ai vraiment pas besoin de ça en ce moment, docteur Bob.*

Tu ne vas pas tarder à finir ta croissance.

Vous m'avez déjà dit ça l'année dernière.

Oui, puisque c'est vrai. Tu vas bientôt arrêter de grandir.

Leonard fait faire ses pantalons sur mesure. Je vais devoir faire pareil.

Il m'ignore. *Comment ça se passe avec tes règles ?*

Mes intestins se tordent sous l'effet d'une terreur inspirée par le mensonge. *Très bien.*

Il me regarde par-dessus ses doubles foyers. *Pas de douleurs ?*

Ohhh si, bien sûr. Un peu. Mais… pas beaucoup. De douleurs.

Tu peux prendre un anti-inflammatoire si ça devient trop difficile à supporter.

D'accord.

Tu es sur quel cycle ? Vingt-huit ou trente jours ?

Mes intestins s'entortillent. *Trente.*

Régulier.

Oh, oui.

Il change de ton, parle plus bas : *Les autres tiennent le coup ?*

Je pousse un soupir, exsudant le soulagement par tous les pores. *Bien. Oui.*

Je mens. La plupart de mes week-ends je les passe à hanter les rayons du Woolworth's en compagnie de Lilly Cocoplat, dans le but de chaparder à tous les étages. Nous superposons les couches : T-shirt plus cardigan d'hiver, collant à maille épaisse enfilé sous le plus large de nos jeans, de façon à bien caler ce que nous fourrons dessous. Lilly, courbes féminines et réglée depuis ses onze ans – elle avait fait sa star une semaine durant –, peut embarquer en un seul voyage deux ou trois nuisettes en synthétique jaune et turquoise, des chaussettes arc-en-ciel avec des orteils, des T-shirts garnis de strass, sans se faire attraper. Moi, je dois me cantonner aux objets plus discrets, tout plats : sous-vêtements en polyester vaporeux, poudriers, flacons de parfum bon marché.

Lilly a sur le vol à l'étalage des théories qu'elle soutient mordicus : il faut savoir repérer sa proie, voler comme si on comptait sortir sa carte de crédit, être rapide, ne pas avoir les yeux plus gros que le ventre. Le vigile en forme de culbuto qui nous traque, sourcils à la Groucho Marx et yeux exorbités, se poste à la lisière du rayon « protections féminines », aussi discret qu'un orang-outan. Mine de rien, nous nous emparons d'un gloss parfumé à la fraise que nous montrons à la terre entière et échangeons à la caisse contre de la monnaie sonnante et trébuchante, puis nous descendons à la cafétéria dévorer nos frites et glace rituelles, notre butin cliquetant sous la toile du jean. Pendant sa pause, le vigile s'assied juste derrière nous et découpe son steak Salisbury d'un air pénétré avant de s'attaquer à la montagne de pommes de terre nappées de sauce boueuse, ignorant nos éclats de rire.

Leonard et maman sont l'un et l'autre d'une humeur exécrable que le temps n'émousse pas. Ils hurlent pour un rien. Maman fond en larmes si je laisse traîner une serviette mouillée par terre, ou alors elle m'assène une claque sur le bras qui laisse une marque rouge pendant des jours.

L'idée de dire la vérité au docteur Bob, histoire de racheter mes mensonges, me traverse brièvement l'esprit. Il m'évoque un prêtre, en version laïque. Il préside une association qui lutte pour la protection des Shawnees et la restitution d'une partie de leur territoire. Autant dire que les péquenots du coin, qu'il appelle affectueusement les « péquenots du coin », ne le portent pas dans leur cœur.

Le docteur Bob doit être la personne la plus intelligente que je connaisse et, comme tous les gens intelligents, à l'exception notable de Roxanne, il est souvent d'un ennui mortel. Il dégaine son stylo et trace les méandres du système lymphatique sur un corps neutre, privé du détail des organes, indiquant par des flèches et des astérisques ce qui cloche chez Bron. J'étudie sa peau parcheminée, ses phalanges poilues, ses ongles propres, et j'acquiesce d'un mouvement de tête, solennelle comme lui. Le corps de Bron donne l'impression de se couvrir de bourgeons mais, le docteur ne laissant aucune place au commentaire, je tiens ma langue et me contente d'opiner du chef, une fois ici, une autre fois là. Je me demande s'il compte ou non m'offrir un petit cadeau : le presse-papiers incrusté d'un scorpion, l'une de ses nombreuses roses des vents, une statuette en bois, mais aujourd'hui je repars bredouille, pas même avec quelques M&M's. Il m'agrippe par l'épaule d'une main sèche, doctorale ; de ses yeux gris clair émane une bonté si authentique qu'elle me met mal à l'aise. *Prends soin de toi. Je suis là pour répondre à toutes tes questions, n'hésite pas* et mon cœur tressaille de terreur. *Il est au courant ?*

Elle multiplie les allers-retours au Glenwood Memorial. Quand elle est à la maison, c'est l'enfer ; quand elle est à l'hôpital, pareil. Deux enfers communicants qui se dilatent à la façon de l'univers, des fournaises sans frontières. Quand elle va mieux, elle menace de se pendre à l'aide d'une ceinture en cuir, ce qui provoque chez ma mère des crises de nerfs assorties de saignements de nez. Je me découvre une imagination fertile. Il me suffit de formuler le mot *ceinture* dans ma tête pour que l'hologramme spectral de Bron prenne vie, le poing sur la hanche, et je vois ma mère basculer sa tête vers l'arrière, un Kleenex ensanglanté collé aux narines, les yeux aigue-marine de June croiser les miens, le poing de Leonard s'abattre sur la table, son aplomb plombé : *Ça suffit, j'ai dit, toutes autant que vous êtes ! Ça suffit.*

Je me charge de la convaincre de mettre fin à ses menaces. Assise au bord de son lit, je m'adresse à son dos, des inflexions raisonnables dans la voix, comme si j'étais devenue l'aînée de la fratrie, par la force des choses. *Tu fiches la trouille à tout le monde.*

Soudain, elle me fixe et siffle comme un serpent. *Et si je me tue pour de vrai ? Qu'est-ce que tu peux y faire ? Je peux prendre cette ceinture et me pendre si j'en ai envie. Pigé, miss Amérique ? Regarde-moi. Allez, regarde, bien en face. Voilà, comme ça. Tu la vois, cette ceinture ? Alors va te faire foutre et arrête de me donner des ordres.*

Je vais me faire foutre, donc. Elle me terrifie.

Leonard et maman semblent persuadés que s'ils se disputent en silence, leurs engueulades passeront inaperçues. Erreur. Ils s'évitent soigneusement du regard depuis deux ou trois semaines, s'adressent l'un à l'autre sur le ton qu'ils emploient en présence de personnes un peu longues à la détente. Leonard jette un coup d'œil à la chaise de maman et demande avec un ton de plus en plus lugubre, comme s'il parlait à un serveur incompétent : *Tu veux bien me passer la dinde, s'il te plaît.* Il se tourne ensuite vers Dot, son regard soudain chaleureux étreint le sien et, avec des accents qui distillent une joie factice : *Alors, comment va ma petite fleur aux yeux de coccinelle ?*, ce qui nous fait toutes sauter au plafond.

Le traitement dure plus longtemps que prévu. Après les rendez-vous, ils rentrent ensemble à la maison alors que moi, attablée au comptoir de la cuisine, j'engloutis doughnut sur doughnut. Leonard ouvre la marche, suivi de Bron et de maman, en file indienne. Après les rendez-vous, ils rentrent ensemble à la maison alors que Roxy, Dot et moi donnons des coups de pied aux feuilles mortes dans le jardin pendant que June fume une cigarette mentholée derrière la cuisine. Parfois ils sortent de la voiture plongés dans une conversation que notre présence ne perturbe pas. D'autres fois ils ne desserrent pas les dents, et un bref échange de regards nous convainc de ne pas briser le silence. June, qui nous sert de taxi, se gare le long du trottoir avec une secousse, elle est d'humeur revêche.

La lune croît, décroît, le vert émeraude du lac Shawnee se nuance de safran puis de brun, les feuilles s'imprègnent d'un kaléidoscope de couleurs et Bron a besoin d'aide pour s'extirper de la voiture. Pâle et tremblante. Rage au ventre, bouche sèche. Le peu de cheveux qui lui restent finissent par tomber, ses taches de rousseur se fanent, ses bras se métamorphosent en brindilles souples et ses yeux en braises féroces, ses doigts ne caressent plus les cordes du violoncelle, le club de français est relégué au second plan, ses camarades ne l'y attendent plus et élaborent leurs stratégies oratoires sans elle. Sur mon vélo je pédale à toute vitesse, dévale des collines, attaque des flaques torrentueuses, longe des maisons endormies, mets pied à terre sous des ponts d'ardoise ; je traverse Glenwood et refais le chemin inverse.

Lorsque je me faufile dans la chambre plongée dans l'obscurité, je l'entends dire : *J'ai un goût de rouille dans la bouche.*

Je presse du dentifrice sur son doigt ; elle en barbouille ses dents, avale.

J'entends des gamins raconter à l'école : *Sa sœur est contaminée.* Je referme violemment mon casier avant de les fusiller du regard.

Quand elle tombe malade, je tombe malade. Quand elle a la bouche sèche, j'ai la bouche sèche. Quand elle fond en larmes et m'ordonne de foutre le camp, je fous le camp sans protester. Notre chambre se transforme en cave humide, les murs se désagrègent, il y flotte une odeur de mousse. Je veux que ça finisse. Je vais dormir chez les Cocoplat dès que je le peux ; là, nous regardons Adam Ant bondir dans tous les sens, tomber à genoux, implorer les mains jointes sous le menton. Pirate et fanfaron, Indien d'Amérique, soldat britannique, il est tout cela à la fois, il arbore des bottes de mec, un jabot mousseux, une triple couche de mascara. Lorsqu'il chante, sa chevelure vibre. Je suis dingue de lui, l'admirer devient une torture. Lilly est amoureuse, elle aussi. Mais moins. Ce n'est pas elle qui couvre l'écran de baisers.

Roxanne sort en bande, découche, disparaît. Chaque fois que maman et Leonard ont la mauvaise idée de lui interdire quelque chose, elle les tanne jusqu'à ce qu'ils rendent les armes – promesse d'ennuis futurs sur lesquels ils finiront par fermer les yeux.

Dot excelle dans tous les domaines : prudence, attention, quiétude, gravité, beauté, propreté, invisibilité, humilité – promesse d'une future sainteté sur laquelle tous s'extasieront.

Leonard joue aux échecs avec Bron jusqu'à onze heures du soir ; à onze heures il descend l'escalier, raide comme un adolescent trop grand.

Maman : *Mange, Leonard.* Elle fait glisser dans sa direction les plats à base de pommes de terre qui le font saliver. Aucun contact direct.

Il les repousse. *J'ai mangé au bureau.*

J'ai la tête qui tourne. *Tu as mangé quoi, papa, des croquettes pour chauve-souris ?*

Lui, épuisé. *Non, petite maligne. Kathy Stupek a préparé une espèce de truc bio. J'ai mangé le truc bio.*

Il ne touche à rien. Quant à maman, elle se tapit dans l'ombre, arpente en chaussettes le parquet grinçant, telle une rôdeuse, et glisse sa tête par l'entrebâillement de la porte de notre chambre dès que Bron rentre à la maison. Nous retenons notre souffle et restons immobiles jusqu'à ce qu'elle s'en aille.

Bron s'allonge sur le dos, le regard fixé au plafond. *Elle va me rendre dingue.*

Je me tourne sur le flanc, les yeux collés au mur. *Elle s'inquiète, c'est tout.*

Étendue sur le ventre, Bron soupire au creux de son oreiller. *Il ne manquait plus que ça.*

Deux ou trois semaines plus tôt, maman, postée à la fenêtre, s'était résolue à supplier, marchander, soudoyer. Perché au bord du lit de Bron, les jambes repliées sous le matelas d'une façon qui rappelait les chaises de jardin entreposées au sous-sol, Leonard usait de toute sa force de persuasion, poursuivant une discussion entamée des semaines plus tôt déjà. Moi, je me préparais avant d'aller en cours ; je m'employais à rentrer ma large chemise dans ma large jupe.

Bron se défendait de cette voix qui lui avait permis de remporter haut la main le débat sur l'Ouganda. *Non, pas question de m'inscrire au Southwestern College. J'attends de me rétablir et ensuite je vais à Columbia, comme prévu.*

Leonard la jouait cartésien, mais ses doigts jonglaient avec le trousseau de clefs. *Oui. Mais. C'est. On parle de ton avenir, là. Tu as une décision à prendre ; ne mettons pas en péril…*

Elle l'a défié du regard. *Je préfère attendre et aller là où j'avais décidé d'aller, papa. Ce n'est pas maintenant que je vais changer le programme.*

Maman a rajusté les rideaux. *Qu'est-ce que tu vas faire de ta journée ?*

Leonard s'est mis debout en se dépliant tel un trombone. Son regard, lorsqu'il a rencontré le mien, avait entamé sa transformation en pierre. J'ai couru après lui, je suis arrivée à bout de souffle près de la voiture pendant qu'il baissait la vitre. *Il faut que je m'entraîne deux fois plus, papa, que je nage tout au long de l'année. Stan pense que j'ai du potentiel.*

Les mains levées – comme s'il s'était fait coincer au beau milieu d'un western –, il a poussé un soupir puis lâché : *Nage, dans ce cas,* avant d'appuyer sur l'accélérateur.

Grâce à mes deux séances quotidiennes, je suis d'un calme olympien. Lorsque ma mère s'agrippe à mon avant-bras et, toutes griffes dehors, le décore de zébrures rouges, je m'extirpe de là, impassible, et pars au collège. Lorsque Bron me réveille au beau milieu de la nuit, je l'écoute, lance un *Comme je te comprends* et me rendors aussitôt. Lorsque le père Tim m'enjoint de faire ami-ami avec les nageuses qui préfèrent le tennis, je rétorque : *OK, père Tim.* Je déçois même Lilly Cocoplat qui se tient sur le seuil, un collant rouge sous son jean : *Prendre des risques aujourd'hui, ça ne me dit rien.*

Les bonnes sœurs s'acharnent à forger notre caractère ; elles passent devant moi dans le couloir, le regard inflexible, leurs jupes fouettant mes jambes avec ce bruissement compact qui projette les petites catholiques maigrichonnes droit dans leur casier, mais je suis capable de tenir le choc. Je me compose une contenance, rectifie ma posture, frappe à la porte du bureau de la mère supérieure et me laisse façonner à leur image dans une fournaise métaphysique. Jamais encore je n'ai approché d'aussi près le statut de mininonne. Je trime sur des comptes rendus de lecture hebdomadaires qui ne me rapportent jamais plus qu'un B, assise dans la cuisine, stylo à la bouche, m'ingéniant à formuler de profondes pensées tandis que June épluche des pommes de terre. Les mélodies accrocheuses qu'elle fredonne me distraient. Je passe pour une *tête de linotte*, et le contraste avec le zen intellectuel de Bron déçoit. C'est ce que prétendent les nonnes. Elles disent : *Qu'est-ce qui ne va pas ? Cesse donc de rêvasser, c'est intolérable.*

Je nettoie le grenier à grand renfort de cire parfumée au citron, tant et si bien que les vapeurs me donnent le tournis. Je me porte volontaire pour lire des histoires aux petits du cours préparatoire en respectant les textes à la lettre, même si aucun adulte ne laisse traîner ses oreilles. À la première chute de neige, j'aide Leonard à mettre les chaînes sur les pneus. Roxanne et moi, nous érigeons un bonhomme de neige coiffé d'une casquette de chasseur. De loin il a l'air absolument adorable, mais en réalité il exhibe un micropénis ainsi que deux noisettes en guise de testicules. Ce chef-d'œuvre déchaîne notre hilarité sous un dôme d'étoiles naines et froides ; notre souffle quitte nos poumons par bouffées légères qui restent en suspens dans les airs avant de se dissiper.

Nous fixons un instant les constellations. Elle se tourne vers moi : *Tu veux fumer ?*

La drogue, non merci. *Un nageur, ça ne se drogue pas.*

Ma réponse n'a pas l'air de la surprendre. *Alors c'est ça que tu es devenue…*

La rage me submerge. *Ça te pose un problème ?*

Soupir. *Non… non.*

Le hasch, ça t'a rendue… plus bizarre.

Jette un œil autour de toi, Phil… je ne suis pas la pire.

Au lieu de suivre son conseil, c'est elle que j'observe, et je suis surprise : en effet, elle est loin d'être la pire.

Leonard se gare laborieusement le long du trottoir, serre les mâchoires, pousse un soupir, ouvre la portière passager et tire maman hors de son siège avec une débauche d'égards, comme s'il se chargeait d'une adorable vieille dame. La salle plongée dans l'obscurité est vide : à Glenwood, *Le Lagon bleu*, film sélectionné par Bron, est un bide complet. Je m'enfonce dans le fauteuil de velours rouge, étire mes jambes jusque dans la rangée précédente, m'affale contre Leonard qui s'assoupit à l'instant où le blondinet efféminé aux frisettes duveteuses plonge dans l'eau et en ressort quelques secondes plus tard, un énorme poisson entre les mains. Bron sombre dans une humeur massacrante qui se prolongera, à de rares exceptions près, jusqu'à sa mort.

A comme Air dans les poumons,
assure-toi qu'il circule
B comme Bouche-à-bouche,
de peur que la vie ne bascule
C comme Circulation,
qui donne au cœur tout son essor
D comme Défibrillateur,
pour mettre K.-O. la mort

La première fois que je l'ai vu, Manny était aveugle. Il rampait sur ses frères pendant qu'ils têtaient leur mère, aiguillonné par un instinct de survie allié à un peu de bêtise et à un talent inné pour tout faire de travers. Il a marqué l'arrêt au sommet de la pyramide, s'est pelotonné et a commencé à lécher une touffe de poils avec énergie, convaincu qu'à force de patience, il parviendrait à en extraire du lait.

Celui-là, ai-je décidé.

Lequel ? a demandé Leonard.

Celui au dessus.

Celui-là ? Tu es sûre ?

Oui. Certaine.

Le fils de la dame aux chiens l'a arraché à cette montagne de fourrure et Manny a laissé échapper un miaulement digne d'un chaton. Je l'ai posé au creux de ma main et, à cet instant précis, j'ai connu l'amour. *Celui-là*, ai-je répété.

Notre jardin est envahi de broussailles et cela attire les libellules que Manny tente de gober. Je suis assise dehors, la peau tannée comme du cuir, les muscles des épaules et des mollets endoloris, et je le suis du regard. Il bondit. N'attrape rien. Bondit. N'attrape rien. Il heurte une souche, tombe, dévale la pente, se retrouve enlisé dans une flaque de boue, glapit. Malgré ses six ans il est, pour citer Leonard, bête à manger du foin.

Voici venu l'été, à moi la liberté. Je deviens l'un de ces ballons anonymes qui errent au petit bonheur à travers le ciel. Mes journées commencent quand ça me chante – tôt – et s'achèvent lorsque je me jette en travers de mon lit, mes paupières se fermant contre ma volonté. On me laisse délicieusement tranquille. *Ô Gloria in Excelsis Deo*. Adieu la messe dominicale, les longues minutes passées à genoux au confessionnal, les hosties sèches collées au palais qu'il faut détacher avec moult salive et mouvements de langue. Des semaines entières se déroulent sans qu'un seul prêtre, une seule bonne sœur pointent le bout de leur nez. Et au terme d'une canicule infernale qui s'éternise, cinq tornades mettent le Kansas en pièces, laissant vingt-deux morts dans leur sillage. Chez nous, il y a seulement un silence intense, des arbres si inertes qu'ils semblent figés dans la glace, une cacophonie hystérique d'oiseaux nerveux qui joue sur les nerfs de June, suivie d'un calme absolu qui la perturbe encore plus. De nouveaux orages se profilent, de massifs nuages noirs avancent aussi lentement qu'une armée de zombies, des aiguilles de pluie s'écrasent au sol, des éclairs surgissent de nulle part. Roxanne et moi, nous nous faisons fouetter par la pluie battante quand June ouvre la fenêtre et hurle : *Vous allez vous faire électrocuter, espèces d'idiotes*. Une version plus douce, plus distante du soleil a pris place au mitan d'un ciel bleu mat, et tout va pour le mieux dans le meilleur des mondes. J'adore cette météo-là : c'est le seul moment de l'année où l'air est plus frais que l'eau de la piscine extérieure du centre aquatique quaker – surnommé le Couac, mon nouveau chez-moi. Je fourre mon visage dans le cou de Manny. Il pue les vieilles chaussettes.

J'apprends les « gestes qui sauvent » sous la houlette de coach Stan et des membres de la brigade des sapeurs-pompiers de Glenwood. Notre mannequin, Doug, est affublé de cheveux bruns et rêches et d'un long visage de macchabée. Dès que les pompiers tournent la tête, Lilly Cocoplat en profite pour lui rouler une pelle, le tartiner de bave en moulinant férocement de la langue. Au fil des jours elle gagne en audace. Pliées en deux, nous rugissons de rire tandis que Stan et quelques soldats du feu lèvent le nez de leurs gobelets de goudron fumant et secouent la tête, loin de se douter que nous sommes de vraies diablesses.

Je n'ai plus rien en commun avec la grande majorité de mes coéquipières. Elles ralentissent l'allure, ne s'investissent plus, louchent sur les mecs mignons qui nagent dans les couloirs voisins. Elles accueillent le coup de sifflet de Stan avec un soupir et retournent lourdement dans l'eau, troupeau d'otaries en pleine digestion. Les rencontres amicales contre des country clubs ou des colonies de vacances se concluent par des victoires faciles et des retours tardifs. Je suis initiée à la manœuvre de Heimlich, au b.a.-ba du massage cardiaque, j'apprends à lire une pupille, palper une veine, voir si quelqu'un est mort ou vivant.

La Cocoplat et moi nous vautrons dans l'irrespect jubilatoire d'appeler nos parents par leur prénom en leur absence. Au rayon beauté du Woolworth's Lilly glisse un eye-liner turquoise sous son soutien-gorge et chuchote : *Roger regarderait d'un très mauvais œil mon comportement scandaleux*. Plus tard, je contemple une paire de baskets étiquetée soixante-dix dollars. *Je vais devoir demander à mémé Marie ce qu'elle pense de ce modèle*. Notre diplôme de secourisme en poche, nous enchaînons avec deux semaines de stage dans l'une des piscines de Glenwood, sous la supervision d'un maître nageur. On tire à la courte paille ; je remporte l'ultra-coincé country club de Glenwood, Lilly, le rigolo parc des Blaireaux. Mes épaules sont un large triangle brun.

Maintenant je peux presque sauver des vies, j'annonce fièrement pendant le dîner.

Bron m'étudie, une aile de poulet grillé entre les doigts, et assène : *Je parie cent contre un que tu te mettrais à flipper.*

C'est la première chose qu'on apprend : à ne pas flipper.

Leonard semble impressionné. *Ça serait bien qu'on suive cette formation tous ensemble.*

Roxanne me décoche un coup de pied sous la table et souffle *PBC*, façon polie de signifier *Putain de bordel de chiotte.*

Bron a retrouvé l'appétit, son estomac retient ce qu'elle avale – pas grand-chose, mais elle mâche et ingurgite, c'est déjà ça. Le ronron monotone du violoncelle s'élève de nouveau du sous-sol ; lorsque le téléphone sonne elle module un *Je réponds*. Ses copines retrouvent le chemin de sa chambre. Des deux mains elles m'éjectent dehors, tirent le verrou et chuchotent, la musique diffusée à plein volume afin de noyer leurs cachotteries. Quand elles descendent à la cuisine y calmer un petit creux, elles éclatent d'un rire hystérique à la vue de ma queue-de-cheval toute fine, de la perche qui me sert de torse, de celles qui me font office de jambes, et je tremble à l'idée que mon secret ne soit éventé. Je me couvre en réclamant bien fort une maxi-serviette à Bron. Elle répond : *Qu'est-ce qui t'arrive ? Elles sont dans la salle de bains, sous le lavabo.* Je la surprends plus tard qui me dévisage, un point d'interrogation au fond des yeux, et mon cœur s'emballe.

Maman dort, se réveille dans la matinée, se coiffe comme elle peut, s'achète de nouveaux crayons à lèvres, fait mariner des légumes dans des bols en céramique. Dot ne prie plus à longueur de journée ; ses genoux meurtris retrouvent une apparence normale. Roxanne profite de cette atmosphère détendue pour se tapir sous le saule, au fond du jardin, sa pipe et une boulette de shit pour uniques compagnons.

Leonard vole de nouveau à un rythme régulier, accompagné le plus souvent par le docteur Bob et Ahmet Noorani. Il persuade maman de partir un week-end entier. June commande des pizzas deux soirs d'affilée et nous regardons la télé à nous en rendre malades. À leur retour les parents sont redevenus comme au bon vieux temps ; ils se tiennent par la main dans la voiture et invitent des collègues à l'occasion du barbecue annuel. Tous ingurgitent avec enthousiasme de la bière allemande agrémentée de rondelles de citron et des côtelettes que Leonard badigeonne d'une immonde pâte rouge. Gerald, astronome de son état, force sur la bière. Et dès qu'il a un coup dans le nez, il parle fort, il chancelle, il se penche à la fenêtre. *Et voilà pourquoi, mes chers amis, la Lune rate constamment la Terre. Une simplicité qui confine au génie.* Bron commente : *Il est bourré.* Je me tais, épiant les voix jusqu'à ce qu'elles s'accordent et gazouillent comme des oiseaux, chantant à mon oreille le temps que je sombre dans le sommeil. Le matin, Leonard tente de me détourner du chemin de l'entraînement. *Viens, Bouh... allons voler ensemble.* Je me venge de tous les tracas qu'il a causés en boycottant fermement le Mooney. Je hausse les épaules et lui adresse un sourire à la fois navré et pas très convaincu.

D'ordinaire, l'été, nous passons deux ou trois semaines à flotter sur des pneus, portés par les eaux vertes du lac Shawnee, mais cette année ils ont prévu un voyage en France, terre natale des ancêtres des aïeuls de ma mère. Sœur Bedaine nous enseigne le français depuis l'âge de cinq ans au prétexte que l'on trouve des Bouvier dissimulés au plus profond de la ramure de notre arbre généalogique. Un dictionnaire écorné fait son apparition sur la table de la salle à manger.

Je vais bien, mais il m'arrive de rire si fort que je me sens mal et dois m'allonger.

Lorsqu'ils s'adressent à nous, maman et Leonard tapent dans les mains et écarquillent les yeux, comme si du jour au lendemain nous avions perdu la faculté de comprendre le vocabulaire le plus simple, le langage des yeux le plus élémentaire. La moindre phrase s'ouvre sur un « et si » : *Et si on allait à la piscine. Et si on prenait du melon au dessert ! Et si on enlevait la capote de la voiture !!!*

Bron s'exaspère. *Arrêtez votre cinéma, on n'est pas débiles.*

Leonard perd son sang-froid aux moments les plus inattendus. Furibond, il se met debout, frappe la table des deux mains, s'apprête à dire quelque chose, se ravise, dévisage Bron, jette un coup d'œil par la fenêtre, frappe de nouveau la table et quitte la pièce. Ma mère n'ose aucun regard, aucune parole.

Bron se tourne vers moi. *Quoi ?*

Je lui rends son regard. *Quoi, quoi ?*

Elle, les yeux ronds comme des soucoupes. *Quoi quoi quoi quoiquoiquoi.*

Elle est odieuse, mais je ne mords pas à l'hameçon. À mon tour je me lève, saisis mon blouson, lace mes baskets et sors. Direction Indian Creek. Il y a là un petit ruisseau et des grenouilles qui se camouflent si bien dans l'herbe que seuls leurs coassements trahissent leur présence.

Paris sera toujours Paris

Nous mettons le cap sur Paris où nous sommes censés mettre au jour notre Bouvier intérieur. À côté de moi, Bron trompe le temps en noircissant les pages de son journal intime ; ses longs doigts tracent de longs mots, son poignet est aussi fin qu'un crayon. Elle plaque sa main sur son œuvre et me lance : *Ne te gêne pas, surtout.* Le bruit des réacteurs se réverbère dans mes entrailles, je suis noyée dans les décibels tandis que les hôtesses bouclent leur ceinture, leur visage orange figé sous une coiffe triangulaire. Leonard croise mon regard, hoche la tête. *Ils font chauffer les réacteurs.*

Les guides touristiques qu'il feuillette sont étalés sur ses genoux et, même s'il lui est possible de déplier ses jambes dans l'allée centrale, il s'en garde bien : assis dans son siège, il se tient raide comme la justice, là où on l'a placé, convaincu que son calme de façade passera auprès de son public pour une forme de sérénité intérieure. Personne n'est dupe. Nous échangeons des regards par-dessus les sièges. Roxanne, qui porte une chemise à rayures, une jupe au motif assorti, des chaussures de bowling bicolores, des mitaines et un béret rouge, résume la situation : *Papa est encore plus ennuyeux que d'habitude, tu ne trouves pas ?*

Postée dans l'allée centrale, j'adopte la position du surfeur, genoux pliés, bras ouverts, épaules inclinées, afin de triompher des turbulences imprévues. Je dis : *Regardez ce que la gravité a fait à ma tête.*

Bron : *Mais qu'est-ce que tu fais ? On croirait un… Rassieds-toi et ferme-la.*

Roxanne : *On dirait de la pâte à modeler.*

Moi : *Comme si je ne le savais pas, andouille.*

On ressemble à une famille de jeu télévisé qui part en goguette les poches pleines de chèques-cadeaux – seule Dot se distingue du groupe. Installée entre maman et Leonard, elle consacre la totalité du trajet à dessiner des animaux à l'allure paisible. Une fois établi le contact avec notre avion, maman est guérie, ô miracle, du mal des transports. Jean blanc, blouse chamarrée, bouche fardée de pêche, elle lève le nez de son magazine et m'adresse un signe de la main, comme si j'étais aux antipodes.

Paris m'électrise. J'ai l'impression d'évoluer non pas dans le monde réel mais dans un univers parallèle un peu étrange où je n'existe pas et où, par conséquent, rien ne peut m'arriver, rien de bien ni de mal, ni bonheur ni chagrin. Je fais abstraction de ma féminité aux abonnés absents, me cure le nez en public puisque je ne connais personne, me moque de tout. Je supporte bien le voyage, à la manière d'un pur-sang sophistiqué, mais Bron est fatiguée. Très. Trop. Trop fatiguée pour petit-déjeuner. Trop fatiguée pour descendre les marches du métro. Trop fatiguée pour les remonter. Leonard change de sujet en offrant vingt dollars à la première qui repère une vraie moustache à la Dalí. Ma soif de compétition se réveille ; je concentre toute mon attention sur la traque, passe au tamis un marécage de visages glabres, cherche des bacchantes vrillées sous un nez inconnu. Mes yeux écument les musées et parcourent la ville, aux aguets.

Nous séjournons dans un hôtel sélect proche du Champ-de-Mars. Le tiers supérieur de la tour Eiffel déverse sa lumière par la fenêtre avant que ses gardiens n'actionnent l'interrupteur qui l'habillera de ténèbres. Nous dormons en pleine journée d'un sommeil lourd, léger la nuit tombée. Bron ne tient pas en place. Elle remue des pieds, tente de violents sauts carpés, s'acharne sur moi de ses maigres appendices convertis pour l'occasion en impitoyables marteaux. Elle appartient à cette catégorie de personnes qui, dans leur sommeil, émettent de la chaleur et se réveillent en nage. Moi, je reste fraîche et je bave. La cohabitation est ingérable.

Je la pousse : *Je vais dormir sur le canapé.*

Elle me repousse : *Qu'est-ce que ça peut me faire.*

Je m'enroule dans un drap et somnole, jusqu'à ce que les cloches d'une église carillonnent dans le lointain ; l'aurore transforme l'obscurité en pénombre et les angles de la tour Eiffel se parent de nuances de silex et de bronze.

Le voyage n'est pas une réussite, même si, par principe, je m'amuse comme une petite folle. Aucune raison valable à cet état d'esprit, hormis la liberté de l'anonymat, la suspension provisoire du temps et la possibilité de tirer sur ma culotte dans le métro, à midi, sans courir le risque qu'une serviette hygiénique immaculée ne dépasse de mon jean et ne trahisse mes mensonges.

Les filles parisiennes grandissent plus vite que nous ; elles se font des chignons miteux, soufflent par leurs narines bien nettes de minces filets de fumée grise, posent sur nous des yeux de lama blasé, sur l'écharpe de Bron, nos chaussures plates, nos doigts privés de bijoux, nos visages nus, et nous oblitèrent d'un battement de cils. Je les ignore, absorbée par ma quête de la moustache idéale, et lance d'un air absent : *Bande de pouffes*, mais les traits de Bron se durcissent ; maman et Leonard préfèrent fermer les yeux. Ils déplient les cartes au maximum, tandis que les passants s'ébahissent devant la stature impressionnante et le pantalon clownesque de Leonard. Le français de Bron, peaufiné à son club de langue, n'a de français que le nom, alors qu'elle obtient des notes éblouissantes depuis la nuit des temps. Une plaque rouge s'étend sur son cou quand elle doit répéter un mot ou une phrase, victime de son propre perfectionnisme. Elle jette l'éponge. *Je suis trop crevée pour parler – débrouille-toi.* Moi qui n'ai peur de rien, je débite des paragraphes entiers, désigne du doigt ou du menton, tire et pousse les gens sans demander la permission. Ils sont épatés, ça se voit sur leurs visages.

Nous consacrons deux jours entiers au Louvre. Un nabot japonais se plante devant moi alors que j'étudie *La Joconde*, brisant net le soi-disant sortilège censé me piéger. Mona Lisa, je la trouve petite, oblongue, un brin cireuse, relativement banale. Le Japonais a zéro savoir-vivre, il porte un jean baggy, ses jambes sont courtaudes, son torse long. De mes yeux opaques devenus rayons laser, je perce deux trous à l'arrière de son crâne : *Les Japonais ont zéro savoir-vivre.*

Regardez-moi la richesse des détails sur ce plafond, s'émerveille Leonard, et nous levons le nez à l'unisson. Nos yeux se posent alors sur des chérubins nus, dorés et grassouillets, et sur Dieu qui nous désigne de Son index.

Tiens, mais c'est mon prochain voyage, déclare Bron avant d'éclater d'un rire hystérique qui la cloue sur une banquette en bois. Et tous, nous attendons qu'elle reprenne son souffle.

Les hordes de touristes qui ne représentent rien à mes yeux, vêtements synthétiques et couleurs criardes, tranchent avec le décor composé de colles, d'encres, de plâtres, de marbres, de métaux précieux et de bois, tandis que Dieu, bien au chaud dans Son Royaume, contemple le nôtre – plus jeune, plus rapide, plus sexy, plus vif –, un sillon profond creusant Son visage doré. Rendus fiévreux par la traque, mes yeux transpercent la foule qui déambule. Dalí représente la chance. Que la chance m'apporte Dalí.

Au musée Rodin, j'observe depuis le premier étage Bron et Leonard assis sous un arbre, qui étanchent leur soif avec une petite bouteille d'eau. La tête inclinée en arrière, Bron présente sa gorge au ciel. Maman est prise d'une rapide crise de nerfs face à un buste d'enfant qui frôle la perfection – elle gémit *Oh oh oh oh* sous les yeux de la gardienne qui fait mine d'être captivée par sa lampe torche. Je me faufile dehors, aussi discrète qu'une Shawnee, et déclame : *Viens à moi, moustache, viens à moi maintenant.*

La pluie tombe. Nous commandons des crêpes que nous mangeons debout.

Avant le départ, Bron a dressé la liste de ses envies gastronomiques : une crêpe Suzette, un café crème, un croissant, une baguette, un verre de vin, du sorbet au cassis. Une fois dans la place, rien n'aiguise son appétit. Elle passe en revue des kilomètres de pâtisseries, mutique, et nous prenons notre mal en patience ; la fille de la pâtissière fronce les sourcils, les autochtones commencent à s'agiter et à renifler, manière locale d'exprimer le désaccord. Bron finit par lâcher un *Rien*, la fille de la pâtissière rétorque *Pardon ?*, le cou de Bron vire à l'écarlate et elle répète *Rien.*

Au restaurant, devant des assiettes où sont exposés, tels des anges fauchés en plein vol, des poissons à l'assaisonnement délicat, les ouïes ouvertes, elle déclare : *Je ne peux pas.*

Dans l'un de ces établissements le serveur, qui a placé notre petite compagnie sans mot dire et pris notre commande avec un soupir, retire l'assiette à laquelle elle n'a pas touché et lui apporte de sa propre initiative un œuf mollet niché dans une petite timbale en argent, accessoirisé d'une serviette en lin et de six mouillettes grillées à la perfection. Elle savoure l'œuf, lentement, à l'aide d'une petite cuillère en argent. Au septième ciel.

Roxanne repère Dalí sur le boulevard Beaumarchais. La fameuse moustache est vissée sous le nez d'un motard trapu. Je le vois la première, mais Roxanne me double : *Est-ce qu'il n'a pas une moustache comme on cherche, le petit mec bizarre là-bas ?*

Leonard ouvre son portefeuille : *Bravo ; certains ont prétendu que c'était mission impossible, mais voici la grande gagnante de notre concours Dalí.*

La quête accomplie, le voyage perd de sa saveur.

Nous parcourons la Seine en bateau-mouche ; le ciel bas et lourd frôle l'eau, des pigeons nous distancent avec leur face de pigeon. Roxanne s'endort, la tête au creux de mon épaule. Je lui assène un coup de coude. *Je l'ai vue avant toi.*

Maman démarre le compte à rebours, projetant le présent dans le passé à grands coups d'avenir. À peine arrivés, sitôt partis. Au petit déjeuner, elle philosophe : *Dire que demain on sera déjà à la maison*, et notre chez-nous se présente alors à mon esprit, coloré et sage, simple et honnête. Dans l'avion, Bron conclut : *Eh ben, c'était à chier*, et les voix trop fortes sont bannies jusqu'à nouvel ordre. Par le hublot, je contemple les ténèbres qui tournoient en dessous de l'avion. Parfois une étincelle s'embrase avant de s'éteindre, solitaire.

Tu toi tien

Dot et Roxanne jouent au ping-pong ; Dot perd, trop occupée à remonter son jean pour penser à sa raquette. Le ciel éclaire le jardin d'une lumière mate et égale, un vent imperceptible souffle dans les arbres. Le genre de journée qui me plaît bien ; lézardant au soleil dès que le vent mollit, j'ai aussi chaud qu'en été. Étendue sur une chaise longue, je règle son compte à un sachet de billes au chocolat malté. Bron, allongée près de moi, regarde tranquillement Dot qui se laisse déborder. Frileuse, elle porte sa parka orange, un épais bonnet en laine, une écharpe et un plaid.

Tu en veux ?

Je lui présente le sachet sans me tourner vers elle. Roxanne joue comme une furie, incline la raquette selon un angle précis, frappe et force la balle à dessiner un arc de cercle spasmodique, au-delà de l'imagination et des aptitudes humaines.

Elle me repousse. *Les morts, ça ne mange pas de billes au chocolat malté.*

À contrecœur, je me tourne vers elle. Elle me regarde déjà.

Pardon ?

Les morts, ça ne mange pas de billes au chocolat malté.

Voilà qui est nouveau. Un seul mot d'ordre : prudence. *Tu n'es pas morte.*

À vrai dire, ma petite chérie…

Ça m'étonnerait qu'un médecin soit d'accord avec toi là-dessus, j'affirme en marchant sur des œufs.

Et je m'en contrefous, figure-toi.

Bron maîtrise à la perfection l'art de donner des arguments imparables ; il s'agit d'une technique oratoire qui lui a permis de remporter de nombreux débats aux quatre coins du Kansas. Je réfléchis, mais mon cerveau me lâche en cours de route : tout ce que je ressens, c'est un vide d'une blancheur électrique et une bille au chocolat malté glissant lentement au fond de mon gosier comme un morceau d'argile. Mon année pourrie menace de s'éterniser, les cours viennent de reprendre et la Cocoplat a un copain qui se frotte contre elle dès que les nonnes ont le dos tourné. Son univers s'éloigne du mien à une vitesse prodigieuse et mon corps refuse d'accepter la malédiction qui fédère la gent féminine, bonnes sœurs incluses. Les matins se suivent et se ressemblent tous : rien à faire, gamine je suis, gamine je reste. L'angoisse me ronge de l'intérieur.

Je balbutie : *Eh bien… personne ne peut être d'accord… là-dessus*, et tente en vain de faire descendre le bloc de ciment sucré. Au lieu de cela, je recrache des échardes qui m'arrachent la gorge.

Regarde ces deux-là, dit-elle en désignant Dot et Roxanne d'une main aux doigts pareils à des cure-dents. Dot, le visage en feu, sue à grosses gouttes. Dans le camp adverse, Roxanne a les lèvres bleuies et un regard où se lit un instinct de tueur sanguinaire qu'elle retournera un jour contre elle. *Voilà ce que j'appelle être en vie. Maintenant, regarde-moi.*

Je refuse.

Regarde-moi.

Surtout pas.

Je vais te tirer les cheveux, Philomena Grace. Je le jure devant ce putain de Dieu. Maintenant regarde-moi.

Je déteste quand elle prononce mon prénom en entier, mais j'obéis quand même. Le pull engloutit son cou, l'écharpe sa tête, le pantalon ses jambes ; les chaussures, elles, sont d'une normalité qui tient du miracle.

Au revoir table, au revoir guimauve, au revoir vieille dame aux cheveux mauves, chantonne-t-elle.

Elle consulte le psychologue le plus en vue au sud-est de Glenwood, Benny Chap. Il a installé son cabinet au-dessus de la confiserie Fanny Farmer.

Tu devrais expliquer tout ça à Benny Chap, je suggère en recrachant des échardes chocolatées.

Le pauvre, il se mettrait à flipper, dit-elle, la main en visière, aveuglée par le soleil.

Pas son genre.

Tu ne le connais pas. Moi si. L'autre nuit j'ai rêvé que j'étais fine comme une feuille de papier.

Elle est fine comme une feuille de papier, mais je me garde bien de le faire remarquer. *Dis-le à Benny Chap. Il faudrait le mettre au courant pour cette histoire de… papier.*

J'aimerais bien… mais sa tête est trop grosse par rapport au reste… Elle soupire et étire les deux balais qui lui servent de jambes avant de croiser les chevilles.

Sa tête ? Mais… franchement, Bron, raconte-lui pour le papier. Ça sert à rien de discuter avec moi, je suis trop nulle ; toi-même tu l'as dit des milliards de fois.

Tu as regardé la peau qu'il a ? demande-t-elle en ramassant une feuille sèche qu'elle réduit en miettes.

Non, pourquoi ? Je regarde les miettes de feuilles glisser entre ses doigts et tomber sur le sol.

Elle lève les yeux au ciel, me scrute, se rapproche de moi.

Acné juvénile… il est marqué à vie et pour moi, sœurette, ça craint. Tu vois où je veux en venir. Et pendant ce temps maman reste dans la salle d'attente où elle lit un magazine féminin… « Alors comment ça s'est passé, ma choute », elle me demande, comme si je venais de me faire enlever une carie. Hier je lui ai sorti : « Je t'emmerde, ma choute, voilà comment ça s'est passé. » Et elle n'a pas su quoi répondre. Et tu sais pourquoi, ma chère Philomena ? En dehors des raisons évidentes, bien entendu.

Sa voix d'oratrice chevronnée chancelle, son visage se rapproche dangereusement du mien. Je me mets à chercher June des yeux. Et, des yeux, j'indique que je ne m'explique pas le soudain laxisme langagier de maman. Soupir. Haussement d'épaules. Puis je concentre toute mon énergie sur June pour la faire sortir de sa tanière et l'attirer ici, à mon secours.

Parce qu'elle sait que je suis déjà morte, banane. La façon dont parle un cadavre ambulant, tout le monde s'en contrefout. Un mort, ça peut cracher tout ce qu'il veut à la figure de qui il veut. Carte blanche. Mais c'est une liberté bien triste, dérisoire.

Elle me dévisage, triomphante, savourant sa victoire.

Mes neurones ont toutes les peines du monde à forger une phrase débarrassée du mot *mort*.

Elle lâche un *Pfff* et s'esclaffe, soudain insouciante ; elle plonge un doigt décharné dans le sachet et en extirpe une bille au chocolat malté.

Le docteur Bob calcule mon espérance de vie comme il calculerait combien il lui faut d'essence pour aller en Floride. Ce bon vieux Chap est au courant. Je l'ai vu dans ses yeux. Il sait aussi qu'il restera éternellement déplumé, même s'il bichonne son crâne. Et papa, le pauvre chéri… Quant à toi, je ne suis sûre de rien. Elle sait ou elle sait pas ? Suspense… Elle engloutit la sphère chocolatée. *Ça a un goût de polystyrène enrobé de cire.*

Elle n'a plus de cils, ce qui donne à ses yeux un aspect nu.

Du regard, je m'efforce de faire venir Dot et Roxy ; à l'intérieur de chacune de mes orbites, ma réplique miniature bondit sur place et se démène pour attirer leur attention, comme le ferait un témoin sur les lieux d'un accident mortel. La partie de ping-pong tourne au massacre. Le pantalon de Dot s'est fait la malle et expose un postérieur efflanqué moulé dans une culotte microscopique ;

les cheveux de Roxanne dégouttent d'une sueur vicieuse. Mon cerveau, contraint et forcé, se réfugie dans une mélopée : *Mets l'accent sur le positif, élimine le négatif…* Mon mantra prend le dessus et se mêle à des extraits de discours du coach Stan. Dans la famille, il n'y a pas pire que moi pour débattre, sauf peut-être Dot qui s'efface à force de bonté.

C'est trop bon, les billes au chocolat malté. D'abord il faut sucer le chocolat et ensuite en laisser fondre le cœur sur la langue.

Regarde-moi, ordonne-t-elle.

J'essaie.

Avec les deux yeux, bordel. Regarde ce que je suis devenue. J'écoute les gens parler de la vie et moi, j'ai rien à dire. Rien que de poser les yeux sur moi, ça les rend malades. Leurs yeux se posent partout comme des balles de ping-pong, sauf sur moi. Ping ping ping ping PONG, ping ping ping PONG. Tu sais ce qui les met tellement mal à l'aise ? Ma mort, frangine. Ils culpabilisent, c'est certain, mais ça n'empêchera pas la neige de tomber. Mon soleil s'est éteint, ils s'en rendent bien compte, et c'est d'autant plus triste que je n'ai encore rien fait de ma vie. Rien ou presque.

Il y a quelques jours, June lui a appris à enrouler une écharpe de façon à ce qu'elle épouse sans un pli le contour de son crâne. L'écharpe du jour est ornée de roses brunes sur fond bleu clair.

Jamais tu ne te dis que tout ça, c'est peut-être juste dans ta tête ? je l'interroge, défiant les ordres directs.

Dans ma tête ? Et qu'est-ce qui serait juste dans ma tête, à ton avis ? crache-t-elle, écumante. *Toi ? Cette merveilleuse chaise longue ? Ces godasses horribles ? Ces merdes au chocolat malté ? Ce nuage ? Qu'est-ce qui se passe dans ma tête, au juste ?*

Tous ces trucs qui, d'après toi, vont forcément t'arriver. C'est vrai, pourquoi ton cerveau à toi en saurait plus que le cerveau des autres ? Ça ne marche pas comme ça, à mon avis. Et l'avenir est… l'avenir est une… une vaste…

Mon cerveau, Einstein, sait ce qu'il sait, déclare-t-elle, agacée. *Je sais ce que je sais, et j'en ai marre de tous ces hypocrites qui font semblant de ne rien voir. Tu peux te mentir à toi-même mais pas à moi, pigé?*

Je rougis jusqu'aux oreilles. Une affaire de gènes: Leonard rougit souvent. Il me suffit de visualiser Bron durant sa convalescence pour qu'une image affleure à mon esprit: elle est là, couchée au fond d'une boîte, pull à paillettes et maquillage gris plein la figure. Plus morte tu meurs.

Relax, miss chamane, rit-elle.

Je trouve June devant la télé, au milieu d'un champ semé de chaussettes blanches, occupée d'un œil à les assembler par paires, tandis que l'autre scanne l'écran. Je l'interromps.

Bron pense qu'elle est morte.

Elle lève le nez. *C'est le mot qu'elle a employé?*

Environ douze mille fois... Tout le monde est au courant d'après elle, mais personne ne veut l'avouer.

Leonard convoque une réunion d'urgence pendant que June, complice, escorte Bron à la bibliothèque. Maman reste debout derrière sa chaise, accoudée au dossier. Leonard: *Assieds-toi.* Elle: *Merci, ça va aller.* Il pousse un soupir et frappe la table d'un journal enroulé sur lui-même, *tap tap tap*. Dot s'est changée: elle a enfilé une robe, brossé ses dents et tressé deux nattes strictes qui jaillissent de ses oreilles. Elle dépose sur son passage un sillage mentholé. Roxanne s'avachit sur une chaise; je fais de même.

On va rentrer dans une phase difficile de la guérison. Le docteur Bob affirme que son état va empirer avant d'aller mieux. Inutile de se faire du souci. Et, surtout, pas devant elle. Elle est d'une sensibilité… Il promène son regard sur l'assemblée, change d'avis, se concentre sur la table. *Comme vous le savez déjà.*

Maman répète: *Du poison, du poison, du poison… ils bourrent ma petite chérie de tonnes de poison.* Elle quitte la pièce, foudroyée par une crise de nerfs au beau milieu de l'escalier. Leonard n'a pas cessé de frapper la table du journal. Il nous observe, *tap tap tap*, et déclare à voix basse : *Voilà précisément le genre de chose que j'aimerais éviter.*

Sans gravité

Stan s'acharne sur son sifflet. Ce son strident me guide, j'applique la technique ancestrale qui revient à réduire toute pensée à néant, et l'eau bouche mes oreilles ; la pression qui s'exerce sur mes tympans engendre une vibration, un vrombissement agréables. Il arrive que Bron brave cette technique, franchisse mes paupières obscurcies et rompe le silence. J'étire un bras jusqu'à le déboîter, j'étire l'autre dans l'air, fends l'eau le plus profondément possible, la repousse de toutes mes forces. Stan entonne : *Pluuuuus vite pluuuuus vite pluuuuus vite.* Je suis la ligne noire, j'atteins la croix qui signale l'apparition imminente du mur. Il arrive aussi que la technique ancestrale me vide l'esprit à tel point que je me souviens du mur au moment où je me cogne dedans, pas avant.

Salut. Elle se dresse au-dessus de mon lit, coiffée de mon bonnet à rayures, vêtue d'un pull irlandais. *Je ne réagis plus au traitement. Voilà l'info du jour. Je résiste contre vents et marées. Tu y crois, toi ? Et hop, un autre mystère microscopique noyé dans une mer de... Tu m'écoutes ?*

Cela se produit entre très tôt le matin et horriblement tard la nuit. La lune, bas sur l'horizon, déverse un flot de lumière d'un jaune grisâtre par le rideau entrouvert. Elle a passé la journée étendue dans son lit, à réfléchir les yeux clos. À présent alerte, elle se dresse au milieu de la chambre, tel un spectre.

Je dors à moitié. *Oui, je t'écoute, et arrête de me demander toujours la même chose ; je ne suis pas sourde.*

Elle est galvanisée par la lune. *Alors, arrête d'éviter mon regard quand je te parle. Ça m'exaspère de ne pas savoir ce que tu penses.*

Ma vision s'ajuste aux contours de sa silhouette. *Comme si tu arrivais à le deviner.*

D'une ceinture en cuir, elle fouette sa cuisse décharnée. *J'arrive même à deviner ce que tu ne penses pas.*

J'examine la ceinture. *Et qu'est-ce que je ne pense pas là tout de suite maintenant, hein ?*

Elle jette la ceinture par terre, retourne à son lit, se couche sur le côté, visage face au mur, et ne se fatigue pas à me répondre.

Des photos l'immortalisent lors de la compétition fédérale de joutes oratoires, qu'elle a remportée trois années de suite. La voici donc, postée devant la coupe d'or ; sur le premier cliché, nattes et pantalon à triple rayure ; sur le deuxième, queue-de-cheval en palmier retenue par un ruban rouge, large sourire aux lèvres, aucune dent en vue ; sur le dernier, tailleur bleu marine et longs cheveux blonds coiffés en un chignon maintenu par deux baguettes. L'Ouganda, son triomphe absolu. La photo a dû être prise au cours du débat : on distingue nettement ses molaires, alignées sur le gouffre obscur de sa gorge.

Quand est-ce que ça va s'arrêter, tout ça ? je m'enquiers auprès de ma mère le lendemain.

Elle rédige des chèques, la mine soucieuse. *Bientôt.*

Je la regarde parapher d'une main brusque. *Tu l'as déjà dit.*

Elle pose les yeux sur moi. *Bientôt, j'ai dit. Bientôt. Ne reste pas là à bayer aux corneilles.*

Je fais couler de l'eau, me brosse les dents, remplis le lavabo et y plonge mon visage, les paupières grandes ouvertes. J'en émerge le regard vif, l'haleine fraîche, les cheveux ternes, la vue affaiblie.

Manny déménage ; il quitte le fauteuil de la cuisine et s'installe au pied du lit de Bron. À la maison, il ne la lâche pas d'une semelle. Lorsqu'elle se rend à ses rendez-vous, il l'attend, couché, la tête posée par terre, sur le qui-vive. Lorsqu'elle devient difficile à approcher, il reste à côté d'elle, immobile, des heures durant s'il le faut. Nous le regardons débouler dans la cuisine, avaler sa pâtée, s'étirer, laper un peu d'eau, relever le museau, nous adresser un sourire, secouer la tête puis rejoindre Bronwyn, qui réfléchit les yeux fermés.

June : *C'est le chien le plus fidèle que je connaîtrai de toute ma vie.*

Toutes les fois que je l'interroge sur ce qu'elle a fait de sa journée, Bron répond : *J'ai réfléchi les yeux fermés.* La réponse est systématique : *Tu peux me parler ; je ne dors pas. Je réfléchis les yeux fermés, c'est tout.* Parfois, elle dort pour de vrai et je m'épanche auprès de Manny qui m'observe sans ciller, ses pupilles reflétant sa lumière intérieure, aussi lisses qu'un étang.

Manny trouve difficilement des solutions aux problèmes pratiques et ne reconnaît plus les gens qu'il connaît par cœur s'ils portent un couvre-chef. J'ai tenté de le guérir en me mettant un chapeau devant ses yeux mais, à la seconde où je l'ai posé sur mon crâne, Manny s'est mis à aboyer, à montrer les crocs et a battu en retraite, écumant de peur quand bien même je cherchais à l'amadouer : *C'est moi, mon pote ; c'est moi, moi, moi.* Sa peur se mesure par degrés : il fuit quiconque porte un turban, un Stetson, une casquette de base-ball, un chapeau en paille ou un casque. Il jappe et montre les crocs dès qu'il flaire un béret, un bonnet en laine et des lunettes de soleil. Au fil du temps il apprendra à tolérer les écharpes et, plus tard, la barbe hirsute de Leonard, mais il faudra toujours le boucler au sous-sol au moment d'Halloween.

Je me glisse dans la chambre et Manny réagit à mon approche, éperonnant Bron. *Ne t'inquiète pas, il me protège ; il sait. La mort est animale*, dit-elle sans ouvrir les paupières. J'ai horreur qu'elle me fasse ce genre de plan, horreur de me retrouver sans savoir quoi lui répondre, sinon un mensonge moisi qui empuantira l'ambiance. Je reste plantée sur le seuil, mon sac à dos pendu à l'épaule, les cheveux plaqués sur mon visage, l'estomac criant famine, un bonnet en laine entre les mains.

J'ai l'effroyable Atrocia – une bonne sœur collet monté – comme professeur principal, ce qui me contraint à tirer sur mes chaussettes, rentrer ma chemise, lisser ma cravate, me décrasser les oreilles, me laver les cheveux, dire mes prières, finir mes devoirs. Ce matin je l'ai vue effacer d'un doigt imbibé de salive le trait d'eye-liner dont Tanya Slaughter souligne ses paupières. Le printemps approche, je pense déjà à l'été et dresse une liste : *palmes, Carmex, maxi-serviettes, soda, soutien-gorge de sport, tongs*. J'enfouis mon visage dans le cou de Manny. Il pue la crevette.

Je me compose un emploi du temps routinier que je suis à la manière d'une carte routière. Je vais à l'école à vélo, j'écoute six heures d'affilée sans trop me manifester. Aux interclasses, les élèves animent les couloirs de leurs discussions fébriles ; le psychodrame atteint son paroxysme à la pause déjeuner. J'observe en spectatrice. Les petits frères et sœurs des ex-amies de Bron m'évitent. Leurs traits se décomposent chaque fois que je surprends un sourire sur leur visage. À la fin de la journée June vient me chercher en voiture, me balance un sac lesté de deux pommes, d'une barre de céréales protéinée et d'une tranche de pain de maïs nappée de miel. *Mange*, lâche-t-elle. Devant le Couac, je m'éjecte de la voiture, balance un *Merci* qu'elle n'entend pas, trop pressée de partir. Il fait bon ; des étudiants se promènent, chargés de leur sac à dos. Je fais de même, me mêle à la foule et me fraye un chemin jusqu'au vestiaire où mes narines sont assaillies par un cocktail d'odeurs : eau de Javel, talc, shampooing, cheveux cramés, sang séché, bananes. Stan se tient sur le bord, une casquette de base-ball vissée sur le crâne, une fine pellicule de sueur sur le visage. Sans perdre une seconde il aiguise sa voix, se met à hurler : *Allez allez allez allez on y va on y va on se bouge*. À force de nager j'entre en transe, de retour au vestiaire je me moque de toutes les filles qui ont au minimum trois ou quatre kilos en trop, puis Lilly et moi attendons Mrs Cocoplat, alias *Aleta*.

Durant l'hospitalisation de Bron, Mrs Cocoplat me dépose au Glenwood Memorial avant de rentrer chez elle. Je sirote un Gatorade et parle du collège. À l'époque où Lilly et moi classifions les vagins par familles, puis les divisions en sous-groupes, elle avait rangé celui d'Aleta dans la catégorie Quatre, celle de la Belle au bois dormant. Mrs Cocoplat me libère devant les portes automatiques. La réceptionniste délaisse son magazine, le temps de me saluer. Le vaste ascenseur me rappelle le box d'un cheval. Des infirmières me saluent, je leur rends la politesse. Ils lui ont donné des sédatifs. Quelque part dans les couloirs, maman réclame des explications. Près du lit, une chaise. Je m'installe, étudie le cadre. Les pantoufles, velours rose et nœud à carreaux vichy, flambant neuves, à semelles antidérapantes. J'en ai été jalouse à crever, à une époque je voulais les mêmes, mais l'envie m'est passée. Son violoncelle repose dans son étui, un peu à l'écart, le pupitre est replié juste à côté. Son sac à dos n'est pas ouvert. J'ouvre la fermeture éclair, farfouille, déterre le dernier numéro de *Seventeen*, un exemplaire du *Time*, une liste de lectures obligatoires distribuée par sœur Fergus à la fin du cours d'éthique mondiale.

Elle ouvre les yeux une fraction de seconde, les fixe sur moi. *Aucun de tes gestes ne m'échappe*, lance-t-elle, et ses paupières se referment. La voilà qui affiche un sourire de chat. Mon moral retombe aussitôt. Le soleil s'est couché, l'obscurité bruisse d'échos divers, des aiguilles cliquettent sur un plateau en métal, de l'eau coule d'un robinet, des plaintes, des murmures, des éclats de voix résonnent dans le bâtiment. Une télévision proclame : *Je peux trouver le titre du morceau en quatre notes, Bob.*

Les religieuses expliquent que les cloches, c'est la voix de l'homme qui appelle celle de Dieu. Ding dong, ding dong, c'est Dieu qu'on appelle. La voix divine est occupée ailleurs mais, de temps à autre, une ambulance répond dans un crissement de freins. Postée à la fenêtre, j'observe les vestiges de la journée s'évaporer à l'horizon. Je m'efforce de faire passer cet arrière-goût d'hôpital en avalant ma salive ; ma langue reste collée à mon palais, sèche et stérile, tandis que Bron sommeille. Dès qu'une sirène hurle, je tressaille.

Il s'est passé quelque chose à la piscine ?

Je l'ai réveillée.

Je mens : *Non, non, tout roule.*

Tu tires une de ces têtes, rétorque-t-elle, accusant réception de mon mensonge.

Merci. Je me suis fait couper la frange, histoire de me démarquer des autres, et je le regrette amèrement.

Je dis juste que… maman raconte que tu nages comme une tarée. Les yeux se referment.

Ouais, ouais. Ça serait bien que maman se taise.

Elle dérive, se réveille en sursaut si je fais du boucan.

Arrête de gigoter ! je m'ordonne en silence. Je fixe tous mes efforts sur une hypothétique sirène, je l'imagine qui déchire l'air, mais plus je cherche à garder mon sang-froid, plus le choc est intense. C'est là le premier symptôme d'une constitution fragile, mais je ne connais rien aux premiers symptômes ni aux constitutions fragiles ; tout ce que je sais, c'est que malgré mes tentatives je ne parviens pas à brider les battements furieux de mon cœur, et cela me rend si nerveuse que je dois quitter la pièce. Je respire mieux en parcourant les couloirs au hasard, je me glisse sous le nez d'infirmières qui papotent derrière leur coiffe ovale, de bénévoles qui poussent de pesants chariots. Je perds la notion du temps ; un quart d'heure de balade se transforme en une heure complète et parfois, à mon retour, elle est réveillée, en pleine forme, le plateau-repas dont elle se moque éperdument est déjà servi, et il est temps de lever l'ancre.

Qu'est-ce que tu fichais ? Maman te cherche partout. Trop fatiguée pour savourer le drame qui couve.

Je suis allée faire un tour. Pour demain, tu veux que je t'apporte quelque chose ?

L'échiquier, s'il te plaît ? Et la bataille navale… ça fait un bail qu'on n'y a pas joué.

Quand elle réapparaît, maman refuse de croiser mon regard. Dans l'ascenseur qui nous entraîne quatre étages plus bas règne un silence électrique. À peine installée derrière le volant, elle explose. Plus penaude qu'apeurée, je me cramponne à la poignée de la portière lorsqu'elle accélère, pied au plancher.

Ça me semblait logique que tu passes un peu de temps avec ta pauvre sœur qui… qui… qui n'attend qu'une chose, des nouvelles de l'extérieur, et que fait mademoiselle ? Elle se promène, nez en l'air, dans les couloirs.

Autour de nous, concert de klaxons. *Elle dormait.*

Elle me dévisage de ses petits yeux rougis. *Des fois, elle est réveillée.*

Les canines aiguisées de la honte se plantent en moi. *Elle avait les yeux fermés, d'accord ? Et j'ai… j'avais besoin de me dégourdir les jambes.*

Ses traits se décomposent et elle agrippe le volant, manquant d'un cheveu les voitures en stationnement. *Pas de chance, ma pauvrette. Besoin de te dégourdir les jambes, hein. Les gambettes. Les guibolles. Pas facile, hein. Elle avait besoin de se dégourdir les papattes. Pauvre, pauvre choute. Tu m'écoutes ?* Elle se penche vers moi et me harponne le bras, la voiture fait une embardée. Lorsque je me dégage, j'ai droit à une superbe baffe et, de nouveau, la voiture tangue.

Ils unissent leurs forces. Leonard désigne une chaise et m'ordonne d'y prendre place, le bras entourant la taille empâtée de maman, avant d'établir un règlement pour l'hôpital : rester assise, faire mes devoirs, lire des magazines, prendre de l'eau au robinet du lavabo, entre autres contraintes. Il lève la voix, devient grave et assène chaque clause en frappant la paume de sa main. *Interdiction de sortir de la chambre. De traîner dans le couloir. De disparaître.*

Conformément aux ordres, je ne bouge pas de la chambre. Je m'inspecte dans le miroir de la salle de bains pour voir si l'hôpital a déteint sur mon visage. Rien à signaler, si ce n'est que mes lèvres ont l'air bleues. Assise sur la cuvette des W.-C., je m'absorbe dans la contemplation des losanges qui se répètent à l'infini par terre – *gris, noir, gris, noir, gris, noir* –, jusqu'à ce que Tanya Slaughter se présente à mon souvenir. Elle a enfourché son dix-vitesses et me toise de son regard malveillant. Derrière elle Kelly Hill, l'ex-chatte chauve comme un œuf, m'offre un sourire qui n'augure rien de bon. Dans mon dos la Cocoplat, les mains sur les hanches, n'en mène pas large : adepte de la non-violence, elle a du mal à supporter qu'on la frappe. Je m'applique à restaurer la paix universelle.

Bras écartés, j'englobe dans mon étreinte les vélos, le Saint Nom, le ciel, le monde. *Écoute, Tanya, ça ne sert à rien… que… que tu t'énerves sur… sur ces petites…*

Tanya Slaughter me foudroie de ses yeux bleu marine qui disent : *Ferme-la et descends de ton vélo. Je suis au courant*, annonce-t-elle.

J'en reste baba. Ma mémoire n'a retenu aucun des sales tours joués à Tanya ces derniers temps, à l'exception notable du TRONCHE DE CAKE gravé sur la porte de son casier, le jour où elle s'est payé une méga éruption d'acné. Ça nous renvoie plusieurs mois en arrière, cette histoire.

Rapide coup d'œil à la Cocoplat ; éberluée, elle essaie vaille que vaille de tenir son rang. *Un problème, Tanya ?*

Catholique courte sur pattes, baraquée, jambes arquées et minois amer, Tanya n'est pas dupe. *Tu sais très bien…*

Je suis complètement larguée, mais je sens que tout cela va se conclure par une raclée monumentale. La Cocoplat doit avoir des choses à se reprocher, pourtant je n'ose la regarder, de peur d'exploser de rire. Slaughter me pousse hors de son chemin, saisit la Cocoplat à la gorge et serre de toutes ses forces, ce qui laisse le temps à sa proie de gigoter et de devenir cramoisie. D'un coup du crochet à viande qui lui sert de main elle déchire le corsage blanc de Lilly et expose un épais soutien-gorge aux bretelles extrasolides.

Je ne suis pas aussi conne que tu le crois, moule avariée, gronde-t-elle en postillonnant. Kelly Hill me fait un doigt d'honneur, deux ailes sculptées à grand renfort de laque de part et d'autre de son crâne, et je les regarde s'éloigner à vélo, deux taches métalliques se fondant dans le soleil.

Lilly se masse le cou marqué de quatre meurtrissures, les yeux mouillés de larmes. Elle rentre son chemisier en lambeaux dans sa jupe et boutonne son cardigan. Depuis toute petite, elle a l'art de maîtriser sa voix. *C'était quoi, tout ça ?*

Les possibilités sont innombrables. *Peut-être le tronche de cake… j'en sais rien. Peut-être qu'elles t'ont tendu un piège. Kelly Hill ne peut pas te blairer.*

Elle se frotte la nuque, se racle la gorge. *D'où ça sort, ce moule avariée ?*

J'ai encore du mal à m'en remettre. *Aucune idée.*

C'est pas mal trouvé. Ses yeux rougis débordent presque.

Je tente de lui mettre du baume au cœur en détournant le regard. *Tu veux rire ? C'est mieux que pas mal ; c'est génial.*

Qu'est-ce que tu fabriques ? s'écrie Bron, tirée du sommeil.

Je sursaute. *Rien.*

Viens par ici.

Elle garde le silence un court instant, m'examine puis se détourne et observe le paysage par la fenêtre. Je la regarde lutter, je vois les mots lui échapper. *Est-ce que les gens demandent de mes nouvelles ?*

Je me tourne vers la fenêtre, comme elle. *Oui, tout le monde.*

Elle vrille son regard sur moi. *Tout le monde qui ?*

Heuuuuu, Emmett, le type au violoncelle. Et Mandy a demandé après toi hier et Troy voulait savoir quand tu allais revenir. Joy a proposé d'apporter des partitions, Augusta a promis de venir demain, Lauren m'a dit de te passer le bonjour et Joeanna, la grande gueule, te fait coucou, Mazie te fait coucou aussi, et Maxwell Grant m'a sorti : « Où elle est, ta sœur trop canon » ?

Elle ne me lâche pas des yeux. *Canon.*

Les vitres se reflètent sur mes pupilles. *T'as pas l'air si mal que ça.*

La fenêtre l'indiffère mais cela ne l'empêche pas de regarder dehors. La fenêtre s'assombrit. *Commence pas avec tes conneries.*

Elle me scrute de nouveau. *Autrement on s'en sortira pas.*

La fenêtre, impassible, fore un trou dans le ciel mat. *Pourquoi tu es tout le temps désagréable avec moi ?*

À ton avis ? Ça m'intéresserait d'entendre ta théorie. Vas-y, dis-moi.

Un avion fend le ciel. Je le devine à l'épaisse traînée de vapeur qu'il dessine derrière lui. *Ferme-la.*

Toi, tu la fermes.

La vapeur se dissipe à travers le ciel. La fenêtre nous observe, inflexible. *OK.*

Elle a décidé d'étudier sa main. *De toute façon, tu parles jamais… J'ai bien l'impression que tu ne sors que des bobards.*

La ferme.

Elle inspecte ses doigts comme s'ils étaient transparents. *Ça grince.*

Arrête, Bron… s'il te plaît. À l'intérieur de moi, quelque chose gargouille.

Elle examine sa main comme si c'était un diamant.

Que des bobards. Durant toutes ces années.

Les digues cèdent. *Je n'ai jamais eu mes règles.*

Elle laisse tomber sa main. *Quoi ?*

Je n'ai jamais eu mes règles, je répète, fébrile.

Quoi ? Elle s'étonne, presque inaudible.

J'ai menti, OK ? Menti depuis le début. Je suis encore… je n'ai pas… j'ai menti. En fait… il doit y avoir un problème…

Mes convulsions sont sérieuses et régulières, rythmées, parfaites.

Elle m'attrape par la main et m'attire vers elle. *Espèce d'idiote ; ne t'inquiète pas, c'est pas un problème. Écoute-moi… écoute… arrête de pleurer et ouvre grand les oreilles. Il n'y a rien qui cloche chez toi. Elles se déclenchent plus tard chez certaines filles. Arrête de pleurer, Bouh, mon Dieu… écoute, écoute-moi. Ne t'inquiète pas, tu… tu as… pauvre gosse…*

C'est alors qu'elle implose. Je sens son cœur marteler sa cage thoracique, oiseau fragile qui cogne de ses ailes une fenêtre close ; son corps est comme un sac de brindilles qui se consument à petit feu. Nos haleines mêlées s'achèvent en cris plaintifs qui s'étouffent à mesure que la fenêtre libère le soleil et assiste à sa chute. Nous retrouvons notre calme et démarrons une partie de dames, à la loyale.

Elle éclaire ma lanterne. *Certaines les ont sur le tard, à dix-huit ans. C'est rare, mais ça arrive.*

Un jour, je surprends sœur Fergus à son chevet, penchée au-dessus d'elle. De la tête, Bron fait *oui*, puis *non*, et *oui* une dernière fois. Fergus se redresse, pose sa main sur le front de Bron et la bénit : *Au nom du Père, du Fils et du Saint-Esprit.*

Plus tard j'interroge ma mère devant le lavabo. *Qu'est-ce qu'elle fabriquait dans la chambre de Bron, Fergus ?*

Elle se frotte la paupière avec un coton. *Elle est venue lui rendre visite.*

Son œil se dénude, rapetisse. *Fergus ne rend jamais visite…*

Elle imbibe de lotion un coton propre et monte à l'assaut de l'autre paupière. *Sœur Fergus est venue lui parler de ses études, je suppose.*

Ses petits yeux se ceignent d'auréoles couleur chair. *Bron m'a dit qu'elle ne voulait pas y penser, à ses études.*

Sœur Fergus l'a convaincue de changer d'avis. Elle s'applique une crème sur le visage, s'enlaidit en un instant.

Elle l'a bénie, je rétorque.

Ses doigts se figent. *Tu racontes n'importe quoi.*

J'observe mon reflet dans son miroir. Je me demande si j'ai la même tête qu'elle ? Non, mais à cause de ma taille je me tiens de travers, comme une immense montagne. Je ne vais pas me laisser marcher sur les pieds. *Je sais ce que j'ai vu.*

Et carillonnent les cloches

Cette nuit le vent s'est déchaîné, il balayait les flocons de neige en motifs baroques. J'ai observé la scène depuis mon oreiller un long moment avant de sombrer dans le sommeil : parce que je sais. Et malgré tout, réveil aux aurores : parce que je sais. Dehors, le soleil fait fondre la neige immaculée : lui n'est au courant de rien. Dans la cuisine, je presse la moitié d'un pamplemousse au-dessus d'un verre vide et regarde serpenter dans l'allée une voiture dont je fais aussitôt abstraction, parce que je sais pertinemment ce qui s'y trouve. Maman et Leonard entrent dans la cuisine. Leonard se tient aussi raide qu'un ivrogne qui cherche à camoufler son ébriété. Quelqu'un a dégonflé le visage de maman ; on croirait un pneu crevé.

Au lieu d'annoncer *Je sais pour Bron*, je me mets à hurler *J'ai pas trouvé le truc en plastique pour les jus*.

Maman pose sur la table un sac que je refuse d'inspecter et déclare : *Elle est partie*, avant d'être frappée par une crise de nerfs d'un genre nouveau durant laquelle elle cherche sa respiration d'interminables minutes. J'interroge du regard mon père qui prend l'option de m'ignorer. Il se poste près de l'évier et étudie la neige accumulée cette nuit dans la mangeoire à oiseaux.

Il n'y a qu'un seul mort parmi les gens que je connais : Kent, dans un accident de luge. Il avait atterri au beau milieu de la route, un samedi où le trafic était dense. Ce rouquin aux dents de travers nous pourchassait à la sortie de l'école, porteur d'une vague menace de violence prévirile, que la mémoire collective décida d'effacer après sa disparition. Au début il eut droit à *ce pauvre Kent, onze ans à peine*, puis à *Kent le petit garçon mort, Kent le gamin qui a eu un accident de luge*, puis à la formule raccourcie, *le gamin qui faisait de la luge* et enfin, lorsque ses parents s'installèrent ailleurs, il devint *le gamin désobéissant*, jusqu'au jour où une clôture fut érigée entre les collines et l'autoroute et Kent se volatilisa pour l'éternité comme une bulle de savon qui éclate.

Leonard s'adresse à moi : *Laissons dormir tes sœurs, qu'elles en profitent tant que c'est possible*, et s'éclipse à l'instant où maman chute dans l'escalier. Mes pieds me transportent à travers la maison, de pièce en pièce, et mon cerveau turbine. Tout est plongé dans une obscurité sinistre où que me portent mes pas, mais je ne m'arrête pas pour autant. L'espoir fait vivre. J'éprouve dans ma chair l'immense pouvoir des morts, j'arrive désormais à identifier de quoi les ombres sont faites, comme si j'avais appuyé sur un interrupteur. Bron me parle de sa voix d'oratrice virtuose, je sens le parfum de son après-shampooing et de ce jus citronné dont elle s'aspergeait chaque fois qu'elle comptait faire de l'effet.

Bron : *Voilà, je suis morte, incroyable hein ? Regarde mon lit ; il a l'air mort aussi, pas vrai ? On dirait qu'il est mort, comme moi ; tu peux le croire, ça ? J'avais prédit que je n'irais jamais à la fac de Columbia et j'avais raison.*

Moi : *Non, non. Je n'arrive pas à y croire. Au début si, mais je me faisais des films.*

Elle : *Moi pareil ! Exactement ! Impossible d'y croire tant que ça ne s'est pas arrivé. Le reste, c'est juste une technique pour se blinder.*

Je me remets à arpenter les couloirs, à longer des pièces dans lesquelles je ne rentre pas, puis je jette mon dévolu sur un coin retiré derrière le piano, par terre. Manny pénètre dans la pièce, inspecte les environs, se dirige vers moi. Il colle sa truffe contre mon visage, les yeux embués. Pose une patte malpropre sur mes genoux, la gueule baveuse. Je frotte les griffes, le pelage plein de nœuds, caresse les zones que le temps a rendu calleuses. Il respire profondément, se calme, s'apaise.

Je les entends, elles sont debout, mais je ne bouge pas de ma tanière. Je les entends s'agiter dans la cuisine. J'entends des cris, des pleurs ; Manny dresse l'oreille et m'abandonne. Je suis abjecte, j'en ai pleinement conscience.

Les nonnes débarquent en meute, entassées à cinq dans le break, une par membre de la famille. J'hérite d'Aloysius. Leonard galope toute la journée, piaffe comme si tout était *d'une urgence absolue*, comme si la terre allait s'arrêter de tourner à la seconde où il arrêterait de s'agiter. Nous ne traînons surtout pas dans ses pattes. Aloysius porte des lunettes à monture en écaille qui lui mangent le visage. Elle souffre d'un tic : sa paupière gauche se soulève dans un frémissement, tire vers le haut son oreille et une partie de ses lunettes, tandis que l'autre moitié de son visage s'effondre. Je m'agace, jusqu'au moment où elle dévoile un sachet de caramels salés que nous vidons consciencieusement. Les miens, je les suçote ; les siens, elle les mâche.

Nous restons couchées trois jours entiers, entravées sur nos lits par d'invisibles chaînes. Dot et Roxanne viennent à mon chevet, puis c'est à mon tour de leur rendre visite. Nous observons par la fenêtre les nuées de flocons qui s'écrasent lentement au sol alors que des bataillons de Tupperware nous arrivent des quatre coins de Glenwood et que Leonard se déguise en courant d'air. Le matin du troisième jour, il frappe à la porte, entre, hoche la tête, *Bonjour les filles*, explore la commode de Bron, sort d'un tiroir un jean en bon état et son plus joli pull, s'apprête à sortir, marque un temps d'arrêt, me regarde, réclame une paire de chaussettes. Je ne veux pas toucher à ses affaires, alors j'ouvre mon tiroir et je lui présente des socquettes bleu ciel chapardées par Lilly au Woolworth's. Il me remercie avant de tourner les talons.

Le trajet jusqu'à l'église se déroule dans un silence absolu. Tout de noir vêtue, maman est cassée en deux, le menton appuyé sur son torse, les coudes sur les genoux, le corps recroquevillé sur le manteau d'hiver de Bron. Le père Tim nous accueille à la porte, son visage blême parsemé de points roses qui trahissent un rasage minutieux. Fergus et Augusta se présentent, leurs accents chauds et cadencés évoquent un océan de vagues déferlantes ; elles ôtent le manteau des mains de ma mère, le plient avec délicatesse sur le dossier du banc, puis escortent Leonard et maman jusqu'à la pièce secrète, derrière l'autel, et tout est calme. Je prends place au premier rang, aux côtés de Roxanne et de Dot. Attente. Des gens entrent en file indienne puis s'asseyent, respirant en douceur et en rythme, leur âme enfouie sous la peau. Je refuse d'accorder ne serait-ce qu'un regard aux bougies, aux fleurs, à l'autel, au tronc. Ce que j'aimerais, c'est ramasser tout ce petit monde, l'église tout entière, jusqu'à la dernière brique, la rouler en boule et la pétrir entre mes mains.

Bron est toujours aussi loquace. *Et mon manteau, regarde, lui aussi a l'air mort. Quand je l'ai vu ce matin, j'ai cru que quelqu'un l'avait étouffé. C'est quand même incroyable que je ne l'aie pas remarqué avant.*

Je lui réponds dans ma tête, par télépathie, je fais tournoyer le manteau vide, ce qui signifie : *Carrément d'accord avec toi. Avant il avait une bonne tête ce manteau, mais là il ressemble plus à rien.*

Les deux prêtres officient. Le père Tim évoque le violoncelle, le club de français, l'avenir prometteur.

Le père Tod parle de paix, d'agneaux, de rayons dorés, d'abondance, de cœurs purs, de poussière, de terre, de boue, de soleil. Dieu, les anges, la guerre, la tragédie, le chagrin, Noël, la foi, l'espoir, l'éternité infinie du temps pour les êtres de qualité supérieure, d'une pureté sans égale, qui confessent leurs péchés et connaissent l'expiation véritable, rien n'est oublié. Puis il s'assied, la mine grave.

Le père Tim allume des bougies, boit du vin, psalmodie en latin, sa pomme d'Adam en constant mouvement, il fait valser les pans de sa soutane dans un bruissement d'étoffe, hibou sincère et marmoréen. Il compte parmi ces hommes d'Église qui jamais ne s'ennuient. Sa concentration optimale et sa voix harmonieuse tirent les gens de leur torpeur, au contraire du père Tod qui grommelle, sourcille, soupire quand il perd le fil.

J'écarquille les yeux et les braque sur Roxanne, qui m'imite. *Quoi ?*

Mon sourcil se fait circonflexe, du haut de sa perplexité. *Tu ne vois pas ?*

Les violoncellistes du lycée de Glenwood ont tous répondu présent ; l'instrument planté à leurs pieds, les genoux écartés, vêtus dans un nuancier de teintes sombres, alignés à la façon d'une empreinte de doigts sur une vitre. La mélodie qu'ils interprètent s'avère d'un néant sidéral. Bron avait sa place attitrée à côté du garçon à la peau luisante, celui qui porte un bermuda. Elle l'avait surnommé *Sardine à l'huile*, mais je sais qu'il s'appelle James.

Maman me laboure le bras de ses serres et je m'incline vers l'avant. Je porte ma seule robe chic, achetée l'année dernière, qui me serre de partout. Mon cou en dépasse comme celui d'une girafe, mes gestes sont entravés par le tissu. Si quelqu'un me prend dans ses bras, je sursaute tel Frankenstein. J'explique : *Je suis à l'étroit dans ma robe* ; les gens me regardent comme si je parlais chinois et je décide de ne plus dire un mot.

Sœur Joy joue de l'orgue. Les notes résonnent tout le long de ma colonne vertébrale. Des angelots rayonnant d'espoir se pressent aux pieds nacrés de Dieu dans une envolée majestueuse. Ils s'élèvent, haut, toujours plus haut et montent en chandelle, tels des planeurs dans un ciel qu'aucun souffle de vent ne vient troubler. Certains nuages s'effilochent, d'autres s'évaporent. Le temps émet un tic-tac métallique, le calice heurte le marbre, des ongles strient le bois, les cordes des violoncelles se tendent sous la pulpe des pouces.

Les camarades de Bron sont de retour pour les vacances de Noël, amis et ennemis unis dans un même chagrin, assis ensemble tête courbée, leurs parents postés derrière eux, dans leur tenue de Noël, écharpes, cravates, boucles d'oreilles, châles. L'équipe de Leonard est là, au grand complet : endimanchés, les thésards barbus ont troqué leurs sempiternels jean et flanelle contre du velours et du tweed. Ils se raclent la gorge et font des choses avec leurs yeux, ils les détournent, les lèvent au ciel, les plissent et les ferment de longues secondes, bien théâtralement. Gerald, l'astronome, se pince l'arête du nez et garde les paupières closes. J'arrête de le dévisager quand les griffes maternelles, dignes d'un molosse, se plantent dans mon bras.

Le docteur Bob est assis derrière nous, flanqué de ses deux infirmières : Linda, la gentille aux yeux secs, et Sheila, la harpie qui pleure sans s'arrêter.

Leonard donne l'impression que son corps a été replié et assis sur le banc avec des ordres stricts : *Pas un geste*. Dot, qui connaît la cérémonie par cœur, fait du play-back. Elle sent mon regard peser sur elle. Elle a un visage saisissant : ses yeux sont pleins de tendresse, de tristesse, de souffrance et de vie. Ma robe m'écrase les côtes, me tire sur les aisselles, empêche le sang d'irriguer mon cerveau. Je marmonne, *Arrête de me dévisager avec tes gros yeux de vache,* et elle ne se le fait pas répéter deux fois.

Roxanne se mure en elle-même. Je ferme les yeux et elle surgit de l'obscurité, brandissant le poing. Le regard fixe, inflexible, qui vire volontiers à l'atone, elle dit : *Vous ne pouvez pas me forcer à y aller*. De la main, Leonard lui suggère d'agir comme bon lui semble.

Mes jambes se détendent ; mes pieds se mettent à remuer. Le visage de Bron, vidé de sa substance, me rappelle une marionnette privée de son marionnettiste. Génuflexion, signe de croix et, pour la première fois de ma vie, je compose un poème potable : *Ô Dieu aride, Vaste bon à rien, Ô Lune verruqueuse, Ô Doughnut.* Son col roulé miroite de mille et une étincelles argentées. Je contemple ses traits, ça fait tilt, tout devient limpide : l'événement est factuel, hideux, mathématique, lumineux.

Les Dauphins sont assises cinq bancs derrière, en compagnie du coach Stan et de son épouse, Emily. Tous tentent de croiser mon regard, fébriles, mais je suis inatteignable et le resterai jusqu'à nouvel ordre.

L'encensoir oscille entre les mains décharnées du père Tim, crache des nuages d'encens et de cinabre. Mes yeux se dessèchent, ma gorge se noue. Je veux sortir.

Maman souffre d'une rafale de crises de nerfs : ses globes oculaires s'enfoncent dans leur orbite, les veines de ses mains se boursouflent. Elle porte un chapeau peu seyant que je vois pour la première fois, elle en abaisse la voilette et je ne reconnais plus son visage.

Nous sommes assis sous le chemin de croix. J'ai atterri juste en dessous de… *et Jésus tomba pour la troisième fois ce jour-là.* Il se débat à terre, à la fois blessé et docile, déterminé et fort, le teint d'une blancheur de lait.

Tout le monde trouve la cérémonie magnifique. Ils échangent une poignée de main avec Leonard, scrutent maman sous sa voilette, puis détournent les yeux. Je me tiens dans leur dos, en retrait, sinistre géant en fer-blanc, à demi asphyxiée par ma robe rétrécie.

Dans la voiture, jusqu'au cimetière, silence. Un homme promène un chien récalcitrant. Une neige invisible, qui mouille comme la pluie, commence à tomber. Les pommettes du père Timothy rosissent ; ses cheveux fins se stratifient. On dirait un enfant déguisé en prêtre. Les visages calent comme de vieilles guimbardes. Il fait froid. J'étudie le bout des chaussures de Leonard, coutures noires sur cuir noir, puis le milieu, lacets noirs sur cuir noir, enfin l'arrière, talons tout aussi noirs. Je découvre un croissant de chaussette, noir. Pantalon, noir ; veste, noire ; manches de chemise, blanc aveuglant. Mes pieds suivent cette noirceur, et je m'absorbe dans cette marche alors que nous l'abandonnons ici, dans la boue froide, les mains raides, jointes comme on imagine les morts le faire dans le sommeil éternel.

En définitive, nous nous figeons tous, sans exception ; nous nous figeons de différentes manières, à différents moments, pour différentes raisons. Certains survivent à la guerre pour se figer à la caisse d'un supermarché dans une file d'attente qui dure une minute de trop ; d'autres se figent quand ils se voient pour la première fois et ne dégèlent qu'au seuil de la mort ; d'autres encore se figent à leur insu, sans comprendre pourquoi ; d'aucuns se figent puis dégèlent pour mieux se re-figer ; certains se figent juste une fois et restent gelés pour l'éternité. Être humain, c'est un vrai calvaire.

Seules les nonnes dotées des voix les plus graves peuvent chanter Ô Solitude. *Ô* – grave – *So* – grave – *li* – plus grave – *tude* – gravissimo. Il démarre dans le bas-ventre et remonte le long de la colonne vertébrale, ce cantique dont la puissance repose sur la répétition et la simplicité – deux mots, quatre notes – sur des nonnes en noir de pied en cap, guimpe et capuchon, chantant a cappella.

Mordre la poussière, c'est dans la nature humaine

Je ne supporte pas de perdre Leonard de vue. Je m'assieds près de lui tandis qu'il fait semblant de lire. Aucune parole n'est échangée. Parfois, nous jouons aux échecs. Dot, comme moi, doit constamment garder un œil sur lui. Elle lui tient compagnie tandis qu'il fait semblant de lire. Nous nous livrons à des miniguerres ; c'est à la première qui le trouve. Des problèmes surviennent autour de l'échiquier, mais nous devons être d'une extrême prudence : au moindre débordement, Leonard nous chasse de la pièce ou, pire, lance un *Jouez toutes les deux* et s'en va.

Maman nous force à assister à la messe tous les dimanches. Si nous traînons les pieds, elle nous pince lentement le bras de ses griffes puissantes. Je souffre d'hallucinations auditives, j'entends des plaintes et des pleurs, des *oooh* et des *aaah* qui donnent la chair de poule. Je me confesse, mes péchés sont absous, je me confesse de nouveau. Je garde un stock de bonbons à la menthe au fond des poches de mon manteau, au cas où. Peu m'importe, désormais, le prêtre qui m'attend au confessionnal, je ne vérifie plus à qui sont les chaussures avant d'ouvrir la petite porte en bois. L'haleine de batracien du père Tod étouffe la grille poussiéreuse. Agressive, j'avoue à son ombre grise et voûtée que je déteste aller en cours, que je me contrefiche de tout, que je suis une menteuse. Il me prescrit vingt *Je vous salue Marie* d'affilée. Je me rebiffe, m'agenouille sur le banc, incline le front : je ne pense à rien de rien.

À une époque, Leonard fréquentait l'église par fair-play et lors d'occasions exceptionnelles. Cette époque-là est révolue. Au retour de la messe, nous le trouvons dans la cour, une pelle boueuse à la main, ou dans le garage, en train de bricoler. Ou sur le toit, à nettoyer les gouttières, ou encore à réparer des interrupteurs à l'aide de tenailles, à élaguer les arbres – activité qu'il a en horreur. De temps à autre, il n'est nulle part où on l'attend et, dans ces cas-là, j'erre de pièce en pièce en répétant *Papa… papa… on est rentrées*, je croise Dot qui appelle *Papa… papa… on est rentrées*. Un jour, je le surprends au fond du jardin ; il effleure l'écorce d'un arbre comme s'il lisait du braille. Il arrive aussi qu'il demeure introuvable et qu'un petit mot nous attende sagement sur la table de la cuisine : *Je suis parti faire un tour en avion*.

Il a l'air d'aller bien, il s'active, sa lampe de lecture projette des ombres sinistres sur les murs du couloir jusqu'à une heure tardive. Mais plus tard, les larmes arrivent. Il pleure lorsque nous lui disons bonjour, il pleure sur le seuil de la salle de bains lorsqu'il nous voit nous brosser les dents, il pleure aussi lorsque nous lui montrons un jean neuf, et puis encore à l'heure du dîner. June et moi tentons bien d'identifier les plats qui avivent son chagrin, mais les larmes jaillissent quel que soit le menu. Au début, il nous cloue sur son torse et sanglote dans nos cheveux tandis que nous retenons notre souffle, statufiées. Plus tard, il opte pour une attitude pragmatique : ses larmes ont beau couler à flots, il les ignore et vaque à ses occupations habituelles – parler, manger, se raser, se poster près de la fenêtre, regarder un match de tennis âprement disputé –, les joues zébrées de traces humides qu'il ne s'embête pas à essuyer de sa manche.

Ma dernière lubie est de manger mon dîner comme je mange

mon petit déjeuner, dans un bol et avec une cuillère. Personne n'y trouve à redire. Il pleure dans la voiture, il pleure lorsque sont diffusées des publicités censées faire rire, et en écoutant des chansons larmoyantes pour ados, il pleure lorsqu'il pleut, lorsqu'il admire par la fenêtre la neige virevoltante, lorsqu'il observe les ruisseaux bouillonnants qu'elle laisse derrière elle au premier redoux et que le monde quitte sa gangue de glace. Et quand pointe la première fleur, assis dans son fauteuil en velours, le monde replié et abandonné non lu à ses pieds, sa tête dans la main.

En plus des crises de chagrin, sa voix s'éraille, il se laisse pousser une barbe hirsute qui entoure sa bouche à la manière d'une clôture. Manny n'apprécie guère ce changement, il grogne et gronde, Leonard doit s'accroupir et le grattouiller à son endroit favori pour le calmer.

Dès que Leonard pleure, maman se lève et quitte la pièce. Elle déambule dans les couloirs, frappée en plein plexus, et se raccroche aux meubles comme si la maison tanguait. Elle ne descend plus l'accueillir quand il rentre à la maison ; sa chaise reste désespérément vide, ce qui ne m'empêche pas d'avaler un bol de riz blanc et de haricots, armée d'une cuillère en bois qui sert d'ordinaire à tourner la sauce. Je talonne Leonard malgré les larmes, Dot nous suit à la trace. Un jour je le surprends à regarder Johnny Carson en train de bavarder avec un vieux comique même pas drôle. Le comique tient dans sa main un poisson en caoutchouc criblé de trous et hurle *Maquereau tout-puissant!* Aucun Américain ne trouve ça amusant, sauf Leonard qui pleure dans un même élan. J'essaie de lui mettre du baume au cœur par un mot bien choisi. L'inspiration me manque. Il pivote vers moi et répète *Maquereau tout-puissant*, hébété. Je monte dans ma chambre, le lit de Bron fait au carré me dévisage jusqu'à ce que je ferme les yeux.

Nous nous attachons à des horaires précis. Je me réveille à l'aube, me glisse hors du lit, descends l'escalier sur la pointe des pieds, me faufile dans la cuisine où j'écoute le babil de la télévision. Leonard se réveille à l'aube, se glisse hors du lit, descend l'escalier sur la pointe des pieds, se faufile dans la cuisine et se poste à la fenêtre, d'où il étudie le ciel sinistre. Je lève le nez de mon bol de céréales, il est là, grande tache noire animée d'un feu sombre, chandelle en bout de course. Maman se réveille à l'aube et reste couchée en attendant que l'anesthésie s'empare d'elle. Roxanne s'éveille à onze heures et reste couchée, les yeux clos, jusqu'à perdre patience. Dot s'éveille à sept heures, se met à genoux et réclame auprès de Dieu la vie éternelle pour Bron, un amour thérapeutique pour nos parents, l'abolition de la guerre, la cantine gratuite pour tout le monde – en particulier les petits Africains – et, finissant sur une note plus personnelle, une belle paire de seins pour elle. Mystère Impénétrable de l'Existence, elle atteindra la puberté un an avant moi et subtilisera l'une de mes maxi-serviettes sans mot dire.

Prodiges et miracles, émerveillements

Leonard attend que le toaster daigne recracher deux tranches de pain de mie. Sa patience récompensée, il prépare deux tartines sans lésiner sur la crème de châtaignes, aussi brune qu'une taupe, et en glisse une dans ma direction. J'étudie ses mains, fines et noueuses.

Merci. J'émergerai du sommeil quand mon corps frappera la surface de l'eau.

Il me toise, le souffle rauque. *Elles ne vont pas servir à grand-chose les paillettes de ton pull, mon poussin, vu les températures qu'il fait dehors.* J'ai enfilé un pull vert, pas très épais, cousu de sequins multicolores.

J'ai pas froid. Ma voix revêt un timbre boudeur.

Il hausse les épaules, verse trois grosses cuillerées de sucre dans son café et va mélanger sa mixture près de la fenêtre. La mangeoire, qu'il vient d'approvisionner, oscille au gré du vent ; quelques rayons grisâtres éclairent l'horizon.

Nous quittons la maison ensemble. Traversant à vélo l'aube grise qui recouvre Glenwood, je suis sa voiture jusqu'au virage, le vois lever la main, me faire signe, disparaître. Ma bicyclette connaît le chemin ; je pédale comme une forcenée et elle me conduit tout droit à la piscine. Je plonge, saisis l'eau à pleines poignées, la fouette frénétiquement de mes pieds surpuissants, évite tout contact avec les autres en braquant mon regard sur la ligne noire qui délimite mon couloir, mon objectif, mon univers. Si une nageuse se met en travers, je la dépasse dans un bouillonnement d'eau chlorée.

Ça m'énerve de respirer, alors j'arrête. Dans les vestiaires l'ambiance est calme, hivernale.

Sur le chemin du retour mes muscles sont épuisés, chaque mouvement est une souffrance. Je dévale la colline debout sur les pédales, cramponnée de toutes mes forces au guidon ; mes phalanges blanchissent avant de devenir douloureuses. Arrivée à hauteur de la maison, je remarque que Satan l'a piégée au creux de sa main gantée de cuir rouge car elle penche, comme déboulonnée de son axe. Je mets pied à terre. Tout est à sa place, mais en négatif. L'antithèse de la joie.

Mon cerveau fonctionne au ralenti après un entraînement intensif. Les pensées se présentent sous la forme d'images monosyllabiques à la ponctuation théâtrale.

J'aperçois la Buick à la carrosserie jaune et poussiéreuse qui sent la bonne sœur à plein nez et je me dis *Crotte !*

Dans l'allée, juste à côté, patiente la Suburban argentée du docteur Bob ; détail saugrenu, il n'y a aucune lumière dans le bureau de Leonard. *Bizarre !*

La porte d'entrée émet un éclatant écho cuivré, sa couleur évoque le laiton dépoli d'une cloche. *Fait noir là-dedans !*

J'ouvre. Hormis le souffle des radiateurs, aucun son ne me parvient. Figée sur place, je regarde les fenêtres s'obscurcir et le soleil s'effondrer au loin.

Je gravis les marches une par une. Gauche ou droite ? *Droite !*

Au salon, une Fergus en habit gris – sa tenue détente du samedi – s'est embusquée derrière le piano. Irrésistiblement attirée, je laisse mes pieds m'entraîner vers elle. Tout est à sa place – le guéridon en verre, l'urne grecque, les plantes d'intérieur, ces anges en cuivre aux larges ailes déployées –, mais en négatif. Le malaise s'installe.

La Mort trône sur le sofa, son costume de velours sombre garni d'un plumage cramoisi.

Fergus prend une profonde inspiration et brise le silence d'une voix basse, éraillée et rassurante : *Viens par ici, Philomena.*

Ma gorge s'étrangle : *Pour quoi faire ?*

Les sonorités qui jaillissent de mes cordes vocales sont poussiéreuses, rauques.

Approche, viens t'asseoir près de moi.

Je vais rester debout, merci. Où est maman ?

Ta mère va bien.

Et Roxy ?

Avec June.

Je dis, la main sur la hanche : *Et Dot ?*

Elle répond : *Avec sœur Ruthie.*

Et Manny ? Ça m'étonne qu'il vous ait laissée entrer.

Justement non, rétorque-t-elle. *On l'a enfermé au sous-sol.*

Il n'aime pas trop les trucs sur la tête.

J'ai cru comprendre, déclare-t-elle, patiente.

Est-ce que maman…

Elle va bien. Le docteur Bob s'occupe d'elle. Assieds-toi une minute.

Non, je ne veux pas m'asseoir une minute. Merci, ça va aller, je répète en me balançant d'un pied sur l'autre.

Enlève ton manteau, alors.

Je veux voir mon père. Je sais ce qui s'est passé.

Il y a eu un accident. Elle se redresse de toute sa hauteur, c'est l'une des plus grandes.

Je regarde par la fenêtre le paysage de septembre. De leurs bras à demi dénudés, les arbres ferment à clef la porte de la saison passée. Un filet d'air froid se faufile sous la porte, une immobilité limpide propre aux atmosphères où les eaux célestes se cristallisent en flocons de neige pure. Il s'insinue dans la pièce, aussi impalpable qu'une brume, et infiltre lentement mes os. Cette froidure ne touche pas Fergus mais, à mesure que le calme prend de l'ampleur, ses yeux se détachent de moi pour interroger les cieux. Elle pose une main sèche sur mon épaule.

Tu veux t'asseoir ? Sa lassitude se lit dans le pli tombant de ses paupières, dans le relâchement de ses commissures.

Non merci. Je vais rester debout.

Et je m'arme de courage, car je suis très forte.

À bientôt

Et ils défilent en un flot continu, bonnes sœurs, familles au grand complet, prêtres en tandem, docteurs divers et variés, dentistes, collègues, connaissances, plus deux ou trois doyens d'université accompagnés de leurs épouses. Avec une politesse exquise ils sirotent le café, le thé ou le jus de pomme que June prépare dans la cuisine transformée en cafétéria. Ils grouillent de partout, regardent des photos, débattent à voix basse des événements actuels, fourmillent, posent des questions neutres avant de s'engouffrer dans le trou noir de l'oubli. Des adieux chagrins emplissent l'atmosphère, en même temps que des effluves de parfum et de gâteau. Accoudée au piano je n'éprouve rien, absolument rien. De loin en loin une balafre, une fulgurance qui taille en pleine chair, et puis le vide, un vide agréable, neutre. Mon esprit fredonne : *Bon ben voilà, bon ben voilà, bon ben voilà, bon ben voilà.*

Ce n'est pas que je me sente mal, mais le sommeil m'a désertée. Je ne sais pas trop à quoi j'occupe mes insomnies, sauf que je ne dors pas, il n'y a aucun doute. Mon visage est aussi expressif que du papier mâché. *Marrant.*

J'ai beau tendre l'oreille, Leonard reste muet. Je presse les doigts sur ma tempe.

Rien.

Bron s'inquiète : *Je n'arrive pas à le trouver. Bizarre, hein ? Il n'a pas l'air d'être ici.*

Je discute avec elle par télépathie, employant une forme d'écholocation qui épelle chaque mot. *Il a dû se passer quelque chose. Cherche encore.*

Bron refuse de communiquer par cette voie-là, elle préfère lever les yeux au ciel et offrir son visage à un soleil qu'elle vient d'engendrer comme par magie, parce que cela fait désormais partie de ses compétences.

Une cérémonie est célébrée dans la salle où se tenaient les conférences sur les chauves-souris. Le docteur Bob déchiffre un papier qu'il tient entre les mains, lit d'une voix étouffée ; excédée, je murmure *Allez, magne-toi.* La feuille tremble. Plus ça va, plus elle tremble. Mes yeux s'absorbent dans l'étude des motifs du bois. Bourrée de cachets, maman s'appuie de tout son poids sur les gens, les meubles, sur tout et n'importe quoi. Roxanne nous informe : *Je crois que je vais vomir* ; elle va dehors, se planque derrière un arbre détrempé, sous un ciel tout aussi détrempé, et se laisse fouetter par la pluie. Dot se partage entre pleurs et prières ; les larmes lui dessèchent la peau et nous montre la tête qu'elle aura à quatre-vingts ans.

Ahmet Noorani verse de grosses larmes huileuses qui illuminent son visage bistre, le lissent, le rendent plus beau. Il se raccroche lourdement aux épaules massives de sa femme. *Ça me dépasse. Je n'arrive pas à y croire. C'est un cauchemar. Ohhh les filles ohhh mes petites ohhhhh.*

Assise près de moi, June transforme un programme en accordéon miniature.

Un anneau de gens placides à la tenue inconfortable gravite autour de nous ; chacun prononce la première chose qui lui passe par la tête.

C'était quelqu'un de formidable.

Un mec génial.

Quelle tragédie.

Si je peux faire quoi que ce soit...
Ohhhhhh mes chères petites.
Votre pauvre mère tient le choc ?
Vous devez être fortes.
Vous serez fortes, pas vrai.

Nul n'évoque Dieu ni de près ni de loin, pas même les nonnes et les prêtres, encore moins les doyens et les collègues – non, personne. Certains prennent une profonde inspiration, lâchent un *Eh bien...* Calent. Battent en retraite. D'autres ouvrent grand leurs bras, paumes tournées vers le ciel, et les yeux embués puis noyés de larmes, secouent la tête, nous serrent sur leur cœur jusqu'à suffocation, nous étreignent par les épaules, poussent un soupir et disparaissent à jamais.

Le représentant de la Fédération américaine d'aviation, un type adorable plein de pellicules, vient mener son enquête. D'un commun accord, nous passons sous silence les larmes de Leonard. Nous expliquons qu'il était très triste ces derniers temps, que sa tristesse était compréhensible, que nous étions tous très tristes, que l'existence est éclaboussée d'événements à la tristesse compréhensible. Le mot *triste* revient dans la conversation des millions et des millions de fois. J'essaie désespérément de varier mon vocabulaire, mais mon esprit reste bloqué sur *pellicules*.

Dot met en balance *amour* et *tristesse* ; elle raconte que l'on sentait l'amour qu'il nous portait, que l'intensité de cet amour était palpable. Qu'il n'allait pas lâcher prise parce qu'il nous aimait, qu'il s'accrochait avec courage et dignité parce qu'il aimait sa famille et aimait le monde et parce qu'il adorait Rosy, sa chauve-souris préférée, Rosy était elle aussi devenue très triste, elle refusait de toucher à ses éphémères, à ses libellules, à ses mouches, mais la pauvrette allait se rétablir car Leonard chapeautait une équipe géniale composée de laborantins et de techniciens qu'il adorait et formait avec amour, et Leonard aimait aussi beaucoup le docteur Bob et les échecs ; il adorait ça, les échecs. Lorsqu'elle achève son soliloque, l'air dégouline de bons sentiments, le contact visuel a volé en éclats.

Je me compose un visage parfaitement normal et j'articule lentement, dans un demi-cri : *Il avait des projets.*

Ma remarque a le don d'enflammer Dot. Sur ses pommettes, des taches rondes ; on croirait une caricature de clown. *Oui ! C'est vrai ! C'est la vérité. Il voulait traverser le pays, visiter des îles. Les Bahamas, ou à côté des Bahamas, ou juste derrière les Bahamas, mais pas Cuba ; pas vrai, Mena ?*

J'observe ses rougeurs. *Non. Ailleurs. Mais pas loin des Bahamas. Les Antilles, je crois.*

Les Antilles. Mais oui, c'est ça, ça me revient ! Elle fait des bonds sur sa chaise. *Oui oui, il avait des projets. Des tas de projets, même.*

Au parc des Blaireaux, Roxanne se vautre dans les vapeurs euphorisantes du hasch, dissimulée derrière le zoo éducatif.

Nous attendons que notre mère descende. La dernière fois que je l'ai vue, elle était étendue sur son lit, habillée de pied en cap.

L'air est, sur le plan technique, un fluide. Ce samedi-là, tandis que Leonard volait dans le ciel, moi je volais dans l'eau. J'ai plané un long moment, émergé sans le moindre bruit, mué mes bras et mes jambes en hélices de chair alors qu'il quittait Glenwood, survolait les Smoky Hills et suivait le tracé du fleuve Salomon jusqu'au mont Sunflower. Il a ensuite rebroussé chemin et, dessinant un huit parfait, mis le cap sur la maison. Le circuit des jours où on n'allait nulle part. Quelles pensées cachait-il derrière ses lunettes de soleil, les dorées, celles qu'il réservait aux séances de vol et qui lui donnaient l'air méchant ? Je vois les nuages s'entrelacer sur les verres fumés, le soleil vissé en leur centre, fixe, imperturbable. Le mystère de Leonard s'épaissit au fil des secondes. De temps à autre il m'apparaît même un peu sinistre – un homme écrasé de lourds secrets, inconnu à jamais, un espion.

Tous évoquent l'*horrible tragédie,* sauf le docteur Bob qui n'en parle jamais.

J'avais suivi en temps réel les progrès d'Ahmed Noorani avec Coin-Coin. J'avais assisté, étape par étape, à la naissance d'un moteur – avec ses bidules en métal, ses joints, ses pistons. Je l'avais regardé marteler sa machine de son lourd maillet, *Boum boum, ça devrait suffire*, une clope jaune pendouillant à ses lèvres.

Hors de question que je monte dans ce coucou avec lui, plutôt crever, avais-je dit.

Leonard : *Chuuuut.*

L'esprit s'égare lors des tâches routinières. Peut-être Leonard n'a-t-il aperçu le sol qu'à la seconde où il a eu le nez dessus.

Il soulignait des phrases et entourait des mots dans un petit calepin aussi discret qu'un jeu de cartes qu'il conservait dans sa poche gauche, avec le stylo offert par son père pour l'obtention de son doctorat. Jamais il ne l'avait égaré : le stylo passait d'une chemise à l'autre ou, posé sur le rebord de la fenêtre, attendait que son propriétaire s'habille. Pas une fois je n'ai vu Leonard tenter de s'incruster dans une file d'attente trop longue, ni tenter d'escroquer son prochain. D'autres ne se seraient pas gênés. Pas son genre.

La FAA n'a rien trouvé de suspect dans ce qui reste des moteurs ; la boîte noire, récupérée, garde ses secrets ; aucun phénomène météo n'avait été signalé ce jour-là dans la région. Dans son rapport définitif, Brian, le gentil enquêteur, établit qu'il y a quatre-vingt-treize pour cent de chances que l'accident soit dû à une erreur humaine : le pilote n'a tout bonnement pas su contrôler sa vitesse, il a raté son piqué.

La maison se charge d'ombres qui s'éternisent. June emménage chez nous à titre temporaire et reste deux ans. Dot prie, récite à genoux des prières classiques apprises par cœur, dans la posture de ces figurines en porcelaine que les nonnes distribuent à Noël aux élèves méritants. Je l'épie, poussée à bout. Elle prie dans les règles de l'art, avec un zèle féroce, mais Manny est son unique réconfort ; elle le berce dans ses bras, fait de son pelage un rosaire vivant.

Manny et moi, nous sommes sur la même longueur d'onde. Je l'évite, il m'évite. L'atmosphère qui règne chez nous pèse lourdement sur son âme et, un beau jour, le pauvre bondit pour attraper sa gamelle et se disloque la hanche.

Moi, au vétérinaire : *Merde, j'en reviens pas.*

Lui, du regard : *Surveille ton langage, jeune fille.*

Moi, idem : *Tu comprends rien, sale véto.*

Je dois retenir Dot pendant qu'ils rajustent la patte de Manny. Elle hoquette et sanglote, tandis que le vétérinaire pince les lèvres et que l'assistante grince des dents.

Roxanne s'acoquine avec Tanya, une fille au regard dur. Elle enfile les notes calamiteuses comme d'autres des perles. Sœur Fergus convoque maman à une conférence catholique absolument cruciale. Pour l'occasion, maman s'affuble d'un sac à patates violet qu'elle agrémente d'une ceinture. Je l'observe depuis ma salle de classe, qui marche à petits pas et protège son regard du soleil qui brille, aveuglant, dans son imagination. C'est cet instant qu'Atrocia choisit pour hurler : *Tiens-toi droite !* en plein dans mon tympan, et mon cœur ne ralentit pas avant cinq bonnes minutes.

Maman se condamne à la prison à perpétuité. June et moi tentons de la nourrir avec ce qui nous tombe sous la main – soupe en conserve, riz en boîte bleue, omelette aux œufs –, mais ses pommettes évoquent toujours des marteaux de forgeron et j'arrive à compter les os de ses mains qui s'agrippent aux miennes.

La conférence cruciale n'apporte aucun changement. Les jours s'enchaînent telle une succession de collines privées de vallées. Je rentre à la maison après les cours, bruyante et maladroite comme à mon habitude : les portes claquent, les assiettes craquent, les talons cognent, le frigo tremble.

June siffle : *Fais moins de bruit, Mena, ta mère vient juste de s'endormir. Elle a passé une mauvaise journée.*

Je suis moi aussi d'humeur massacrante. *Je n'ai rien fait.*

Les yeux furibonds, elle se met à crier. *Arrête de hurler. Ferme-la.*

Je ne hurle pas, c'est toi qui hurle. À peine quelques secondes plus tôt, j'étais normale, parfaitement pacifique, et me voilà habitée par une rage dévorante, hideuse, qui fait remonter à la surface tout ce que je refoule et me le balance devant les yeux : *moche dents pourries foutue pauvre zéro loseuse minable.*

Ne me regarde pas comme ça, morveuse. Je ne le tolérerai pas. Elle plante dans mes bras ces ongles rongés qui lui servent d'armes.

Je voudrais être dépourvue de mon humanité. Je ne sais pas ce que je voudrais être. Mais pas ça. J'aimerais être quelque chose de calme, d'ouvert, de plus solide. Je ne veux pas comprendre. Je ferme les yeux et le monde se vide de sa substance. Lorsque je les rouvre, June est dehors, au pied d'un arbre, grillant l'une de ces cigarettes qui se cristallisent dans les poumons au moment de tuer.

Rire et danse de l'ange noir

Grande, épaules voûtées, seins inexistants, mâchoires carrées, je suis assise sur le lit, à côté d'une espèce de bosse informe. J'examine mes pieds et mes pantoufles en daim bordées de fourrure, cadeau du père Noël il y a environ deux mille ans. Je veille sur maman. Impossible de la laisser à la merci du regard dévot et lugubre de Dot, de crainte qu'il ne l'encourage à commettre l'irréparable. J'ai arrêté de nager du jour au lendemain et je la regarde dormir, je me rapproche afin de m'assurer qu'elle respire encore. Quand je ne joue pas à la garde-malade, je regarde les séries qui me font rire, vautrée sur le canapé. Je me surprends à me demander ce que deviennent les personnages dès que s'éteint le poste, même si je comprends qu'ils n'existent pas dans la réalité. Il m'arrive de visionner un épisode deux fois et de rire à gorge déployée à chaque diffusion. Ma popularité est en chute libre : on m'évite en recourant à des techniques d'une subtilité extrême. Je me retrouve souvent seule.

Je mâchonne du pop corn tout en contemplant par la fenêtre la mangeoire des oiseaux qui oscille dans le vent, désespérément vide. Il faudrait sortir l'échelle du garage, l'appuyer contre le mur, en gravir les degrés, un petit sac de graines à la main. Mon cerveau m'adresse des messages urgents : *Tu devrais remplir la mangeoire ; va chercher l'échelle !,* mais je fais la sourde oreille, trop occupée à faire de jolies piles de pancakes aux formes biscornues. Tantôt mon esprit hurle à la mort, tantôt il s'active à formuler des commentaires désintéressés.

La Cocoplat est mal à l'aise en ma présence. J'ai beau lui suggérer de redevenir normale, elle préfère mentir, *Mais je suis normale*, et un sourire chagrin déforme ses traits. Nous sommes mises en quarantaine, prétend Roxanne, selon elle les gens craignent de mourir s'ils passent du temps en notre compagnie, et malgré sa consommation frénétique de hasch je dois lui donner raison : la mort emporte tout le monde dans sa chute, nous en sommes la preuve flagrante. Le père Tim me scrute avec insistance le dimanche matin, sans dire un mot. Le coach Stan me passe un coup de fil et me suggère de retrouver le chemin de la piscine dès que je me sentirai d'attaque. Maman rôde dans la maison qui grince de toutes parts, tandis que j'écoute le téléviseur deviser dans son coin, à voix basse.

Ayant perdu toute notion du temps, nous arrivons souvent en retard en cours. J'accuse la pluie qui cingle, le vent qui hurle, les fines couches de neige fondue et, plus tard, une fois les orages apaisés, je rejette la faute sur les éléments soudain rassérénés ; ciel serein, soleil paisible, air égal et immobile qui nous plongent dans la léthargie. Sœur Truite, la nonne gratte-papier, m'écoute déblatérer avec l'air de celle qui en a entendu d'autres, jusqu'au jour où nos retards deviennent quotidiens. Nous nous postons dans l'embrasure de la porte de son bureau, indécises, comme une bande de voyous.

L'école, le soleil, notre façon de parler, notre régime alimentaire, notre emploi du temps chargé, nos vêtements d'hiver, notre hygiène corporelle, nos notes désastreuses, l'heure du couvre-feu, l'heure du coucher, la qualité de l'air, les avancées scientifiques, la politique internationale, la famine en Afrique, les controverses sur les maladies mentales, maman s'en fiche. Je ne raconte pas que Roxanne fume un joint aussi long qu'un javelot tous les soirs avant de s'endormir, que Dot pousse dans son sommeil des glapissements de bête blessée, que June sort avec un type pas très net.

Roxanne estime, au terme de savants calculs, que maman a viré aux trois quarts agoraphobe.

Je regarde un jeune marié laisser tomber sa dulcinée par terre. Le téléviseur s'esclaffe. *Elle va à l'épicerie, à l'église, à la bibliothèque*, je réponds sans détacher mes yeux de l'écran.

Roxanne ouvre le réfrigérateur et en inspecte l'intérieur. *Tu vois ? Jamais ailleurs. Et ça ne fait pas beaucoup.*

Je ne lui concède pas un seul regard. *Elle est venue me chercher à l'école l'autre jour.*

Elle ne m'accorde pas non plus la moindre attention. *Elle est sortie de la voiture ?*

Là, je lève les yeux. *Non.*

Elle ouvre un placard sous les rires assourdissants de la télé. *Tu vois ?*

Roxanne plante la graine de l'angoisse dans le jardin fertile de Dot, laquelle gravit les marches quatre à quatre en hurlant : *Maman, maman, tu veux bien m'emmener chez le coiffeur ?*

Maman ne bouge pas d'un millimètre. *Demande à June.*

L'inquiétude force Dot à élever la voix. Je monte le son. *Elle ne peut pas, June.*

Maman reste intraitable. *Moi non plus ; je ne me sens pas très bien.*

Elles élaborent des scénarios pour l'obliger à quitter sa tanière, faire bouger les choses, remuant leurs méninges de concert, faisant assaut d'idées neuves. Hélas, maman a toujours un temps d'avance.

Roxanne fait remarquer que je me tourne les pouces.

Je préfère me tourner les pouces plutôt que brasser du vent.

Dot rétorque : *Il ne s'agit pas de ça Philomena, et tu le sais bien.*

Je ne goûte le psychodrame qu'à la télévision. Roxanne ne le savoure que si elle le provoque. Dot l'accepte comme un fardeau, un fardeau aussi nécessaire que son squelette. Chez ma mère, le psychodrame ouvre un troisième œil ; désormais elle voit sa signature partout. Elle hyperventile devant le réfrigérateur grand ouvert, les deux mains crispées sur sa gorge ; elle hyperventile sur l'autoroute, ralentit et se traîne à dix kilomètres heure sur le bas-côté caillouteux, les phalanges bleuies ; elle hyperventile la nuit dans un lit fortifié de bouquins éparpillés çà et là, son traitement anti-hyperventilation à portée de main.

Les catholiques consolantes lui rendent visite par grappes de deux ou trois. Elles préparent le thé elles-mêmes et prennent place sur le canapé, genoux soudés, cuisses jointes. Maman souffre de maladies psychosomatiques diverses et variées : bronchite, rhinite, sinusite, insomnie, troubles intestinaux inexpliqués, migraines atroces. Cet inventaire est le sujet de bruyants chuchotis ponctués de fréquentes crises de nerfs qui la contraignent à inspirer-expirer dans un sac en papier brun.

Les Consolantes s'en vont. L'une d'elles s'arrête sur le seuil de la maison, ouvre son sac à main dans un cliquetis discret et en sort un bonbon à la menthe qu'elle m'offre, m'encourageant d'un sourire. June rince les tasses et les essuie à la main. Je fourre la sucrerie dans ma poche et mange des restes de gâteau. La télévision poursuit sa conversation discrète ; tantôt elle glousse, tantôt elle sanglote. Les sacs en papier brun, je les garde pour mes sandwichs.

Les catholiques martyres débarquent en meutes : veuves, divorcées, mères des crétins les plus pitoyables de Glenwood, invalides, célibataires endurcies, pauvres filles qui connaissent par cœur les horaires des jours de parloir à la prison du comté. Elles convergent au salon, se répandent dans la cuisine, s'embusquent dans les couloirs, inspectent les photos accrochées au mur. Elles préparent des litres de café, édifient des montagnes de doughnuts à la cannelle à faire soupirer d'aise une bonne sœur, prennent racine, sirotent leur café, étirent leurs jambes et souffrent de concert, car rien n'est plus grisant que le bonheur de souffrir à plusieurs pour quiconque a connu l'insignifiance de la souffrance en solitaire. Je les observe, d'abord abasourdie, puis gagnée par l'ennui. Maman tente de suivre le rythme avant de s'effondrer, frappée d'une profonde prostration, pire que lors de sa précédente crise. Je l'escorte à l'étage, nous montons les marches une par une, j'attends qu'elle reprenne son souffle au sommet de l'escalier. Le docteur Bob fait un saut, s'entretient avec elle, s'entretient avec nous au sujet de maman, change de sujet en cours de route et s'intéresse enfin à notre sort.

Moi : *Tout roule, docteur Bob. On va bien.*

Dot : *Très bien, même.*

Roxanne se tait.

Les Martyres me déplaisent profondément, mais elles reviennent à la charge. Lorsqu'elles sonnent à la porte, je leur réserve un accueil particulier : je me plante sur le perron, faisant barrage de mon corps à la manière d'un défenseur dans un match de football américain, et j'aboie : *Elle dort encore,* sur un ton agressif, tapant du pied, les yeux braqués sur leur voiture. J'adresse moult sourires encourageants le dimanche à leurs consœurs, les Consolantes, qui ont l'air de penser que leur mission est accomplie.

Les Martyres ne tardent pas à se lasser du manque d'assiduité de maman et leurs incursions se font de plus en plus rares. Je m'affale sur le canapé, devant la télé, au comble du soulagement. Ce que j'ignore encore, c'est que je savoure le calme irréel qui annonce l'arrivée des Bilieuses.

Le mari a été emporté par l'alcool, le fils fauché par un chauffard, elles ont été filles mères ou baladées de famille d'accueil en famille d'accueil, et elles ont survécu à ces calamités. La vie les a mises à l'épreuve et les a rejetées, comme elle a rejeté Job, et comme Job elles refusent de lâcher prise. Elles me bousculent, chargées de leur attirail : gâteaux au yaourt, sachets de tisane, huiles essentielles, figurines aux yeux effrayants censées représenter les saints de seconde zone. Elles foncent droit vers la chambre de ma mère, frappent tendrement à la porte et se faufilent à l'intérieur. Lorsque maman se repose, elles montent la garde à la fenêtre, captivées par les arbres aux branches dénudées. Parfois elles se risquent dans le bureau de Leonard, effleurent l'un de ses livres, demandent : *C'était à lui ?*

Ce comportement m'agace. Je demande à Roxanne de tirer la chasse et de faire claqueter les canalisations, rien que pour le plaisir de les voir tressaillir et sursauter.

Elles rôdent dans la cuisine comme en terrain conquis, armées d'un arsenal de recettes destinées à ceux qui ont perdu l'appétit. Je les encadre. Elles m'ignorent.

Le mieux, c'est que ça n'ait aucun goût.

Liquide, de préférence.

Ajoutez-y un peu de protéines. On peut broyer de la vitamine C.

Excellente idée. Et des flocons d'avoine. L'avoine, c'est sans saveur.

Voilà la vanille.

Ça, elle ne le mangera pas. J'informe, c'est tout.

Elle peut le boire avec une paille.

Posez-le à côté de son lit, ça suffira.

Ça, elle n'en voudra pas. J'explique, rien de plus.

Si, ça va lui plaire. Je vous assure. On va en préparer deux ou trois litres et les mettre au congélateur en attendant que June retienne la recette.

Elle boit à petites gorgées. Ses cheveux redeviennent brillants, ses ongles prennent une teinte rosée, ses orbites blanchissent ; à la voir si vaillante, on dirait qu'elle a passé un week-end en Floride. Je baptise « potion » la bouillie miracle.

June provoque des réactions cocasses chez les Bilieuses. Lorsqu'elle arrive dans la cuisine, ses bras malingres lestés de provisions, un paquet de menthols pendouillant à l'arrière de son jean, auréolée de sa splendide tignasse frisée, elles s'égaillent et la joie étreint mon cœur. Sitôt ces parasites débarqués, je la fais appeler au Wal-Mart et la supplie de rentrer. *J'arrive dans une minute, ma choute*, répond-elle, et il lui arrive de tenir parole. June me tranquillise. Elle seule comprend que j'aie besoin de créer une ambiance, de laisser la radio babiller toute la journée et une lampe allumée dans chaque chambre. Elle ouvre grand les fenêtres, quand elle n'ouvre pas toutes les portes, pour permettre à l'air frais de balayer la maison entière ; les rideaux ondulent et volettent sous la brise comme des cerfs-volants. Elle seule comprend que je ne puisse plus me passer de mes céréales en forme de lapinous et de leurs quatre cent cinquante-deux sortes de sucre, elle sait que j'aime leur saveur, leur couleur, le lait qui devient rose. À la télé, je regarde Diana devenir princesse tandis que June fume dehors, au pied de l'arbre. Je lui fais coucou. Cigarette aux lèvres, elle me retourne mon salut, le visage noyé dans un voile de fumée mentholée. J'ouvre un sachet plastique, alléchée par l'un de ces gâteaux en croissant de lune garni d'une compote rouge et luisante semée de peaux de cerise réduites en charpie, mais sans la moindre cerise.

Dot se matérialise sur le seuil, une pomme à la main. *Tu ne vas pas manger ce truc-là.*

C'est là que tu te trompes.

Elle mord dans sa pomme, me réprimande. *Ça va te rendre malade ; prends plutôt des légumes, ou un œuf, enfin tu vois.*

Je pousse un soupir. *Où est Roxanne ?*

Elle m'imite. *Aucune idée. Sortie, faut croire.*

Les heures coulent à pic. Lorsque j'ouvre les yeux, un nouveau jour se lève, identique au précédent. Les semaines se transforment en mois, ponctuées de pluie et de coups de tonnerre. Le printemps arrive. Un beau matin, maman s'éveille avant l'aube et découvre l'hologramme mystique de Marie, Sainte Vierge et Mère de Dieu, en lévitation au pied de son lit. D'une seule et même voix, les Bilieuses tombent d'accord : Elle a été missionnée afin de lui redonner le moral, face à sa vie merdique.

Elle se tenait tout au bout du lit et n'a rien dit pendant un long, un très long moment. Ensuite elle a secoué la tête très très lentement, avec un air triste et gentil… et au bout d'un moment elle m'a fait signe de la main : Viens, approche, viens avec moi… Étendue sous les draps, maman porte son immonde blouse bleu ciel dont les boutons représentent des grenouilles argentées, cadeau de la Bilieuse aux dents de lapin. Elle vient de se laver les cheveux, ils n'ont pas eu le temps de sécher. L'hologramme mystique de Marie l'a calmée en même temps qu'il l'a rendue frénétiquement électrique.

Postée à la fenêtre, bras croisés, je m'attaque à une sucette à la pastèque. *Où est-ce que…*

Les Bilieuses, tout un troupeau, pivotent vers moi et murmurent : *Chuuuut…*

… Je n'en ai pas la moindre idée. Mais j'ai dit non, non, non, pas maintenant, bien sûr ; il me reste encore trois enfants. Je ne peux pas me permettre, comme ça… affirme maman, qui s'interrompt, cherche le mot juste… *de disparaître.*

Je contemple une troupe de nuages qui trottinent à travers le ciel, je sors la sucette de ma bouche et je lance : *Est-ce qu'elle flottait dans l'air ?*

Le troupeau me foudroie du regard et marmotte : *Chuuuut !*

Non. Pas du tout, répond maman en frottant du doigt la tête d'une des grenouilles en argent.

J'observe la mangeoire qui se balance au gré du vent, je sors de nouveau la sucette de ma bouche : *Est-ce qu'elle parlait avec un accent du Moyen-Orient ?*

Le troupeau me crucifie sur place et siffle : *Chuuut !*

Non. Avec un accent normal, affirme maman, avalant une gorgée de camomille.

Je me retourne, la sucette à la bouche, et j'étudie les boutons grenouilles. *Pareil que le nôtre, tu veux dire.*

Oui.

J'ôte la sucette et je m'adresse aux Bilieuses : *Dans ce cas, c'était pas la vraie.*

Elles serrent les poings, luttent contre l'envie humaine de provoquer un bain de sang spirituel, et s'étranglent : *Chuuuut !*

Bien sûr que si, proteste maman, mal à l'aise.

La Bilieuse au visage de mastic grince des dents : *Les vrais anges ne s'amusent pas au paradis à regarder les vrais gens souffrir en enfer*, et je me rends compte qu'elle me hait à mort.

Celle au cou flasque cherche à se débarrasser de moi. *Et si tu allais attendre le père Tim en bas ?*

J'étudie les replis de sa gorge et opte pour la solution de facilité. *Et si vous alliez attendre le père Tim à ma place ?*

Elle me regarde sans broncher ; je m'incline et dévale les marches deux par deux, jusqu'en bas.

Gravir des montagnes

En plein cours de mathématiques, je regarde un orage couver à l'horizon tandis que sœur Nestor nous concocte des équations complexes pleines de lettres et de chiffres, sa craie frappant le tableau noir à la façon d'un pic-vert furibond. Elle s'interrompt ; la Truite s'est matérialisée à son côté, elle chuchote au creux de son oreille avant de lui tendre le petit papier jaune tant redouté. C'est alors qu'elles posent, l'une et l'autre, leur regard sur moi. Je sens la main glacée de l'angoisse à l'instant où Nestor m'ordonne : *Ramasse tes affaires.*

Fergus se dresse devant la fenêtre de son bureau, absorbée dans le spectacle d'un ciel scindé en deux par la tempête. Elle ressemble à la mère supérieure de *La Mélodie du bonheur*, à ce détail près que sa guimpe à elle est courte et bleu foncé et que sa jupe lui arrive au genou au lieu d'être aussi longue qu'une chemise de nuit, sans oublier que nous ne vivons pas en Autriche et que je suis loin d'être aussi drôle que Maria avec son chapeau, sa guitare et sa robe immonde, même si ma jupe pendouille de partout et fait grise mine – les plis ne tombent pas aussi droit qu'il le faudrait, soit parce que j'ai maigri malgré tout le sucre que j'avale, soit parce que j'ai encore grandi, mais j'ignore de combien vu que je n'ai pas consulté le docteur Bob pour mon examen annuel et que personne ne paraît s'en inquiéter.

L'étiquette exige d'elle qu'elle ne m'invite pas à m'asseoir, donc elle s'en dispense. Elle ne croise pas non plus mon regard, et ce pour la même raison. Nous observons les deux sections du ciel se livrer combat.

Le père Tim me signale que tu as arrêté de nager, annonce-t-elle en regardant un éclair frapper une tache sombre de ses veines jaunes saturées d'énergie.

Oui. Les arbres frissonnent au passage de la foudre.

Tu crois que c'est une bonne idée ? s'enquiert-elle alors que deux oiseaux filent à tire-d'aile, en quête d'un abri.

En ce moment, je n'ai pas de bonnes idées, dis-je en me tournant vers elle.

Oui. Ça ne m'étonne guère. Soupir. *Tu as eu ton lot d'épreuves. De difficultés. Comme tout un chacun. Personne n'est épargné. Mais toi, c'est maintenant que ça te tombe dessus. À ton âge, ça risque de s'infecter. Et qui dit infection dit plaies. Qui dit plaies dit malheurs, des malheurs en pagaille. Tu vas avoir besoin de te raccrocher à quelque chose. La lecture, c'est parfait. Les études en général… La natation, pourquoi pas ? Choisis ton camp, jeune fille, et tiens bon. Si tu continues à lâcher prise, à céder au démon de la lassitude, tu risques de t'enliser et de te réveiller un matin, dans vingt, trente ans, pleine de regrets et de remords. Qui sait ? Tant d'énergie mal placée.* Nouveau soupir. *C'est là un phénomène très fréquent. La Bible dit… tu es la seule à savoir ce qui est bon pour toi. Tel est le sort commun.*

Dieu n'existe pas, ça crève les yeux, déclare mon regard. *Je me sens mieux quand je suis dans l'eau*, avoue ma bouche.

Nage, alors. Elle m'offre un sourire et le ciel se fend en deux, comme un œuf noir et violet.

Le genre humain adore se voiler la face, et les nonnes appartiennent au genre humain, disent mes yeux. *Oui, ma sœur*, répond ma bouche.

Fergus m'étudie et je la laisse faire, je veux qu'elle voie. Elle ne porte pas d'alliance. Contrairement à d'autres.

Plusieurs directions sont envisageables : vers le haut, vers le bas, vers l'extérieur ou ailleurs. Vêtue d'un pyjama miteux, je m'apprête à engloutir de gigantesques saladiers de pop-corn, les yeux vissés sur des morceaux de beurre qui, jaunes à l'origine, deviennent translucides sous l'effet de la chaleur. Je m'apprête à m'étendre sur le canapé, à regarder les oiseaux passer à tire-d'aile, nostalgique de l'époque où ils venaient chercher le gîte et le couvert chez nous, à regarder aussi la mangeoire vide se balancer au gré du vent alors que mon cœur affirme que la vie est ainsi faite pour des raisons que mon bref passage sur terre m'empêchent de comprendre. Je longe des fenêtres s'ouvrant sur des nonnes plongées dans des exégèses, dans des gloses, sur des cartes d'un monde réduit à deux dimensions, un élève étirant ses jambes de tout leur long, un autre accoudé à sa table, le suivant planqué derrière une masse de cheveux, le dernier au regard vitreux. Tous plus ou moins attentifs, tous coincés entre l'enfance et l'âge adulte. Je scrute mes pieds monstrueux – dentelle grise, chaussettes tire-bouchonnées, chevilles épaisses. Mes genoux se plient en cadence, mon cœur couine comme un jouet en caoutchouc. Je frappe le sol du pied, la semelle crisse au contact du ciment et brise le silence du corridor désert. *Nage.* Qu'est-ce qui m'en empêche ? Ça me plaît, et c'est déjà pas mal.

Le père Tim, suant à grosses gouttes sous son pull-over en coton à col V, se tient sur le bord. Il souffle si faiblement dans son sifflet qu'il doit me faire de grands gestes pour que je m'arrête. J'ai perdu la forme, m'essouffle en un rien de temps, halète longuement après des exercices d'une facilité extrême. Le bas de mon corps, véritable poids mort, est difficile à tracter. Des joueuses de tennis me dépassent, gracieuses, le pied léger. Je lâche un juron sous-marin.

Le père Tim garde la foi. *Très bien, excellent, très bien. Ça suffit pour aujourd'hui.*

Il s'achète des manuels – *Nager comme un poisson*, *Coacher des filles*, *Vitesse grand V*, s'instruit sur les écarts, le métrage, la forme, la technique. Il échange avec le coach Stan. *Si tu as vraiment l'intention de doubler tes séances, le coach peut te prendre en entraînement le matin. On en a discuté, ça peut s'arranger.*

Ma nage se précise, mon corps retrouve sa glisse. À force de nager, je sombre dans des états de transe hypnotique, emportée dans un tourbillon de calme intérieur. Je nage dans la joie. Dans la Sainte Trinité. Ces états seconds sont un tel bonheur qu'une fois qu'on les a connus, on ne peut plus s'en passer.

Le coach Stan est perplexe. Il étudie mes stats, se gratte le menton, m'avertit : *Tu arrives trop vite ; si ça continue tu vas te casser un doigt.*

La neige tombe et, à l'occasion, maman brave le monde extérieur et me conduit à la piscine. Au lieu de se concentrer sur le volant, elle me regarde, vérifie le contenu de son sac de peur d'avoir oublié quelque chose, note quelles portes ont été repeintes, lit les affiches annonçant des vide-greniers comme s'il s'agissait d'informations de première importance, adresse aux passants un petit signe qui se traduit par *Je suis encore triste mais il faut que je m'accroche pour les enfants,* et la voiture dévie, mord sur la ligne blanche ; elle la redresse de justesse, l'embardée fait hurler les freins. Je dois lui rafraîchir la mémoire à intervalles réguliers. *La route, maman ; tu conduis une voiture.* Elle ne sait jamais qui a priorité au stop, ralentit sans raison puis redémarre pied au plancher sous les huées des autres conducteurs qui brandissent un poing rageur. Les jours de verglas, elle dérape, atterrit dans le décor, et certains témoins parmi les moins apathiques appellent la police. L'uniforme allume en elle une bombe secrète ; elle a les yeux exorbités, tremble de tous ses membres, son abominable histoire se déverse dans l'atmosphère, tandis que j'observe le pare-brise, muette comme une tombe, le visage impénétrable.

Les rues sont peuplées de personnes amicales qui, face à un individu à la raison visiblement vacillante, se réfugient dans le silence, la fermeté. Le cœur qui palpite sous l'uniforme finit par rendre les armes ; même les plus méchants, qui nous fusillent du regard, finissent par nous remorquer hors du fossé, nous tous, au grand complet, le mari mort, la fille partie trop tôt, au plus froid de l'hiver, lorsque les lampadaires s'allument timidement à cinq heures de l'après-midi et illuminent de vastes monticules d'une neige souillée qui scintille alors comme de la poudre de diamant.

Traiter une semi-agoraphobe qui refuse d'admettre son mal n'est pas chose aisée. Elle se rend à l'église en voiture, le regard sépulcral, pareil à une balafre. Elle va à l'épicerie où elle se procure les produits de première nécessité, certains jours en nage, d'autres fois non. Elle rentre à la maison hors d'haleine, abandonne ses achats sur le comptoir sans s'inquiéter du sort de la crème glacée, monte se coucher et donne ses ordres, tranquillement, depuis son lit. Nous ne manquons de rien, bien au contraire ; notre maison est exempte de cette fébrilité que l'on retrouve chez les plus sinistres des Bilieuses. June prépare de la purée en flocons ; je bois du soda, mâchonne un chewing-gum rose dont le cœur mou et liquide explose dans ma bouche, regarde la télé.

Dot, Roxy et moi, nous voyons Benny Chap le mercredi, une demi-heure chacune. Benny me conseille de noter mes rêves dans un cahier spécial. Je ne le fais pas.

Je brode : *Rien à signaler, docteur Chap. Je ne rêve jamais.*

Qu'est-ce qui te fait dire ça ? répond-il, du fond de son siège orange.

Ce matin-là, j'ai rêvé de Leonard, suspendu entre ciel et terre, le fond de son pantalon retenu par une horde de chauves-souris querelleuses, la figure sombre comme une caverne, ses longues jambes ballant dans le vide.

Mon crâne est vide quand je me réveille. J'ai fait tout ce que vous m'avez dit ; je reste couchée, je respire et je ne bouge pas d'un centimètre pendant un bon bout de temps. Rien ne vient.

À mon avis tu forces trop, Philomena. Ça viendra tout seul. Il m'offre un de ses sourires de psychologue, toutes dents dehors, son épiderme criblé de cratères profonds et blafards. Je lui renvoie le rictus lamentable de la mythomane et arrive à donner le change, épuisée par les séances d'entraînement mais heureuse, jusqu'à la mort de Manny.

Un beau matin je le trouve gisant dehors, sur le perron, aussi dur qu'un rocher. Je frôle son pelage, et son pelage est un bloc de pierre. J'effleure sa truffe, et sa truffe est un galet. Je me laisse tomber par terre, à ses côtés, et je réfléchis ; mes entrailles se tordent tandis que je caresse son pauvre poil. Cette nuit, June a découché. Je suis livrée à moi-même. Il nous faut un homme pour enterrer le chien, par conséquent je téléphone au père Tim. C'est le père Tod qui répond ; tiré du sommeil, il repose le combiné si brutalement que je sursaute. Lorsque Tim prend le relais, je lui explique la situation et suggère, aggressive, de venir enterrer le chien. Au réveil, toute la maisonnée s'étonne de me trouver assise dans la cuisine, les bras le long du corps. Je raconte ce qui se passe d'une voix étouffée, celle d'une nonne à l'intérieur d'une église, et mon calme est contagieux ; elles m'observent patiemment, les bras le long du corps. À l'enterrement, célébré au pied de l'arbre, je reste calme, puis mon calme se volatilise et je me retrouve par terre, à me contorsionner dans les feuilles détrempées. Ma mère s'accroupit près de moi et je devine, à la vue de ses genoux et des taches de rousseur qui les constellent, qu'elle est en plein désarroi. Ses genoux sont semés de petits poils tristes, creusés de ridules qui évoquent les anneaux d'un arbre. Mon hystérie redouble de violence. Elle passe ses mains froides dans mes cheveux, ce qui a pour résultat de m'enrager. Je lui ordonne, sans hausser le ton et d'une voix de possédée : *Ôte tes sales pattes de moi.* Elle me lâche et s'écarte d'un pas.

Dot s'agenouille, les yeux débordants de larmes, et m'explique une procédure d'urgence, mélange de théories bouddhistes et de trucs catholiques. Les tympans cadenassés, je préfère m'intéresser à Roxanne qui fume ouvertement, au nez et à la barbe d'un père Tim accablé de fatigue ; ce dernier, appuyé sur sa pelle, une botte en caoutchouc vert juchée sur la plaque en métal, ne lui prête pas la moindre attention. Je me cramponne au tronc, me relève vaille que vaille, essuie la boue tiédie qui encrasse mon pantalon, lance : *Passe-moi ta clope*, et tire si fort sur la cigarette que je manque de vomir. Au final, quelqu'un se résout à appeler le docteur Bob. Il débarque vêtu d'un jogging gris flambant neuf, avec une capuche impressionnante. Le temps qu'il arrive, je me remets à me rouler par terre, réclame June à grands cris et contemple le feuillage de l'arbre tissant au-dessus de moi comme un parapluie de verdure. Le docteur Bob s'approche, s'accroupit dans la boue, me parle – je n'écoute pas – et m'injecte un calmant – je ne sens rien.

June fait son entrée en uniforme de polyester marron ; elle se poste si près de moi que son visage emplit mon champ de vision. *Pauvre petit Manny*, je marmonne. Elle prend mes énormes mains et les serre dans les siennes, petites et osseuses ; elle a une sacrée poigne. Je contemple ses mains, délicates et usées, scrute son visage gravé de sillons usés eux aussi, son nom plastifié et agrafé à sa poche. *Pauvre, pauvre Manny.* Elle murmure à mon oreille, ses ongles rongés jusqu'à l'os, le bout de ses doigts à vif, les cuticules lacérées, la chair rougie par le sang séché. Indifférente à ses paroles, je m'agrippe à ses mains, ce contact me suffit, je sens sa chaleur irradier en moi. Lorsque je me remémore le pelage de Manny, mon esprit esquisse un mouvement de dégoût. Lorsque j'entends la voix de Bron se réverbérer sur les parois du toboggan à linge sale, il se dérobe. Lorsque je visualise le cadavre de Leonard, disloqué, calciné, il s'embrase. Une partie de moi inconnue à ce jour brûle d'une répulsion magnétique. Je plonge mon regard dans celui de June, dans ses prunelles vertes striées de tourbillons plus verts encore, aux pupilles d'un noir luisant, déterminées : *Qu'est-ce que je dois faire ?* Elle ne m'offre aucune réponse, se contente de serrer plus fort. Je me souviens d'avoir lu quelque part un texte traitant des éclairs de lucidité qui frappent l'être humain. Leur origine. L'étincelle qu'ils déclenchent. La lucidité qui en émerge alors est une lucidité froide et évidente, à peine née et déjà centenaire, à la façon d'un bébé de cristal. À cet instant tout nous est révélé et notre personnalité s'effondre par pans entiers.

Le calmant m'ensevelit dans un cocon de chaleur. Je m'adosse à l'écorce rugueuse, June écarte les cheveux de mes yeux. Je me rends compte peu à peu, dans une espèce de brume dorée, que le présent fait ni plus ni moins office de portail d'entrée vers un avenir forcément radieux ; il ne me reste plus qu'à l'atteindre.

Contre vents et marées

Je plonge engoncée dans trois maillots de bain, mes baskets aux pieds, et me traîne péniblement à travers la piscine, évoquant un soldat qui rampe dans une tranchée boueuse parce qu'il refuse de mourir. Mes premiers succès sont modestes. Je surfe dessus comme sur des vaguelettes qui se fondent parfaitement dans le sable. J'enchaîne les victoires avec méthode. Certaines nageuses me félicitent, d'autres boudent. Je me fixe un objectif, je l'atteins. Je m'en fixe aussitôt un deuxième, et l'atteins aussi. En mon for intérieur, je commence à voir grand ; en surface, rien n'a changé. Tout le monde s'en contrefiche. L'univers somnole, paisible.

J'ai l'impression qu'elle a explosé un record national.

Tu crois ?

Deux cents en nage libre.

Quand ?

Il y a deux semaines. Et rebelote hier.

Discussion entre coaches. J'ouvre grand mes oreilles tout en dirigeant mon regard ailleurs.

Le coach Stan consulte le coach Coates, qui entraîne les Clippers du sud-est, championnes cette année dans une deuxième division où la compétition a fait rage. Nul n'ignore qu'il a combattu à Omaha Beach pendant le Débarquement, le jour où une écume écarlate colorait les vagues ; s'il a survécu, c'est grâce à ses compétences de nageur et d'apnéiste. Sa bouche aux lèvres fines et dures rappelle celle de sœur Truite. Il pivote dans ma direction.

Très bien, lance-t-il. *Échauffe-toi – je te dirai quand nager à fond. Et quand je dis à fond, tu me donnes tout ce que tu as. Pigé ?*

Il m'entraîne le mercredi après-midi, sur son temps libre, il a la dent dure, exige que j'exécute ses ordres rapidement, regrette en secret que je ne sois pas un garçon. La compétition nationale approche et je me qualifie sans encombre, mais la curiosité que suscite le sport féminin a fondu comme neige au soleil. Lilly Cocoplat, qui a lissé ses boucles grâce à la chimie de la cosmétique, zone au bord du bassin et se force à rire pour un rien. Les filles soulignent leur regard d'un trait d'eye-liner brun que les bonnes sœurs ont bien du mal à détecter. Quelques laiderons muent et rallient le camp des jolies filles ; quelques jolies filles doivent dire adieu à leur charme.

Des duos se défont ; d'étranges affinités se nouent. Les corridors sont envahis de bruit et de fureur, alors que les sœurs soupirent et froncent les sourcils ; elles nous en imposent moins, malgré leurs guimpes et leurs crucifix, et sont parfaitement conscientes que plus nous grandissons, plus leur pouvoir s'amenuise. Nous renonçons aux sobriquets et déclinons leur titre entier, en public comme en privé, avec une pointe de compassion. *Les pauvres vieilles, les pauvres chéries, les pauvres nonnes grassouillettes*. La puberté se dérobe à moi ; hormis ma taille, rien ne change. Les garçons continuent à m'infliger le traitement qu'ils me réservent depuis la nuit des temps : ils nous ignorent, moi et ma stature de géant, avec une défiance toute masculine. Plate, grande, maigre, des cheveux dont le châtain n'inspire guère l'idylle : je suis toujours une petite fille.

Fierté nationale

À seize ans je décroche mon permis de conduire, ce qui me garantit une certaine autonomie. Maman abuse très vite de ma liberté toute neuve et je finis par assumer ses corvées, comme charger des litres d'eau de Javel dans un caddie à côté de paquets de céréales format familial, de montagnes de pommes, de doughnuts, de bananes, de soda au gingembre, de lait, d'œufs, de dinde en tranches, de purée en flocons conditionnée dans une grosse boîte rouge. Au moment d'y aller je fais toute une histoire, mais en réalité les supermarchés me détendent. Je trace des cercles lents avec mon chariot, j'arpente les allées de long en large, hypnotisée par cette débauche de créativité. Des caddies poussés par des mères doublent le mien, dans des gazouillis amicaux. Pourtant elles préféreraient n'avoir jamais posé les yeux sur moi. Et je préférerais ne pas le savoir. Je leur adresse un coucou de la main, attrape deux paquets géants de maxi-serviettes, les jette dans le caddie et braque mon regard vers l'avant comme si j'étais pressée. Sitôt les mamans hors de ma vue, je ralentis l'allure, trace des cercles lents, arpente les allées de long en large.

Leonard nous a quittées. Bron dort, les bras croisés sur la poitrine. Maman s'enterre dans la solitude, elle ne se lave plus les cheveux aussi souvent qu'elle le devrait et passe son temps en pyjama. June, au Wal-Mart, a été transférée du rayon électronique au labo photo. Le soir, elle ramène une sélection de clichés insolites qui nous font hurler de rire. Je découvre, désemparée, qu'en plus d'avoir ses règles, Dot dissimule deux énormes seins sous ses pulls informes. Je maquille ma détresse en indifférence. Lorsque j'en touche un mot à June, elle me conseille : *Laisse faire*, et j'obéis. Roxanne se coupe les cheveux ; c'est horrible, mais elle estime que ça donne un look new wave. Je soulève de la fonte tous les jours bien que cela soit déconseillé, m'accroche à Stan une fois mes longueurs finies, m'attarde dans les gradins, regarde les plongeurs voltiger. Tout prétexte est bon pour repousser l'heure de rentrer. Débarquée sur la planète Dingue-Des-Mecs, la Cocoplat se fait épingler pour circulation illicite de petits mots ; ses joues deviennent carmin sous l'outrage. Les nonnes s'exaspèrent. Je n'ai aucun ami.

Le bureau du père Tim évoque l'intérieur d'une coquille de noix poussiéreuse. Assis derrière l'un de ces bureaux antiques aux pieds sculptés, il sirote sans fin une tasse du thé que lui fournissent les sœurs. Des livres en cuir aux pages moisies dépriment sur les étagères qui tapissent le mur. Le père Tim les ignore, il veut que maman vienne avec nous à Kansas City et assiste à la compétition. Je suis estomaquée. Les moyens de la tirer de sa routine dodo-église-bibliothèque ont provoqué des débats passionnés, et il pense avoir enfin trouvé la carotte.

Je reste inflexible, les bras croisés, à fixer les livres. *Je ne peux pas le croire. Elle va me déconcentrer.*

Ahhh, mais pas du tout, voyons. De son stylo, il trace des gribouillis cléricaux.

Elle va faire une crise. Je ne transige pas.

Non. Crois-moi. Il ne plaisante pas.

Il se passera autre chose alors. Quelque chose qui va me distraire. J'hésite.

Il ne se passera rien, affirme-t-il, rangeant le stylo dans un mug vide orné d'un cœur en relief et transpercé d'un poignard. *Tu t'es entraînée dur; tu vas très bien nager. Ta mère sera là en spectatrice, rien de plus.*

Elle me rend nerveuse. Ma voix se fait suppliante.

C'est l'occasion rêvée pour qu'elle sorte de chez elle. Elle est tellement heureuse pour toi. Voilà un prêtre raisonnable.

Heureuse ! Elle ne… elle se moque totalement de ce que je fais. Je le sais mieux que lui.

Mais elle t'aime. Les gens d'Église ne s'arrêtent pas aux détails.

Elle n'est pas prête. Je la vois tous les jours ; ça ne marchera pas. Elle va se payer un de ses… un de ses trucs. C'est trop tôt. Je ne plaisante pas.

Rien ne peut venir à bout de la conviction que les prêtres ont pour objectif de ressouder des familles que la vie est censée éparpiller aux quatre vents. *On va lui donner une chance, d'accord ? Donnons-lui une chance !* Et c'est le coup de grâce.

Les pilotes transforment les autoroutes en pistes d'envol, ils foncent comme s'ils s'apprêtaient à décoller et observent leurs propres règles, habitués qu'ils sont à ne côtoyer que l'air et les nuages. Leonard était un slalomeur hors pair, il zigzaguait entre les voitures comme s'il évoluait dans un jeu vidéo. Ses congénères grincheux s'acharnaient sur leur klaxon, s'époumonaient. En route vers Kansas City, le père Tim conduit tranquillement ; il fait preuve d'indécision au mauvais moment, flanqué d'un thermos de café très léger et d'un plaid rouge et noir. Il interroge à une fréquence alarmante les rétroviseurs, se laisse volontiers doubler, joue du clignotant pour montrer son accord, ralentit en présence d'un poids lourd et traîne sur des kilomètres. Le trajet s'étale sur cinq heures. Avec Leonard, en quatre heures, l'affaire était pliée.

Je le force à se garer sur le bas-côté pour ranger son sapin désodorisant dans le coffre. *Ça m'écœure.*

Maman se tourne vers moi. *Détends-toi. Tout va s'arranger.* Ses sourcils, agglutinés au milieu du visage, rappellent les peluches que les malades mentaux de Glenwood confectionnent avec des chaussettes.

Mais je suis détendue. Le père Tim me lance un regard via le rétroviseur et, discrètement, j'oriente mes yeux vers le paysage, de peur de recroiser les siens.

Le seul antidote à l'accès de mauvaise humeur dont souffrent Dot et Roxanne est le silence absolu. Nous observons par la vitre les voitures à pleine vitesse, les panneaux publicitaires qui affichent un Jésus rayonnant de bonheur, ceux qui vantent les vertus de pancakes fumants, ceux qui affichent de nouveau un Jésus rayonnant de bonheur. De l'autre côté de la vitre les bras sombres des arbres tendus vers le ciel, les nuages qui s'effrangent à basse altitude, les remblais de neige nous bercent. Dot, ses seins cachés sous un col roulé bleu pelucheux, dodeline de la tête et plonge dans un demi-sommeil.

Notre motel se situe à un jet de pierre du centre aquatique, pris d'assaut par des nageuses au sommet de leur forme. Elles rient et piaillent, se prennent un soda au distributeur, se bombardent de glaçons, mettent de la musique à fond et dansent. Nous les recroisons le soir au restaurant ; toujours à rire et à piailler, leur queue-de-cheval constellée de paillettes, elles se postent derrière leur chaise et tournent sur elles mêmes, les paillettes s'élèvent en halo, virevoltent et retombent à terre. Notre table est plus calme. Le père Tim, les yeux fermés, marmonne une brève prière. Maman se contente de chipoter. Elle est habillée d'un sac gris informe ceinturé par une ficelle, et ses cheveux, aux racines grasses et foncées, sont un désastre. Dot et Roxy se sont métamorphosées en palourdes, deux palourdes aux cheveux longs qui jamais ne clignent des yeux.

Je les fixe d'un air de défi. *Arrêtez de mater. On dirait deux…*

Roxanne décide d'épancher sa bile. *La ferme. C'est toi qui mates depuis tout à l'heure.*

Dot semble d'accord. *C'est vrai.*

Je les fusille du regard. *N'importe quoi.*

Calme-toi, Philomena… tout va bien, déclare ma mère, la figure repliée sur elle-même à la façon de l'enveloppe d'une lettre que personne n'a envie de poster.

Arrête de dire ça tout le temps. Mon humeur swingue autant que la grande fanfare boogie de Glenwood. Le père Tim soupire et me bénit dans le secret de son âme.

Dot et moi dormons dans le même lit ; elle ne remue pas le moindre muscle, s'allonge et ferme les yeux, tout comme Blanche-Neige. Ses écouteurs dans les oreilles, Roxanne nous tourne le dos. Maman reste assise et lit, la lampe projette sa lumière sur son visage. Je me réveille par intermittences et la vois tantôt assoupie, tantôt absorbée dans sa lecture. Je l'observe un long moment puis ferme les yeux, mais ses traits demeurent gravés sur la face interne de mes paupières et mon cerveau grouille de bavardages aussi animés qu'absurdes qui m'empêchent de trouver le sommeil.

Les gens qui mastiquent au buffet du petit déjeuner, les regards embrumés de sommeil, les plateaux chargés d'un bazar indescriptible, tout ça me coupe l'appétit. Les nageuses se murent dans le silence, leur exubérance s'est convertie en angoisse. Impossible d'avaler quoi que ce soit : ma mâchoire se verrouille. Impossible de boire : j'ai la gorge nouée.

Ma mère m'observe de ses yeux détruits. *Mange, Mena… tout va bien se passer.*

C'est la goutte d'eau qui fait déborder le vase. *J'en ai marre que tu répètes que tout va bien se passer alors que tu n'y crois pas une seconde. OK ? Alors tais-toi, merci.*

Philomena. Le père Tim sucre son café précautionneusement, à l'aide d'une petite cuillère. *Ta mère a raison ; mange quelque chose, va te balader, détends-toi, aère-toi l'esprit.*

Je réplique du regard : *Tu ne connais rien au monde, suppôt de Dieu.*

Je tourne en rond, galope dans l'espoir de m'échauffer. Sauf que je n'y arrive pas. Nous nous rendons tôt au centre aquatique et observons, postés près de la voiture, un raz-de-marée d'athlètes venus des quatre coins du pays monter à l'assaut du bâtiment. Les groupes descendent des autocars en file indienne, cohue aux teintes contrastées, aux couleurs complémentaires – les noir et jaune, les jaune et rouge, les bleu et blanc –, armée de mascottes en peluche, cramponnée à ses talismans, équipée de walkmans, de ballons, lestée de sacs à dos recouverts de pin's proclamant : NUMÉRO 1 ! CHAMPION ! NAGE ! Les parents se sont munis de mains géantes en mousse qu'ils agitent déjà tous azimuts.

L'énervement déclenche en moi un bourdonnement.

Le père Tim prend les devants, il compte se présenter à l'accueil et vérifier l'heure de mon passage. *Je reviens dans une minute.* Maman saisit là l'occasion de paraître normale une ultime nanoseconde avant de lâcher prise ; elle laisse échapper un *oh* étranglé. On pourrait croire qu'un homme invisible lui a décoché un uppercut en plein thorax. Elle se casse en deux et tombe à genoux dans la neige. Je pose les yeux sur son crâne suant, ses cheveux en bataille, et à mon regard s'offre un panorama tissé de mille et une douleurs qui me rappelle la vue imprenable que l'on a sur Glenwood depuis le sommet de la colline de l'université, lorsque l'on arrête un instant de pédaler et qu'on prolonge l'intermède entre piscine et maison.

Pas ici, maman, viens, maman, lève-toi. S'il te plaît. Mes accents implorants sonnent creux jusque dans ma tête, j'ai la sensation que mes oreilles ont été rabattues et fixées avec du scotch. Le néant submerge mon visage comme une coulée de boue glacée. Quand il s'agit de la calmer, je me débrouille pas mal. À la maison, s'entend.

Roxanne entortille ses cheveux en tortillons, elle vendrait son âme contre un joint. Dot reste debout, les bras ballants ; son front haut et lisse, ses yeux où miroite l'empathie lui donnent l'air d'une ravissante idiote. Toutes deux observent la silhouette recroquevillée sur le trottoir. Je comprends qu'elles l'encouragent, *Debout, lève-toi comme le soleil!*, à l'aide de leurs inexistants pouvoirs de télékinésie. Récemment, nous avons vu une émission dans laquelle un type coiffé d'un turban avait réussi à déplacer une cuillère à café et quelques stylos grâce à l'énergie logée dans ses grands yeux bovins.

Je durcis mes traits. *Ton cœur ne va pas lâcher. Tu m'entends, maman ? Il ne va pas s'arrêter de battre comme ça.*

Elle tremble comme une feuille. *C'est le stress, une conséquence… Tu ne peux pas comprendre.*

Je les durcis encore plus. *Un cœur, ça ne peut pas se bloquer sans prévenir. C'est prévu pour tenir le choc. Il faut lui donner un coup de couteau ou tirer une balle dedans pour qu'il s'arrête, et même dans ces cas-là on peut le réparer. Il y a ce moine, au Tibet, qui ne respire plus, et pour autant il n'est pas mort… Demande à sœur Augusta, elle s'y connait… Maman, maman, faut que je te laisse. Faut que j'aille là-dedans et que je nage. C'est important. Là, maintenant, tout de suite.*

Le père Tim nous rejoint à petites foulées, s'agenouille près d'elle et pose une main sur son épaule, signe de sollicitude commun à tous les prêtres. *Vous vous sentez mal?*

Mon cœur fait encore des siennes. Je vais rester ici quelques minutes tranquillement, ça ira mieux après. Elle inspire l'air à grandes goulées.

Profitez-en pour faire une petite balade dans les environs, sans vous presser, moi j'accompagne les filles à l'intérieur. Ne vous souciez plus de rien. À sa voix, on pourrait penser qu'il lui administre l'extrême-onction.

Oui. Oui. Écoute, Mena, ne fais pas attention à moi. Je vais bien. Je t'assure. Je ne vais surtout pas… Il s'agit d'un contretemps malheureux dans…

L'une des Bilieuses l'a ralliée à sa théorie : les enfants choisissent leurs parents du haut de leur perchoir au paradis, puis se ruent sur terre, aussi déterminés que des tiques.

Je me tourne vers le père Tim, mes yeux disent : *Qui avait raison, prêtre à la noix ?*

Son expression reste inchangée. *Il fallait tenter le coup.*

Je déboule dans l'immense vestiaire, percute une blonde mince aux cils blancs qui épluche une mandarine au-dessus de la poubelle. Le casier qu'on m'a attribué est barré d'un LIZA SUCE QUI VEUT au marqueur rouge, mauvais présage qui me pétrifie. Mes chaussettes ôtées, j'exhibe des pieds transparents aux ongles violacés et à la plante veineuse. Je bataille avec mon maillot de bain, un maillot tout neuf, bleu ciel, deux rayures bordeaux sur le côté, trop petit de deux tailles afin d'optimiser ma vitesse. Des concurrentes me toisent, l'air mauvais. J'ai trop tiré sur ma queue-de-cheval ; lorsque j'enlève l'élastique, mon cuir chevelu est parcouru de picotements douloureux. Installée sur le banc en bois je m'étire à fond, le dos ployé au-dessus de mes genoux. J'écoute la rumeur grondante qui s'élève d'une multitude de gens entassés dans une salle au plafond surélevé et, en mon for intérieur, je répète *La vie est à chier la vie est à chier la vie est à chier* de cette voix souterraine, plus grave que la mienne de deux ou trois octaves.

Je plonge dans le bassin d'échauffement. Je prie pour ne pas trembler, ne pas vomir. *S'il Vous plaît, Dieu, Notre Père qui êtes aux cieux, pas de tremblote ni de gerbe, merci.*

Des mères vêtues de T-shirts aux couleurs criardes se penchent au dessus des tribunes et articulent *Tu vas assurer* à l'adresse de leur progéniture, des traînées de mascara dégoulinant dans les plis de leur sourire. Je déniche un vieux sachet d'amandes grillées dans la poche de mon jogging. Je l'ouvre, soudain morte de faim. Je regarde les nageuses se préparer, les coaches discuter, les chronos draguer, des spectateurs boire du soda, des gamins goûter l'une après l'autre les trente-trois étapes de l'ennui inhérent à une compétition géante de natation, des vieux vieillir en direct en patientant assis sur leur coccyx. Je garde deux amandes dans la bouche, en suçote le sel, les frotte l'une contre l'autre, les taquine de la langue. En heurtant mes dents, elles émettent des petits cliquetis ; je contemple la piscine.

Le coach Stan a eu une discussion avec moi avant mon départ. Il a frappé son genou de son bloc-notes, projeté sa mâchoire vers l'avant comme si sa bouche était une boîte coupée en deux, et conseillé : *Garde ton sang-froid. Seulement* – pause. *Ne va pas* – pause. *Nage intelligemment et c'est dans la poche.*

Le coach Coates a effleuré du regard la surface de l'eau avant de hacher l'air d'une main résolue, avec un soupir : *Élimine-les l'une après l'autre. Elles ne vont pas comprendre ce qui leur tombe dessus.*

J'agrippe de mes orteils robustes le bord du plot de départ et les regarde blanchir. Je distingue quinze strates sonores, des sons étouffés ponctués d'éclats de voix, de murmures, de conseils de dernière minute ; les meilleures s'échangent des regards hostiles qui veulent dire *Je vais gagner*. Les championnes déambulent en roulant des mécaniques, font tout un cinéma avec leurs lunettes de plongée, fouettent l'air de leurs bras pareils à des hélices asymétriques et ballottent leurs cuisses en un bloc lisse et musculeux. Elles ne m'accordent aucune attention. Je porte un nom débile, je suis accompagnée par un type en soutane, deux gamines mollusques et une cinglée qui claque des dents dans un coin du parking, en sueur, le teint blême.

Le père Tim, de l'autre côté du bassin, triture le programme et étudie ses pieds qui dansent une gigue nerveuse. Le voir ainsi attise en moi une pitié ardente et, sous cette pitié, une rage rugissante, volcanique : *La prochaine fois tu m'écouteras, esclave de Dieu.* Pas besoin de soutane pour avoir la tête de l'emploi. Tout en lui trahit le prêtre : la peau douce, le menton discret, la raie de côté qui plaque ses bouclettes sur son front lisse, les gestes qu'il dessine de ses mains laiteuses comme s'il portait un habit aux manches démesurées.

Au premier coup de sifflet, je me juche sur le plot de départ. Je m'accroupis. Mes genoux sentent la crème de rasage au citron. Au signal sonore, je bande mes muscles, tous sans exception, et m'élance dans les airs. *Maintenant.* Ma nage est maîtrisée, agressive, puissante, implacable. À l'arrivée j'ai deux belles longueurs d'avance sur les meilleures nageuses du Kansas, et je ne suis même pas hors d'haleine. Comme si je n'avais plus besoin de respirer. Je sors de l'eau, à peine essoufflée.

Les chronos se réunissent pour discuter à voix basse. Je sens sur moi des centaines d'yeux scrutateurs, je gobe deux amandes, étire mes dix orteils, bercée par le silence qui s'abat sur le public quand il prend soudain conscience que quelque chose vient de se produire, sans trop savoir quoi. Quand on annonce que j'ai battu le record fédéral établi par Hanna Kia à la fin des années soixante-dix, que mon résultat rivalise avec les temps nationaux enregistrés les mois précédents, mon cœur badaboume dans ma poitrine.

J'entends certains parler d'étoile filante, de coup de veine, de chance du débutant. Je ne tiens pas compte de leurs commentaires.

Je bats un second record fédéral dans le deux cents mètres nage libre.

Dot et Roxanne sont assises dans les gradins, les mains sous les cuisses, les mâchoires serrées. Mon regard croise le leur, ne s'en détourne pas. Comme elles se sont persuadées qu'elles me propulsent par la pensée, elles redoutent de rompre le charme.

Des entraîneurs qui ne sont pas les miens me palpent les omoplates et m'offrent leurs encouragements. Des nageuses médiocres que je ne connais pas m'expriment leur soutien, les pouces levés ; les plus douées détournent soigneusement les yeux, de crainte de brûler en enfer. Toutes s'écartent de moi, je suis comme encerclée par le vide. Le père Tim me bénit dans sa tête *un, deux, trois, quatre*. Je ne lui prête pas d'attention ; les amandes virevoltent sous ma langue et cliquettent contre mes dents.

Lorsque je fais tomber un record national junior dans le cent mètres papillon, les gens n'ont qu'un mot à la bouche, *olympique*, car l'année qui s'annonce est sacrée *année olympique*, peut-être compterai-je parmi les *espoirs olympiques*, peut-être le *KANSAS* finira-t-il *médaillé olympique. Regardez-moi ces chronos !* Les coaches considèrent le père Tim avec envie, l'un des sept péchés capitaux. Plus tard, il me dira qu'il a vécu là l'un des moments les plus forts de sa carrière ecclésiastique, carrière truffée, m'avait-il expliqué, de ces explosions erratiques de joie absolue que seul peut engendrer l'amour porté à un Dieu Unique.

Ma mère a élu domicile dans un fast-food, à trois pâtés de maisons de distance, où elle dévore des romans policiers débiles. Les épreuves achevées, nous la trouvons dans la voiture, le front appuyé à la vitre et les yeux levés au ciel. *J'ai prié*, déclare-t-elle après avoir appris mes exploits. *J'ai prié, prié, prié, prié tout ce que j'ai pu et mes prières ont été exaucées.*

Je devrais être heureuse, mais non. Mon bonheur valse au bras d'une silhouette vêtue d'ombres que je préfère ne pas identifier. Les danseurs tournoient à toute vitesse – clair, sombre, clair, sombre, mon esprit participe lui aussi à la sarabande. J'ignore quel genre de créature je suis. La lassitude d'être en permanence une fille, conjuguée à la vaste perspective d'un avenir ouvert, à l'étroitesse du destin individuel, au côté merdique de la mort et aux facultés infinies du cerveau humain, m'abasourdit et m'épuise jusqu'à la moelle.

Au sommet, il ne peut y en avoir qu'une

Le Supercoach olympique le plus estimé de tous les temps est assis dans notre salon : Ernest K. Mankovitz. Je regrette amèrement d'avoir une vue imprenable sur ses chaussettes et sur les poils roux qui frisottent au-dessus de l'élastique mais ma mère m'a déjà averti, à l'aide de regards éloquents, qu'elle les a aussi remarqués. À son arrivée il s'est campé dans l'embrasure de la porte, son hâle tranchant avec la blancheur de sa casquette de base-ball, qu'il a aussitôt ôtée, révélant des sillons profonds, en croissant, creusés de part et d'autre de ses cheveux roux. Viril, bien que court sur pattes, il est très athlétique ; sa poigne est si vigoureuse qu'en lui serrant la main j'ai entendu des os craquer. J'ai lancé un *Salut* accompagné d'un petit signe de la main, son statut de légende vivante m'ayant rendue idiote.

J'évite de le regarder en face, je garde mes yeux vissés sur les reliefs de son crâne ou sur l'un de ses pieds. Un peu plus tôt dans la journée, Dot m'a aidée à tirer maman du lit et la vêtir d'un élégant sac beige que nous avons agrémenté d'une ceinture en cuir marron serrée au maximum afin qu'il ne glisse pas et ne fasse fuir le coach. Nous avons doublé sa ration de vitamine C, vérifié qu'elle ingurgitait bien une cruche entière de potion mousseuse à la paille. Même si elle sue à grosses gouttes, elle a engrangé l'énergie nécessaire pour jouer à celle qui collectionne les corsages en soie sauvage dans un dressing équipé d'une aération dernier cri et d'une épaisse moquette, car elle l'a détesté au premier regard, le Mankovitz : sa poignée de main pleine d'assurance, son regard franc, sa façon de s'asseoir sur le canapé et de croiser ses chevilles velues, le ton sur lequel il a réclamé un simple verre d'eau, dédaignant la cafetière en argent remplie d'une lavasse tiède et les cookies durs comme la pierre disposés avec art au centre d'un plateau bien astiqué.

J'ai pris place à côté d'elle sur le canapé bleu, zone strictement interdite à ce pauvre Manny du temps où il était encore de ce monde. Je suis morte de trouille.

Des familles de champions ? La voix de maman remonte lentement une route de montagne à bord d'une berline de luxe.

Oui. Autrement dit des familles qui reconnaissent le talent de l'un de leurs rejetons et s'investissent à fond pour l'aider à exprimer ce potentiel. Neutre et amical.

S'il n'y a pas moyen d'y échapper, Mr Mankositz. Ce coup-ci, sa voix trouve refuge dans le bureau d'un philosophe envahi de livres en cuir.

Ce n'est pas avec une attitude pareille que vous récolterez les médailles d'or, Mrs Ash.

La vie n'est pas une grande fête qui finit en feu d'artifice, mais j'espère que je ne vous apprends rien, Mr Manopitz. Le philosophe a ouvert son bouquin préféré et le feuillette lentement.

Il la regarde sans mot dire, un court instant, roi d'un silence lourd de sous-entendus qui n'enlève rien à sa virilité ni à son autorité naturelles. *Je suis d'accord avec vous ; la vie n'est probablement pas une partie de plaisir,* finit-il par concéder, *et la natation n'est qu'un sport, mais c'est un sport pour lequel votre fille montre un talent phénoménal. Avec un bon entraînement elle peut être sélectionnée pour les jeux Olympiques. Les perspectives d'avenir, par exemple une bourse d'études pour l'université de Stanford, nous les aborderons plus tard. Mais réfléchissez aux J.O. une petite minute. Peut-être que nous tenons là l'une de nos meilleures nageuses alors qu'elle n'a encore jamais eu d'entraînement digne de ce nom. Imaginez les résultats si elle s'investit à cent pour cent?* Il ouvre les paumes, signe universel de supplication.

Elle a seize ans. Une tête de linotte, une écervelée, un clown.

C'est le bon moment. Il a entremêlé ses doigts : il va falloir prendre une décision dans les plus brefs délais.

Le bon moment? Le bon moment? Qu'est-ce que vous en savez, Mr Manolist? Qu'est-ce qui vous rend si sûr de vous? La berline cahote à travers les pics et les vallées d'une colline accidentée. Elle le perd; je le devine à la façon dont ses talons s'enfoncent dans le tapis. Elle se remet d'aplomb et pivote vers moi avec une brusquerie qui me fait sursauter. *C'est bien ce que tu veux?*

Je suis née pour nager, maman, je réponds avec un petit sanglot.

Elle me dévisage, pensive. Je l'observe en train de me dévisager – elle se demande quel genre de créature je suis. Ce petit manège s'éternise, mes paupières se mettent à picoter et je note que l'une de ses boucles d'oreilles, trop lourde, déforme son lobe.

Ça suffit, arrêtons de parler, dit mon regard.

Je me tairai quand j'aurai dit ce que j'ai à dire, dit le sien.

Oui, mais sérieusement : ça suffit, on arrête de discuter. Ce type est normal; tout ça, ça le dépasse. J'insiste avec mes deux sourcils et en poussant un soupir discret.

C'est moi la patronne maintenant, ne t'avise pas de l'oublier, réplique-t-elle, la bouche pleine de gravillons. Elle virevolte vers lui. *D'accord, voyons comment ça se passe ce printemps. Si elle est sélectionnée pour les Jeux, tant mieux, mais je veux qu'elle soit de retour à la rentrée prochaine. Elle peut parfaitement s'entraîner avec les coaches d'ici jusqu'à son départ pour l'université. Hors de question que je perde un autre membre de ma famille, Mr Manlo… snitz. Est-ce que j'ai été claire sur ce point?*

Il opine, se lève, l'ourlet de son pantalon retombe et camoufle les poils de ses chevilles rougeaudes, l'affaire est entendue. Nous informons les bonnes sœurs qu'au début du printemps, alors que le lac Shawnee s'apprêtera à inonder les terrains des mobile homes et que certains paroissiens seront jetés à la rue, je m'exilerai quatre mois entiers à Colorado Springs, où je serai hébergée par la famille Peggy.

Ma mère dit : *Ce nabot de Mankyvitz souffre du complexe de Napoléon – j'en ai déjà vu dans son genre. Ne te laisse pas intimider ; c'est de là qu'ils tirent leur pouvoir.*

Je m'en moque. *Il a pris l'avion pour venir jusqu'ici… dans le Kansas… à Glenwood, je veux dire.*

Elle lève la tête et m'étudie depuis son lit. *Je sais pertinemment qu'il a pris l'avion, jeune fille. Promets-moi de ne pas le suivre comme un mouton ; j'ai un pressentiment.*

Je m'en moque. *OK, si ça peut te faire plaisir.*

À l'aéroport international de Glenwood, Roxanne proclame : *Le déserteur déserte.*

Dot se fend d'un : *Amuse-toi bien.* Et je les abandonne toutes deux à la garde du père Tim dans ce terminal meublé de sièges gris en forme de spatule. Maman n'a pas jugé bon de nous accompagner : 1983, c'est l'année où la gravité lui joue de drôles de tours ; il lui arrive de perdre l'équilibre comme ça, sans explication. Le père Tim lève une main, m'accorde sa bénédiction suivie d'un au revoir. Dot et Roxanne, elles, lèvent quelques doigts et les agitent dans ma direction. Mon stock de larmes est épuisé. Je vais bien, très bien même.

La famille Peggy

Mrs Peggy m'attend dans l'aérogare. Elle tient, dans sa main fine et brune, un écriteau sur lequel PHILOMENA est inscrit en lettres noires et serrées. Elle a arrangé ses cheveux en un buisson roux, lustré ses lèvres à l'aide d'un gloss nacré ; ses yeux, à cause des paupières qui s'affaissent, font penser à ceux d'un chien de meute, la tristesse en moins. Elle sourit, me toise en moins d'une seconde, ne se démonte pas facilement.

La maison est scindée en deux : d'un côté une ambiance rustique tout en laine, moquette et velours, de l'autre une prison de verre et de métal où chaque surface court le risque d'être maculée de traces de doigt. La cuisine est neutre, le réfrigérateur tapissé de slogans fédérateurs et de conseils diététiques. Il y a des paniers suspendus au-dessus de la table, garnis de fleurs séchées, des céramiques représentant la ronde des pains à travers le monde, une plante verte qui sème ses bourgeons un peu partout. Je les regarde tomber en vrille dans les assiettes et j'apprends à les laisser là où ils atterrissent – c'est l'une de mes tactiques pour m'intégrer à la famille Peggy.

Je sais que le père de Peggy est orthodontiste, que sa mère est femme d'orthodontiste, que Peggy a dix-huit ans, qu'elle a l'un des meilleurs crawls du pays, qu'elle nage tout au long de l'année avec le club de natation de Colorado Springs. La revue *Natation* lui a consacré un article dans le numéro paru au printemps. Elle y parlait de son chien, Dave ; de son amour pour la randonnée ; de son rêve, rencontrer Ric Ocasek ; de la distance qu'elle nage chaque jour ; de ses piscines favorites, le tout sur fond d'ambition olympique à peine dissimulée. En illustration, un gros plan de Peggy lors de la compétition FINA qui s'est tenue à Berlin. Jolie, sans plus, lèvres inexistantes et traits réguliers, mais elle sait se mettre en valeur. Sous sa veste de jogging, un dos-nu qui se noue autour du cou clame haut et fort : *Visez un peu mes épaules ; elles sont devenues vachement larges,* même si c'est juste un effet d'optique.

C'était pas mon idée.

La première phrase, sujet verbe complément, que Peggy m'adresse. Plus tard, elle l'énoncera plus clairement. *Non, j'ai dit : T'as une gueule de déterrée. Non, je crois qu'en fait c'était, T'as un cul de chimpanzé ! Non, attends voir… Ah, ça me revient : T'as une tronche à gerber !*

Mrs Peggy ouvre les portes l'une après l'autre, révélant ici un lit aux draps frais, là des toilettes d'une propreté clinique, plus loin un second lit qui frôle la perfection. *Et voici la chambre de Peggy et tiens, Peggy ! Tu es rentrée.*

Peggy est étendue sur son lit, les deux pieds appuyés au mur ; elle écoute une musique que je ne reconnais pas.

À notre entrée, elle ne réagit pas. Ses cheveux auburn, encore humides, cascadent hors du lit, un caniche gris en peluche se prélasse sur un coussin en velours, affichant l'air fiérot du caniche. *On dirait bien.*

La voix de Mrs Peggy ne perd rien de sa jovialité. *Nous avons une invitée. Comment ça s'est passé aujourd'hui ?*

La tête de Peggy, toujours à l'envers, se fout des invitées de maman. *Bien.*

Mrs Peggy ouvre un bras et reprend un ton sérieux. *Philomena, je te présente ma fille, Peggy.*

Si Peggy souhaite m'offrir un accueil digne d'un être humain, c'est sa dernière chance, elle le sait. Elle se renverse, le visage congestionné par les litres de sang qu'il vient d'absorber, et lâche un *Salut* empreint de l'accent monotone du Colorado.

Salut. Le Kansas peut lui aussi être monotone.

Mrs Peggy voit s'ouvrir une porte de sortie. *Bon, les filles, je vous laisse faire connaissance,* s'enthousiasme-t-elle avant de disparaître.

Philohhhmenaahhh, articule Peggy. Elle se redresse et me jauge. *C'était pas mon idée. Primo, interdiction absolue de mettre un pied dans ma chambre. Deuzio, à l'entraînement tu es comme les autres bizuths – je ne te connais pas. Tertio, pas un mot aux autres sur ma famille, motus et bouche cousue. Et mes amis sont mes amis, pas les tiens, alors ne va pas croire qu'on va faire des trucs ensemble.*

Faire des compromis, je connais. *OK.*

Tu peux partir maintenant.

OK.

Le désir de lever certains pans du mystère finit par avoir raison d'elle. Comme ce sera souvent le cas au cours de sa tumultueuse existence. *Attends voir… tu mesures combien ?*

Un mètre quatre-vingt-huit.

Elle laisse échapper un jet d'air chuintant. *Un vrai mec, impressionnant. C'est quoi ton meilleur chrono sur le deux cents mètres ?*

2' 13".

Heuuuuu. Tu viens du Kansas ?

Ouais.

Trop naze… Sors de ma chambre, Philohhhminâhh. Elle lutte contre sa curiosité, capitule. *Hé… maman m'a dit que c'était une bonne sœur qui t'entraînait.*

Ce n'est pas la première fois que j'ai la sensation de porter le label « Élevée au couvent » comme un manteau invisible. *Non… un prêtre, mais maintenant j'ai un vrai entraîneur… et aussi un expert technique.*

Un prêtre ? Elle rigole.

Et un vrai entraîneur et aussi un expert technique. Nous nous défions du regard. Sur un tableau en liège, elle a mélangé des images de célébrités à des photos de vrais gens. Je ne manque pas d'examiner les stars avec un air de dédain emprunté à Bron et je m'éclipse.

Ma chambre possède une fenêtre avec vue sur une pelouse qui s'enfonce dans un bosquet où serpentent des sentiers menant à une grande clôture noire. Un sapin parfumé embaume mon placard. J'ouvre la fenêtre et je le jette dehors. L'air est différent ici, dense et propre, à ce détail près que quelqu'un a saupoudré mes draps de lavande synthétique. Je déniche une serviette qui sent la serviette, la pose sur mon oreiller à la lavande et m'endors tel un lombric épuisé. L'entraînement démarre le lendemain matin, à cinq heures et demie.

Mrs Peggy tente de me tirer du sommeil pour dîner. Elle se poste à la porte et yodle. *Réveille-toi, la nuit n'est pas encore tombée.* Elle s'approche, s'incline vers moi : *À table, à table, tout le monde descend, c'est l'heure de dîner*, et tente de camoufler son irritation lorsque je m'obstine à fermer les yeux. Le monde est un endroit hostile. Leur tour est venu d'héberger une nageuse. C'est tout.

Et alors ? Je ne les aime pas.

L'entraînement est tellement intense que mon ancien moi s'évapore et cède la place à une nouvelle version. Celle-ci est moins rieuse, s'endort n'importe où, obéit comme un robot. Je suis totalement protégée par un coussin de professionnalisme gonflé par la main de la science et un prodige d'efficacité, Ernest K. Mankovitz. Je travaille sous la houlette d'une équipe d'assistants ; où que je me tourne, il y en a un devant moi, qui décline mon nom, mes chronos et les ordres auxquels je dois me plier. Ardeur, dévouement, persévérance, sérieux et passion injectent de la motivation dans l'air que nous respirons. J'emplis donc mes poumons de motivation, assise au bord de la piscine à cinq heures et demie du matin, pendant que mon nouveau moi s'enthousiasme, *Oui*.

Chaque fois qu'E. Mankovitz prend la parole, le silence se déploie à la surface de l'eau. Il s'éclaircit la voix et segmente le monde en nageurs, le calme est tel que le seul bruit qui me parvienne est le tam-tam régulier de mon cœur et le ronron lointain des filtres. C'est à cette période que le nom de Fredrinka Kurds résonne pour la première fois dans ma vie, suivi de la photo d'une grande perche dotée d'un large visage et d'un tout petit nez. Ce portrait se matérialise sur le bureau de Kyd, première assistante, accompagné d'une biographie stipulant que Fredrinka s'entraîne dur depuis ses six ans au sein du mystérieux Leipzig Institute dont la renommée est internationale, et que sa plus grande rivale n'est autre que Dagmar Bitten, sa coéquipière (pas de photo disponible). Le Supercoach E. Mankovitz déclare, sourcils froncés : *Tu vas devoir te préparer à tout ce qui t'attend à l'extérieur*, et mon cerveau enraciné au Kansas explose.

À force de travail, je gravis la hiérarchie des assistants, les écoute comme jamais je n'ai écouté les bonnes sœurs, si bien que mes neurones s'enlisent parfois au milieu de leurs syllabes et, l'espace d'un instant, je ne comprends plus rien ; ils doivent tout reprendre depuis le début.

Je suis Ron ; on va s'intéresser à ta propulsion. Ron se coiffe avec la raie au milieu, comme un prêtre, crie aussi fort que le coach Coates et aimerait entraîner une équipe de première division, masculine de préférence.

Il m'ordonne de sprinter, d'un coup, à partir du centre du bassin, de nager à fond aussi longtemps que possible. Il m'ordonne de faire du surplace, tandis que les autres recrues essaient de me tirer sous l'eau. Je résiste ; *S'il ne doit en rester qu'une, ce sera moi*. Je me traîne péniblement dans l'eau avec des chaussures aux pieds, nage sur le dos les bras pendants, bats des jambes le menton posé sur un flotteur jusqu'à ne plus les sentir tant elles brûlent. Posté au bord de la piscine, il m'ordonne : *Recommence*, et me confie à un autre.

Je suis Kyd. Je veux que tu me fasses cent longueurs. Grande, blonde, le visage constellé de taches de rousseur, c'est l'ancienne détentrice du record mondial de brasse papillon, seule femme dans un monde d'hommes. Elle m'observe d'un œil attentif, un sifflet logé entre les dents, et organise mes séances en accord avec son intime conviction : un jour viendra où les femmes nageront plus vite que les hommes. Elle prend soin de hausser le volume de sa voix, jamais le ton. Elle m'étudie, hurle : *Où est Arch ? On a une battante.*

Mr Arch Naylor, alias le Doc des bassins. Tenant de l'ancienne école, il a coaché Spitz et arbore une moustache broussailleuse sous la patate renflée qui lui sert de nez. Féru de méthodes respiratoires excentriques, il revisite des techniques éprouvées et peut mettre fin à une carrière d'un bref mouvement de tête.

Il se matérialise devant moi, grand, légèrement courbé, comme les hommes habitués à baisser la tête. Il m'enjoint de me placer face à lui et de tourner lentement sur moi-même, me touche le cou de son index, passe un long moment à étudier mes pieds. *Alors comme ça tu es une battante*, finit-il par lâcher, avec les accents basanés d'un cow-boy renégat.

Je me tortille de terreur. *Je n'en sais rien.*

Bon… voyons voir ce que ça donne, rétorque-t-il, manifestement peu gêné par mes tortillements.

J'acquiesce. *Oui.*

Soudain il perd patience et frappe dans ses mains. Je sursaute. *Alors… rentre dans l'eau, tu attends quoi ?*

Je me fige, victime d'un accès de stupidité fulgurante. *Qu'est-ce que vous voulez que je fasse ?*

Il secoue la tête, mon cœur s'emballe, il soupire : *Nage. Je veux que tu nages.*

Et comment ? Je suis pétrifiée de terreur.

Il secoue la tête. *Du mieux possible.*

Au début je nage lentement, à la recherche tâtonnante de la technique parfaite, *doigts, poignet, épaules, tête, torse, larme, genoux, narines,* puis je décide de foncer comme une dératée. *Qu'il aille se faire foutre.*

Lorsque je sors de l'eau, l'oiseau s'est envolé. Il discute avec le Maître dans sa prison de verre qui surplombe le bassin. Je distingue les deux silhouettes sombres pressées contre la vitre, regards dirigés vers le bas.

Kyd examine mes pieds tout en sirotant son goudron matinal. Ron met une sourdine et prend le temps de m'expliquer ce qu'il a prévu pour moi avant de me jeter à l'eau. Naylor surgit au bord du bassin à la fin d'une série d'exercices pour m'expliquer que l'angle formé par mon épaule gauche me ralentit inutilement. Le Mankovitz consulte son bloc-notes, fronce les sourcils, me dévisage, convoque ses assistants et m'invite à les rejoindre.

Naylor s'adosse à la fenêtre, ses longs bras croisés sur son torse creux. Kyd, elle, est assise, ses jambes puissantes croisées au niveau du genou. Ken tambourine son calepin de son stylo, avec énergie, jusqu'à ce que Naylor s'agace, *Arrête !* Le Mankovitz a pris place derrière un bureau enfoui sous des montagnes de papier qu'il presse de la main, l'air absent, tout en devisant.

Ton cérémonieux. *Merci à tous d'être venus. Arch, tu veux bien commencer ?*

L'eau est ton élément – ça te vient naturellement. Trop de mouvements, pas assez de glisse. Quand on a une voix forte, pas la peine de crier. Ton pouvoir, tu dois le sentir. Là, tu ne le sens absolument pas.

Il prononce *sentir* et *glisse* en allongeant les *s*, agite les mains – deux tortues de mer – sans me quitter des yeux, comme si mon jeune âge signifiait que j'étais une débile profonde.

À cela s'ajoute… le problème du souffle, embraye-t-il.

Kyd bondit sur sa chaise. *C'est si terrible que ça ?*

Pire.

Tu respires comment ? Elle m'observe, la tête inclinée.

J'ai appris à prendre leurs questions au sérieux, même les plus anodines, et fais mine de considérer la sienne sous tous les angles en triturant mes lunettes de plongée. *Que je réflechiiiiisse… je respiiiiire quand… j'ai besoin de respiiiirer.*

Stupéfaction générale.

Tu dois respirer avant d'en avoir besoin pour éviter de ne plus pouvoir le faire quand tu en as absolument besoin. Compris ? s'époumone Kyd.

Ses mécanismes doivent être révisés de fond en comble, de façon à se muer en réflexes, profère Arch, faisant abstraction de la rage de sa collègue. *Et j'aimerais étudier de plus près son fonctionnement mental.*

Mankovitz me dévisage. *Tu comprends ?* J'opine du chef, *Oui, monsieur Mankovitz.* Mensonge.

J'enchaîne longueur sur longueur, harnachée de ceintures lestées, cramponnée à de grands tubes, un seul bras en action, le bout de mon couloir pour unique objectif. La douleur s'installe, je fais *oui* de la tête ; douleur est synonyme de progrès. De nouvelles épaules me poussent à la place des anciennes, je lâche des grognements de catcheuse tandis que de petites larmes dures coulent le long de mes joues et se mêlent à l'eau de la piscine. Lorsque je rentre chez moi le soir, il me reste à peine assez d'énergie pour jouer avec Dave, le chien de Peggy, jusqu'au moment où elle nous voit ensemble et le siffle. Dave est un caniche nain, malin comme un singe, espiègle et intelligent ; il me reconnaît malgré ma casquette de base-ball, me lèche le visage, déborde de gentillesse.

Je pense à mes poumons, compte mes respirations, inspire, chronomètre mon souffle, plonge en apnée et refais surface quand mon cœur bat la chamade, mais chaque tentative s'achève en fiasco.

Arch semble contrarié. Ses sourcils en forme de chenille se joignent, dessinant un V majuscule. *Tu n'as pas respiré avant d'atteindre les cinq derniers mètres, là où tu devrais te passer de le faire.*

Le V me met le moral en berne. Faisant voltiger la vérité autour de ma langue fourchue, je lui offre un mensonge boiteux. *Je commence à prendre le pli.*

Les chenilles s'affaissent subitement, le V se métamorphose en X. *Tu as retenu ta respiration jusqu'aux cinq derniers mètres. On t'a bien observée. Si ça te tente de te voir reprendre ton souffle à la seconde où tu touches le mur, tout est immortalisé sur bande vidéo. Tu as bloqué tes poumons, ensuite tu as touché la ligne des flotteurs avec ton épaule gauche. Tu as perdu.*

Mon moral sombre à des profondeurs insoupçonnées, mes mensonges boitent de plus en plus. *Je l'ai à peine effleuré…*

Arch m'impose des exercices respiratoires conçus pour faire côtoyer la mort à ses cobayes ; ainsi, je garderai mon sang-froid au moment de frapper pour de vrai aux portes de l'au-delà.

Je me glisse sous l'eau, me sers de mes mains comme de deux avirons, sans me presser, et j'attends, contemplant des corps pâles et lointains remonter et redescendre les couloirs. Je ferme les yeux et, soudain, Bron se matérialise, assise sur un cercueil à roulettes, son visage grave empreint de solennité. Submergée par une vague de fureur, une pression intense qui me force à ouvrir les paupières, j'attends et je pagaie, frappant l'eau de mes paumes, en proie à de violents soubresauts, jusqu'au point de non-retour. Je remonte enfin à la surface.

Naylor n'est pas convaincu. *Recommence.*

Ma leçon se résume parfois à observer les autres. Je regarde Babe Alberts, recordwoman mondiale du crawl, glisser sous l'eau sur des dizaines de mètres et évincer toutes ses concurrentes avant même d'émerger, ses mains exécutant les figures d'un ballet dansé au ralenti, son corps ressemblant à une ombre argentée nimbée d'un énigmatique halo lumineux. J'angoisse : *Où est-elle passée ? Il faut qu'elle remonte, sinon elle va perdre.* À côté d'elle, les autres nageuses donnent l'impression de s'attaquer à un exploit effrayant, irréalisable.

J'observe Peggy ; elle compense l'absence de dons innés et des pieds ridiculement petits par un zèle à toute épreuve doublé d'une audace proprement masculine. Fidèle à sa promesse, elle me snobe dans les grandes largeurs. Je découvre une personnalité talentueuse réputée pour son humour caustique, son esprit d'équipe, ses qualités de leader, ses calembours spirituels, sa voix tonitruante. *Ernie Crampovitz. M'sieur Ernouille Mankovicelard. Sa Majesté Mancoucouilles. Manrikiki et son tout p'tit kiki.* Elle fait l'unanimité ; elle est populaire.

Un beau matin, pendant l'échauffement, elle s'arme d'un flotteur et me cogne en pleine tête. Comme ça, sans raison. Les coaches sont sur le pont, négociant l'organisation de la journée. Je la vois se ruer sur moi, montrer les crocs, le flotteur à bout de bras, mais je suis trop sidérée pour réagir. Elle frappe si fort que mes oreilles bourdonnent.

Bienvenue dans l'équipe, s'esclaffe-t-elle.

J'utilise des techniques de motivation inédites : *Tu ne vas quand même pas laisser cette guenon te gâcher ta journée ? Donne-lui le change. Reste cool, tu m'entends, cool À MORT. C'est que du vent.*

L'une des bizuths se détache du petit groupe exténué qui patiente sur le banc, la grande, l'ingénue Sunny Lewis, crawleuse déjà bardée de titres honorifiques, fière propriétaire d'un gros nez d'origine arménienne et non pas d'un, mais de deux orteils en marteau qu'elle tente de camoufler sous sa serviette. Peggy l'a affublée d'un sobriquet à la seconde où elle a posé les yeux sur elle : Requin-Marteau. Elle vient me voir alors que j'enfile mon survêtement, diagnostique : *Elle essaie d'oublier ses complexes en parlant plus fort que les autres,* et nous devenons amies.

Ce soir-là, je frappe à la porte de Peggy parfaitement, phénoménalement, suprêmement cool, essuyant sur mon jean la moiteur qui imprègne mes paumes, légendaires apôtres de la non-violence.

Elle se peint les ongles avec un bleu bizarre et ne se donne même pas la peine de lever la tête. *Quoi ?*

Je vais te battre, je préfère t'avertir dès maintenant. Regarde-moi, Peggy la Cochonne… dès que j'arrive à respirer comme il faut et que j'arrête de faire ce… ce truc avec mon épaule, je vais t'écraser. Presque aussi éloquente qu'une oratrice de choc.

Ooooh, j'ai peur. On n'est même pas inscrite aux mêmes courses. Mais elle se passe la langue sur les lèvres.

Pas tout de suite, peut-être bien, mais Kyd trouve que j'ai du potentiel. Je suis pleine de ressources, elle m'a dit. Et ne me frappe plus. J'ai vu ta tête ; on aurait cru une espèce… une espèce d'insecte. Je sens le rouge me monter aux joues. *Ne recommence jamais ça.*

Elle sourit de me voir cramoisie. J'ai perdu. *Un insecte ? Tu fumes la moquette ou quoi ? Je Vous salue Marie, pleine de graisse, faites gaffe à vos grosses fesses.* Elle souffle sur ses immondes orteils. Peggy dans toute sa splendeur.

Je trépigne de rage. *Je vais t'écrabouiller, Porcinette. Je t'ai vue.* Elle souffle sur ses orteils, c'est la goutte d'eau qui fait déborder le vase.

On y croit tous. Essaie un peu, Philomerda emmerdante merdouilleuse. Et si tu m'appelles encore une fois Porcinette, tu vas le regretter. Il y a un je-ne-sais-quoi de simiesque dans ses traits, qui s'explique par le ratio nez-lèvre supérieure.

La majorité des nageurs se tournent vers la natation parce qu'ils souffrent d'un problème quelconque. La moitié d'entre eux sont affligés d'un asthme lourd, d'une défaillance qui entraîne une atrophie des bras et une indigence génétique enracinée au plus profond de leur ADN. Ils sont victimes d'un déficit de l'attention, de dyslexie, d'une maladresse chronique sur la terre ferme, d'asociabilité. Ils souffrent d'un divorce qui a mal tourné, de l'abandon de l'un ou l'autre de leurs parents, de la mort soudaine d'un jumeau. Porcinette est fille unique, astigmate, asthmatique. Elle a subi à la naissance un traumatisme horrible, une épreuve qui a nécessité tente à oxygène et soins constants, et refroidi les ardeurs natalistes des Peggy. Sur une photo on la voit, à sept ans, en maillot de bain rose pétant, prendre la pose près d'un tremplin ; deux appendices blancs, des sortes de planches, maintiennent son torse à la façon d'un chevalet. Les murs de sa chambre sont tapissés de médailles, de portraits qui la montrent en train de faire du snowboard, de la randonnée, du windsurf en compagnie d'un docteur Peggy épargné par la transpiration.

Le docteur Peggy est aussi docile et stable qu'un bateau dans une baignoire. Il utilise une laque pour hommes, sur le vaporisateur c'est précisé POUR HOMMES ! en caractères virils couleur sang. Cette laque, c'est la première odeur que je sens le matin au réveil, la dernière le soir au moment de m'endormir. Les Peggy n'apprécient guère l'air naturel du Colorado ; ils préfèrent le mettre en valeur. Un parfum de cèdre flotte, répandu par des boîtiers branchés dans les prises électriques, que je subtilise discrètement pour les enterrer profondément dans la benne à ordures, mue par un instinct de survie. Même si j'ai le pouce et l'index cramés à force d'éteindre les bougies parfumées en pinçant la mèche, le Kansas ne me manque pas une seule seconde. Le Colorado m'apporte une parenthèse enchantée ; ses paysages offrent de la texture, du relief, des détails que mon regard peut fouiller. Je me sens en sécurité au milieu de ces gens en short équipés de chronomètres, sifflent à tout-va, consultent des bloc-notes, portent des tongs aux semelles antidérapantes. Je me sens en sécurité parmi ces zones densément boisées, plantées d'arbres dont les aiguilles exhalent un parfum sucré, de ces formations rocheuses massives qui trouent le ciel et retiennent prisonniers les nuages. En prime, ici, on ignore tout de moi, je flâne, aussi banale, aussi évidente que le soleil lointain.

La musculation, c'est pour moi une véritable torture. Le redoutable Ken exerce mes muscles comme des singes savants, il éprouve la satisfaction du travail accompli lorsqu'il me réduit à l'état de masse tremblante et mutique. J'arrive en rasant les murs, comme à mon habitude, discrète et invisible tel un Shawnee. Peggy termine justement sa séance, elle et Babe s'étirent sur un tapis. Ses yeux porcins se dirigent vers moi puis se figent.

Mon Dieu, c'est une vraie armoire – t'aurais pas grandi depuis la dernière fois, Phil? Ils ont peut-être pas eu le temps de te coller une bite… Tu n'étais pas prématurée, au moins, hein, Phil-homme-mena? Hilarité générale, mais Peggy n'en a pas fini avec moi. *J'ai une idée… et si on l'appelait Pip*[1] *? Pip, ça lui va comme un gant!*

PIP!!! hurle son public.

Ce surnom me colle aux basques comme une nonne vigilante. Je constate, horrifiée, que son usage se répand de façon exponentielle au fil des jours. Je lève la tête par mégarde lorsque je l'entends, me surprends à réagir lorsqu'on le prononce, mais pleurniche quand même: *Allez quoi, ça suffit. C'est pas comme ça que je m'appelle.*

Peggy adore. *Gaffe, fais pas Pip-i dans ta culotte.*

Je ne fais pas pipi dans ma culotte. Et je boude.

Peggy adore encore plus. *Regardez tout le monde… Pip a un gros chagrin.*

Laissez-moi tranquille. Et je déprime.

Quand mon imagination ne se focalise pas sur les J.O. en les nimbant d'une brume dorée où se côtoient le rouge, le blanc et le bleu, je rêve éveillée que le public quitte les gradins tellement

1. « Pip » signifie « pépin ». *(N.d.l.T.)*

elle nage mal. Elle a tué dans l'œuf l'unique chance que la vie m'a offerte d'imposer mon prénom, et je vais avoir du mal à m'en remettre. La nuit je frappe mon oreiller des deux poings, je l'appelle Porcinette devant tout le monde, mais elle s'arrange pour que ça ne prenne pas.

Tous des obsédés

Juchée au bord du trottoir, Peggy tire sur son tendon d'Achille. Elle tend les bras en l'air, bombe la poitrine, cambre les reins et se raidit, laissant ses cheveux onduler au gré d'une brise imaginaire. À bout de nerfs, elle brise son vœu de silence.

Il me regarde ? chuchote-t-elle.

Non. Et je m'en réjouis.

Qu'est-ce qu'il regarde, alors ? ajoute-t-elle, la tête entre les genoux.

Je sais pas, un truc par terre... aucune idée... peut-être qu'il... Lui, c'est un grand blond, candidat sérieux à la médaille d'or, qui fauche les filles à la façon d'un hors-bord aux hélices aiguisées.

Et merde. Elle ôte sa veste, la noue autour de son cou comme une cape et touche ses orteils, en mode séduction jusqu'au bout des ongles. *Et maintenant, il regarde ?*

Il boit un Gatorade. *Non. Attends ! Si, il regarde.*

Ne lui fais pas signe, bordel. Elle se redresse, les mains sur les hanches.

Il m'a vue en train de le mater. Je m'adosse à un panneau stop.

Il ne faut surtout pas qu'il voie que tu le surveilles, espèce de bouseuse. Putain de bordel de merde. Et maintenant, il regarde ? Elle secoue ses cheveux, affiche un large sourire qui ne m'est pas destiné.

Comment je le saurais, sale asthmatique ? J'en ai ma claque.

Regarde, s'il te plaît. Elle me prend par les sentiments.

Lâche-moi, Porcinette. Tu n'as qu'à regarder, toi. C'est ton mec. Moi, ça me gave. Je branche mon walkman, débranche Peggy.

Nous attendons Mrs Peggy sur le parking de la piscine car la petite voiture rouge de Peggy est en révision. Une puberté à retardement m'a frappée de plein fouet et je broie du noir. Deux kiwis et un buisson miniature complètent mon anatomie et je fais en secret des rêves torrides, spectaculaires, sans accorder la moindre confiance aux primates de mon âge dotés d'une saucisse. Je me referme comme une huître en présence de ces créatures brailleuses, poilues et visiblement obsédées par les filles, et ma réaction amuse follement Peggy qui ne rate jamais une occasion de montrer à la terre entière que je viens de piquer un fard. *Regardez! Pip est pivoine.* Mes règles se font toujours attendre, et quand bien même je passe ma vie en maillot de bain, l'idée d'exposer mes secrets à quelqu'un m'engloutit sous une angoisse terrible, profonde – symptôme parmi tant d'autres de mes années bonnes sœurs.

Nageurs excités par leurs hormones égale ennuis en cascade. Ils brisent des cœurs, anéantissent des carrières, s'en contrefichent. Des histoires circulent. La légende raconte que Chrissy Hughs, détentrice du record du monde et championne olympique en papillon, a tout plaqué le jour où elle est tombée amoureuse de Leif Benson, son alter ego masculin. Coup de foudre mutuel, grossesse accidentelle, naissance d'un garçon que le couple baptise Little Leif. Plus tard, désabusée et dodue, les yeux rougis par la fatigue et le remords, Chrissy cherche à relancer sa carrière mais ne retrouve jamais son niveau d'antan, malgré des efforts surhumains. La grossesse a déplacé son centre de gravité, le bébé a pompé la majeure partie de son génie et son nom est désormais trop long pour briller sur les podiums : *Chrissy Hughs-Benson.* La légende prétend aussi qu'Arch Naylor l'aurait jugée en un clin d'œil et secoué sa crinière argentée.

Elle n'aurait pas dû prendre son nom, je déclare dans les vestiaires à la fin de l'entraînement.

Babe se sèche les cheveux. *Tu peux m'expliquer le rapport avec le reste ?*

Je l'observe et crie : *Plutôt le non-rapport avec le reste.*

Elle éteint le sèche-cheveux. *C'est la même question, à l'envers.*

Je sais de quoi je parle. *Chrissy Hughs-Benson, ça craint.*

Peggy se joint à la discussion. *Si Babe s'appelait Rhoda…*

Pour la première fois, nous tombons d'accord. *… mais ça ne nage pas, les Rhoda.*

Elle finit ma phrase. *Ça ne gagne pas de médailles d'or, les Chrissy Hughs-Benson.*

Je savoure l'harmonie qui règne entre nous. *Tu as tout compris.*

Elle hâte la conclusion. *Si on suit ton raisonnement, alors Philomena, ça devient…*

L'harmonie est une chose fragile, mais je sais toujours de quoi je parle. *Une anomalie à quatre syllabes. Une exception qui confirme la règle.*

Elle se tartine les lèvres de gloss. *Ça t'arrange.*

Peggy est attirée par les nageurs sexy, ceux qui se servent de leur serviette comme d'un fouet et laissent des marques, juste pour s'amuser. Elle bave devant ceux qui surnomment leurs coéquipiers bleus-bitcs, têtes de gland, couilles molles, clochards, devant les beaux gosses aux œillades incendiaires qui lui entourent les épaules d'un bras nonchalant et lèvent la tête dès que quelqu'un d'intéressant fait son entrée. Elle les ramène à la maison quand ses parents n'y sont pas ; ils se bécotent au salon tandis que je me planque dans ma chambre, avec Dave pour seule compagnie et Adam Ant à plein volume dans les tympans. Ma solitude livre des batailles longues et funestes contre la fatigue ; l'épuisement finit toujours par l'emporter et je sombre dans des rêves en velours noir, habités par le silence assourdissant d'une meute de chauves-souris géantes qui se gorgent de nectar. Quand j'ouvre les yeux, un nouveau jour m'attend, plein de fraîcheur.

Le Supercoach E. Mankovitz ne se mêle pas de notre vie privée, mais sa façon de tirer sur sa moustache, de secouer lentement la tête, de faire claquer sa langue et de soupirer, est éloquente. Il désapprouve les idylles entre nageurs car c'est la fille qui sacrifie irrévocablement son avenir sur l'autel de la passion dévorante, pas le garçon sexy qui continue à ratisser des médailles avant de lever le pied et de se recycler dans le marketing, la communication, la finance, la psychologie du sport ou la pédiatrie. Moi, j'ai de bonnes raisons d'éviter ces testicules sur pattes, un prétexte valable pour me murer dans le mutisme, virer à l'écarlate, me tenir en retrait, les épaules voûtées de façon à cacher ces kiwis dont la puberté m'a dotée.

Moi, j'aime les spécimens gentils, ceux qui me tiennent la porte des vestiaires et ne lancent aucune remarque abjecte sur mon passage. Qui me souhaitent *Bonne séance*, s'intéressent sincèrement à la musique que j'écoute dans mon walkman, ne pouffent pas en entendant Adam Ant, même s'ils en meurent d'envie. Quand j'aperçois un mec mignon au sourire timide de l'autre côté de la piscine, je ne sais pas où me mettre, je me dis *il est tout nu* lorsqu'il m'adresse un salut, les muscles de ses bras sveltes ondulant comme l'eau. Certains désirs s'affrontent en moi avec une férocité animale et réveillent des zones de mon corps jusqu'ici endormies.

Mais brider son appétit sexuel revient à brider la vie. Le jet continu de pensées lubriques mêlées à une curiosité intense finit par m'avoir à l'usure et un vendredi soir, lors d'une fête, je me retrouve affalée sur un canapé avec sa langue dans ma bouche, et mon univers se vide de toutes ses vieilleries pour se remplir, d'un coup, de la chose sexuelle. Il tourne la tête vers moi, souffle doucement au creux de mon oreille, fait ronronner à la fois mes tympans et mon vagin.

Au cours de sa courte existence, mon vagin ne s'est pas ennuyé une seule seconde. Il a rebondi sur la selle d'une bicyclette neuve ; caracolé, de loin en loin, sur un poney capricieux ; écouté les bonnes sœurs en classe, sagement posé sur une chaise ; plongé du mauvais côté d'un tremplin, vibré à l'unisson avec un avion, paressé dans un bus paresseux, passé plus d'un après-midi d'été à absorber la chaleur émise par le soleil, mais jamais il n'avait ronronné, du moins pas jusqu'à ce soir.

Il interrompt son baiser et murmure : *Ça va ?*

Je réponds, *Oui, je crois* et le Saint Nom fuse vers les cieux, rétrécit de plus en plus à mesure qu'il prend de la vitesse et explose en une gerbe d'étoiles noires et ardentes qui se désagrègent dans leur chute.

Nous nous embrassons sur le parking puis chez les Peggy, à l'abri de leur haie. Nous nous embrassons dans les recoins ombreux de la rue, étendus par terre dans la salle de musculation déserte, à la lueur bleuâtre de la piscine vide. Jamais il ne me force la main. Je n'angoisse plus sur la largeur de mes épaules, sur mes seins musculeux qui se bandent quand je bouge ; je découvre que certains nageurs au cœur d'or, craquants mais pas canons, aiment tout en moi, sans se douter une seconde que je suis encore une gamine.

Peggy est incrédule. *Tu sors vraiment avec lui ? Il est tellement…* Elle cherche un mot qu'elle n'a pas la patience de trouver. *Je peux te refiler un de mes ex, si tu veux.*

Tu peux les garder tes beaux gosses, Porcinette, je rétorque, piquant sa curiosité sans le faire exprès.

Maman appelle tous les deux jours.

Comment ça va ?

Bien.

Tu réponds toujours ça.

Eh bien, heu… j'ai amélioré mon chrono.

Alors… tu es heureuse…

Oui, maman. Je suis heureuse… Roxanne va bien ?

Toujours pareil.

D'accoooord. Et Dot ?

Première de sa classe.

Mini-nonne.

Quoi ?

Toute cette bonté, ces prières. Elle a la vocation.

J'en doute… elle a un petit copain.

Hein ?

Paul Sloan.

Tu me charries.

Pourquoi tu dis ça ?

Pour rien. Je suis étonnée. C'est tout.

Paul Sloan. Cent pour cent frime ; un gringalet qui se balade torse nu n'importe où n'importe quand, qui dit *yo* et fait *yo* avec ses doigts. Les bonnes sœurs l'ont rangé dans la case « futur divorcé ». Il ouvre la série des amours salvatrices et compassionnelles de Dot, à l'origine de chagrins cuisants dans sa vie et, par ricochet, dans la nôtre.

Mon corps accomplit des prouesses qui poussent les assistants à réagir : je grignote les millisecondes, qui se détachent l'une après l'autre. Kyd m'apprend que E. Mankovitz est ravi. Elle m'attrape par l'épaule, m'attire à elle et chuchote : *Ernie a l'air ravi.*

À Colorado Springs, je rencontre les personnes qui compteront le plus dans mon existence, des filles qui seront, une décennie durant, mes alliées ou mes rivales en fonction des compétitions. L'équipe qui remportera l'argent aux Jeux de Séoul est là, au grand complet. Un beau jour nous aurons vingt ans, nous sauterons de joie ou nous tordrons de rage, poings serrés, brandis bien haut. Cinq années nous séparent de Séoul. Nous sommes en 1983, j'ai dix-sept ans. Des gamines, voilà ce que nous sommes, des gamines un peu plus costaudes que la moyenne, qui nous occupons à des gamineries durant notre temps libre : savourer une glace assises sur le trottoir, jacasser au cinéma en plein film, compiler des cassettes que nous glissons dans notre baladeur pour mettre de l'ambiance, frapper les épaules des autres et hurler ON S'ÉCLATE tout en faisant mine de ne pas penser aux éliminatoires olympiques, à neuf mois de là, alors qu'à la première occasion nous abordons le sujet, forgeons toutes sortes de scénarios farfelus, achevons nos phrases sur des points de suspension pour mieux savourer les compliments qui viennent derrière. Au réfectoire, nous garnissons nos assiettes de portions scientifiquement quantifiées – trente pour cent de féculents, cinquante pour cent de protéines, vingt pour cent de matière grasse –, des rêves enserrent notre esprit, l'amarrent avec fermeté. Je garde les plus embarrassants sous clef, en particulier celui où une main géante dégringole du ciel et me soulève de terre pendant que Supercoach E. Mankovitz pleure comme un bébé. *Je le savais. Je le savais, et depuis le début, depuis le premier jour. À l'instant où j'ai posé les yeux sur elle, j'ai su.*

« Ô prodige ô miracle », chantèrent les anges en s'éveillant de leur torpeur boueuse, les ailes couvertes d'argile

J'essaie de cacher que je ne me sens pas bien. Lorsque nous sortons du bassin, Kyd m'apostrophe, des haltères dans la main, et j'ai tellement envie de la gifler que je dois me retenir d'une main de ne pas lui envoyer l'autre à la figure. J'adresse un doigt d'honneur à Peggy quand elle a le dos tourné sans remarquer Babe qui, assise devant son casier, est occupée à enduire son pied d'une huile nauséabonde. Elle m'interroge : *Qu'est-ce qu'elle t'a fait ?* Comme je l'ignore moi-même, je hausse les épaules ; j'aimerais asséner de grands coups de chaussure sur ses cheveux blond lustré. En hurlant, Ken m'ordonne de tenir mes postures techniques plus de cinq minutes et mon menton se met à trembler à la façon d'une machine à laver. J'ai mal au crâne, aux sourcils, aux dents, aux gencives, aux épaules, au pelvis, aux fesses, aux cuisses, aux chevilles, j'ai mal quand je respire, j'ai mal quand je mâche, j'ai mal quand je dors, j'ai mal quand je suis assise et cette douleur commence à me taper sur le système. Hier soir, après avoir regardé les bourgeons blancs bombarder mes spaghettis, je me suis insurgée et les ai cueillis un à un, en soupirant bruyamment, sous le regard atterré des trois Peggy, figés en pleine mastication.

Et Leonard me persécute. Aujourd'hui il s'est posé au fond du bassin sur un stupide trépied et a regardé dans le vide avec ses cheveux crasseux de Cro-Magnon qui lui arrivent aux pieds et ses sourcils aussi denses et fluides qu'une forêt de bambous secs balayés par le vent. Ça m'énerve de le voir et je serre les dents si fort que ma mâchoire m'élance. Surgissant de sa tanière ténébreuse, Arch Naylor se matérialise dans un éclair argenté : *À qui tu essayais de mettre une raclée au fond de l'eau ?*, tandis que je suffoque et supplie mes majeurs de bien se tenir. Grâce à mon adorable petit copain, j'ai découvert les délices de la cruauté ; impossible d'y résister. Il se charge de mon sac de gym avant que je puisse protester, me tient la porte en parfait gentleman, me masse le creux des reins de ses paumes chaudes, et je me dis *Crétin, crétin, mais quel crétin.* Mes yeux le transpercent de part en part et je garde mes pensées pour moi, mais à peine cherche-t-il à poser ses douces lèvres mentholées sur les miennes que je le repousse.

Le dîner fini, Mrs Peggy frappe à la porte de ma chambre, laisse s'écouler quatre respectueuses secondes, entre et s'assoit au bord de mon lit.

Tu as le mal du pays, ma chérie ? dit-elle, le visage parsemé d'une galaxie de taches de rousseur que je vois pour la première fois.

Je lâche un rire amer, *Non.*

Dis-moi, Peggy… elle a beaucoup de caractère, je sais ; ne crois pas que je n'en suis pas consciente. Je la connais bien, ma fille. Elle triture un solitaire parfait qui scintille sur un doigt mince et hâlé.

J'étouffe mon rire, j'avoue : *Ça n'a rien à voir avec elle. Mais c'est vrai qu'elle n'est pas facile.*

Quoi alors ? Tu te sens mal ? Elle pose une main glacée sur mon front. *Une fièvre de cheval, c'est vite arrivé.*

Les jours où je rentre plus tôt de la piscine, je la surprends parfois au salon en train de psalmodier avec une prof de yoga dont la voix résonne à travers l'escalier comme un violoncelle dépressif. L'une chante, l'autre lui répond, puis elles chantent en chœur jusqu'à en faire frémir les vitres, jusqu'à en faire trembler de tous ses membres le pauvre Dave, terrifié.

Je me confie : *Je suis de mauvais poil. Et je… je ne sais pas pourquoi.*

Elle m'étudie une fraction de seconde puis affirme avec des accents vibrant d'espoir : *Peut-être que tu vas avoir tes règles…*

Je la dévisage et mon estomac se tord, solidaire de mes mensonges passés. Je camoufle mon désespoir sous un autre rire amer qui signifie *non.*

Tu es sûre ? Parfois, le stress de l'entraînement fait dérailler le corps. Probable que tes règles te perturbent plus tôt… ou plus tard, c'est selon. Elle me scrute, dans l'attente d'une réponse.

J'en sais rien, je lâche en tressant les franges de ma couverture. *Je ne sais pas pourquoi.*

Le lendemain matin, j'accueille l'aurore le crâne en vrac, l'estomac à l'envers, les yeux ravagés. Je prends place à la table du petit déjeuner et, à force de touiller, transforme mes flocons d'avoine en brique friable. Dans la voiture de Peggy, je regarde les pins aux aiguilles enneigées accueillir le vaste jour, en proie à des douleurs imbriquées les unes dans les autres comme de malfaisantes poupées russes. Lorsque j'ouvre la porte du vestiaire, je me prends en plein visage sa vie moite et vibrionnante. Muette, je m'affale sur un banc, les casiers gris cliquettent, les vapeurs qui s'élèvent de la piscine corrodent mes yeux secs et irrités. Je fais glisser ma culotte blanche pur coton sur mes chevilles et découvre que je saigne comme un goret.

La surprise est telle que je l'annonce à voix haute. *Je saigne.*

Peggy pivote vers moi. *De quoi ?*

Je me ressaisis, serre les genoux et me cramponne à ma culotte. *Je saigne ; il y a du sang. J'ai mes règles.*

Elle fouille les profondeurs de son casier. *Tu veux un Tampax ?*

Un Tampax ? Mon cœur battant dévale une longue pente jalonnée de mensonges.

Elle s'esclaffe. *Ben quoi, la péquenaude, tu ne vas quand même pas nager en maxi-serviette ? Ou c'est ce qu'elles t'ont appris, les bonnes sœurs ?*

Tout le monde trouve sa répartie hilarante. Quant à moi je reste assise sur le banc, pliée en deux, aussi mutique et immobile qu'une statue, et j'attends que le vestiaire se vide. J'ouvre ma paume, je l'étudie, j'y remarque un minirouleau de papier toilette doté d'une fine queue en coton. Je rampe jusqu'aux toilettes, cassée comme une vieille marchande d'allumettes, et m'assieds sur la cuvette. Je prie. *Je Vous en supplie Dieu Seigneur Tout-Puissant faites que ça marche.* C'est tellement simple que cela en devient compliqué. Je ferme les yeux, fais glisser le tampon d'avant en arrière, j'ai l'impression d'avoir réussi mais lorsque je me mets debout, il tombe et je suis foudroyée sur place. *Et maintenant, qu'est-ce que je fais ?* On me cherche. Des grondements me parviennent, de temps à autre un cri. Je pose mes pieds sur la porte et bloque ma respiration, mon corps tordu de douleur.

Fourrant un tapon de papier-toilette dans mon slip, j'envisage de filer à l'anglaise quand Kyd débarque et s'étonne : *Où tu vas comme ça ?*

Je jette les mains en l'air, le papier-toilette virevolte derrière moi comme des ailes réduites en lambeaux. *Le sang. Il y en a plein. Plus que ce que je croyais. Je me sens mal. Je saigne. Beaucoup. Et ces derniers temps j'ai été si… si… si… énervée tout le temps, pire que d'habitude.*

Elle me dévisage. *Hein ?*

La crise s'aggrave, je tape du pied, claque des dents, mouline des bras tant et si bien que Kyd doit s'écarter de mon chemin. *Je saigne. J'ai mes, mes, j'ai mes règles. Ça m'est tombé dessus, Kyd, et c'est horrible, mille fois pire que tout ce que je m'étais imaginé… Lilly avait raison, mais je lui ai raconté n'importe quoi… je lui ai menti et Dot, cette salope, elle aurait pu m'avertir… mais Bron m'a dit… elle m'a rassurée… elle m'a dit que j'étais à peu près… normale.*

Elle murmure. *Hein ?*

La crise est énorme, avec rivières de morve et pommettes écarlates, du sang imbibé dans un demi-mètre de papier-toilette, une couche improvisée enroulée autour des cuisses, le pantalon aux chevilles, une douleur aiguë dans l'aine. *Le sang, tout ce sang, c'est ignoble. Qu'est-ce qu'on… comment… comment les gens s'habituent à ça, tu peux me le dire, Kyd ? Hein ? Alors c'est ça qui fait de moi une fille normale ? Bande d'enfoirés.*

Elle m'étudie sans mot dire, manifestement déboussolée. Enfin son visage s'éclaire, elle baisse la voix d'un cran, chuchote presque : *Tu avais peur d'être enceinte, ma chérie ?*

Frappée de stupeur, la crise se dévore elle-même à la façon d'un monstre et s'arrête net. *Quoi ?*

Elle pousse un charmant soupir de soulagement. *Tu veux un Tylenol ?*

Un quoi ?

Pour la douleur.

Je dis *Oui, merci* d'une voix électronique. *La douleur ça ne sert à rien. J'aimerais une boîte de Tampax. Ou un Tampax. Avec la boîte, s'il te plaît.*

L'air inquiète : *Bien sûr.*

Vivre, cela se résume à insérer un objet oblong dans un réceptacle courbe, à être humain mais pas trop. Vivre, cela revient à contourner des angles sans perdre l'équilibre, à éponger les fluides corporels aussi vite que possible. Je me pose sur la cuvette et déchiffre les instructions ; des mots simples succèdent à d'autres mots simples, tels des poèmes abscons. Je me redresse et tente d'évaluer l'angle d'attaque, l'esprit submergé par une urgence sinistre. Au septième, ça rentre. Lorsque je sors du box à quatre pattes, tordue comme une diva à l'agonie, Kyd est postée devant le lavabo, un flacon d'antalgiques à la main. *Ça va un peu mieux ?*

Je saisis le cachet de Tylenol en évitant tout contact avec sa curiosité, m'assieds et fixe le sol. Elle finit par saisir le message et s'éclipse ; enfin je me retrouve seule pour étudier mon nouveau visage. Teint blême, cheveux ébouriffés comme à l'issue d'un corps à corps avec le démon, pupilles muées en deux prunes vides. J'attrape mon bonnet de bain, y rentre mes cheveux, j'observe mon reflet et je dis *Portrait de moi en femme,* avec ma nouvelle voix de robot, avant de sortir et de m'enfoncer sous l'eau.

Ô Douleur ô philosophie ô jargon

À mon retour à Glenwood, l'été est fini et je suis une femme flambant neuve, cosmopolite, pleine d'énergie et d'expérience. Dot, Roxanne et le père Tim se tiennent à l'endroit exact où je les ai laissés quatre mois plus tôt, leur trio évoquant un tableau exposé dans un musée. Seuls leurs vêtements ont changé. Le père Tim incarne le tennisman dans toute sa splendeur : il porte un pantalon en toile beige et un polo bleu clair, sa peau jadis translucide arbore un beau bronzage couleur porridge. Dot a dépassé Roxanne dont les yeux cernés de khôl nuance raton laveur s'harmonisent avec des collants noirs, une robe noire, des créoles noires ; une élégante dentelle retient ses cheveux. Elle est maquillée bizarrement, Dot aussi. Je toise Roxanne qui me dévisage et lance : *Quoi ?* Je réponds : *Quoi, quoi ?* Roxanne se tourne vers Dot : *Elle est de retour.*

Les prêtres mettent souvent les pieds dans le plat. Le père Tim s'étonne : *Ils t'ont donné de l'engrais au Colorado ? Tu as encore grandi !*

Lorsque j'arrive à la maison, maman traîne au lit. Habillée de pied en cap et appuyée contre une montagne d'oreillers, elle m'attend. La table de chevet est ensevelie sous les objets de première nécessité : un téléphone, une collection de pilules dans des flacons en plastique ambré dont le couvercle sécurisé est vissé de guingois, un thermos qui contient je ne sais quoi, un grand paquet de M&M's presque vide, trois romans policiers, un pot de crème, une brosse à dents sur laquelle a séché du dentifrice, une assiette vide, un rouleau de papier-toilette, un couteau émoussé, quelques bananes tavelées. Elle me serre sur son cœur : *Tu es encore plus grande que j'aurais, plus que j'aurais jamais, tu es exactement comme…* puis une crise de nerfs un peu molle la foudroie, agrémentée de frissons sismiques et de deux ou trois larmes d'un bleu transparent qui illuminent ses yeux sans couler. Je l'observe avec attention : elle a perdu toute tonicité musculaire et sa peau ressemble à de la colle pour papier peint.

Plus tard, dans la cuisine, j'accuse Dot. *Elle ne mange que de la potion ou quoi ?*

Elle prend la mouche. *Non ! Pas depuis des mois. Elle remange des vrais trucs.*

Qu'est-ce qu'elle mange ? J'ouvre le réfrigérateur. Pommes de terre crues, pommes de terre cuites, lait, beurre, fromage, pommes de terre nouvelles, une jarre de bouillie mousseuse coiffée d'une pellicule verte et luisante, purée de pommes de terre.

Elle aime les pommes de terre, explique Dot, fébrile.

C'est plus de l'amour, c'est de la rage ! Il y en a des centaines, je m'exclame, les mains en l'air… *J'y crois pas.*

June met d'autres trucs dedans – des brocolis, du cheddar. Elle parle vite. *Du bacon, du chou-fleur. L'autre jour j'ai coupé du poulet et je l'ai mixé avec du beurre, ensuite je l'ai recuit avec de la mozzarella… Celui-là, elle a aimé.*

Je ferme la porte. *Et c'est nouveau, les M&M's ?*

Son regard fuit le mien, signe qu'elle ment, et mal. *C'est pour les gens qui lui rendent visite.*

Je parle lentement pour la mettre au pied du mur. *Tu es sûre ?*

Elle lève les yeux au plafond, le teint blafard. *Oui, certaine.*

Je prépare la mise à mort. *Elle a deux mentons. Quand je suis partie elle n'en avait qu'un… Ça lui réussissait mieux, la potion.*

Elle pose son regard sur moi, ses paupières tristes cernées de bleu : *Elle a pris… cette couleur… parce qu'elle ne va jamais dehors, et la potion, ça ne suffit pas.*

Je soupire. *Ça vaut mieux qu'un régime de patates et de M&M's.*

Elle est à la fois fuyante et sur la défensive. *Je te l'ai déjà dit : les M&M's, c'est pour les gens qui viennent la voir. Et ça ne se limite pas aux patates. On ajoute des ingrédients qui sont bons pour la santé.*

J'ausculte le paysage changeant de son visage. *Tu peux te raconter autant de mensonges que tu veux, mais ne me mens pas à moi.*

Je traverse une phase regrettable de chevilles enflées, déclarant sur tous les toits que le Colorado a mis au rancard l'ancienne Philomena, qu'il m'a métamorphosée à jamais. Je fais savoir à tout le monde que j'ai décroché une bourse d'études pour l'université de Stanford, en Californie, où je nagerai sous la férule de l'immense, du phénoménal, du prodigieux Supercoach E. Mankovitz, l'entraîneur le plus fabuleux de tous les temps. Je proclame, de façon subliminale, que le Kansas m'a enfin révélé son vrai visage : c'est un fleuve de médiocrité et de morve, une macédoine pathétique composée de tornades, de mobile homes dévastés, de pizzerias, de magasins encombrés de marchandises invendables, de vies minuscules qui n'intéressent personne. La plupart de mes jeunes coreligionnaires ont profité de leur été pour canoter sur le lac Shawnee à bord de pneus rechapés, fumer leurs premiers joints, se faire dépuceler. Ils arborent des bras brunis par le soleil et des nez qui fondent si vite qu'on n'a pas le temps de dire *ouf*. La nouvelle moi est une personne sérieuse aux ambitions sérieuses, beaucoup trop pour être contenues entre les frontières du Kansas. J'ai déjà un pied dehors et j'entends bien le claironner, et dans la foulée m'en persuader un peu plus.

Au début, les bonnes sœurs nous gèrent, moi et mes manières avachies, selon leurs habitudes ancestrales : *Redresse-toi, jeune fille, si tu ne veux pas que la seule et unique piscine dans laquelle tu nageras aujourd'hui soit celle de tes larmes*. Moi, je me propulse vers la stratosphère, j'emplis mes poumons d'ozone, je rêve aux championnats du monde à Moscou où je raserai excellemment la surface de l'eau et battrai le reste de l'univers à plates coutures. Je me jette sur l'un des lits jumeaux de la Cocoplat et pense à la victoire, tandis qu'elle me narre d'une voix sereine l'amour profond, pur, éternel, déchirant, qui l'unit à son mec, un imbécile fini. Autrefois ce minus était si maigre qu'un jour, en primaire, nous avions mis de la glu sur sa chaise pour voir s'il allait rester collé. L'art d'écouter d'une oreille ne recèle plus aucun secret pour moi grâce à l'enseignement du docteur Leonard Ash ; dans ma tête je nage si vite que nul ne peut rivaliser avec moi, et pendant ce temps Lilly Cocoplat me vante les vertus de la crème au zinc quand il s'agit de planquer des suçons.

J'éprouve une pitié immense à l'égard de ces petites gens embourbées à tout jamais dans leur quotidien étriqué. En cours de gym, je regarde cette pauvre vieille Augusta perchée au sommet du mont Mercy dans sa parka rouge, gesticuler et désigner ses pauvres petits genoux de bonne sœur. Je pique un sprint, sa silhouette se rapproche inexorablement jusqu'à ce que je distingue ses pauvres capillaires éclatés sur les ailes de son pauvre nez polonais. Il y a aussi l'affreuse Helena, celle qui nous enseigne l'histoire en lisant à voix haute de tristes extraits de manuels qui ne relateront jamais ses exploits. L'horizon de sœur Bedaine se limitera toujours aux disques de pâte à pizza qu'elle envoie tournoyer dans les airs et rattrape dans son dos. La pauvre sœur Fergus me double dans un frou-frou de jupes, décidée à se retrousser les manches contre le désastre humain ; elle répand un parfum de jambon et de clou de girofle, son crucifix reluit au soleil tel le sabre laser d'un Jedi qui s'apprête à frapper. Je lui adresse un petit bonjour attristé, elle me rend un salut normal.

Mais au bout de quelque temps, la situation se retourne. Le

Kansas endosse une réalité nouvelle et le Colorado s'efface ; les montagnes se transmutent en argile, les cheveux de Kyd en meule de foin, ses dents en marbre, la moustache d'Arch Naylor devient le vieux balai rouge avec lequel les bonnes sœurs balaient le trottoir. Les infirmières chargées de mes prises de sang se transforment en assistantes dentaires frustrées. Mrs Peggy se retrouve affublée d'une assiette en guise de visage, de tagliatelles en guise de cheveux et de quartiers de tomate en guise de bouche. Elle a des boucles d'oreilles en olive, une jupe en jambon et des jambes en gressins au fromage. Le docteur Peggy se voit accoutré, lui, d'une de ces têtes en liège sur lesquelles pousse du blé. Peggy fait des bonds de dix mètres en claquant des canines pointues de gorille. Seul le Supercoach E. Mankovitz reste de chair et de sang. Il ôte sa casquette, grattouille le sillon qui creuse ses cheveux et me dit : *Ça suffira.*

Le coach Stan est surexcité, électrisé, les nerfs à vif, limite malade. Dans l'intimité de son bureau, il me décrit par le menu ce qu'il juge nécessaire d'accomplir si je veux, un jour, dans un avenir proche, me couvrir de six grammes d'or olympique. Il démarre chacune de ses phrases par un *OK* sonore, les mains levées vers le ciel. *OK, d'ici la fin de l'année, voilà en combien de temps tu nageras le deux cents mètres nage libre*, annonce-t-il en glissant sur son bureau un papier que je m'empresse de déplier. *1' 58"*, plus vite que le record établi jusqu'ici par une représentante de l'espèce humaine. Nous échangeons un regard, ses traits se contractent et se crispent de toute son énergie de sportif, ses mains martèlent la table, ses pieds frappent le sol et nous restons là, très sérieux ; la gêne s'installe et il brise le silence : *Tu pourrais battre la nageuse la plus rapide du monde.* Ensuite : *OK, voilà en combien de temps tu nageras le deux cents mètres quatre nages*, nouvelle feuille de papier glissée en travers du bureau, et là : *2' 12"*. Ses traits se convulsent de plus belle, ses mains et ses pieds jouent un tam-tam effréné, il finit par céder et assène : *Et voilà pour le cent mètres papillon*. Je déplie le papier : *1' 00"*. Mon regard s'attarde sur la piscine vide. Même les folles d'Allemagne de l'Est ne font pas ces chronos-là. Je scotche les feuilles au-dessus de mon lit : c'est la dernière chose que je vois avant de m'endormir, la première que je vois le matin. Quand je me sens d'humeur, je m'agenouille et débite un flot d'inepties, rien de religieux mais des bêtises quand même. Et quand je me sens d'une autre humeur, je danse en sous-vêtements et me défoule. *Allez tous vous faire foutre, vous faire foutre, tous autant que vous êtes. J'vous emmerde*. Il arrive que Dot et Roxy se joignent à moi, nous dansons ensemble et ensemble nous emmerdons les Berlinoises de RDA, les murs de la chambre, la fenêtre, le monde entier.

Je dis des choses du genre : *Je vais les écraser, ces foutues Berlinoises de RDA*, parce que prononcer *Berlinoises* et *RDA* me rend plus puissante, plus sombre, plus mystérieuse. Quelqu'un écrit *Aux chiottes les Berlinazes !* sur mon casier, et ni le désinfectant ni l'eau de Javel n'en viennent à bout.

Lilly Cocoplat me prend à part et me suggère de la mettre en veilleuse. Elle a souligné ses yeux d'un trait d'eye-liner quasi indécelable, enduit ses lèvres de vaseline transparente. *Arrête deux secondes avec ton délire sur le Colorado et l'Allemagne de l'Est.*

Quel délire ? Assise au bord du trottoir, j'attends June.

Tu sais de quoi je parle. Elle a ajouté à sa croix une breloque en forme de cœur.

Mais c'est génial, non ? Tu te rends compte ? Ça m'arrive à moi. Je regrette qu'elle ne nage plus ; nous aurions pu être sacrées championnes ensemble.

Ouais, mais ça serait pas mal que tu arrêtes de nous bassiner. Depuis qu'elle a tiré un trait sur la natation, elle fréquente des gens qui ne sont pas moi, donc des gens cool. *Chaque fois que tu ouvres la bouche, c'est Oooooh les Berlinoises de RDA, Ooooh le Supercoach olympique Ernest Manvinch est un supergénie…*

Man-ko-vitz. Et j'ai plein d'autres sujets de conversation. Soudain maussade, j'affiche une moue qui signifie *Tu me fais pitié, ma pauvre*; elle prend une profonde inspiration, pivote sur elle-même et s'éloigne.

Je m'entraîne avec le coach Stan cinq jours par semaine avant les cours et dans l'après-midi, avec une trêve dominicale. Maman s'engage à me conduire à la piscine le matin, Stan me ramène le soir. Je me plie, contrainte et forcée, à des règles spécifiques : interdiction de faire du patin à l'envers, boucler impérativement ma ceinture de sécurité même à l'arrière, avaler cinquante grammes de protéines à chaque repas – petit déjeuner compris ; céréales, pâtes, repas, pyjamas, muffins, doughnuts, bonnets, tout doit être complet, même les écharpes, qui doivent me recouvrir complètement la tête. Interdiction formelle de faire du patin à glace, de la luge, du vélo, de courir, de glisser, de trébucher, de planter des clous, de danser, de tomber, de me faire mal, de me casser quelque chose. J'avale à divers moments de la journée des vitamines, des sels minéraux, des acides essentiels, je bois quatre litres d'eau par jour, dors dix heures d'affilée d'un sommeil de brute, m'arrache du lit, enfile mon survêtement et boucle le trajet jusqu'à la piscine en vingt minutes chrono. Un coach débauché de l'université rien que pour moi, le charmant Chip, sculpte ma musculature. Malgré la pile de pancakes qui m'arrive au menton, les quatre œufs brouillés, les deux muffins et la banane que j'engloutis, mon estomac crie famine.

Fredrinka Kurds atteint des vitesses inouïes. *Elle est surhumaine*, fais-je remarquer à Stan le jour où nous apprenons qu'elle a bouclé le cent mètres en moins de soixante secondes.

Celui-ci, assis à son bureau, frappe le plancher de ses baskets. *Eh bien… cela semble presque impossible.*

Vous m'avez dit que rien n'est impossible, je rétorque en mordant dans un sandwich répugnant préparé par June, mais la faim est trop forte.

Oui, oui, c'est vrai, je l'ai dit.

Fredrinka Kurds virevolte sous mon crâne puis tournoie dans la piscine, si vite qu'aucune ride ne vient troubler l'eau. Elle s'entraîne avec le même acharnement que moi, voire – et c'est là que mon cœur se serre, se tord un peu, s'accélère et se serre de nouveau – *encore plus fort*. Des gens que je ne connais pas veulent en discuter avec moi. Un article paraît dans le supplément dominical du *Kansas City Star*, avec deux pleines pages de photos. On me voit porter des chaussures immondes et un pantalon rayé qui ne me va pas du tout. La Bilieuse au visage en mastic se porte volontaire pour me coiffer, ce que j'accepte pour découvrir, trop tard, que nous n'avons pas la même conception de la beauté. En prime, elle me peinturlure le visage en orange et accentue ce qu'elle appelle mes *sourcils pleins de caractère* au moyen d'un crayon brun. Sur l'un des clichés, mon visage orange est incliné vers mes mains restées blanches, comme s'il hésitait sur la couleur dont il compte les repeindre. La légende énonce : *Je me concentre à fond sur un unique objectif, battre les Berlinoises de RDA. L'heure est venue de leur montrer de quoi est capable une Américaine pur jus, une fille du Kansas.* Sur les photos prises à la piscine, je me fonds dans un anonymat commun à tous les nageurs de la planète, quelle que soit leur origine : les épaules larges, cruelle, déterminée. Roxanne me signale qu'avec mes sourcils et mon teint de terre cuite, je lui évoque un trappeur qui vit avec les ours.

Ça m'est égal. Je vais porter un survêtement, rencontrer les membres de l'équipe américaine, Team USA, dans le terminal de l'aéroport international de Chicago d'où nous nous envolerons pour une région arriérée du monde tel un bataillon d'anges libérateurs, et une fois sur place nous leur montrerons de quel bois nous nous chauffons. Je sautille de-ci de-là à travers ma chambre au rythme du nouveau batteur d'Adam Ant, farde de paillettes violettes mes paupières, infatigable mais souvent possédée, à ma grande terreur, par le démon de la luxure qui a déjà enrôlé Peggy dans ses rangs. La puberté a décidé de frapper fort ; mes petits seins palpitent quand je me couche sur le ventre, ma toison pubienne s'épaissit et relève désormais de la catégorie trois : laineuse et échevelée. Au terme d'un examen à la loupe, j'envisage de prendre des mesures drastiques. Le Colorado m'a appris que chez les vraies nageuses, les poils sont souvent cantonnés à une zone à peine plus large qu'une tablette de chewing-gum.

Confrontées à la perplexité et au caractère international de la situation, les bonnes sœurs se tiennent en retrait. Je m'interroge à voix haute sur la possibilité que mon séjour se déroule dans un *Marriott moscovite*, à quelques encablures de la *Sibérie*. Je m'interroge, toujours tout haut, sur le sort qui nous attend si le KGB nous kidnappe et nous expédie dans un *goulag sibérien* aux côtés d'autres dissidents. Les jaloux du coin ne veulent plus déjeuner avec moi, je déjeune donc avec ceux qui acceptent de jouer la comédie de la camaraderie. Le coach Stan se concentre sur les finitions, se ronge les sangs, téléphone à E. Mankovitz et dit : *J'aimerais parler à Mr Mankovitz, si c'est possible*, jusqu'au jour fatidique de mon départ.

Voilà le spectacle que m'offre le monde par le hublot : un cratère plein de remous, un océan de haricots bleus et verts qui ondulent vers ce bloc de mousse qu'est le Groenland, puis de nouveau de l'eau, cette fois-ci couleur ardoise, jusqu'à l'extrême pointe de l'Europe qui révèle des éclaboussures d'un vert ensoleillé lorsque les nuages s'entrouvrent. Au moment de sombrer au fond de cette carrière noire et grise qu'est Moscou, j'ai perdu toute notion du temps.

J'avais pensé que les choses les plus ordinaires, transposées dans un endroit inhabituel, prendraient une tournure inhabituelle, mais je découvre stupéfaite que mon corps reste américain, des orteils à la pointe des cheveux, alors même qu'il se trouve en Russie. Les semelles de mes baskets produisent sur le marbre du hall de l'hôtel le même grincement que dans les couloirs du Saint Nom, mais mon cerveau déniche de quoi dramatiser le quotidien. Il m'exhorte : *Doucement, pas de précipitation. Nous sommes en territoire ennemi.* Grâce à cette astuce Moscou devient piquante, euphorisante, même si Radmilla, notre guide, est timide au point de ne sourire qu'avec la moitié de la bouche. Elle scrute un point au-dessus de nos têtes et récite : *Sur votre gauche, la cathédrale de notre Sauveur Jésus-Christ ; sur votre droite, le Kremlin.*

Peggy est frappée en plein cœur par la profusion de beauté masculine. *Moi je me taperais neuf mecs sur dix… et même un vieux, figure-toi.* E. Mankovitz surprend cette profonde pensée, fronce copieusement les sourcils et s'assombrit, mais garde ses commentaires pour lui.

La neige moscovite tombe plus lourde et plus drue que celle du Kansas ; les flocons ont un aspect amer, âpre, mais le bonheur m'embrase et ça m'est égal. Je décolle du plot de départ comme une fusée, plus rapide que le chien d'une arme à feu, mais je peine à suivre le rythme imposé par les Berlinoises de RDA, Fredrinka Kurds en tête, l'une des plus grandes athlètes de l'histoire de la natation, malgré la polémique sur sa barbe. Je me traîne derrière elle comme un poisson rouge dans le sillage d'un hors-bord et je regarde ses pieds battre l'eau aussi vite, aussi impitoyablement, que des pales en acier. Elle me stupéfie tellement que j'en oublie de respirer.

Ignare en matière de guerre psychologique, j'inspecte ouvertement les mèches de cheveux peroxydées qui s'échappent de sa petite tête à la façon d'une crête, ses épaules formidables qui jaillissent de sa nuque comme deux montagnes escarpées, ses cuisses solides aux veines apparentes, ses chevilles noueuses, ses pieds si larges et si longs qu'ils dépassent l'entendement. Fredrinka choisit de croire que ses rivales américaines sont invisibles, mais

Dagmar, sa coéquipière, a une autre stratégie ; elle se poste derrière sa meneuse, les bras croisés sur son torse de chauffeur routier, et m'examine, méfiante, deux raisins secs à la place des yeux. Le reste de l'équipe – favoris bruns, longs poils de nez, pustules rouges et cous de taureaux – scande l'hymne et frappe du pied. Elles chantent à pleins poumons, leur voix résonne jusqu'à la pointe de mes orteils pendant que je les bénis dans ma tête.

De son perchoir dans les gradins, Peggy les toise. Elle porte une casquette de base-ball blanche ornée d'une grosse étoile bleue et mastique avec virulence un chewing-gum rose.

Vise un peu la rouquine – pas de doute, elle a un truc dans le slip ; il y a une bosse, chuchote-t-elle. *Qu'est-ce que tu en penses ?*

La concentration, c'est la clef d'une préparation mentale réussie, je rétorque, admirant Dagmar qui étire sa nuque en caoutchouc dans sept directions différentes.

Peggy m'ignore. *Je les écrabouillerais toutes si c'étaient vraiment des nanas – les doigts dans le nez.*

Elles nous battent proprement, aisément, souverainement, se déplacent dans l'eau à des vitesses que Mankovitz n'aurait osé envisager. Par la suite, Dagmar me serre la main, braque son regard sur mon front et lâche un : *Gut schwimmen !* Fredrinka surgit derrière elle, le dos rond, voûtée comme si elle souhaitait disparaître de la surface du globe, me serre la main, plonge son regard dans le mien et murmure d'une voix paisible : *Gut schwimmen !*

Peggy dit : *Elles ont des voix de mec, t'as entendu ? Plus graves que celle de mon père, je te jure.*

Dans l'avion du retour, rien ne peut perturber l'optimisme ni l'enthousiasme du Supercoach Mankovitz : *Notre tour viendra.* Il me convoque, m'invite à prendre place près de lui et, ensemble, nous révisons les fondamentaux de la nage intelligente. J'ai plongé trop vite, gaspillé de précieuses millisecondes en respirant n'importe comment mais, grâce à une technique proche de la perfection, j'ai amélioré mes chronos. E. Mankovitz semble jubiler, alors je fais comme lui. Si le Supercoach te consacre son temps, c'est de très bon augure, un peu comme le buisson ardent au milieu du désert. S'il croit en toi, ce n'est pas par hasard.

Plus dure sera la chute, acte un

Je gravis des collines, les roues de mon vélo se fraient un chemin dans les feuilles mortes. Je dévale des collines, mes roues se taillent un chemin dans le caniveau en crue. Les élèves de terminale trempent dans des larcins sans conséquence, se complaisent dans une irrévérence non dissimulée, débitent des mensonges convaincants. Lilly tente de me contraindre à violer les décrets catholiques, les uns après les autres, en compagnie de ses amis, des boute-en-train qui fument en cachette et se ravitaillent en bière aux fûts clandestins qui fleurissent autour des feux de camp à la nuit tombée. Je la regarde bien en face : *Impossible, Lilly. Je suis occupée.*

Et c'est vrai. Je me transporte du lit à la piscine, de la piscine au lycée, du lycée à la piscine, puis je retrouve mon lit et la boucle est bouclée, on dirait une locomotive humaine. À la maison, les crises rattrapent ma mère jusque dans son lit, son havre de paix en temps normal, et June traverse une année difficile, solitaire, qui la pousse au bord du gouffre d'où elle aperçoit le fond.

Le vendredi, retour de l'entraînement les épaules nouées de douleur. June agite un couteau japonais emprunté au set de barbecue prestige de Leonard, muni d'une lame si affûtée qu'il peut trancher d'un seul coup un journal. Elle garnit d'ingrédients un gigantesque faitout rempli d'huile fumante : pommes de terre taillées en pièces, carottes qu'elle n'a pas pris la peine de peler, chutney par cuillerées entières, oignons en gros blocs, crevettes mal décongelées. Elle lève haut son arme avant de l'abattre sur le billot, un poulet s'écroule à la façon d'un château de cartes. Je recule d'un pas. *Qu'est-ce qui se passe ici ?*

Quelque chose cloche ; un animal malfaisant qui ne me reconnaît pas, moi, sa vieille amie, s'est emparé de ses yeux.

À ton avis ? lance-t-elle, et son inflexion m'intimide.

Je n'en sais rien. J'use d'une prudence que je réserve d'ordinaire aux bonnes sœurs.

Tu ne sais pas ? Elle s'arme d'une cuillère en bois et mélange sa mixture.

Non. Je cherche une issue.

Alors, à ton avis ? Son visage noueux est incliné au-dessus du faitout bouillonnant.

J'observe l'huile brûlante torturer une botte de légumes. *Aucune idée.*

Aucune idée, hein. L'intérieur de ses yeux me semble différent – chassieux, terne. *Un gumbo cajun. Regarde-toi… À force de nager tu es devenue une étrangère.* Sur ces bonnes paroles elle éclate d'un rire affecté, sans se soucier de savoir s'il sonne faux ou non. Un champignon nucléaire se réchauffe avant de s'épanouir dans ma cage thoracique. La peur.

Dot m'agrippe par le bras. *On devrait la mettre au lit, tu ne trouves pas ?*

Voilà qui fait réagir June. Nerveuse, elle s'empare du couteau et entreprend de le remuer à la façon d'un samouraï. *Je ne vais pas me coucher. Hors de question. Je prépare un gumbo.*

J'ai nagé cent millions de longueurs sans lésiner sur la vitesse ni sur les efforts. Leonard m'est apparu à la toute dernière seconde, sculpté dans le ciment du mur, à l'instar d'Abraham Lincoln, les yeux débordant de vie.

Je n'ai pas faim, j'affirme, l'estomac dans les talons.

Elle brandit l'extrémité de la lame sous mon menton. *Toi, tu n'as pas faim ?*

Je nie, les dents serrées. *Non.*

Elle avise le couteau, paraît surprise de le voir dans sa main, esquisse un pas en arrière et l'abaisse. *Pas faim ? C'est nouveau.*

Moi, dents serrées. *Oui.*

Tu fais la fine bouche maintenant, Géant Vert ? Tu ne digères que les cornflakes ? Elle s'esclaffe, oublie le couteau, en joue comme d'une paire de baguettes chinoises. *Va-t'en. Sors d'ici. Allez, déguerpis. Dehors. Pronto.*

Je me réfugie dans ma chambre. Dehors le mois de mars fait régner sa loi, la nuit tombe avec un bruit sourd comme un objet lourd qui se heurterait à un mur. Dot me rejoint. *Je peux rester un peu avec toi ?* J'accepte, nous regardons les arbres balayer la fenêtre de leurs branches chargées de bourgeons printaniers et sombrons ensemble dans le sommeil.

Le lendemain, June prend place sur le canapé et fuit notre regard, comme une accusée bravant un tribunal. *Je ne sais pas ce qui m'a pris hier… J'ai dit des choses que… Ce n'était pas comme ça… Jurez-moi juste une chose : ne buvez pas. S'il y a une leçon que vous avez à retenir, c'est que l'alcool c'est de la merde, même pire que de la merde, bien pire. Pas la peine de se voiler la face. Je ne vais pas rejeter la faute sur les autres.* Elle étudie tous les ongles qu'elle a arrachés à sa pauvre main meurtrie. *Ce que j'ai fait, c'est… Avec tout ce que vous avez subi… Non, je ne comprends pas ce qui s'est passé.*

Elle a pris une douche, mais rien n'est parti au lavage. Ses mains sont parcourues de frissons, ses traits se désagrègent, ses yeux se convulsent. De nouveau, je suis prise de terreur. La mangeoire à oiseaux déborde, la maison a été récurée de la cave au grenier, les fenêtres sont propres, la lumière du soleil peut être touchée du doigt, mais la peur s'épanouit, effrayante, comme une fleur rouge.

Jurez-moi que jamais vous ne boirez autant que moi, répète-t-elle.

Je le jure. Dot, sincère.

Je le jure. Roxanne, passée maîtresse dans l'art du mensonge.

Je suis une nageuse. J'articule chaque syllabe dans l'espoir de graver un souvenir, d'ouvrir la voie aux excuses.

Elle fixe sur moi son regard incolore, le visage décomposé, les dents enduites d'un film translucide, grisâtre. *Tu ne nageras pas toute ta vie, miss.*

Triomphes et tribulations

Il fait chaud ; l'atmosphère est saturée d'humidité, on suffoque. Le coach Stan se tient derrière moi, perclus d'angoisse, les yeux cernés de brun comme ceux d'un hibou. On y est, la compétition la plus disputée au monde. Nous y voilà, plus redoutable encore que le championnat du monde. La mythologie sportive veut qu'elle soit largement plus brutale que les J.O. eux-mêmes. Nous voici donc aux éliminatoires olympiques. Seuls le premier et le deuxième se qualifient à chaque course. Les autres : du balai.

Plus tôt, le Supercoach Ernest Mankovitz risque une plaisanterie : *C'est l'une des rares occasions qui se présenteront dans votre vie où la seconde place vaut aussi cher que la première*, et des centaines de nageurs font mine de la trouver hilarante. Observer, attendre, défricher, récolter le fruit de centaines d'heures passées à chasser une ombre sur le carrelage d'une piscine, c'est ce qu'il préfère. La troisième place, ça n'a rien de drôle. Le bronze, c'est le purgatoire, le vrai, une extension flamboyante de l'enfer où les âmes contemplent les anges qui flânent, nimbés d'un bleu céleste, alors qu'elles ne brûlent pas encore, même si elles ne sont pas tout à fait mortes.

Le coach Stan me parle à l'oreille à toute allure. *Sois déterminée, maligne et forte.* Son front descend en bourrelets sur ses sourcils, sa bouche s'étire d'une oreille à l'autre en une ligne anxieuse. *Tu conserves ta vitesse et ton rythme tout le long, pigé ? Et ne te focalise pas sur ta respiration ; n'oublie pas de respirer, c'est tout. D'accord ?*

Maligne et en rythme et intelligemment droit devant sans m'arrêter et en même temps je continue de respirer avant au cas où je ne pourrai pas après, je répète, mais en moi-même : *Et merde. Nage comme une tarée.*

Avant mon départ le père Tim me bénit : *Je vais prier pour toi.*

Maman : *Tu as pris des chaussures ? N'oublie pas tes chaussures.*

Dot me broie les mains. *Tu peux le faire. Je sais que tu vas y arriver.*

Roxanne : *Moi aussi, j'aimerais bien aller quelque part.*

June : *Va aussi loin que tu peux.*

Lilly Cocoplat sort toujours avec son gringalet qui compte endosser la robe d'avocat aussi vite que le lui permet son QI. Elle est surexcitée ; enterrant nos divergences, elle me serre fort sur son cœur et affirme : *Tu vas tout déchirer.*

Nous y voilà. J'enfourne deux amandes, les cogne contre mes dents et m'absorbe dans ce qui m'entoure, aussi calme qu'un chien bien élevé sur la banquette arrière d'une berline de luxe. Tout le monde s'agite : des nageuses font des étirements, les jambes tordues ; certaines prennent de la vitesse, sprintent puis ralentissent, retrouvent un crawl rythmé ; d'autres avalent des boissons protéinées aromatisées à la fraise ; d'autres encore écoutent de la musique, les yeux tantôt brillants, tantôt éteints ; des athlètes sont en état de transe, capuche sur la tête, lunettes de plongée entre les doigts ; les unes massent leurs longs pieds flexibles, quand les autres étirent leurs longs orteils élastiques. Mes compatriotes sont devenues, officiellement, mes rivales ; si d'aventure je croise le regard d'une fille que j'aurai à affronter dans l'eau, je me détourne aussi sec.

Je fais cliqueter les amandes, étire minutieusement les muscles de mon dos, sautille, coiffe mon bonnet de bain, vérifie mes lunettes, fais pivoter mes hélices, compte mes côtes une à une.

Il y en a plus que je ne le pensais. Les amandes cliquettent, je les mâche, les réduis en bouillie, attends.

Lorsque j'entends mon nom, je salue la foule de mon bras puissant ; mon geste rappelle un peu le salut nazi, comme le fera plus tard remarquer Peggy, jamais à cours de gentillesse. Je bondis, tremble, m'entortille les doigts, me tords les poignets, rejoins mon plot, m'immobilise ; le bip retentit et j'explose.

Je me qualifie pour six finales. À force de les mordiller, le coach Stan blanchit ses lèvres bleues. Il se tient à mes côtés, les talons de ses baskets s'impriment dans le béton.

Le deux cents mètres papillon m'oppose à Babe. Elle me dévisage, hoche la tête, se signe et fait tomber son propre record. J'arrive un centième de seconde derrière elle, ma meilleure performance à ce jour dans cette discipline.

Les journalistes : *Déçue par cette seconde place, Pip ?*

Moi, refroidie par le *Pip* : *Vous ne savez pas que la seconde vaut aussi cher que la première ?*

En théorie. Mais elle vous a battue.

Je grelotte comme une noyée dans un peignoir alors que mon nom est gravé sur le mur olympique. La nuque du coach Stan se pare de deux tavelures qui ne disparaîtront pas avant une semaine.

Je me réfugie dans un coin sombre du vestiaire, vomis en toute discrétion dans une poubelle, me brosse les dents deux fois, enfile mon survêtement, me poste sous le sèche-cheveux que je branche au maximum afin de me réchauffer. La chaleur se propage sur ma peau, en surface, ma face vire au cramoisi, mon esprit implose tant il chérit la vie et tout ce qui s'y rattache, source d'infinies souffrances. Mon cerveau virevolte aussi vite qu'un derviche tourneur et je suis parcourue de frissons. Leonard a tiré sa révérence, le carrelage que je foule se compose d'une mosaïque blanche ourlée de bleu, le violoncelle de Bron gît au fond du placard avec les manteaux, j'entends ses cordes gémir. Ma mère est écroulée devant le téléviseur placé au pied de son lit, le teint aussi vert qu'un M&M's. Une fille qui vient d'être éliminée sanglote allongée sur un banc tandis que son entraîneur lui masse les tempes et lui chuchote des paroles pressantes au creux de l'oreille. Je me suis coupé les ongles trop court. Le coach Stan a les yeux injectés de sang, résultat d'une bonne gueulante poussée quelques heures plus tôt. L'univers s'épaissit comme du sang qui se coagulerait en continu, et je n'aime pas ça. Je m'enferme dans un box, m'assieds sur les toilettes, me fourre la tête entre les genoux, halète à la façon d'un cheval de bataille.

Pip, Pip, Pip… quelqu'un aurait vu Pip ? Peggy m'appelle.

Je retiens ma respiration.

Elle yodle à pleins poumons.

Je me tais.

Elle se plante ensuite devant la porte du box. *Je vois tes pieds.*

La magie du silence me permet de rester invisible.

Tout le monde te cherche… Sa grosse voix traverse aisément la porte trop mince.

J'élève la voix. *Je suis malade.*

Quoi ? Maintenant ?… Malade comment ? La voilà déboussolée.

Je tremble… j'ai l'impression de ne pas pouvoir mettre un pied devant l'autre et je… n'arrive pas à… desserrer… les mâchoires.

Tu veux que j'aille chercher Kyd ? Là, elle s'inquiète.

J'aboie. *Non ! Pas Kyd. Ça ira mieux dans cinq minutes.*

Herr Profesor Mankoukouille veut prononcer un discours, annonce-t-elle, cherchant à me faire rire.

Attends une minute. J'ai juste besoin de me réchauffer. Je me sens déjà mieux.

Tu veux des Chiclets ? Elle sait que je me damnerais pour des Chiclets.

Non. Ses Chiclets, je m'en fiche.

Ça pourrait t'aider, déclare-t-elle avant de s'asseoir devant la porte et de monter la garde. Elle ponctue le silence en faisant claquer des bulles de chewing-gum d'un coup de langue.

De temps à autre, elle vient aux nouvelles. *Et maintenant, ça va mieux ?*

Oui.

J'entends pas mal d'allées et venues. La respiration régulière, j'embarque toutes mes pensées négatives à bord de canoës que j'envoie voguer au fil de l'eau, puis se précipiter dans les abîmes de l'oubli.

Le coach Stan m'appelle.

Peggy crie : *Elle est aux toilettes ; elle arrive dans une minute.*

T'étais obligée de le dire ? J'ai repris du poil de la bête.

C'est quoi le problème ? Tout le monde va aux toilettes, non ? Elle sait que je vais mieux, ne s'embarrasse plus de précautions.

Au bout d'un quart d'heure, mon attachement aux choses de ce monde se dissipe. J'ouvre la porte lentement, en faisant une tête innommable. Peggy se tait. Nous rejoignons E. Mankovitz qui me serre la main, solennel, me prend dans ses bras une fraction de seconde, dit des choses avec ses lèvres. Je lui serre la main, j'accepte l'embrassade, je sens des poches d'air emplies de sons quitter ma bouche. Babe, Sunny et le reste de Team USA nous rejoignent et, tous ensemble, nous sautons dans tous les sens, les yeux dans les yeux. Un amour profond émerge ; l'amour des petites de six ans qui pataugent dans une piscine, l'amour des orteils blancs qui s'agrippent au rebord d'un plot rugueux, l'amour d'une robe de soirée que l'on drape sur des épaules de footballeur, l'amour de la solitude que renferme le couloir, de celle qui peuple une piscine vide, de celle qui émane de l'énergie dépensée et des tourments de la douleur, l'amour des efforts qu'il nous a fallu fournir pour en arriver là où nous sommes maintenant. L'amour nous élève puis nous repose au sol. Nous baignons dans l'amour en apesanteur puis les pieds sur terre, nous sautillons sur place, je sens l'amour et les larmes qui font jaillir l'amour à la surface. Je vivrai ce moment à maintes reprises, il deviendra, à force, l'une de mes unités de mesure. Je lance un cri de triomphe et l'amour profond que les autres me portent les encourage à m'imiter, tandis que la vie va de l'avant, obstinée, et que nos voix s'unissent, se mélangent dans l'air épais et chloré.

Deuxième phase de la guerre froide
XXIIIe Olympiades
Los Angeles, 1984

Ils ne ratent pas une occasion de me surprendre, les journalistes. Je m'attends à ce qu'ils me harcèlent de questions sur le dramatique boycott engagé par le bloc de l'Est, sur ma nouvelle et fantastique technique respiratoire, sur les heures passées à suivre l'enseignement dispensé par le légendaire Arch Naylor, sur les séances de stretching effectuées, contre toute logique, hors de l'eau, sur le nombre de secondes que j'aimerais retrancher à mon record personnel. Au lieu de cela, ils font mine de consulter leurs notes imaginaires puis demandent, dégoulinant de respect, si j'ai laissé un petit copain là-bas, à Glendale, en combien de temps, à la seconde près, je traverse la ville à vélo, où est-ce que je m'abrite lorsqu'une de ces tornades dévastatrices frappe la ville.

Ça m'énerve. *C'est Glenwood. Vingt minutes, en pédalant vite. Et on s'isole au sous-sol, avec une lampe torche et une radio, comme tout le monde.*

Ils m'encerclent. *La Californie, ça doit vous donner l'impression d'avoir débarqué sur une autre planète, Pip.*

Double dose de moutarde. *Non, la Californie me paraît normale… très bien… et je ne m'appelle pas Pip.*

Peggy les mène en bateau, pouffe et blague, lève les yeux au ciel, se recoiffe d'un geste, met en avant son meilleur profil, mais je devine qu'ils la perturbent à sa façon de débiter ses phrases à cent à l'heure et de frapper le pied de la table de son horrible chaussure rouge. Elle a beaucoup de mal à dissimuler que la perspective de ne pas avoir à affronter celle qu'elle a surnommée la fille de Thor la rend ivre de joie. Elle affiche une grimace factice et ment à la cantonade : *Elles vont nous manquer*. Babe l'avait déjà mauvaise lors du boycott des Jeux de Moscou en 1980 (à l'époque elle avait quatorze ans et comptait déjà parmi les nageuses de demi-fond les plus rapides au monde). Elle arbore un sourire serein, murmure son assentiment et disserte du résultat conjugué d'un travail acharné, d'une détermination sans faille, du dévouement et d'un coach de classe internationale. Mais elle enrage, elle qui mourait d'envie de se mesurer aux meilleures mondiales et de les battre à la loyale. Elle frappe ses ongles les uns contre les autres et leur cliquetis m'évoque les stridulations d'un criquet avant l'arrivée d'une tempête.

Une fois la presse partie, Peggy jette le masque. *Vous y croyez, vous, à ces conneries de boycott ?*

La fille qui vient de l'Arizona et que je battrai, méthodiquement, à plates coutures, jusqu'au jour où elle arrêtera sa carrière, riposte : *Elles se sont dégonflées, oui.*

Babe : *N'oubliez pas qu'on leur a fait le coup les premières.*

Peggy : *Oui, mais elles l'avaient mérité.*

Moi : *Peut-être qu'on le mérite aussi, alors. Et s'il leur était arrivé quelque chose ? Et si cette pauvre vieille Fredrinka…*

Peggy : *Tu as changé de camp, tout d'un coup ?*

Moi, agacée : *Mais non. Mais sans…*

L'Arizona se met à sautiller. *C'est des conneries tout ça. Elles ont la trouille.*

Peggy m'a appris à ricaner. *La trouille ? Tu as vu la pâtée qu'elles nous ont mise au championnat du monde ?*

Peggy me dévisage. *Sérieux. Tu es de quel côté ?*

Le nôtre, crétine, mais souviens-toi du championnat du monde.

Babe soupire : *Ça, c'est de l'histoire ancienne.*

Kurds le Buffle exclue de la compétition, j'ai une chance de décrocher l'or ; une grosse chance, même. Je dévore ma bouillie d'avoine enrichie aux protéines en visualisant la médaille tant convoitée, nage des longueurs vastes et faciles en me visualisant en train de nager des longueurs vastes et faciles tout en visualisant la médaille. Mon esprit se synchronise, l'avenir a rattrapé le présent, le passé s'efface, tout est perfection, et je suis pénétrée d'une paix à cent mille volts qui fait un bien fou à mon visage.

Supercoach déclare : *Babe, je sais que tu es très déçue mais tu dois y aller et tout donner dans le contre-la-montre. Chez elle, à Berlin-Est, tu-sais-qui est sûrement en train de regarder ; envoie-lui un message qui la dégoûtera à tout jamais de retourner dans l'eau.*

Peggy ne lâche pas l'affaire : *On leur aurait mis la pâtée, c'est clair et net.*

Leonard appliquait au monde le principe des vases communicants : si une porte restait ouverte trop longtemps en Sibérie, le docteur Bob et lui finissaient par sentir passer à Glenwood le courant d'air. Moi, j'envisage le monde selon une perspective plus personnelle. Je m'y intéresse uniquement en fonction de mon nombril et de tout ce qui s'y rattache. Si je ne suis pas impliquée directement dans quelque chose, je n'y accorde aucune pensée, du moins tant qu'une tierce personne ne m'y invite pas. Une fois seule, j'étudie mon reflet dans le miroir de ma chambre au village olympique et prie paumes jointes, comme un santon réaliste ; j'essaie de ne pas disperser mon attention, car participer aux Jeux Olympiques revient à arpenter un podium nue comme un ver, entourée de gens en habits du dimanche.

Lorsque E. Mankovitz croise mon regard, il hoche la tête. Je ne sais pas trop quel message il souhaite me transmettre, mais je lui rends la politesse comme si j'en avais décrypté le code. Supercoach est détendu comme jamais, j'ai du mal à le reconnaître, à ce détail près qu'il mastique sa boulette de chewing-gum avec une brutalité telle que les muscles de sa mâchoire contractent ceux de son visage et lui donnent un air grave. Il mâche avec économie et ardeur ; les tendons de son cou se bandent sous l'effort, mais les sons que produisent ses cordes vocales sont doux et modulés, à croire qu'il échange des recettes de gâteaux avec une bonne sœur par un dimanche après-midi ensoleillé. Il est très silencieux, impassible, calme. *Tout le travail qu'on a fourni nous a préparés à ce jour. On a tiré parti de la moindre seconde. Pensez à toutes les années que vous avez passées dans une piscine avec un seul objectif, arriver ici aujourd'hui. Il ne vous reste qu'une chose à faire, et je n'ai pas besoin de vous dire laquelle.* Ses mots résonnent avec une éclatante splendeur holographique : *Une. Chose. À. Faire.*

La dramaturgie olympique s'apprête à exhumer des rituels chrétiens ancestraux, insérés dans mon cerveau bien avant que je sois capable de penser, et je dois lutter contre le besoin irrépressible de m'incliner ou de m'agenouiller quand le Mankovitz prend la parole. Il me regarde, et je dois me faire violence pour ne pas me mettre à genoux ou ébaucher le signe de croix. Il programme un entretien privé avec chacune d'entre nous. Je glisse mes mains sous mes cuisses, me donne une contenance, lui prête une oreille attentive. Les mains jointes, il évoque la solitude d'une existence que seules comprennent les très rares personnes qui savent ce qu'est une vie dédiée à une passion. Accoudé à son bureau, il lève le voile sur ce que j'éprouve en ce moment même, sur ce que les nageurs du monde entier éprouvent à l'heure qu'il est ; les bébés nageurs, les ados nageurs, les nageurs qui ont arrêté des années plus tôt, les nageurs virtuoses qui ont failli intégrer l'équipe, tous ont les yeux braqués sur nous, attentifs, désireux de s'inspirer de notre exemple pour continuer. Il avale une gorgée de café, se carre dans son fauteuil et me révèle qui je suis, où je vais, de quoi je suis capable.

Maintenant, lance-t-il, paumes ouvertes.

Ici, paumes fermées.

Je résiste à une folle envie de me jeter à terre et de baver de soulagement. D'ouvrir les vannes, de libérer la lame de fond qui menace de déborder de mes paupières, de poser ma tête sur le bureau et de dormir quatorze heures d'affilée. Consciente qu'un comportement pareil pourrait provoquer quelques remous, je me borne à quitter ma chaise et à le remercier.

Merci, coach.

De rien, Philomena. C'est moi qui te remercie.

Mes journées, je les affronte dans une débauche d'ivresse et de bonheur universels. Mon Bouddha intérieur a réveillé Jésus et Dieu, avec en bonus l'armada des anges et des saints, injectant du sang neuf au concept de paradis séculier. La piscine du complexe olympique à l'USC est une plaque de verre flottant en apesanteur dans une zone où la gravité est inexistante et j'accède, par accident, au statut de quasi-célébrité onze jours de suite grâce à la crise de nerfs que j'ai piquée sur le podium.

Je suis placée près d'une toute petite Berlinoise de l'Ouest, d'une Hollandaise, d'une Suédoise, de deux Australiennes, et d'une Française qui passe son temps à tirer sur sa lèvre inférieure tout en aspirant de l'air, dents serrées, à la façon d'un singe domestiqué d'une valeur inestimable. La Berlinoise brandit son poing et proclame : *Je vais démolir tout le monde*, en dansant comme un gyrophare. Des amandes planquées à l'intérieur de ma joue, j'use de la psychologie inversée, j'articule lentement, afin qu'elle n'en perde pas une miette : *Oui, c'est ce que je crois aussi*, ce qui la désarçonne, lui cloue le bec. Je sais ce que je suis, qui je suis, pourquoi je suis là, Ernest K. Mankovitz le sait aussi. Nous sommes deux dans la confidence.

Je prends mes marques.

J'attends le bip.

Je plonge.

Je suis une bête féroce, mon cerveau s'engage totalement dans un comportement physique qu'une incessante répétition a rendu plus intense qu'une pulsion. La piscine est coriace et si rapide que j'ai l'impression de glisser sur du verglas. Lorsque j'analyserai mes performances plus tard, sur l'enregistrement vidéo, je ne verrai qu'un bras surgir hors de l'eau, l'autre à la traîne, très calme, presque pondéré, avec une bonne demi-longueur d'avance sur une forêt de bras qui battent l'air dans mon sillage tandis que je m'approche du moment présent.

Je découvre les joies du relais international. Nous nous blottissons les unes contre les autres, épaule contre épaule. Babe : *Ce coup-ci, on se paie le record du monde.* Peggy renchérit : *Le monde est à nous.* Sitôt leurs yeux posés sur moi, j'essaie de trouver quelques mots bien sentis, une phrase sans aucun juron, sans aucune de ces formules latines inculquées par les sœurs, sans aucune parole de chanson dont j'ai oublié le titre. Je serre le poing, mets genou à terre, ferme les yeux et frappe l'air, *On y va à fond à fond à fond à fond.*

Peggy sautille. *Elle a raison, les filles ; on y va.*

En proie à la fébrilité, Babe se fait grave. *Économise-toi pour la course.*

Nous joignons nos paumes, six moites, deux sèches.

De la foule s'élève un rythme africain qui me déstabilise : riche, mélodieux, si intense que j'en ai la chair de poule. Je ne sens pas le plot sous la plante de mes pieds, ne distingue pas la plaque de verre aqueuse qui s'ouvre devant moi, ne sens pas plus mon corps fendre l'air, mes poumons se transformer en bouée, l'eau se tordre comme une corde, par convection, et que je laisse me tirer vers l'avant. L'unique sensation tangible, c'est le mur que je touche.

Le Mankovitz attire mon attention et hoche la tête, cette fois-ci pas besoin de décodeur ; ce geste veut dire *maintenant.* Je cueille ma première médaille d'or. Supercoach garde son sang-froid et me serre tendrement l'épaule. Je m'abrite sous ma capuche, ferme les yeux, fais cliqueter mes amandes, patiente. Je réagis quand je reçois une tape sur le genou : la voici, valsant à travers mon champ de vision, Peggy, colossale et surexcitée, le regard épuisé et fiévreux. J'opine, je retire ma capuche, je récolte l'or une nouvelle fois, sur le deux cents mètres nage libre.

Je ne pleure pas. Les larmes s'attardent derrière mes yeux, se logent au fond de ma gorge, enflent derrière mes amygdales, restent bloquées, provoquent d'autres manifestations d'ordre physiologique : mes conduits lacrymaux s'engorgent, mon crâne picote, ma gorge se boursoufle, j'avale ma salive, ma poitrine se contracte, l'acide gastrique afflue, mais les larmes ne viennent pas. Je me souviens d'une crise de nerfs durant laquelle maman, assise au bord de mon lit, avait planté ses griffes dans mes épaules et sangloté *Pleure, pleure, pleure*, l'eau sortant de ses yeux telles les balles d'une mitraillette manipulée par un gamin.

Je bondis sur le podium comme je bondis sur tous les podiums, folle de joie. À ma gauche, le bronze, l'Australienne psychopathe aux yeux en forme de biscuits au chocolat. À ma droite, l'argent, cette Petra aux cheveux blancs dont les pieds d'extraterrestre pendouillent au bout de ses chevilles comme des chaussettes. Je saute, je lève le bras en l'air, bien haut, puis j'incline la tête pour que la dame au tailleur bleu orné d'un ruban rouge, blanc et bleu, me sacre. Le public m'ovationne, le tumulte me submerge, mon univers devient une mer de visages. L'hymne national retentit et fait monter dans ma poitrine une pression épouvantable alors que le drapeau est hissé avec une lenteur qui rappelle les cérémonies aux morts. Volte-face de mon cerveau qui plaisante : *Ouah ! On se croirait à un enterrement géant !*

L'insupportable photographe de *Time* immortalise les paupières rougies, les épaules qui se soulèvent, la grimace de douleur, le déluge de morve. Je suis tantôt horrifiée et honteuse, tantôt folle et répugnante. J'essuie mon nez sur ma veste Team USA, tente de rentrer la tête dans mes épaules, échoue lamentablement. Je ne me rends pas encore compte que des dizaines de caméras ne perdent pas une miette de la scène ; la révélation arrive plus tard lorsque je regarde, étendue comme un zombie sur mon lit olympique, deux types, costard bleu marine et cravate en soie rouge, débattre de ma performance sur une chaîne nationale.

À l'image on me voit sautiller, puis je me renfrogne, sans raison. *C'est bien la première fois que je vois une athlète réagir de la sorte, Sherm.* Là, le drapeau s'élève lentement tandis que je perds le combat mené contre moi-même.

Il y a eu Hanna Markindovia, au championnat du monde de lutte gréco-romaine, à Bucarest, corrige Sherm sur le ton de la conversation, de cette voix qui l'a rendu célèbre.

La morve se déverse à flots ; ils ont surimprimé, sur mon visage écarlate aux traits tordus, un drapeau qui claque au vent.

J'ai oublié cet épisode, Sherm… Gros plan sur Petra qui me dévisage avec un mélange de plaisir et de pitié.

Après cette cravate brutale, quand ses quatre années de victoires ininterrompues se sont fracassées sur l'écueil Anke Tarnowski… Sherm laisse à Mark la latitude nécessaire pour consulter les informations oiseuses de sa base de données interne.

Exact ! Tout à fait ! Ses coéquipières avaient dû la traîner hors du tapis… Maintenant que j'y pense… vous vous rappelez Lippy Sultz, après cinq cents mètres de course lors du marathon de 76 ? Là on me voit piétiner en proie à des tremblements. Gros plan sur le Mankovitz qui contemple le drapeau, sa casquette sur le cœur, la sérénité faite homme.

Ils craignaient qu'elle ait perdu la vue… c'était terrible… vraiment terrible, Sherm, éreintant… Mais ici, à L.A., à l'occasion de ces vingt-troisièmes olympiades baignées de soleil et qui rencontrent un succès phénoménal, c'est Flipma Ash qui crée l'événement du haut de ses dix-sept ans. Notre toute jeune médaillée d'or semble souffrir d'une sorte de crise sur la première marche du podium. De la manche de mon sweat, j'assèche des rivières de mucus.

Je suis d'accord avec vous, Mark… C'est incontestable, il y a beaucoup d'émotion aujourd'hui ici au complexe olympique, ce complexe dont la construction a coûté la bagatelle de cinq milliards de dollars et nécessité quatorze tonnes de ciment. La nouvelle venue Philipma Ash a pulvérisé un record du monde et, pas plus tard que ce matin, remporté sa troisième médaille d'or ; ce qui la met au niveau de…

J'ai cru comprendre que même Mankovitz ne s'attendait pas à un tel palmarès, interrompt Mark, alors que des images où l'on me voit trembloter comme une montagne de gelée se succèdent à l'écran.

Oooh, permettez-moi d'en douter, Sherm ; Mankovitz sait ce qu'il fait… Oups, il s'agit de Philomena, Sherm, Philomena Ash, qui nous vient de ce magnifique État qu'est le Kansas… Hé, je vois dans mes notes que ses camarades la surnomment Pip.

Eh bien Mark, voilà un surnom qui ne manque pas de sel quand on voit la stature de la demoiselle, réplique Sherm qui plonge son regard dans la caméra, sourcils levés comme à son habitude.

Elle mesure un mètre quatre-vingt-dix pour soixante-deux kilos et je suis entièrement d'accord avec vous, Sherm : elle n'a peut-être pas une tête à s'appeler Pip, mais elle a une carrière phénoménale qui l'attend, cette petite. Gros plan sur moi qui lévite au-dessus de l'eau à l'instant de rafler la victoire.

En effet, Mark, ajoute Sherm. *Elle intègre cet automne l'université de Stanford où elle va être entraînée par Mankovitz, ce qui veut dire qu'on n'a pas fini d'entendre parler d'elle…*

Mes crises de nerfs piquent la curiosité des gens ; ils veulent en connaître l'origine, bien qu'elle leur soit parfaitement égale. Les téléphones du Kansas sont pris d'assaut, les archives du *Glenwood Morning Star* passées au peigne fin. Plus tard, lors de la conférence de presse, Milt, correspondant de *Newsweek,* large et courtaud, se met en mode triste-mais-pro et demande : *Qu'est-ce que votre père aurait pensé… Et votre sœur ? Vous croyez qu'ils auraient été… fiers ?* Et je l'avoue, oui, je bondis accidentellement par-dessus la table, et oui je les fais basculer lui et sa chaise, et oui nous nous roulons par terre une fraction de seconde, et oui je m'amoche le coude gauche, et oui j'accable Milt des pires injures qui me viennent à l'esprit et le photographe, le seul barbu de la bande, en profite pour nous mitrailler mais, au final, c'est moi la gagnante puisqu'on me sacre Petite Orpheline de l'Amérique.

On publie des clichés de la bagarre et, peu après, un éminent psychologue décortique l'impact de certains drames intimes conjugués à une enfance mort-née. Des photos me montrent triste et abattue, on ressort ce portrait où j'ai la figure orange. Les gens m'épient et distillent une pitié écœurante. Le bras enroulé autour de mes épaules, Peggy baisse la voix. *Tu aurais pu m'en parler. Maintenant je me sens très conne.*

Tant mieux, je rétorque, *parce que tu es très conne.*

Supercoach pose une main rouge et velue sur mon épaule. *Allez, accorde-toi une petite pause. On se retrouve à la basse-cour.*

Je hoche la tête avec un large sourire. Hochement et sourire riment avec Stanford, basse cour avec avenir.

Plus tard, durant une séance photo, la bondissante Mary Lou Retton me serre dans ses bras jusqu'à m'étouffer et son étreinte déclenche entre deux de mes côtes une douleur lancinante qui se réveille à la moindre contrainte physique. En voyant les clichés, je me dis que mes yeux évoquent des coquillettes collées sur la tête d'un bébé grizzli, mais je finis par m'expliquer la fréquence alarmante des crises d'hystérie de ma mère : ces attaques vous vident la tête de tout ce qui la parasite.

En Californie, les catholiques se cachent derrière des lunettes noires

Zizanie en Californie

J'ignorais certaines choses de Sunny Lewis lorsque nous avons décidé de partager un appartement à Stanford. J'ignorais qu'elle allait se spécialiser en psychologie, qu'elle jouait des ballades déprimantes sur sa guitare acoustique aux cordes d'acier, qu'elle fredonnait tout en gratouillant son instrument de ses doigts fripés de nageuse professionnelle, qu'elle fredonnait et gratouillait des tas d'autres objets quand elle n'avait pas sa guitare sous la main pour calmer ses nerfs malmenés par ces cours de psychologie comportementale qui la rendaient secrètement dingue. Ce que je savais déjà, c'était qu'elle aimait dispenser bénévolement ses conseils psychologiques, sans me douter un seul instant que je lui servirais de cobaye sur le terrain de l'expérience émotionnelle, qu'allongée sur ma chaise longue je lèverais les yeux au moment où la guitare se tairait pour la surprendre en flagrant délit de psychanalyse sauvage.

Les nageuses se rangent dans deux catégories : celles qui aspirent à une vie équilibrée et celles qui s'en contrefichent. Sunny relève de la première espèce, moi je m'en fiche. Je m'assoupis dès que je m'assois. Je pique du nez dans mon assiette. Je m'endors dans la voiture, la clef fichée dans le contact. Et allongée sur mon transat tandis que Sunny se demande, en chantant, quelle espèce de monture un honnête cow-boy chevaucherait jusqu'au paradis. Je m'endors au téléphone, deux fois de suite, au beau milieu d'une conversation ennuyeuse avec maman qui, dès le lendemain, téléphone à Napoléon Mankovitz et exige qu'il prenne des mesures immédiates. On me fait une prise de sang afin de traquer toutes les saletés possibles et imaginables, mais le verdict tombe, d'une simplicité biblique : *Fatiguée, rien de plus.*

Je rappelle ma mère et lui demande d'arrêter son cinéma car la natation, c'est mon équilibre, mon point d'ancrage ; je dois tout lui donner et attendre qu'elle me le rende. C'est ça ou tout perdre.

C'est ma vie, maman.

Ce n'est pas une vie, ça.

Si, c'est la mienne.

Je regrette, mais non.

Tu veux qu'on parle vraiment de la vie ?

Ton pè…

Attention, je vais raccrocher.

Je rêve ou tu viens de raccrocher au nez de ta mère ? demande Sunny, éberluée.

Tu rêves, je déclare avant de m'emparer des billes enrobées de chocolat malté que je planque dans le cagibi, derrière le téléphone. Un sachet format XXL.

À côté du Saint Nom, l'université de Stanford est une partie de plaisir. Nulle part, ni sous les tables de la cafétéria, ni encore moins dans les vastes couloirs, ne sévissent ces yeux de pierre munis de longues badines pour menacer et éperonner, ces yeux qui fouillaient mes secrets, tiraient à la surface les péchés que je n'avais pas eu le temps de commettre et me punissaient d'avance, de crainte de rater l'occasion si elle se présentait un jour. Là, des professeurs neutres se postent sur une estrade, s'éclaircissent la voix et proposent leur enseignement à ceux qui les écoutent. Ceux qui n'écoutent pas, ils n'en tiennent pas compte. Mes compétences de sténographe, acquises chez les nonnes, s'avèrent essentielles. Je sanglote de joie à la vue de ma main qui glisse à travers la page, notant les interventions *verbatim,* quand les autres ahanent, englués au milieu d'une pensée en suspens.

Mon conseiller d'orientation, le mâle le plus séduisant du campus, est affligé du nom malheureux de Robert Boggs. Bob me juge *difficile à définir sur le plan universitaire*, m'informe que les réponses que j'apporte à ses questions *génèrent d'autres questions.* En définitive, la vérité éclate : je fais partie de ces paumés qui se dirigent d'un bon pas vers un avenir indéterminé, en conséquence de quoi j'opte pour une spécialisation en littérature anglo-saxonne, option français.

L'anglais, c'est mieux que parfait. Pendant les cours, j'écoute de vrais gens pérorer sur de faux problèmes. Certains étudiants s'échauffent, d'autres observent, l'air blasé, toutes leurs illusions passées à la trappe. Parmi les intellectuels, il y en a qui ont besoin de faire remarquer leur intelligence et qui, très vite, méprisent leurs rivaux, hurlent et lèvent le poing, tandis que le maître assistant braille *Un peu de silence*, ou se balancent sur leur chaise en contemplant l'anarchie qu'ils ont eux-mêmes provoquée, visiblement ravis de leur coup. Cette comédie me tient en éveil. Les jours se suivent et se ressemblent, avec leur ciel pourpre et orange vif. J'émerge du sommeil alors qu'il fait nuit noire, dévore mon petit déjeuner, commente les formes inédites que l'oreiller a imprimées sur le visage de Sunny, laquelle noie ma voix sous le blabla de la radio, puis arrive l'heure de l'entraînement. J'enchaîne ensuite avec mes cours : comédie et tragédie, grec et latin pour enrichissement du champ lexical, les femmes chez Chaucer, astronomie, fondamentaux de la traduction, et re piscine, où je parcours en pensée les vastes parcelles d'une érudition fraîchement acquise.

Oyez, gentes dames et damoiseaux, la geste du vaillant porridge.

Ô toi porridge merveille des merveilles laisse-moi chanter tes louanges, bel inconnu.

Ôôôôô vois ces larmes larmoyantes de larmoyant porridge.

Mona, la diététicienne affectée à notre équipe, porte des jupes confectionnées à partir de plantes. Elle nous explique comment calculer le ratio énergie/nutrition et nous force à tenir le journal détaillé de nos repas. Peggy lâche un mensonge total – *J'adooore votre jupe* – et Mona a l'air ravie. *Merci ! Je l'ai tissée avec de la fibre de yucca !* Je noircis de bobards les pages de mon journal, divise par deux le nombre de barres chocolatées ingurgitées, transforme des cerises confites en cerises tout court, convertis des bonbons à la menthe en barres protéinées. Ce que je ne censure pas, en revanche, ce sont les sandwichs banane-beurre de cacahuètes, les bassines de pop-corn nappé de beurre et de sel, les trois bols de céréales euphorisantes noyées sous le sucre que j'engouffre tous les matins.

Mona veut me convoquer dans son bureau pour un « entretien en tête à tête ». Son visage contre le mien, elle marmonne, les dents serrées : *Entretien en tête à tête*. Rendez-vous est pris la semaine suivante, à la fin de l'entraînement. Je n'oublie pas de fixer au poignet ma grosse montre jaune, au cas où il me faudrait vérifier ostensiblement l'heure ; en authentique moulin à paroles, Mona prend tant de plaisir à parler qu'elle en oublie de se préoccuper de son interlocuteur. Par ailleurs elle abuse des vitamines et n'a aucun vice, ce qui génère un trop-plein d'énergie. Toge en chanvre organique, collant violet, elle m'offre une tasse d'un thé africain qu'elle garde au chaud dans un thermos.

Les habitants du bush boivent ça quand il n'y a rien à manger.

Malgré son aspect de sang dilué, j'en avale une gorgée et m'étrangle : *Ouah, délicieux*. Un mensonge.

Ils traversent le Kalahari la nuit. Ils marchent sur des kilomètres et des kilomètres. C'est vraiment très… enfin…

Je regarde ostensiblement ma montre, elle suspend ses papotages. *Il y a des choses urgentes que je dois savoir*, déclare-t-elle. *Il est impératif que je les connaisse*. Elle farfouille çà et là, produit des documents et des graphiques, des articles surlignés de mauve et de jaune. Elle les déplie tout en palabrant. Elle veut me convaincre que mon corps est un oracle, ou un édifice, ou alors une immense bibliothèque contenant le souvenir de tout ce que j'ai ingurgité depuis ma naissance. *Est-ce que je sais ça ?*

Oui, de la tête, en guise de réponse.

Est-ce que je jetterais des ordures dans une église ? Est-ce que je déverserais de la pourriture sur un autel ? Est-ce que j'offrirais du poison à quelqu'un que j'aime ? Elle s'interrompt et me dévisage comme me dévisageait le père Tod lorsqu'il posait, agacé, une question évidente sur le diable.

Je nie fébrilement. *Non* aux ordures. *Non* à la pourriture. *Non* au poison.

Tu es ce que tu manges, assène-t-elle en agitant les mains comme une Italienne, alors qu'elle vient de Boston.

… *Oui car en vérité*, j'ajoute.

Je ne plaisante pas.

Pardon.

Le sucre, ça provoque des choses. Des choses innommables. Ça prend le corps en otage et le corps s'adapte… comme Patty Hearst. Patty Hearst, ça me dit quelque chose ?

Oui de la tête. *Je sais qui c'est, Mona.*

Mona possède un atlas du corps humain, un écorché qu'elle a punaisé à côté de posters multicolores qui montrent des señors et des señoritas se trémoussant à Barcelone, ville où elle a passé ses dernières et meilleures vacances. Les organes vitaux, disséqués, sont taillés en fines tranches comme des tourtes ; les globes oculaires énucléés flottent comme des planètes au-dessus des orbites vides, le cerveau tout-puissant pivote à la façon d'un jambon fumé. Elle fait pirouetter son fauteuil, baisse d'un ton et déclare, solennelle : *Ça, c'est le corps humain… et ça, c'est le sucre.* Les dents mastiquent, le sucre se dissout, les dents se gâtent, puis se détachent.

Les orbites des planètes oculaires se contractent, le sucre s'esclaffe et enflamme un sentier d'un rouge ardent droit vers le cœur auquel il insuffle une impression d'énergie trompeuse, qui le force à accélérer ses battements. Le sucre rit à gorge déployée et expédie un poids lourd en plein dans la rate. Il bondit, danse une petite gigue, et la rate esquisse quelques pas avec lui avant de s'effondrer, épuisée. La glande pituitaire, épicentre de l'univers hormonal, perd la boule, tremble, vomit de l'insuline – processus qui absorbe toute l'énergie n'ayant pas encore été brûlée – et la meilleure des nageuses, la plus grande des championnes, s'effondre.

Elle se retourne, joint les mains, entremêle ses doigts. *Au final, le sucre… tu m'écoutes, Philomena ?… C'est une illusion de croire que tu te maintiendras au top niveau si en guise de petit déjeuner tu prends des céréales industrielles blindées de sucre et, par illusion, j'entends estime-toi heureuse de ne pas être prédiabétique.*

Elle prend une profonde inspiration. *Tu es droguée.*

Ça me fait rigoler. J'avais recopié des phrases entières du journal de Babe, un modèle du genre. Dans la colonne « casse-croûte », elle avait griffonné : *12 amandes, 1 poire.*

Le sucre tue, chuchote Mona.

En douceur, j'observe, passant sous silence les doughnuts frits garnis d'une compote chimique et saupoudrés d'un poison blanc et raffiné que j'achète chez une boulangère si corpulente qu'elle a des bourrelets aux poignets et que le simple effort de rester debout la fait suer à grosses gouttes.

Mona tapote mon journal de ses phalanges. *Je suis très sérieuse*, déclare-t-elle, et je remarque alors que le brun profond de ses yeux m'évoque en tout point ceux de Manny. Je me reprends ; elle arrive à me culpabiliser.

Tu as déjà lu Bud Lancer ? s'enquiert-elle, changeant de tactique.

Non. J'étudie la littérature, pas les… Vous savez, moi, c'est plutôt les grands classiques. Chaucer, Shakespeare, etc.

Parfait. Personnellement, j'estime que Bud Lancer devrait faire partie des lectures obligatoires à la fac, enfin bref. Je veux que tu t'imagines le premier homme… ou la première femme… dans leur environnement naturel. Pense à notre corps, à leur corps à eux ; pense aux rôles qu'ils jouent depuis la nuit des temps ; pense combien la nature n'a pas changé d'un iota, que l'homme a peu… Les nutriments qui étaient nécessaires au maintien d'une température corporelle constante aident l'organisme à survivre dans des conditions extrêmes. Tu crois que nos lointains ancêtres auraient survécu ne serait-ce que dix minutes s'ils avaient consommé autant de sucre que toi ? Le corps ne peut pas supporter de tels excès, quant au cerveau, le cerveau… laisse-moi te briefer sur le… À vrai dire nous ne savons pas grand-chose sur cet organe, mais ça va venir, et à ce moment-là on comprendra le véritable impact de cette orgie de sucre. Jette un œil autour de toi… non, pas ici. Dehors. Regarde. Qu'est-ce que tu vois ?

Je contemple. *Je vois un ciel bleu clair et orange qui s'étire à perte de vue. Sur la vitre il y a une fissure, pas plus épaisse qu'un cheveu…*

L'agacement la gagne. *Les gens… comment ils sont, les gens ?*

Souvent agacés.

Elle ferme les yeux. *OK. Et…*

Ils ont l'air louche.

OK. Et…

Et m'as-tu-vu…

Et gros, non ? Ils sont gros, tu ne trouves pas ? Elle brasse l'air de ses mains, en bonne Italienne. *Tu viens du Kansas, c'est bien ça ? Ils sont comment au Kansas ? Gros, non, je me trompe ?*

Eh bien… c'est difficile à dire. Mensonge.

Oh, at… attends… une petite seconde, là. Il y en a beaucoup dans le Kansas. Elle avale une gorgée de son thé de la mort africain afin de se remettre d'aplomb. *Résumons : les sociétés basées sur le sucre génèrent des peuples intoxiqués par le sucre qui se caractérisent par des désirs intenses, inqualifiables, des besoins impossibles à satisfaire... Enlever l'opercule du dîner surgelé, le fourrer au micro-ondes... c'est du néant nutritionnel, un abîme profond bourré – tu m'écoutes, au moins –, bourré de sucres cachés et de mauvaise graisse... Certains scientifiques affirment que c'est un suicide lent, mais selon moi, c'est un meurtre et qui est-ce qu'ils tuent, à ton avis, ces sucres et ces graisses ? Pas les publicitaires futés, pas les gens friqués, noooon. Ils ne donneraient pas des cochonneries pareilles à leurs chiens... et je suis sincère. Mon frère travaille dans la pub et tu n'imagines pas les horreurs qu'il me raconte. Sa femme cultive un potager biologique et ils commandent toutes leurs protéines auprès d'agriculteurs qui donnent un petit nom à chacune de leurs bêtes ; je ne plaisante pas, cent pour cent biologique... bref... il fait la promo de... à une époque, il était tellement... quand on était... tu aurais du mal à le croire.* Elle détourne le regard, mais j'ai le temps de voir ses yeux devenir brillants.

À la voir ainsi bouleversée, je chavire moi aussi. L'air s'imprègne de la fraîcheur pesante de cette déception climatisée qui, à bien y réfléchir, existe en tout. Le thé africain qui fumait dans ma tasse, symbole d'une santé de fer, a revêtu des reflets de rouille comme l'eau qui stagne au fond d'un vieux bidet. Les néons s'intensifient d'un cran ; les posters espagnols ont une allure sinistre. Elle ouvre un tiroir, en sort un flacon d'huiles essentielles qu'elle verse goutte à goutte sur une coupelle en céramique blanche avant de s'attaquer au sujet brûlant des cellules – les cellules originelles, les cellules agonisantes, les cellules nouvelles –, tandis que je reste affalée sur ma chaise, séquence complexe de cellules simples, jetant de longs regards pas très discrets à ma montre jaune, dont le cadran est aussi large qu'une assiette.

J'observe le corps punaisé au mur, mosaïque de rouge, blanc, bleu, jaune, vert, marron, beige – impudique, marbré, mort.

Je l'interromps. *OK, j'avoue, d'accord, je suis accro au sucre.* Elle affiche un sourire soulagé et entreprend de me torturer avec un laïus sur la nutrition et la diététique jusqu'à ce que son visage se fragmente en une myriade d'éclats flous, chacun doté d'une bouche. Elle fait glisser dans ma direction un calepin relié par trois anneaux et barbouillé de griffonnages à l'encre bleue, puis dit : *Tu vas avoir besoin de ça.* Ensuite, comme frappée d'une idée après coup, elle me tend son bouquin préféré, celui de son idole Bud Lancer : *Destination destin.*

Sur le chemin du retour, des images s'imposent à mon esprit. Je vois Roxanne parcourir Glenwood en se contorsionnant, les yeux mi-clos, des bourgeons de marijuana cachés dans une paire de chaussettes de sport. Je vois June ouvrir une maxiboîte de haricots, les déverser dans une casserole, y ajouter par poignées du sucre de canne poisseux, quelques giclées de ketchup puis mélanger le tout, les yeux aussi distants que la nouvelle lune. Je vois Maman étendue sur un matelas de livres, le visage tordu, un kilo de M&M's à portée de main. Je vois Dot et sœur Augusta ricaner au-dessus d'un gâteau au yaourt tout juste sorti du four. Je vois les bonnes sœurs errer dans les galeries marchandes le samedi après-midi, les poches débordant de caramels, le regard durci. Leonard dissimulait un bocal de pastilles à la menthe dans un tiroir de son bureau, commandait chaque automne sept boîtes des célèbres « Fudges des sœurs du Saint Nom », aimait grignoter des amandes dorées en lisant son journal le dimanche, manger des bonbons aux fruits et des caramels mous enrobés de cellophane jaune durant les trajets en voiture. Il plane à travers mon esprit, tient à la main un sachet de chamallows à la noix de coco, qu'il lance dans les airs une par une et regarde s'élever encore et toujours, indifférentes à la gravité, tandis que j'oscille entre folie et terreur.

Je garnis le réfrigérateur d'œufs bio pondus par des poules

élevées en plein air, de légumes bio cultivés localement, de dinde bio sous emballage hermétique, de sachets de soja bio tout aplati, de paquets de graines et de céréales qui ressemblent de très près à ce que l'on fourrait dans la mangeoire à oiseaux. Je m'empare des boîtes de céréales entreposées au sommet du frigo et les écrase en sautant dessus à pieds joints sous la surveillance de Sunny. Mes Kit-Kat, mes chaussons aux cerises, mes doughnuts, mon assortiment de chocolats aux mille et une saveurs, mes Cheetos, mes bretzels nappés de yoghourt, je les balance dans la benne à ordures. Plus tard, je finis mon dernier sachet de billes au chocolat malté dans ma chambre, en silence, je suçote lentement l'enrobage, laisse fondre sur ma langue le cœur en polystyrène, fais le serment de ne pas en racheter avant la fin de la saison ; entre-temps, la lune déverse par la fenêtre des flots de lumière dorée et Sunny chante qu'à Nashville, l'amour se trouve au coin de la rue.

Mais tourner le dos au sucre, c'est tourner le dos à la vie ; il est omniprésent, universel, et je deviens plus complexe que les seuls sucres qui me sont autorisés. Ma nouvelle alimentation attend patiemment que le nouveau moi se mette aux fourneaux, tandis que le nouveau moi attend l'étincelle. Le matin je m'extirpe du sommeil, rampe à travers ce sombre tunnel privé de sucre qu'est devenue ma vie, en sueur, une migraine martelant chaque globe oculaire, et je crains de n'avoir qu'un désir pour le restant de mes jours, celui d'une douceur inoffensive, d'une douceur, à vrai dire, qui n'existe pas. Pourtant, Sunny affirme : *Tu es en train de changer, c'est tout, et changer, c'est galère. Voilà pourquoi les gens préfèrent rester comme ils sont.*

Dans l'équipe, nous sommes toutes d'avis que le régime drastique censé absoudre mon côté étourdi et inconséquent m'aidera à nager plus vite. Mankovitz applique une forme secrète de pression qui transforme les humains en poissons. *Ce coup-ci je veux que tu le nages dix fois, chaque fois en moins d'une minute, et que tu te concentres sur le placement de ta tête. Maintiens-la dans une position où tu te sens à l'aise, sans forcer, mais tu dois être consciente de la ligne de flottaison à chaque instant.*

Je grince des dents, envisage de me convertir à la bouillie, tente de me remettre en mémoire la potion des Bilieuses : *petit-lait, lait caillé, protéines en poudre, vitamine C, kiwi, huile de graines de lin, noisettes broyées, prémonitions saintes assaisonnées d'une pincée de fatalisme.*

Au désespoir, je passe un coup de fil à Mona. *Ça ne va pas du tout. Je crois que je fais partie de ces gens qui ne peuvent pas se passer de…*

Si tu as envie de sucré, mets-toi au yam, tranche-t-elle.

Sunny déniche des recettes de soupes à base de yam, organise des ateliers yam le vendredi, retourne des gaufres au yam sur la plaque chauffante le dimanche matin, jusqu'à ce que je fasse mine d'avoir surmonté la phase critique afin qu'on me laisse tranquille. Privée de son carburant, ma personnalité vieillit, se ratatine, vacille. Je m'assoupis durant des débats houleux sur Chaucer, me réveille en sursaut lorsqu'un exalté jette un livre sur une table. Autour d'un café, je tente d'expliquer à un admirateur de Chaucer que fournir des efforts pour devenir la nageuse la plus rapide du monde ne me semble pas plus farfelu que de chercher l'amour au mauvais endroit, rêver de conduire un bolide, rester scotché devant la télé trois heures par jour, pianoter des mots vides de sens sur un clavier d'ordinateur, aider deux amants à se séparer à l'amiable, suturer une plaie ou empiler des régimes de bananes de façon à ce que les clients puissent se servir sans les faire tomber.

Un beau jour, dans le vestiaire, Peggy m'étudie des pieds à la tête et décrète : *Je crois que ce qui manque à notre Glucogirl ici présente, c'est de prendre son pied au lit.*

Ma virginité alimente toutes les conversations, suscite l'intérêt général ; même la dame qui nettoie les toilettes s'en mêle.

Échange d'anecdotes. Peggy nous raconte comment une fille de sa connaissance s'est enfoncé une carotte là où elle pense et a atterri à l'hôpital avec une MST légumineuse. Puis qu'elle-même a perdu son pucelage sur la banquette arrière de la voiture de son petit copain. Elle a simulé en miaulant des *ohhh* et des *ahhh*, mais, aussitôt rentrée à la maison, elle a éclaté en sanglots et Mrs Peggy, à qui rien n'échappe, a entendu ses pleurs et rapporté un Tylenol et une coupe de gelée au citron garnie de grains de raisin. Babe relate son dépucelage dans l'appartement de la grand-mère de son copain, décédée quelques jours plus tôt ; elle aussi a simulé alors qu'elle trouvait ça horrible, elle a pleuré à chaudes larmes avant de s'endormir et s'est réveillée les paupières bouffies, et ensuite sa mère l'a contrainte à rester cloîtrée deux jours durant de peur qu'elle ne couve quelque chose. La dame qui nettoie les toilettes a offert sa virginité à un cousin éloigné. *On l'a appris trop tard.* Sunny, qui refuse d'apporter sa contribution au débat, ferme son visage comme elle fermerait une porte. *Beaucoup trop personnel.* Lilly Cocoplat raconte qu'avec son avocat, sa première fois a été un paradis absolu, orgasmique et humide. Peggy est formelle : *Ta copine ment.* D'un autre côté, la fille qui vient d'Auburn, celle qui nage la brasse, affirme que la première fois elle tremblait comme une machine à laver et a voulu remettre le couvert sans tarder mais que son copain en était incapable. Une autre, originaire de l'Arizona, raconte que chez elle l'expérience s'est conclue par une mononucléose qui l'a tenue éloignée des piscines une année entière et de la gent masculine jusqu'à ses dix-neuf ans ; en revanche, au lycée, elle connaissait une fille qui s'était envoyée en l'air avec son chien. À Glenwood, le dépucelage de Tanya Slaughter est devenu une légende locale : neuf mois plus tard, elle pondait des triplés. Kyd affirme que sa première fois à elle lui a ouvert les yeux sur son homosexualité. Peggy dit : *Je parie qu'elle savait déjà avant.*

Roxanne me confie qu'elle était ivre au point d'avoir oublié l'identité de l'heureux élu. Elle explore les coins et recoins de sa mémoire, hésitante : *Celui-ci, ou celui-là, ou peut-être l'autre, avec la boucle d'oreille supercool ?* Sa première fois, Dot ne l'avait pas prévue. Ça s'est passé contre la cabane de golf au country club de Glenwood ; la situation avait dérapé et sa première fois lui était tombée dessus sans prévenir. En proie à la culpabilité, elle a envisagé de confier aux eaux troubles du lac Shawnee sa vie réduite en miettes avant de se rappeler que les Écritures pardonnent volontiers les plans sexe, pas le suicide.

La perspective de coucher avec un garçon me submerge d'une terreur froide. J'ai peur de mourir d'embarras. Je suis trop grande, trop forte, trop dégingandée. Je ris au mauvais moment, mes nerfs lâchent quand ça leur chante, je suis la lanterne rouge en tout sauf lorsqu'il s'agit d'assurer mes longueurs. Peggy prétend qu'il existe des étapes primordiales à franchir ; je dois arrêter de les esquiver et rejoindre les rangs des non vierges comme le reste de l'équipe (à l'exception des lesbiennes).

Sunny me dit : *Suis tes envies, Pip. Prends ton temps.*

Je me mets en quête de candidats potentiels, je flirte avec des nageurs sympas ici, d'autres là-bas. Chacune y va de sa stratégie.

Surtout ne lui dis pas que tu es vierge ; tu vas lui faire peur. Peggy.

Ne lui dis pas tout de suite que tu es accro au yam, sauf si tu l'apprécies vraiment. Sunny.

Ne te marre pas, même si c'est drôle. Lilly Cocoplat, dans sa chambre d'étudiante à Wichita.

Et pareil, ne pleure pas… ça va le mettre mal à l'aise. Peggy.

Mais si elle a besoin de pleurer, Peggy ! Sunny.

Ne chiale pas, Pip. Crois-en mon expérience.

Pleure tant que tu veux, Pip. Lâche-toi.

J'ai retenu les bases. Ça va faire mal, mais pas longtemps. Peggy compare l'expérience à l'arrachage d'un sparadrap sur une plaie presque cicatrisée. *Ne t'angoisse pas ; au Mexique, une fille s'est fait dépuceler par une boîte de haricots frits.* Babe : *Arrête de lui raconter des trucs immondes.* Peggy : *Mais c'est vrai, figure-toi.*

Je débarque à un barbecue trois étoiles en brassière et jean moulant. Queue-de-cheval sensuelle, lèvres enduites de gloss pailleté, je tente d'enjôler un nageur gratifié d'une cicatrice en forme de boomerang sur l'arcade sourcilière gauche et d'un bégaiement quasi imperceptible mais, trop directe, je finis par lui faire peur et il prend ses jambes à son cou.

Changement de tactique, brushing, raie de côté maintenue à l'aide d'une barrette noire et sexy. D'un trait d'eye-liner, Sunny me transforme en princesse égyptienne. J'achète une robe noire agrémentée de deux fines chaînes en or en guise de bretelles et des sandales à bride qui mettent mes orteils en valeur. Je me rends à un autre barbecue trois étoiles, m'adosse à un palmier, triste et seule, avec mon air de Petite Orpheline de l'Amérique. J'ai glissé une boîte de préservatifs violets dans mon tout premier sac à main, noir, avec de petites chaînes en or assorties à ma robe. Je bois coup sur coup deux margaritas glacées, si vite que mon cœur ardent se réfrigère. *Il va y avoir du sang, mais moins que pendant les règles.* Je fais de l'œil aux nageurs, même à ceux qui m'assomment car, ce soir, les sentiments ne sont pas à l'ordre du jour.

Tom vient à mon secours sous le palmier alors que je dégouline d'un chagrin très crédible, une margarita glacée martelant ma poitrine. Il porte ses lunettes avec la monture en métal noir, celles qui lui donnent l'air quelconque et, paradoxalement, intéressant. Il ne s'est pas donné de coup de peigne à la sortie de la piscine et, en séchant, ses cheveux ont adopté une forme que je trouve réconfortante. En fond musical, une chanson qui parle de pêcheurs de perles ; j'y vois un signe et je lance : *Hé, ça sonne comme du Adam Ant mais en plus triste* et Tom éclate de rire. *C'est Elvis Costello.*

Je l'évalue du coin de l'œil. Nageur émérite, il a un corps superbe, des épaules larges, des hanches étroites, de longues jambes. Nous nous servons une autre margarita ; c'est officiel, je suis assez pompette pour lui rouler une pelle sous le palmier, puis dans sa voiture. Nouveaux baisers dans l'allée, sur le canapé. J'ai mémorisé les étapes d'une relation sexuelle comme les phases de la lune : 1) stimulation mentale, 2) lubrification manuelle, 3) pénétration en douceur, et lorsque les températures deviennent torrides je le prends par la main pour l'attirer dans mon lit.

Comme il ne voit rien sans ses lunettes, je les planque sous un tas de pulls. De ses mains rugueuses et douces il suit les courbes de mon corps comme un itinéraire sur une carte routière. Je découvre avec plaisir, que je suis très vite 1) stimulée mentalement, 2 A) lubrifiée physiquement, 2B) à bloc même, et que tout semble se dérouler sans accroc – jusqu'à ce que je caresse son torse, puis son bas-ventre, et tombe à tâtons sur une merguez géante qui palpite, croisement de concombre génétiquement modifié, de batte de base-ball vivante et de yam. La crise de nerfs menace, mais je prends sur moi.

La vie consiste en une série d'erreurs confuses ; au quotidien, elle nous oblige à négocier les angles en décrivant des courbes. Et j'ai la preuve, une fois encore, qu'en dehors de la piscine mon corps n'a rien à attendre de mon cerveau. Dans ces conditions, je ferme les yeux et je nage dans le sexe, m'y glisse comme un fantôme, consciente qu'avec le recul je trouverai ça drôle, qu'un beau jour, dans un avenir lointain et glorieux, Peggy et moi, assises sur une plage de la baie de Sydney, bronzées, radieuses, éperdues de bonheur, nous regarderons des vagues énergiques rogner peu à peu le sable, l'horizon se confondre avec les flots, l'eau laper le ciel. Le Temps agitera sa baguette magique et nous rirons aux éclats, à en pleurer. *Ses verres épais, ses cheveux… sans oublier les chaussettes, les dents blanches, cette peau de bébé, ce jean froissé, ces hoquets et cette énorme bite, horrible.*

Et nous avons rendu grâce à ces sauvages Shawnee avant de les frapper en plein cœur à coups de poignard

J'aime poser à E. Mankovitz des questions qui n'ont aucun rapport avec la natation, par curiosité.

Est-ce que les années filent aussi vite que les secondes?

Il réfléchit d'un air absent: *Oui, j'en ai bien peur.*

Vous ne trouvez pas ça ridicule, le concept de Dieu?

Là, tu me poses une colle.

Ça vous arrive de mentir?

Non, ce n'est pas dans mes habitudes. Soupir.

Vous êtes sincère quand vous dites que tout est possible, alors.

Oui.

Tout, vraiment?

Dans les limites du raisonnable.

Ce qui exclut Dieu.

Je n'ai pas dit ça.

Je nage mes quinze kilomètres par jour, détiens sept records américains et douze titres nationaux, décroche mon premier record mondial à Madrid. Nous sommes sacrées championnes de la ligue universitaire NCAA deux années de suite. Peggy offre ses fesses en spectacle derrière la vitre de la voiture, passe une heure en garde à vue, écope d'une amende de quatre-vingts dollars et d'une semonce aussi sérieuse que gênante avant sa remise en liberté. Sunny élargit son répertoire folk de quarante-trois chansons explorant les variations subtiles du désespoir humain. Je peaufine ma technique. Pour me fortifier, je me soumets à la douleur et l'accepte tant qu'elle est synonyme de vélocité. Postée devant le miroir, j'étudie mon corps nu, puissant. Dot épouse en cachette un raté qu'elle a rencontré au Costa Rica lors de son semestre en mission humanitaire, ils sont tombés fous amoureux au premier regard. Il y a en lui un je-ne-sais-quoi qui n'inspire guère confiance, un côté Damien, le rejeton psychopathe de Satan, mais comme elle est convaincue que le problème vient d'elle, elle ne remarque rien. Elle porte une robe dos-nu couleur pêche, fait l'impasse sur les sous-vêtements et confond la tristesse du sexe avec celle de l'amour. Stan part dans l'Iowa pour entraîner l'équipe universitaire féminine de natation ; son épouse, Emily, accouche d'un garçon. Roxanne s'inscrit à la fac, change d'avis, refait volte-face avant de jeter définitivement l'éponge. Pas facile pour maman de la localiser.

Maman : *Rentre.*

Moi : *Bientôt.*

Maman : *Rentre.*

Moi : *Bientôt.*

Mais je ne rentre pas.

Une année s'écoule. Je fête Noël avec les Peggy, passe les vacances de Pâques dans les piscines du Colorado, celles d'été dans les bassins de Californie.

Maman se secoue, localise Roxanne, ordonne : *Rentre.*

Moi : *Bientôt.*

Sœur Fergus ôte ses lunettes, se signe, triture son rosaire, prie pour une santé florissante, de nouveaux élèves à la rentrée, un chauffe-eau dernier cri, l'éradication de la famine, l'anéantissement de l'ignorance, la paix universelle. Elle se tamponne le front à l'aide d'un mouchoir en coton qu'elle a rebrodé d'oiseaux bleus à l'époque où elle faisait son noviciat, rallie le royaume de Dieu un peu avant l'aube, sereine. Une ville-mystère située dans le sud de la Floride absorbe June, nul ne sait précisément où.

Le père Tim est appelé à la rescousse. Le thème de la culpabilité est évoqué dans le cadre d'un bref discours dont la thématique sous-jacente est l'aspect éphémère de l'existence.

Il prend l'avantage.

23 novembre 1987. J'ai trois jours de liberté absolue cochés sur mon agenda d'une croix rouge : Glenwood un, Glenwood deux, Glenwood trois.

Maman avale une pilule bleue, descend à grand-peine l'escalier, ouvre un congélateur de la taille du coffre d'un petit pick-up, l'explore un bon moment en se cramponnant à la porte de peur de perdre l'équilibre ; finit par déterrer un volatile acheté en promotion au mois de juillet. Elle traîne la bête jusqu'à la cuisine, la balance dans une poêle, avale une autre pilule bleue, enfonce son bras jusqu'au coude dans l'animal et lui arrache les entrailles qu'elle met de côté pour Manny, avant de se souvenir que le pauvre se décompose quelque part dehors, avec tout le reste. Dans l'escalier elle est foudroyée par une crise de nerfs et appelle les urgences depuis le téléphone qui trône sur sa table de chevet, convaincue que c'est son heure. L'ambulance déboule, tous phares éteints. Les urgentistes prennent son pouls, mesurent sa tension, braquent une lampe-torche sur sa rétine, lui injectent une dose d'un puissant neuroleptique et lui tiennent la main le temps qu'elle s'apaise et sombre dans un sommeil sans rêve.

Elle m'appelle tard dans la soirée afin de vérifier pour la énième fois l'heure de mon arrivée et n'évoque qu'un petit vertige sans importance, mais Lilly Cocoplat, revenue à Glenwood avec son avocat et friande de ragots, m'a déjà donné un compte rendu détaillé par téléphone.

Le lendemain matin maman se lève, serre les dents, gobe une

demi-pilule bleue, descend l'escalier à grand-peine, se lave les mains jusqu'aux coudes et fourre le volatile d'une farce faite de miettes de pain, de canneberges, de noix et de beurre, assez pour obstruer les artères d'un dinosaure.

Nous sommes assises autour d'une table qui croule sous les victuailles et qu'éclairent des bougies rouges projetant sur les visages des éclairs d'un orange sinistre. Roxanne porte un verre de vin à ses lèvres et en avale une bonne gorgée, ses yeux rougis jetant des flammes. Maman parle sans s'arrêter du surmenage de Thanksgiving. *Ouf, c'est épuisant. Ouf, je suis lessivée. Ouf, Thanksgiving c'est beaucoup de travail, beaucoup de fatigue, ça me fatigue drôlement. Ouf, j'aurais préféré rester au lit avec un bon bouquin.*

Roxanne dodeline de la tête comme un pantin, et articule : *C'est trop naaaaaaaze, maman* avec une lenteur qui évoque une baleine solitaire évoluant dans les profondeurs de son océan intime.

J'interroge Roxanne, une fois maman sortie de table : *Alors, le pétard, c'est toujours d'actualité ?*

Roxanne ment admirablement mais, comme tous les menteurs invétérés, elle force son auditoire à mettre en doute jusqu'à sa sincérité. En mystificatrice, elle est parfaite, vraie, spontanée : *New York est une ville qui regorge d'opportunités.* Elle ancre son regard dans le mien et les mots coulent de sa bouche comme si son cerveau n'avait pas eu à les brasser de longues minutes. Lorsqu'elle dit la vérité – *J'ai besoin de fric, pour m'acheter de quoi manger* –, elle regarde en l'air comme si ses paroles étaient des colibris voletant au-dessus d'elle, et nous nous crêpons le chignon. Je prends quand même pour argent comptant plus de la moitié de l'horrible baratin, sournois et calculé, qu'elle vient de débiter.

Elle me dévisage, rit, se tait, rit, s'interrompt. *Mon bon vieux chichon. Comme si… tu… étais toujours… ce bon vieux chich… pourquoi tu… non, je n'y touche plus.*

Vivre avec un cinglé et aider, en parallèle, les malheureux du

Costa Rica, cela a endurci le cœur de Dot. *Finis ta phrase, Roxanne*, tranche-t-elle, la voix cassante.

Roxanne avale une gorgée de vin, s'essuie la bouche de sa manche. *OK... Si c'est pour me taper un de ces sales Thanksgiving où y en a une qui m'agresse sur le hasch pendant que l'autre me dit de finir mes phrases... je me tire, et j'en ai rien à faire si môôôôman...*

J'observe Dot. Il y a en elle quelque chose de changé, mais je n'arrive pas à mettre le doigt dessus. Elle a beaucoup maigri, ce qui l'a amputée d'une grosse partie de son opulente poitrine et de pans entiers de sa personnalité.

Elle me regarde et commence à me singer. *Et quand on ne peut pas se passer de sucre, le yam est une alternative cent pour cent naturelle... regardez comme mes dents sont blanches depuis que je porte cette protection en plastoc... Francesca Keds a des épaules de buffle... Et vous avez vu ma nouvelle montre, étanche jusqu'à deux cent cinquante mètres dans les abysses de l'océan.*

Surprise totale. *Kurds, Fredrinka Kurds. Pourquoi est-ce que tu parles de la même manière que... de cette manière, Dot ?*

J'essaie simplement de t'aider à ouvrir les yeux sur les conneries que tu déblatères, m'apprend-elle en coinçant une mèche de cheveux derrière son oreille. *D'ailleurs je voudrais signaler à tout le monde qu'à partir d'aujourd'hui c'est terminé. Finie la Dot bonne poire, la Dot corvéable à merci... cette Dot-là n'existe plus. C'est compris ? On arrête. Le cycle s'achève ici. J'en ai ras le bol... ras le bol... de jouer à la maman.*

Personne ne comprend rien. Avec le recul ses revendications sonneront comme une évidence, mais sur le moment je fais mine d'avoir reçu son message cinq sur cinq. Roxanne, quant à elle, garde son masque de je-m'en-foutisme qui s'accorde à merveille avec sa coupe de cheveux à la new-yorkaise. Maman nous rejoint, s'assied lourdement et pose les coudes de part et d'autre de son assiette. Elle a retroussé les manches de son pull en haut du coude, on dirait une boulangère. La diatribe de la Dot nouvelle mouture n'a rien changé à l'expression de son visage, ni en mal ni en bien. Elle s'est si bien accoutumée à son mode de vie solitaire qu'elle donnerait beaucoup pour nous voir décamper. Et ce dès la minute, je crois, où ses trois filles se sont retrouvées ensemble dans la même pièce et ont échangé quelques regards en coin, aussi lasses que des vieilles truies menées à l'abattoir, avant de reporter leur attention sur elle, la mère, pour la scruter sans concession, la jauger et l'archiver. Aussi dodue qu'une poule, elle veut récupérer sa maison pour elle afin de raser les murs comme elle aime tant le faire et regagner sa chambre à pas de Shawnee. Elle s'allongera sur son lit et feuillettera un livre peuplé de personnages fictifs avant de sombrer elle-même dans le néant. C'est écrit en toutes lettres sur sa face lunaire : elle mourait d'envie de nous voir et, maintenant qu'elle nous a vues, elle meurt d'envie de nous voir partir.

Depuis toute petite, Dot occupe la première place dans le cœur de maman ; attentive à ses humeurs changeantes, elle incarne la fille parfaite, elle l'encourage, écoute ses doléances et se ronge les sangs, les sourcils perpétuellement froncés. Elle est la chouchoute type – le cheveu brillant, la gencive rose. Les nonnes l'adorent, les autres l'adulent ; elle réserve un accueil identique aux amis et aux ennemis, le regard brillant et l'affection discrète, illustrant ainsi et sans outrance la fraternité d'un frère, la sororité d'une sœur et le caractère universel de l'humanité entière, un pour tous, etc. Combien de fois ai-je vu maman, lunettes sur le nez, se repaître de mots sur son lit jonché de bouquins tandis que Dot lui présentait une tasse de thé brûlant qu'elle avait pris soin de sucrer ?

Sunny m'avait expliqué que c'était une inversion classique des rôles mère / fille. D'après elle, Dot, loin de jouer le rôle de la fille irréprochable, jouait celui de la mère parfaite et ce sans avoir enfanté, ce qui lui donnait l'aura d'une mini-Madone moderne.

Un de ces jours elle va craquer, avait-elle prophétisé en délaissant un instant son *Dictionnaire du monde antique.*

Dot, craquer ? Impossible. Jamais de la vie, avais-je rétorqué, absorbée dans ma pédicure.

J'espère que si, pour sa propre santé mentale, avait conclu Sunny avant de se replonger dans son pavé.

Si tu es vraiment d'humeur suicidaire, Roxanne, rien de plus facile, affirme Dot sur un ton sépulcral. *Ici, au Kansas, on vend des armes au premier débile venu, même aux idiotes à la tignasse ridicule. Tous les jours il y en a qui passent à l'acte. Tu n'as pas besoin d'aller à New York pour te tuer, sauf si tu préfères, bien entendu, avoir de la compagnie.* La méchanceté qu'exprime son visage s'amplifie au fil de son discours. *Mais… tu préfères nous pourrir la vie, pas vrai ? Ce serait un miracle si tes sœurs arrivaient à comprendre ne serait-ce qu'une seconde l'étendue de ta noble souffrance ? À imaginer ce que tu ressens ? Vas-y, achète-toi un flingue, madame la rebelle ; tu peux foutre ta vie en l'air, ça m'est égal. J'ai d'autres chats à fouetter.*

Je tente de détourner la conversation. *Noble souffrance ?*

Ce serait peut-être une bonne idée d'arrêter avec ça. Elle pivote si brutalement que la table se met à trembler.

Avec quoi ? je m'étrangle, ma purée de yam coincée dans la gorge.

Avec quoi ? Avec ce petit sourire en coin que tu nous fais, voilà avec quoi. Elle attaque un avocat innocent à coups de couteau.

Une tignasse ridicule ? Moi, j'ai une tignasse ridicule ? s'énerve Roxanne, coincée dans sa bulle spatio-temporelle.

Il est vrai que Dot allait toujours bien et les gens qui vont toujours bien finissent par prendre l'aspect d'hologrammes presque transparents gravitant autour de perpétuels geignards. La méchanceté lui va mieux au teint ; cette attitude énerve les gens, les force à poser les yeux sur elle et moi, la nouvelle Dot, je l'aime bien même si, par moments, elle m'effraye. Mais inverser une inversion des rôles mère / fille est une tâche ardue lorsque l'on s'applique à limiter la casse.

Maman m'alpague dans la cuisine. *Tu peux m'expliquer ce qui se passe avec Dot… pourquoi… Il y a des* graines, *figure-toi, sur ces salades et des* châtaignes d'eau spéciales *et des* avocats. *J'ai dû aller au supermarché et tu sais combien je… j'ai dû les conserver dans des* sacs en papier brun, *rends-toi compte, pour qu'ils mûrissent… On aurait pu croire qu'elle… elle a un problème ou quoi ? Un problème ?*

Ses griffes, en me lacérant la peau, ravivent des souvenirs pénibles. *Tu ne sors pas de la maison, maman… et ces médocs que tu prends te rendent… Tu nous parles comme si tu étais normale alors qu'on sait parfaitement que c'est faux. C'est humiliant, à la fin. Tu ne peux pas continuer à nous traiter de cette manière. Les choses ont changé. Sunny m'a dit que tu souffrais d'une…*

Elle lâche mon bras. *Mais de quoi tu parles ?*

Je frotte mes plaies. *Tu ne sors jamais de la maison, maman. Reconnais-le. Et tu te gaves de pilules. Pour vivre.*

Je peux tout à fait sortir si j'en ai envie, déclare-t-elle en se mentant à elle-même – et à moi du même coup. *C'est juste que ça ne me tente pas. Et je vois clair dans ton jeu,* mademoiselle. *Une fille, ça se braque contre sa mère. C'est* – elle cherche ses mots – *un grand* classique *du genre. Après tout ce que j'ai… j'ai… tout ce qu'on a… jamais je n'aurais cru que ça pouvait m'arriver à moi. Non, jamais. Après tout ce que j'ai subi*. Je sens venir le coup bas. *Moi qui t'ai laissé une liberté totale, moi qui me suis levée à l'aube pour te préparer tes fichus sandwichs… tu en as bien profité mais tu ne perds rien pour attendre. Non, tu ne perds rien…* Elle bat en retraite dans le couloir et se hisse dans l'escalier aussi vite que possible tout en conjurant la crise cardiaque. De retour dans la salle à manger, je découvre que Roxanne s'est volatilisée et Dot cloîtrée dans sa chambre.

C'est toi le chef de famille à présent. Moi je m'en lave les mains, déclare maman le lendemain matin, le teint verdâtre, étendue sur son lit impeccable. Elle a barbouillé ses lèvres de rouge afin de se donner un air sain, mais le bâton de rouge est si vieux que la couleur s'écaille.

Je m'assois dans l'un des lourds fauteuils qu'une Bilieuse flemmarde a montés dans la chambre lors des mois de surveillance intensive. *Écoute maman, l'année prochaine c'est une année olympique. Chef de famille, ce n'est pas possible.*

Elle dirige son visage vers la fenêtre. *Personne ne m'écoute. Personne ne sait ce que j'endure. Et, pour tout dire, je crois que personne ne se soucie de moi.*

Moi si, mais j'en ai marre de me répéter à longueur de temps. *Et c'était June. C'était cette pauvre June qui me préparait mes sandwichs*, j'assène en quittant la pièce.

En bas Dot a les traits figés, rigides.

Je tente d'emprunter la voie de l'amnésie bon enfant. *Quoi de neuf, bouton d'or ?*

Elle est lasse de jouer la fille accommodante. *Tu veux bien la fermer, pour une fois ?*

Je change de sujet. *Maman m'a dit que maintenant je suis censée être le chef de famille…*

Ses paupières sont lourdes de fatigue. *Malade jusqu'au bout*, lance-t-elle et, une fois encore, je me demande ce qui lui arrive.

Elle ne résiste pas au plaisir de s'autoproclamer conscience morale de la famille, m'apostrophe et me harcèle de questions d'une voix stricte et saccadée.

Qu'est-ce qui t'a pris de filer du fric à Roxanne ?

Qu'est-ce que tu as dit à maman ?

Qu'est-ce qui t'est passé par la tête ?

Comment tu peux en être si sûre ? Comment tu sais ça ? C'est inacceptable comme réponse.

Tu sors toujours avec ce mec chiant que tu trouves nul ?

Comme aucune de nous trois ne veut l'accompagner, maman va seule à la messe et nous offre au retour de l'église un visage fermé avant de retrouver son lit. Je dîne avec la Cocoplat qui tient absolument à m'amener son avocat. Il a pris du poids, mais exclusivement au niveau de la boîte crânienne ; ses jambes restent aussi épaisses que des pinces à linge. Il m'observe, suspicieux, par-dessus la table, étudiant sa montre sans se cacher, sous les yeux d'une Lilly réduite à l'impuissance.

Certaines choses sont incontournables, j'en ai conscience, mais je m'y dérobe.

Aller au cimetière.

Rendre visite aux bonnes sœurs.

Trouver où se cache June.

Dire bonjour au docteur Bob.

Étendue sur mon lit je regarde dehors, par la fenêtre, jusqu'à la nausée. Je rends ensuite visite au père Tim et papote avec des Dauphins fraîchement recrutées puis avec l'équipe du Saint Nom, qui vient de fêter sa vingtième année sans victoire. En sanglots, elles me disent combien elles m'aiment. À mon tour, je ravale les larmes qui me nouent la gorge tout en leur coassant mon amour. Et c'est vrai que je les aime, ces gamines.

Chut ! Message secret

Elle m'avait appelée un an plus tôt avec des consignes précises.

1) Planquer mes épaules dans une robe lilas à jabot asymétrique.

2) Remonter l'allée centrale au bras du témoin et me poster à la gauche du père Tim.

3) Être d'un calme olympien.

4) Porter un bouquet d'arums ou de roses blanches à longue tige, ou peut-être ajouter une pointe de couleur.

5) Ne pas remuer, ne pas bouger d'un millimètre, sauf pour essuyer une petite larme d'émotion.

6) En cas de pleurs, éviter les convulsions.

7) Rayer temporairement le mot rire de mon vocabulaire.

8) Si je sens malgré tout un fou rire prêt à éclater, tout faire pour le brider, même si cela me force à penser à des trucs horribles.

Je planque mes épaules dans une robe lilas, fronce le nez devant le jabot asymétrique, remonte l'allée en compagnie du témoin, un pas en avant et pause, un pas en avant et pause, me poste à la gauche du père Tim qui m'adresse un clin d'œil, ce qui ne m'empêche pas de rester de marbre. En revanche, lorsqu'il parle d'unions, de devoirs et d'éternité, la fébrilité me gagne. Je fixe mon regard sur le voile de Lilly et me perds dans les flots de gaze ivoire qui bouillonnent jusqu'à terre. Battant des paupières, j'étudie le profil de l'avocat : front *proéminent*, nez *en patate*, menton *en galoche*.

La bague de fiançailles de Lilly, un solitaire, jette un vif éclat. Après examen, ma sentence tombe : *tape-à-l'œil.* Elle porte désormais un nouveau nom que je n'utiliserai jamais.

Sans le faire exprès, je sors avec des nageurs pour qui aimer signifie dire oui tout le temps. Pas de disputes, pas d'engueulades en public, pas de jalousie dévorante qui me clouerait à mon fauteuil, la tête dans les mains et des larmes jaillissant entre mes doigts, tandis que mes détracteurs se régaleraient et mes amis se tortilleraient de honte. Mes amoureux ne me contredisent jamais ; au lit, leur tendresse est comparable à un hors-bord filant sur l'onde verte d'un lac, rien à voir avec le mélange de sueur et de râles que décrit Peggy. Elle, elle brûle de passion, son cœur ne cesse d'être brisé et se régénère selon un processus qui s'étale, d'après les calculs de Sunny, sur une période allant de onze à vingt-trois jours. Même Babe sème la désolation, elle largue son copain attitré et le troque contre un spécimen flambant neuf, plus vif, qui l'attend chaque soir à la sortie de la piscine. Il reste assis dehors, près des portes, et compulse des manuels de médecine dix fois plus épais que l'annuaire de Glenwood. Il y gagne le surnom de Dr Babe. Et Sunny, qui repasse pourtant ses vêtements avec un soin maniaque, sort avec un type qui la dévergonde. Elle arrive *plus d'une fois* en retard à l'entraînement, fredonne « Le malheur est mon meilleur pote » de sa douce voix susurrante, peu loquace sur ses aventures sentimentales.

Je plonge dans l'eau et me focalise sur la méthode, déployant mon extension, prolongeant une brasse puissante ; les colombes blanches de Séoul battent des ailes sous mon crâne, leur bec empli d'or. J'ai vingt-deux ans. Deux fois onze.

Nous intégrons un centre d'entraînement situé sur l'île de Kauai à Hawaii. Nous nageons, débattons de l'amour et de son cousin, le sexe, et du cousin du cousin, la trahison, qui vire fatalement à l'ennui, qui vire fatalement à l'obsession aveugle. Ces palabres finissent par m'abrutir et j'abandonne les filles à leurs questionnements. À mon retour, tout le monde paresse sous le porche et la conversation gravite de nouveau autour de l'amour. Babe, qui se prélasse dans un hamac, nous confie sa décision de travailler bénévolement avec le Dr Babe dans des réserves indiennes. L'émotion l'étrangle, les voix se taisent ; toutes s'abîment dans leur propre amour, dans les grands projets qui les lient à leur chéri, dans leur certitude d'accomplir un jour des trucs géniaux avec lui, d'une façon sexy et drôle. Moi, je m'abandonne tout entière au rythme des vagues, je m'ouvre à l'énergie des palmiers verts qui oscillent au gré du vent, à la douceur du sable chaud sous mes pieds, au bourdonnement voilé de l'abeille replète qui contraste avec la menace sourde de la lave, et je me détache de la nostalgie ambiante. Je fréquente un architecte qui nage à ses heures perdues. Il a des cheveux bouclés, des yeux émeraude, des mains douces, un corps pâle et musclé. Assis à sa table à dessin, il crayonne des bâtiments chimériques condamnés à être abattus par le vent, tandis que je reste affalée sur ma chaise longue, en proie à la rituelle apathie post-entraînement. Sa gentillesse absolue me force à être odieuse, histoire d'équilibrer la balance. Il dit : *Que puis-je faire pour t'aider à faire retomber la pression, ma chérie ?* Je réponds : *La boucler, ce serait un progrès*, avant d'empaler sur ma fourchette deux boulettes de yam dorées qui coiffent une assiette de légumes verts au goût aigre.

Ici, au royaume du puissant ressac, son souvenir ne m'arrache qu'un pauvre soupir ; je préfère contempler les nuages massifs, illuminés par un soleil chauffé à blanc qui me picote les yeux.

Maman m'informe que ses facultés cognitives ont évolué, qu'un miracle l'a tirée de son lit, qu'elle note dans un carnet à spirales a) ses sentiments, b) la validité desdits sentiments, c) ses autres sentiments potentiels et d) l'estimation du caractère raisonnable et rationnel des sentiments susmentionnés sur une échelle de 1 à 10,

1 équivalant à « stupide ». La voici donc qui s'encanaille avec un golfeur amateur de danse – ce qui vaut bien un 3 ! Elle s'achète une paire de richelieus en cuir brun et blanc et à semelles antidérapantes, suit la balle blanche de ses yeux bleu clair dissimulés derrière des lunettes de soleil qui lui mangent le visage – 7. Elle fait semblant d'y prendre plaisir, mais regarde les autres s'amuser et se demande ce qui va de travers chez elle – 1. Elle décide de garder ses doutes pour elle – 0. Elle s'est coupé les cheveux très court, comme Peter Pan ; sa nouvelle coupe donne à son nez une profondeur et une dignité inédites – 9 ! La voici de nouveau, elle se précipite dehors, son golfeur l'emmène à une grande soirée dansante. Comme il n'est pas très grand, elle a troqué ses escarpins contre des pantoufles, style ballerines, dorées et festives – 7. Ils virevoltent sur la piste de danse et sous une canopée de constellations, tels des morceaux de rôti premier choix nappés d'une sauce à base de sucre roux – 2.

En attendant, l'Illustre E. Mankovitz me place sous surveillance rapprochée, conscient que mon esprit vagabonde dans une autre dimension. Il pince les lèvres une fraction de seconde avant de plisser les yeux. *Plus tu remportes de victoires, moins il faut relâcher tes efforts. C'est la nature qui a écrit ce livre ; lis-le et tu verras qu'il s'applique à tous, en toutes occasions.* Il traverse une phase où ses conseils consistent à aligner des phrases à voix haute dans le seul but de m'agacer et à injecter du piquant dans ce qu'il appelle ma *nage à la va-comme-je-te-pousse*. Je lui fais un doigt d'honneur dans ma tête et travaille d'arrache-pied, si bien que les jours se métamorphosent en une espèce de flou lumineux, un peu comme quand quelqu'un filme le paysage qui défile par la vitre d'une voiture : la caméra ne capte que des rubans de couleurs.

J'en arrive presque à haïr la natation et redoute que cette quasi-détestation ne me ralentisse. Mes coéquipières commencent à m'exaspérer ; leur voix crisse contre mes tympans à la manière d'une craie. Elles collent leur visage trop près du mien, hurlent, rient sans que je comprenne pourquoi. J'ai l'esprit ailleurs. En réaction, certaines se tournent vers la facilité : elles décident de me détester afin d'avoir la rage. Elles pensent que je ne remarquerai rien, dissimulent leur animosité féroce derrière un regard amical, critiquent aisément mes gestes les plus simples, échangent des œillades complices lorsque je me défoule sur mon casier, lorsque je passe de longues minutes à me mettre du gloss sur les lèvres, lorsque je plaque un énième nageur au cœur d'or. Elles n'apprécient guère que je monopolise le très convoité E. Mankovitz lors d'interminables discussions, jugent que le temps que je passe avec lui, c'est autant de temps qu'il ne passe pas avec elles, estiment qu'elles stagnent par ma faute. Elles n'apprécient guère qu'Arch Naylor, pourtant avare en sourires, m'en adresse un qui révèle ses dents blanches et usées. Je sens des regards noirs se poser sur moi dès que j'ai le dos tourné mais, le temps de pivoter sur mes talons, elles réussissent à lever un visage angélique vers le ciel, un sourire rêveur aux lèvres.

L'une des jeunes nonnes à la foi vacillante cesse de croire en Dieu ; une fois défroquée, elle devient secrétaire juridique et kidnappe le golfeur de maman, pile sous son nez. Une fêlure irréparable se produit alors dans le fragile échafaudage de sa structure mentale : elle fait un autodafé de ses carnets dans la cheminée – zéro pointé –, raconte partout qu'elle préfère vivre barricadée entre quatre murs – re-zéro pointé. À peine a-t-elle mis un pied dehors que son cœur se met à battre la chamade, elle doit vite avaler une pilule – zéro^2. L'automne prend ses quartiers à Glenwood, le vent est frais et propre, l'orange et le jaune des arbres sont si éclatants dans le soleil qu'ils lui brûlent ses yeux clairs lorsqu'elle tire les rideaux. Elle pousse un soupir et se tient la main.

Dot affronte en secret les traquenards psychologiques que son mari, qui restera pour nous un parfait inconnu, tend sur son chemin, affirmant qu'il incarne son unique bouée de sauvetage au milieu d'un océan démonté. Au monde elle présente un visage résolument rationnel et une coiffure impeccable mais, à la maison, sa personnalité flanche, chancelle. Quand il se montre gentil, elle s'évapore en pétillant comme des bulles dans une coupe en cristal ; quand il referme la porte d'une certaine façon, elle se liquéfie sur place et inonde le parquet, paralysée, invisible ; quand il la scrute, les traits indéchiffrables et avec un calme souverain, elle se fige en un bloc de glace opaque et seul un sourire peut la libérer, faire fondre son corps de soulagement. Ses collègues de bureau la traitent de *grognasse,* les yeux au plafond, tandis qu'elle maugrée avec amertume contre les tasses à café maculées de taches indélébiles qu'elle frotte de toutes ses forces.

Roxanne disparaît durant des mois. Au téléphone, maman n'hésite pas à m'infliger les dernières mises à jour : les gens qui auraient peut-être aperçu Roxanne, les vieilles lettres de Roxanne, ce que Roxanne a enduré durant l'enfance, sa fureur face à l'adversité, son attirance pour les vauriens. L'un après l'autre, les excès de Roxanne sont épluchés, étudiés à la loupe, sa tendance à péter les plombs examinée sans ménagement. La création d'un numéro vert spécial Roxanne est envisagée.

Lâche-la un peu, maman… Étendue en travers du lit, les pieds appuyés au mur, j'ai branché le haut-parleur. *Elle a toujours réagi avec violence et ça fait maintenant un bail qu'elle est dépendante de toutes sortes de drogues…*

Elle est hypersensible… et cela, depuis le tout premier jour. À une époque, elle pleurait toute la nuit. Leonard l'enfermait au sous-sol…

Dans la salle de bains du rez-de-chaussée, et c'était moi, je corrige.

Mais qu'est-ce que tu racontes.

C'était moi. Il m'avait lu cet article sur l'extinction des pleurs.

Non, non, toi tu étais plutôt du genre hyperactive et tu détestais rester dans ton parc, mais un biberon de chocolat chaud te calmait sans problème… Roxanne, elle, c'était ma petite hypersensible. Et qu'est-ce qu'elle gigotait. Elle a failli s'électrocuter…

C'était moi, maman. Moi qui gigotais. Moi qui ai mâchouillé ces fils électriques. C'est pour ça que tu m'avais amenée à la piscine. C'était moi, la gigoteuse. Les bonnes sœurs l'avaient noté dans le bulletin scolaire, tu te souviens ? Tête de linotte… étourdie… nerveuse. Roxanne était sournoise, elle. C'était la sournoise du groupe.

J'ai sacrifié des nuits entières pour rester à son chevet. Peut-être qu'à ta prochaine interview, tu pourrais faire une déclaration du genre « Roxanne, téléphone à la maison », ou « Roxanne, il faut qu'on parle, de toute urgence », ou encore « J'ai un petit problème avec ma sœur Roxanne »… expliquer en gros la situation. Les gens comprennent ces histoires familiales…

Tu plaisantes, j'espère ? Dis-moi que tu plaisantes !

J'élabore une théorie que Sunny qualifie de divagations à deux balles.

Je divague : *Laissons-la sombrer, toucher le fond. Là elle va ouvrir les yeux, se sentir écrasée par le manque d'oxygène et soit elle remontera à la surface pour respirer, soit elle restera où elle est et boira la tasse, et puisque personne ne peut choisir de mourir en toute connaissance de cause, elle atteindra le point de non-retour et reviendra à Glenwood.* Hélas, Roxanne est imprévisible. Elle sombre, touche le fond, se sent écrasée par le manque d'oxygène et décide : *Qu'il aille se faire foutre, le point de non-retour ; je ne rentre pas à Glenwood*, jusqu'à ce qu'une personne vigilante remarque son ombre au fond de la piscine et plonge pour la tirer de l'eau. Ressuscités par le bouche-à-bouche, certains noyés ont tendance à distribuer des claques et à sangloter ; elle est de ceux-là.

Malgré mon chapelet de divagations je me fais un sang d'encre, et quand je me fais un sang d'encre, je pète un câble et j'appelle

Dot, qui lâche : *Enfin, j'ai une vie à moi. Tu as quelque chose à redire à cela ?* Je fais la sourde oreille et pense à autre chose, à ces nageuses ultrarapides qui deviennent plus rapides encore et défraieront bientôt la chronique. Elles sont là, tapies quelque part. Les chronos de Fredrinka Kurds sont en dents de scie et je me dis que les méthodes qu'ils emploient là-bas, quelles qu'elles soient, ont fait long feu, ou alors elle souffre peut-être de surmenage. Le surmenage, un phénomène brutal, énigmatique : des gamines de seize ans font tomber un record du monde puis disparaissent de la circulation aussi soudainement qu'un neurasthénique.

Une année olympique ne ressemble en aucune façon à une année ordinaire ; elle fait ressortir le pire avant de mettre le meilleur en lumière – la cadence s'accélère, atteint un pic, puis reflue – et j'ai beaucoup de mal à cacher que même Supercoach est devenu l'un de ces livres que je n'ai pas la patience de lire jusqu'au bout. Je le regarde parler comme je regarderais un film en version originale, sans comprendre, trop paresseuse pour déchiffrer les sous-titres. Je m'immerge dans une eau acide, la laisse m'engloutir comme une bille de plomb, et une fois dedans plus question d'en sortir. Et en plus il fait un froid de canard. Si je ne bois pas assez de potion le matin, mes jambes bleuissent.

Dans le sport il n'y a aucune place pour l'autosatisfaction. Demande aux champions ce qu'ils en pensent, lance le Mankovitz un beau matin au buffet du petit déjeuner.

Arrêtez de dire des trucs pareils. Encore un peu et il a droit à un superbe doigt d'honneur.

Je t'explique comment ça se passe, déclare-t-il, le regard fixé sur trois palmiers qui oscillent à l'horizon.

E. Mankovitz aime me rafraîchir la mémoire : ce n'est pas parce que j'ai l'impression, en nageant, de fendre du ciment que mes coéquipières, pas plus que mes rivales, souffrent de la même illusion, et les vingt-quatrièmes olympiades ne sont plus qu'une question de mois, qui se déclinent en semaines, en jours, voire en heures. Il a attrapé un rhume dans l'avion, veut qu'on le plaigne, suçote d'infectes pastilles à la menthe dont l'odeur nauséabonde me parvient par bouffées. *Ne sous-estime jamais qui que ce soit ni quoi que ce soit. Rien ne mérite ton mépris.* Je retourne sous l'eau et là, au fond de la piscine, Bron conduit une décapotable bleu marine, un porte-voix collé à la bouche. Elle braille : *Tu ferais mieux d'écouter ce qu'il a à dire ; quand il ne sera plus là, il n'y aura personne pour le remplacer.*

Outre les activités de plein air, le body surfing, le stretching, les randonnées sur le sentier Kalalau, nous nous agglutinons dans l'immense véranda de l'hôtel où un coach de vie haut de deux mètres cinquante, aussi célèbre qu'une rock star, vient nous prêcher la bonne parole. Long cou noueux, petit menton coincé au milieu, coupe à la Jules César, il fait une entrée fracassante en bondissant sur l'estrade, il saute à chaque fois qu'il souhaite souligner un point de son discours, et même s'il sautille de-ci de-là comme une fillette surexcitée, je devine que Peggy coucherait bien avec lui. Assise près de moi, elle étire ses longues jambes sous la chaise de devant et boit les paroles du conférencier.

Je me penche vers elle. *Regarde-le… il caracole comme un gymnaste ; quelqu'un devrait lui signaler. Un de ses potes, peut-être, ou alors sa mère…*

Elle refuse de détacher le regard de sa proie. *Chuuuut… il est trop craquant.*

Il a des mains qui jaillissent de ses bras de chimpanzé comme une paire de gants ivoire. *Il a une frange, Peggy, et je ne sais pas si tu as remarqué mais…*

Il a beaucoup souffert… il conseille même des présidents, souffle-t-elle, hypnotisée.

Tu as juste envie de coucher avec, avoue.

Pas vraiment.

Pas vraiment, autrement dit pas tout de suite.

La ferme. Crampovitz nous tient à l'œil.

J. César est accroupi, les mains jointes. Il a décidé de nous la jouer plus subtile.

On a l'impression qu'il a un message ultra-secret à nous confier, je dis.

La ferme, chuchote Peggy.

S'il se tait, je me tais aussi.

Demain, promis, je m'assieds à côté de quelqu'un d'autre.

Réponds juste à une question, une seule.

Si tu jures de la fermer.

Combien de médailles d'or il a à son actif? je demande en adoptant la rhétorique de Bron.

Peggy est prise de court. *Lui, il conseille des présidents, Pip. C'est nous les nageuses.*

J. César nous convoque avant le point du jour pour vivre en direct le mystère de l'aube au pied des plus grosses vagues du monde. Nos orteils nus s'enfoncent dans des particules de lave noire. Les vagues s'enroulent sur elles-mêmes à la façon d'un mur mouvant, avant d'agoniser, rugissantes. J'ai les pieds et les mains glacés. Mankovitz contemple l'eau, pétrifié ; on dirait la statue d'un hobbit. Babe s'est précipitée tête la première dans l'une de ces transes hypnotiques dont elle a le secret depuis sa troisième année de médecine. Les vagues n'en finissent pas de s'enrouler sur elles-mêmes à la façon d'un mur mouvant, avant d'agoniser, rugissantes. Éternelle diva, Peggy verse des larmes de crocodile ; elle porte un débardeur transparent et son short minuscule. Je jette un coup d'œil à J. César ; il m'observe. Je dirige mon regard vers le cœur d'une grosse vague qui roule sur elle-même à la façon d'un mur mouvant, avant d'agoniser, rugissante.

Il s'éclaircit la voix, parle sans forcer. *Mesdemoiselles, je vais vous dire une chose que la plupart d'entre vous savent déjà, mais peut-être vaut-il mieux rafraîchir la mémoire de certaines. Si le cerveau arrive à imaginer quelque chose, le corps trouvera un moyen de l'accomplir.*

Je suis censée avoir la chair de poule.

Il nous a appelées mesdemoiselles, je chuchote.

Parce qu'il est galant, rétorque Peggy.

Il a une frange, Peggy.

S'ensuit, dans la soirée, un banquet convivial avec fruits de mer à volonté, sept danseuses à chair flasque et deux types montés sur ressorts qui se frappent à grands coups de pagaies enflammées. Je lance des regards méfiants à J. César par-dessus mon ananas frappé. J. César en fait autant.

Au dessert, j'attaque. *Et si le cerveau décide d'imaginer tout un tas de trucs horribles, genre détraqués, et qui donnent l'impression d'être réels ?*

Sa mangue est sculptée en pomme de pin. *On dirige son énergie vers l'objet de son choix.*

Voilà le type de réponse qui a le don de me crisper. *Facile à dire.*

Et pourtant, c'est vrai. Il tend les mains, paumes ouvertes vers le ciel, tel un Gandhi de bac à sable. *On canalise son énergie là où on veut la diriger. C'est un choix personnel.*

Je suis contente comme je suis.

Pour combien de temps ? réplique-t-il en tranchant la mangue avec mille précautions.

Vous essayez de me faire peur ? Je parle si fort que le Mankovitz lève ses narines frémissantes de son thé chaud au citron relevé d'une généreuse dose de clous de girofle.

J'essaie de vous aider, répond sereinement J. César, ses yeux brûlant de la fureur de Brutus.

Et vous, qui vous a aidé ?

Gandhi, entre autres. De nouveau, le truc des paumes vers le ciel. *Jésus*, moins la couronne d'épines. *Bouddha*, inspirer-expirer. *Nelson Mandela*, j'ai traversé moult épreuves. *Bud Lancer*, je suis un cérébral. *Joseph Campbell*, Zeus, Hérode, et l'autre type mi-homme mi-cheval. *Certains passages de la Bible*, Au commencement était le Verbe. *Martin Luther King*, je ne reconnais aucune couleur. *Malcolm X*, je peux frapper. *Mère Teresa*, les pauvres souffriront. *Jung*, j'ai rêvé que j'étais ma mère, et ma mère a rêvé qu'elle était moi. *Einstein*, le temps est la somme de toute la lumière qui file à travers les portes monumentales d'un immense esprit avec une frange immonde.

Et eux, qui les a aidés ? Je m'énerve, Peggy m'assène un coup de pied sous la table, je contre-attaque, les danseuses dodues réapparaissent, armées de lances en flammes, sous les acclamations et les hourras.

Dans l'avion, au retour, on m'attribue le siège voisin d'un E. Mankovitz au nez brûlé. *Ce César de pacotille aime la facilité.*

Il abandonne un instant sa lecture. *Détrompe-toi. Tu devrais être attentive à ce qu'il dit ; il a un CV impressionnant.*

Et alors ? Il n'a pas arrêté de radoter sur son problème avec le whisky.

Il retourne à ses moutons. *Il a réussi à s'en sortir.*

J'étire mes jambes. *Et cette histoire de père qui est mort…*

Lui, étonné. *Quelle histoire de père qui est mort ?*

Ce laïus sur son père mort.

Je n'en ai aucun souvenir. Par contre j'ai bien aimé l'anecdote sur Churchill.

Churchill ? Une anecdote ? Je n'en ai aucun souvenir. *Une anecdote sur Churchill ?*

Tu n'as rien écouté, pas vrai ?

Bien sûr que si. Et un mensonge de plus.

Il ferme en même temps son magazine et ses paupières. En

couverture, un GI au menton fuyant part faire une guerre stupide. J'observe par le hublot la masse atmosphérique qui frémit en contrebas.

La vie m'a déjà fait connaître plusieurs de ses plus fameux jalons : fille, femme, vierge, championne olympique, recordwoman, étudiante, propriétaire d'une Jeep neuve, croqueuse d'hommes. Mais aucun événement extérieur assez frappant pour provoquer un chamboulement intérieur. Je suis restée la même : grande, contrariée, en manque d'amour, et solitaire d'une manière qui reste inexpliquée malgré toutes mes tentatives d'y voir plus clair.

À nous deux, Séoul

Pour vider ses oreilles remplies d'eau chlorée, Peggy incline la tête à un angle improbable et la secoue comme un animal, comme si elle tentait de chasser un bourdonnement. Elle pleurniche sur ses muscles, ses cheveux, ses dents, ses follicules pileux, ses gencives, ses parents parfaits, ses petits copains pas assez amoureux, puis toise une jeune recrue, lâche bien haut et bien fort : *Depuis quand on accepte les grosses dans l'équipe ?*

Quand j'améliore mes chronos, elle améliore les siens. J'ai l'impression de faire un jogging avec mon chien.

Tu peux m'expliquer pourquoi tes perfs sont directement liées aux miennes ? je l'interroge en mangeant des sushis.

Son dernier mec, un nageur aussi affreux que sublime, l'a quittée pour une nouvelle conquête que Peggy traite de salope. Aujourd'hui elle est dans un mauvais jour. *Va te faire foutre*, répond-elle sans lever les yeux.

J'essaie juste de t'aider. C'est ton problème. Tu peux gagner en vitesse la première. Tu n'as pas besoin que je t'ouvre la voie. Je le sais bien.

Tu es si profonde, soupire-t-elle.

Je préférerais éviter de poser cette question, mais je me fais violence. *Qu'est-ce qui ne va pas ?*

Elle me dévisage et je lis dans son regard : *J'en ai ras le bol de ces conneries olympiques*, mais de sa bouche s'échappe : *Rien ; un peu de fatigue, c'est tout.*

Voilà l'ambiance sympathique dans laquelle nous abordons Séoul.

Le feu olympique divin s'embrase dans le temple d'Héra au rythme des tambours, des vestales aux cheveux nattés fredonnent et tanguent, dansent et virevoltent, adressent leurs prières antiques à Zeus, Apollon, Zeus de nouveau, et la flamme olympique surgit, palpitante d'espoir. Elle parcourt forêts, collines, villages grecs figés dans la pierre, passe entre les mains moites de politiciens, d'ecclésiastiques estimés de tous, d'enfants handicapés au sourire photogénique, de petits vieux en pleine forme, de miss Univers, de maires venus des quatre coins du globe. Elle voyage à pied, à cheval, sur mer, en voiture, en avion, avant d'atteindre sa destination finale, la Corée du Sud, le pays du matin calme.

Le calme selon Séoul : des dames vêtues de toges blanches tourbillonnent comme des tasses de thé magiques, avec de jolies têtes brunes, des guerriers aux sourcils broussailleux dégainent des sabres interminables, des jeunes filles tantôt en longue robe rouge, tantôt en longue robe jaune, font tournoyer des éventails aussi larges que des parasols, *Salut d'amour et de paix, habitants de l'univers, bienvenue à l'amour, bienvenue*. Des karatékas sautillent, des types louches coiffés de chapeaux triangulaires agitent des haches, le teint blême, en chaussures, tunique et pantalon blancs, ceinture rouge et lèvres sang. Des ballons flottent, des pétards explosent, des colombes s'envolent, des fientes tombent à terre, des hélicoptères guillerets font le guet, vingt et un fusils pétaradent, *Bienvenue citoyens du monde, Bienvenue citoyens de l'univers, Bienvenue*. Il y a des guides assignés à l'extérieur, des guides assignés à l'intérieur, aux salles de détente, aux sièges, aux cuisines, aux points d'identification. Il y a des contrôleurs assignés aux entrées, des contrôleurs assignés aux sorties, et à l'intérieur ; des buffets pantagruéliques surveillés par des contrôleurs de la cuisine occidentale, eux-mêmes supervisés par les grands chefs des banquets. Communistes, démocrates, centristes de gauche et de droite font patiemment la queue au buffet du petit déjeuner.

D'énormes lutteurs russes, le cou aussi épais qu'un tronc d'arbre, chargent leurs plateaux de nourriture de l'Ouest ; des gymnastes minuscules, les fesses dures comme de la pierre, en font autant. Un groupe de volleyeuses homos arrivées de Roumanie passent devant nous, leurs assiettes ensevelies sous des montagnes de pancakes. Peggy me tord le bras : *Mate-moi ça.*

Chaque être humain traverse une phase critique lors de laquelle il se comporte en connard fini – à l'exception notable des connards à temps plein, les professionnels. Je suis une connasse de première catégorie, ce que j'ignore encore tant la connerie émousse toute autocensure, toute empathie, toute faculté d'admettre que l'on se ment à soi-même. Je snobe des gens que je connais parfaitement, tourne le dos à des choses qui me sont pourtant essentielles, prétends jouir d'objets rares que je ne possède pas, fais mine d'avoir radicalement changé en restant exactement la même. L'unique surprise des éliminatoires émane d'une nageuse plus âgée, vingt-quatre ans au compteur, qui débarque de nulle part et pulvérise le record du monde du huit cents mètres nage libre. Elle pleurait encore lorsque je l'ai félicitée : *Je nageais si vite, j'ai cru que j'allais mourir.* Moi, aimable : *Mais tu as survécu.*

Une fois qualifiée pour cinq épreuves, j'appelle ma mère. Je l'interromps alors qu'elle parcourt les bulletins scolaires de Roxanne.

Je m'inquiète. Je m'inquiète tellement. J'ai le pressentiment qu'elle est morte. Sœur Helena a écrit : « A du mal à se concentrer. »

Si elle était morte, je le saurais.

Mais par quel moyen ? Elle t'a contactée ?

Non ! Tu es cinglée ou quoi ? Je t'aurais avertie.

Comment tu peux être sûre qu'elle est en vie, alors ?

Impossible à expliquer. C'est comme ça. Je le sais. Fais-moi confiance.

La connasse qui sommeille en moi a des minidrapeaux américains peints au bout des ongles, une bannière étoilée teinte sur le crâne, du fard waterproof vert sirène plein les paupières. Pour la première fois de mon existence je fais mon show sur le plot de départ : je tombe, cabriole, m'étire, sourit de toutes mes dents blanches, enchaîne les pouces levés, le numéro un, le V, symbole international et universel du vagin pacifiste, transforme mes épaules en hélices et ajuste longuement mes lunettes de plongée. C'est comme si l'eau était l'élément sacré d'une cérémonie transcendantale ; c'est comme si j'étais un prêtre.

Au nord de la frontière, là où se terrent les communistes, une froide menace gronde. On nous ordonne de garder la tête haute, de n'accepter aucun paquet ; des Coréens courts sur pattes affichant des sourires dignes de jouets en plastique nous escortent en tout lieu. Ce sont des gens menus, pâles, à la voix timide, que je domine de trente centimètres. Les différences entre les athlètes sont gommées, celles qui demeurent malgré tout semblent irrévocables. Nous portons les mêmes chaussures, les mêmes couvre-chefs, les mêmes vêtements, écoutons la même musique, salivons sur les mêmes mets. En définitive, seule la langue nous sépare.

Ainsi le monde extérieur demeure en suspens, s'efface peu à peu, devient impalpable à la façon de ces grains de poussière pris dans un mince rai de soleil.

Ainsi, étendue sur mon lit, je regarde le ventilateur tourner au plafond et j'attends.

Au buffet du petit déjeuner est assise, à la table voisine, la personne la plus rapide au monde ainsi que six nageuses de natation synchronisée en maquillage de gala, leur morgue pointue calquée sur le modèle des ballerines. Fredrinka Kurds fait profil bas ; j'aperçois sa charpente gigantesque au bar de jus de fruits et m'ingénie à ne pas croiser son regard, mon cœur battant aussi fort qu'un tambour coréen.

Ainsi l'énergie est accumulée, la faim rétablie.

Une fois passée professionnelle j'ai recruté un agent, Hank, et une batterie de sponsors m'ont choisie car je renvoie une image positive. Un sourire affreux aux lèvres, je me risque à des prédictions aberrantes. *Retrancher trois secondes à mon record mondial ! Remporter huit médailles d'or ! Et même pas besoin d'une moustache !*

E. Mankovitz n'est pas rassuré. *Ne t'éparpille pas. On s'est entraîné trop dur.*

Je refuse de le regarder en face. *J'ai la situation en main.*

Voici comment je vois les choses : Fredrinka Kurds s'est bousillé la santé ; ses muscles sont devenus épais et caoutchouteux, de vrais boulets. Elle nage si lentement que le monde entier est estomaqué. Moi, en revanche, j'ai la rage, je la sens qui me ronge les boyaux. Je l'écrase sans aucune pitié, la Fredrinka, au point d'en devenir gentille. Quand je lui serrerai la main en déclarant *Gut schwimmen*, ce sera en toute bonne foi.

J'attends.

Je nage.

J'attends.

Je nage.

Les Berlinoises de l'Est pulvérisent record sur record.

E. Mankovitz maltraite son chewing-gum, se gratte le crâne.

J'attends.

Je nage.

J'attends.

Je nage.

Les Berlinoises de l'Est pulvérisent record sur record.

Kyd laisse échapper un soupir qui vient du cœur.

Peggy déclare forfait.

Babe, la bouche réduite à une seule ligne, fait cliqueter ses ongles et contemple la piscine.

Je m'impatiente.

Fredrinka Kurds m'observe à la dérobée, j'en fais autant. Mon visage reste impassible, je dévie mon regard, tourne mes yeux vers la gauche, simule une concentration optimale. *Je vais te mettre la pâtée, Berlinoise de mes deux.*

Elle se courbe au-dessus de la piscine, avale une gorgée de chlore, s'offre un bain de bouche, recrache : *Pah.* Ce *pah* ne veut pas me lâcher, il me suit jusqu'à la ligne de départ : *pah pah pah pah.*

Si la connerie perdure, c'est parce que ceux qui en sont affligés savent que quelque chose va de travers – elle fonctionne comme une armure à laquelle seuls quelques braves trouvent l'énergie de s'attaquer. Je mâchonne mes amandes, elles s'avèrent insipides. Je les projette contre mes dents, elles ne produisent aucun bruit.

Refusant de capituler, je lève un bras et bondis sur place. La tête me tourne. *Ça va SAIGNER; tout sera FINI avant même d'avoir commencé.* Les journalistes m'adressent des sourires entendus : *Elles vont te dégommer et tu le sais, Pip.*

C'est dans la défaite que l'on découvre de quel métal est forgé son tempérament. Le mien n'est qu'un ersatz, sans plus d'effet qu'un placebo. Afin de contrebalancer cet effet, je le badigeonne de produit antimoustiques. Mais il se fendille en un claquement de doigts, comme un miroir terni. Il est une armure en chocolat prisonnier d'une existence merdique avec, au bout du bout, une truie empâtée qui ricane, et je me traîne dans le sillage de Fredrinka à la manière d'un robot en plomb alourdi par la gravité, les pieds affublés d'ongles customisés à cent vingt dollars.

L'argent, à peine.

L'argent, à peine.

Médaille de bronze.

Le bronze.

Babe se fait démolir à deux reprises par une certaine Brigitta Hoffmann. Abasourdie, elle répète : *D'où elle sort, cette nana ?* Son regard restera à jamais gravée dans ma mémoire : épuisée, exténuée, comme si une vieille femme s'était accaparé son corps. *Je suppose que c'est fini pour moi,* conclut-elle en frottant sa médaille d'argent. Je rétorque : *Arrête de dire n'importe quoi*, en frottant la mienne.

Lors de mon ultime finale, le soleil lave à grande eau les fenêtres aux vitres outremer, au-dessus de la salle d'appel, et tombe sur le sol en un carré d'un bleu translucide. J'y glisse un de mes pieds, qui devient bleu. Je décompresse en appliquant l'immémoriale méthode Coué, mais l'irritation gagne du terrain et mes orteils se racornissent. La foule dans la piscine olympique entonne des sons creux qui convergent et enflent dans l'air lourd et moite. Fredrinka Kurds se tient devant moi, les yeux braqués au sol, les épaules voûtées par manque d'assurance. Elle n'a pas encore coiffé son bonnet de bain et ses cheveux méchés, en bataille, forment au sommet de son crâne comme une main géante ; elle donne l'impression d'avoir dormi suspendue aux poutres la tête en bas, chauve-souris solitaire.

La concurrente ouest-allemande, celle qui entre dans des colères noires, crache bruyamment dans les petites rigoles reliant la piscine aux douches. De sa gorge montent des bruits métalliques, râpeux. Nous la dédaignons au prix d'énormes efforts. L'Australienne que je battrai sans aucune difficulté me coule un regard, m'adresse un immense sourire. Les connards authentiques ignorent la gentillesse désintéressée ; je ne lui accorde pas la moindre attention. Nous nous ressemblons toutes : armature musculeuse enrobée de lycra, lunettes de plongée pendues à une main veineuse. La petite nouvelle, une gamine de quatorze ans originaire de Rotterdam, mèches jaunes et marin nu tatoué sur l'épaule gauche, est si nerveuse qu'elle se casse en deux pour trouver son souffle. La Polonaise à la bouche bizarre grogne et gronde, puis boxe l'air. *Les Polonais savent ce qu'ils veulent.*

Fredrinka nous observe, détourne le regard.

Nous nous alignons sur le bord, derrière les plots, et le public pousse un rugissement assourdissant ; j'en ai la chair de poule, et mon épiderme picote tellement je me suis rasée de près. Je bondis et tente un nouveau numéro – un salut de marine américain agrémenté d'une torsion du poignet, façon reine d'Angleterre. Fredrinka se redresse, sombre et menaçante, et lève une main timide comme si elle souhaitait poser une question embarrassante. Je saute sur le plot et mes orteils, mes muscles, mon cerveau, tout en moi blanchit de fureur : Leonard a pris place dans son fauteuil drapé de toiles d'araignée d'où il me présente son visage de chasseur affamé du mésolithique et ses pieds maigres, faméliques. Le signal retentit. *Maintenant.*

Je sens que Fredrinka me serre de près, même si je nage comme une torpille atomique et viole méthodiquement les règles d'or de la natation : *En rythme : rien à foutre. Respire : rien à foutre. Culbute : sans prendre d'élan.* Une fois que l'on commence à perdre du terrain, je le sais, il est presque impossible de combler son retard et si je dois sortir de la piscine sur une civière, ça m'est bien égal du moment que je la décroche, cette fichue médaille d'or. Je me projette en avant au maximum, me casse deux doigts qui se brisent avec un bruit de biscuit sec et boucle les vingt-quatrièmes olympiades. J'arrache les lunettes de mon visage mais les clameurs redoublent d'intensité et je n'arrive à me concentrer sur rien, hormis sur mes poumons et le tableau des résultats. C'est alors que je déchiffre *Couloir 4 USA 1er*. La joie monte, m'étourdit, me submerge en une vague puissante et je martèle la surface de l'eau de mes deux poings. Je n'éprouve pas la moindre douleur même si la logique voudrait qu'elle soit là, tapie en moi.

Gut schwimmen. Elle enveloppe ma main de la sienne, qui rivalise en taille et en texture avec un gant de base-ball.

Merci. Belle course. Je lui serre la main, mes doigts broyés dans son étau.

Mankovitz s'esclaffe. *Voilà qui leur servira de leçon.*

Je fais mettre une attelle à mes doigts et rejoins Peggy au village olympique. Elle est assise devant une valise bourrée à craquer, ses cheveux lissés en arrière à l'aide d'une mousse mauve et pailletée.

Allons fêter ça, dit-elle.

D'accord. File-moi de ta mousse. Plantée devant le miroir, je sculpte ma bannière étoilée de la main gauche, façonne des piques. Le résultat ne manque pas d'intérêt.

Peggy se regarde dans la glace. *J'ai l'air de quoi ?*

Je l'observe, choisis de mentir. *Tu es canon.* Puis nous sortons.

Fredrinka Kurds se retire définitivement de la compétition. Chaque fois que je croise un Allemand, je lui demande s'il sait où elle est, ce qu'il est advenu d'elle, mais le mystère reste entier. Oral-Turinabol. Voilà comment ça s'appelle. Stéroïde anabolisant. Lorsque le rideau de fer se déchirera, je parcourrai du regard la foule des Berlinois en liesse dans l'espoir d'apercevoir une femme qui ressemblera, de près ou de loin, à Fredrinka. Hélas, bien malin qui arrive à identifier une nageuse hors de son élément et, partout, je ne verrai qu'Allemands en pleine réjouissance, nez caoutchouteux et constitution robuste, les joues rougies par le bonheur. Oral-Turinabol. *Chlorodehydromethyltestostérone*. La molécule rallie directement la base du cerveau où elle chuchote : *Tu n'es plus une Fraülein*, et déclenche une réaction en chaîne qui laissera une empreinte indélébile sur l'organisme. Place aux attributs virils : poils noirs et drus, cordes vocales en mode baryton, oranges naissantes absorbées par des pectoraux impressionnants. Les ovaires sont engourdis à mi-course, le vagin mis en sommeil se demande *À quoi bon*, l'acné juvénile vient tacheter le visage, le torse, les fesses, comme si la fille retenue prisonnière scandait *Nein nein nein nein*. Ils en donnaient aux gamines prépubères, dont ils faisaient leurs cobayes, avant de l'expérimenter sur des hommes adultes. Des vitamines bleues dans un grand bocal en verre. À l'effondrement du mur je regarderai le monde changer, brique par brique, et les Berlinois de l'Est redevenir par centaines de milliers des Berlinois à part entière dans un monde d'où Fredrinka est absente.

Celui qui vise le froid de la lune, celui-là trouvera la chaleur du soleil.

Celui qui vise le froid de la lune, celui-là trouvera la chaleur du soleil.

C'est une bonne sœur qui m'a appris ça. J'ai oublié laquelle.

Une nageuse américaine

Je donne ma première interview officielle en tant que nageuse professionnelle à NBC Sports. Le journaliste est un intérimaire embauché pour interroger les perdants, il est stressé, se contrefiche de la natation et m'étudie sans masquer son mépris pardessus ses lunettes rondes à monture dorée. Assise sur un tabouret haut, je porte un survêtement et des tongs ; j'ai le visage poudré de terracotta. J'affecte une humeur joviale, jusqu'au moment où je comprends qu'il compte m'ignorer superbement tant que nous ne serons pas à l'antenne, et ma bonne volonté retombe. Il m'a adressé un *Salut* glacial à mon entrée dans le studio. Le crétin de base, affublé d'un prénom de crétin qu'il m'a lancé à la figure à l'instant où je me suis assise. *John.*

Trois à cinq heures par jour ? s'enquiert-il en consultant de fausses notes.

Ah euh, oui John… parfois. J'adresse un sourire à son front.

Dans l'eau ? demande-t-il, le nez dans ses notes factices.

Non, les échauffements se font aussi hors de l'eau… mais je suis une nageuse, et les nageurs…

Oui oui, je sais, m'interrompt-il. Il toussote, ébauchant un sourire hypocrite.

On démarre tous dans la vie en nageant, vous savez : ça n'a rien d'exceptionnel ni d'étrange, je poursuis, bien décidée à m'enterrer toute seule.

Pardon ? Voilà qui pique sa curiosité. Il s'attend à un aphorisme d'une idiotie rare.

Eh bien, quand on y réfléchit, John, au début on est tous des spermatozoïdes, tous autant qu'on est, même vous... Et les spermatozoïdes, ça nage, j'explique avec un sourire forcé. *C'est la vérité vraie.*

Oui, en effet... vous n'avez pas tort; les spermatozoïdes ça nage, effectivement. Il commence à s'amuser.

Donc on débute tous sous cette forme-là. C'est une sorte d'état naturel, d'état d'urgence humain. Je commence à perdre le fil mais comme j'ai la gueule de bois, mon cerveau décrète : *Oh et puis on s'en tape.*

Quelle urgence exactement, Pip ? À l'arrivée d'une course, au finish, il n'y a pas d'ovule quand même ? Un spermatozoïde ne sait pas...

Non, non, non, bien sûr que non. Je tente un rétropédalage. *J'essaie juste de... c'est une simple théorie. Moi, je n'ai aucune urgence.*

Aucune ? Calé dans son siège, il ricane.

Eh bien... si, il m'arrive des fois d'avoir des trucs urgents, des rendez-vous, des machins à faire... des trucs urgents, quoi.

Mais pas d'ovule à trouver, pas de quête effrénée vers un Graal existentiel qui signerait un aboutissement, vous rendrait plus humaine... Il consulte ses notes.

Mais je suis humaine ! Les nageurs sont très, très humains, je vous assure. Vous devriez savoir ça, John. Les nageurs américains sont même... c'est une métaphore. C'est la nature. J'ai voulu contredire ceux qui prétendent à longueur de journée qu'il faut être tordu pour passer autant de temps dans l'eau... à nager... les gens trouvent que le base-ball, c'est plus... que le football, c'est compréhensible ou... parce qu'il y a des ballons – ça aussi, c'est très symbolique, les ballons, les boules – que courir après une balle c'est plus... attraper une balle... vous comprenez, ça rendrait le truc plus... tout bien considéré, ça revient au même. Et nous nageons tous, depuis le tout début, ben oui, sous forme de spermatozoïdes... on nage avant même de devenir...

Des embryons ? conclut-il, haussant les sourcils. *Votre théorie ne manque pas d'intérêt, sauf que le water-polo se joue aussi avec une balle.*

Oui, oui. Je dis ça, c'était juste une remarque… J'aimerais qu'on passe à autre chose.

Il n'y a pas de ballons, en revanche, dans l'athlétisme, la gymnastique, l'escrime, la boxe, le poker…

Le poker… pourquoi est-ce que vous parlez de… Il cherche à me déstabiliser et cela me plonge dans une rage noire. *Il y a le lancer de poids dans l'athlétisme ; des perches, des haies, des trucs dans le genre, et les gymnastes ont des balles et des rubans. Ça fait pas mal d'accessoires, John. Quand on nage on est presque nu, il n'y a que le nageur, l'eau, le désir…*

Un poids, ce n'est pas une balle, et ils ne courent pas après ; ils le lancent, affirme-t-il, la voix de la raison.

Mais les coureurs… on peut les voir. Ça change tout de les voir…

Et les caméras immergées ? À une époque, il animait des débats.

Ça n'a rien à voir. Les animateurs de débat me saoulent.

D'accord. Pourquoi ?

On est sous l'eau.

Oui. Oui, c'est correct. Boooon… Revenons à nos… Il décide de redevenir sérieux, consulte ses notes à la noix. *Qu'avez-vous pensé de la performance de Fredrinka Kurds ?*

Oh, je ne regarde pas les autres, je réponds, au comble du soulagement. *On ne peut pas se permettre de regarder. Risquer un seul coup d'œil, c'est la…*

… mort assurée ? Il me refait le coup des sourcils.

Non, non. Non, j'ai voulu dire…

Ses chronos, alors ? Votre opinion sur ses chronos ? Elles ont littéralement explosé lors de ces Jeux, les Berlinoises de RDA, non ? Votre avis là-dessus ? Ça a dû vous faire un choc quand elle vous a démolie, déclare-t-il, en frappant sous la ceinture.

Les nageurs ne démolissent pas, John ; ils améliorent des records.

Je suis devenue une sculpture de glace. *Fredrinka Kurds a amélioré son record et moi-même j'ai établi mon meilleur temps. J'ai battu trois records américains et tout ce qui semble intéresser les gens, c'est la médaille d'or… mais en tout cas, elle… c'était presque… ses chronos… ses chronos étaient… superrapides. C'est une nageuse époustouflante. Elle m'a soufflée.*

Et par rapport aux allégations ? Il aborde le terrain politique.

S'il y avait eu triche, on en aurait entendu parler, depuis le temps. La nervosité me gagne ; je marche sur des œufs. *C'est vrai qu'elle… certaines femmes ont des problèmes de pilosité, je ne dis pas le contraire, mais c'est de mauvais goût, je trouve, de parler de transsexualité sans aucune preuve. Tout ce que je sais, c'est que ses pieds… des pieds comme ça, je n'en ai jamais vu.*

Ses pieds. Il refait la même tête. Mon agent, Hank, dira que je lui ai tendu le bâton pour me faire battre.

Je ne sais pas comment les décrire sans que ça paraisse… c'est vrai, un pied, quand on y réfléchit, ça se résume à dix orteils, des talons solides, et puis à ces rotateurs de la cheville… mais les pieds de Fredrinka… stupéfiants.

Eh bien, lâchc-t-il, de nouveau obnubilé par ses papiers. *Merci beaucoup, Pip, pour cet aperçu des coulisses de votre univers.*

Philomena plutôt, ou Mena si vous préférez. Pip, c'est juste un… ce n'est pas mon vrai nom. En fait… merci.

Babe tire sa révérence

Dans l'avion du retour je suis assise à côté de Babe qui n'arrive pas à trouver le sommeil. Elle a enfilé ses chaussettes spéciales, des rose pâle qui lui tiennent les pieds bien au chaud durant les vols long courrier et qu'elle a tirées d'un sac de voyage en cuir crème, cadeau de son père. Elle vient de m'expliquer que sa mère est une sainte moderne alors que son père joue, certes amicalement, à l'homme invisible.

Loin d'être une experte en mœurs masculines, je dis : *Les hommes sont tous comme ça.*

Elle regarde ses mains. *Ça dépend.*

Au naturel ses ongles sont ovales, rose mat et blancs aux extrémités, et toujours de la même longueur, comme s'ils ne poussaient pas. Deux pans de cheveux blonds et lustrés taquinent la pointe de son menton et ne semblent pas, eux non plus, affectés par les variations de croissance. Ses lèvres restent naturelles, enduites d'un baume vitaminé que sa mère concocte à partir de cire d'abeille et d'huiles essentielles bio. Tous les ans elle en prépare un stock et envoie sa production à l'équipe ; chacune a droit à un petit pot orné d'une étiquette colorée, avec son nom inscrit dessus à la main. L'emploi du temps de Babe, scotché à l'intérieur de son casier, se décompose en sections multicolores, une couleur par activité, ce qui forme un arc-en-ciel touffu : piscine, TD de sciences appliquées, cours de Pilates, pharmacologie, anatomie, gardes à l'hôpital, piscine, entraînement à sec, soirées consacrées à potasser avec le Dr Babe, le moindre créneau est exploité. J'aime l'observer, les jours où je n'ai rien de mieux à faire. Elle se brosse les dents avec minutie, de la gencive à la couronne, et rince sa brosse avant de la ranger dans un verre placé près du lavabo. Elle économise ses gestes, ne gaspille pas un seul atome d'énergie. Ouvrir le robinet, diriger le jet d'eau sur les poils de la brosse, fermer le robinet, se brosser les dents en silence ; c'est la nageuse la plus consciencieuse qu'il me sera donné de fréquenter. Élue « Nageuse de l'année » deux fois de suite par la revue *Natation*, elle a commencé à moissonner les records mondiaux dès l'âge de quatorze ans. Lorsque E. Mankovitz s'adresse à elle, il ne force pas le ton. Elle se coiffe à l'aide d'un peigne aux dents larges, met de l'ordre dans ses impressionnants sourcils avec une noisette de gel, tartine ses jambes de crème avec une grâce peu commune. Moi, je recrache sur le miroir une mousse blanche que j'essuie plus tard d'un coup de manche, et ce qui rentre par une oreille ressort par l'autre. Je vais en cours, regagne ma chambre, retourne en cours. *Ô ma mie, souviens-toi d'oublier jusqu'à mon souvenir ! Honnie sois-tu !*

Peggy la fait rire ; elle proteste : *Peggy arrête, mais arrête, dis-lui d'arrêter.* Elle n'apprécie guère mes jurons, s'énerve : *Tu ne connais pas d'autres mots ?* Je m'acharne à lui démontrer que c'est une habitude héritée de mes années bonnes sœurs, mais elle me regarde comme si j'étais une demeurée. Lorsqu'elle va prendre sa douche, elle emporte un filet contenant des échantillons de ses produits favoris, organiques et biodégradables, inoffensifs pour l'humanité et l'environnement. Moi, j'utilise des cochonneries blindées de molécules synthétiques, je badigeonne mon corps d'une mousse gluante qui ne s'évacue pas tant que je ne la fourre pas dans la bonde à l'aide de mon gros orteil. Lorsqu'elle a mal au crâne, elle en conclut *Je dois être déshydratée* et boit un verre d'eau. Elle conserve dans son sac à dos deux petits carrés de chocolat noir enveloppés dans du papier aluminium, *juste au cas où.* Je m'étonne : *Tu arrives à te limiter à deux ?* Et elle me regarde, un sourire amène sur les lèvres qui suggère *Mais de quoi tu parles ?* Elle projette d'effectuer son internat à l'hôpital du comté de Maricopa, à Phoenix, en même temps que son cher et tendre, puis les deux tourtereaux s'envoleront dans une réserve indienne du Nouveau-Mexique où ils travailleront en tant que bénévoles. Impossible de ne pas adorer Babe et pourtant, il m'arrive de la fuir : elle me donne mauvaise conscience.

Lorsque Mona la croise, elle lance *Salut Babe ! Tout va bien ?* Et Babe de rétorquer *Parfaitement bien, Mona ! J'adore votre écharpe.* Moi, j'ai droit à un *Alors, quelles nouvelles, Phil-o-méééé-nââââ ?* prononcé presque à contrecœur, mon prénom articulé à la manière d'une maladie embarrassante. *Et ne touche pas à ces carottes ; elles sont pleines de sucres cachés surpuissants.*

Nous volons à travers la nuit, le ciel se pare de dix-sept nuances de noir, des bancs de nuages translucides errent telles des âmes égarées. Babe se tourne vers le hublot et laisse une rivière de larmes sourdre au coin de ses paupières, qu'elle assèche d'un doigt enturbanné d'un Kleenex.

Qu'est-ce qui ne va pas ? je m'inquiète, mal à l'aise.

Elle possède ce genre de voix qu'étouffe systématiquement le ronron des moteurs et je dois me rapprocher d'elle. *Je me demande si je vais encore tenir très longtemps*, déclare-t-elle, les joues baignées de larmes. *Vraiment, je me pose la question. Je suis presque médecin. Il faut que j'aille de l'avant.*

Je sens un coup de poing dans mon estomac. *Tu veux abandonner ?*

Elle lève les yeux, agacée. *Non… prendre ma retraite.*

Je regarde par le hublot. Mes yeux n'ont rien à quoi se raccrocher. *Prendre ta retraite ?*

Cela éveille sa curiosité. *Tu n'y penses jamais, toi ?*

Bien sûr que si. Mensonge. *Ce qui m'étonne, c'est que tu y aies pensé aussi.*

Elle ferme les yeux ; je regarde la terre au relief inégal pivoter, immobile, en contrebas. La retraite. À mon tour je ferme les yeux et, sous mes pieds, je sens s'ouvrir ce gouffre noir et tourbillonnant qu'est l'univers, je sens les moteurs vrombir, l'énergie se réverbérer, l'air froid et sec me souffler au visage et me plonger dans une hébétude méditative, nauséeuse. C'est à cet instant qu'une grosse truie violette à l'haleine assortie s'incruste dans mon esprit. Vautrée sur sa panse, nue comme un ver, exhibant ses mamelles et sa queue en tire-bouchon, elle m'informe : *La retraite, c'est jouable une fois qu'on est devenue mangeable*. Épouvantée, je garde les yeux grands ouverts jusqu'à notre atterrissage à L.A.

Le Spermatozoïde

Je suis de retour. La fatigue résiduelle du vol encrasse mes cellules, les projets de Babe me laissent sur la langue un arrière-goût de tristesse. Je trouve des centaines de messages sur mon répondeur et l'appartement sent le renfermé. Le téléphone s'égosille.

Philomena ! Hank à l'appareil !

Hank ! Mon agent. Je l'avais oublié. Je me regarde dans le miroir : ma peau a pris une teinte de papier mâché.

Hank est diplômé de l'université de l'Affable Neutralité, même promotion que le Glorieux E. Mankovitz. *Speedo vient de me contacter au sujet d'une interview sur les spermatozoïdes que tu aurais donnée à NBC*, annonce-t-il de but en blanc.

Ce n'était pas vraiment une interview sur les spermatozoïdes, Hank. Je n'ai pas envie d'en parler.

Eh bien… Il réfléchit quelques secondes, laisse un blanc dans la conversation. *Il paraît que tu as prononcé le mot spermatozoïde un certain nombre de fois.*

Ils les ont comptés ? Absolument pas envie de me justifier.

Très drôle. Soupir. Hank travaille soixante heures par semaine.

J'ai dit spermatozoïde… en réalité, je parlais de… Hank, le journaliste a essayé d'insinuer que le premier débile venu était capable de nager ou… C'est à ce moment-là que j'ai eu l'idée des spermatozoïdes. Tu sais ce qu'il m'a dit après ? Il m'a dit « Au fait, quand on y pense vraiment, mais vraiment, vraiment très fort, les spermatozoïdes sont produits par des organes en forme de balle », et avec le gros porc qui était à la caméra ils ont commencé à se marrer comme si c'était le truc le plus comique qu'ils aient entendu de leur vie. Même la fille du maquillage n'en pouvait plus.

Et tu étais obligée de laisser la porte ouverte à…

Je l'interromps, indignée. *Il fallait bien que je dise quelque chose.*

D'accord avec toi, affirme-t-il, d'une neutralité exquise. *À cent pour cent. Mais les gens de Speedo ont moyennement apprécié. Tu portais leur casquette et un de leurs T-shirts, c'était l'occasion rêvée de parler des compètes nationales ou de ton prochain voyage à Perth, qui annonce un nouveau record du monde. Les spermatozoïdes, ça les a pris au dépourvu et ils n'ont pas envie que les gens fassent le rapprochement Speedo-Sperme.*

Hank ! Quels débiles… ?

Tu n'as pas idée, ma belle. Il soupire, la rumeur de New York en fond sonore. *Tu n'as pas idée de la vitesse à laquelle tu peux devenir le Spermatozoïde, plus vite que… Enfin, je ne te le souhaite pas, mais en théorie…*

N'importe quoi, Hank. Coup d'œil à ma valise posée au pied du lit, bourrée à craquer.

Je suis d'accord avec toi : c'est n'importe quoi. Mais en même temps, dans ton interview, tu te présentes sous cet angle. J'ai tort ?

Mais de quoi tu parles, bon sang ?

Le Spermatozoïde.

Je ne suis pas un spermatozoïde.

Tu vas devoir le prouver. Nouveau coup d'œil, cette fois-ci en direction du miroir. À dire vrai, spermatozoïde, ça reflète tout à fait ce que j'ai devant les yeux : coiffure pourrie, et ce truc immonde que Peggy m'a donné pour les paupières.

C'est vrai qu'ils nagent, pourtant, j'ajoute, les idées embrumées par le décalage horaire. *C'est naturel. Pourquoi on ne peut pas parler de ces choses-là de façon naturelle ? J'ai l'impression d'être cernée par des bonnes sœurs sectaires.*

Les gens ne sont pas… des bonnes sœurs. L'Américain lambda a juste un peu de mal à accepter… À l'heure qu'il est, en tout cas, la tendance est à la pudeur. Ces choses-là, comme tu dis, appartiennent à la sphère privée et ton Américain lambda, s'il associe ne serait-ce qu'un quart de seconde natation, Speedo et spermatozoïdes, franchement, ce n'est vraiment pas ce que Speedo avait en tête quand ils t'ont recrutée. Ils sont un peu inquiets.

Pour l'Américain lambda ? Toujours captivée par mon reflet, je tente de me remémorer les conseils de la coiffeuse. Il part au combientième shampooing, ce drapeau ?

Pour toi.

Moi ? Ils s'inquiètent pour moi ? Dis-leur que je ne suis pas devenue le Spermatozoïde, Hank. J'ai développé une théorie, rien de plus. Tu veux que je les appelle ?

Non, non. Il se replonge dans ses arguments, j'entends son cerveau carburer. *Ils te trouvent un peu immature.*

Je ne suis pas immature… beaucoup moins qu'avant. Épuisée, j'appuie mon front sur le miroir. J'ai mal aux doigts.

Ils suggèrent de mettre un coach à ta disposition, annonce-t-il sans se départir de son affable neutralité.

J'ai déjà un coach.

Un coach pour mieux t'exprimer à l'oral.

Un coach pour mieux m'exprimer ? Je reste sans voix.

Ils veulent t'apprendre à ne pas tout prendre à cœur ; à garder ton sang-froid, je cite. À relativiser. Cela fait soixante ans qu'ils bossent main dans la main avec des champions ; ils savent que tu subis une pression énorme, que tes espoirs peuvent s'effondrer du jour au lendemain. Ils savent comment ça se passe. Ils vont te montrer comment maîtriser tes phrases, comment…

Je maîtrise mes phrases à la perfection et j'ai amélioré mes chronos,

Hank. Peggy dit que pour moi, le seul moyen de nager plus vite ce serait d'avoir une bite.

À ta place je ne le crierais pas sur les toits. Et à l'avenir, s'il doit être question de sperme ou de spermatozoïdes… réfléchis avant de parler. La natation, ça va devenir énorme aux États-Unis. Ça va exploser. Et toi, tu vas aider à rendre ça cool en restant cool.

Je suis cool. La connasse en moi se fraie un chemin vers la surface.

Je sais. Et Speedo aussi. Mais…

Si on était en Australie…

Tu as battu l'Australie. Il ne se laisse pas démonter, le bougre.

Ouais, mais en Australie ils aiment leurs nageurs, pour le meilleur et pour le pire. Je vois la connasse émerger et prendre ma place dans le miroir. *Même moi ils m'aiment, et je ne suis pas australienne.*

Je passe vingt minutes sous une douche brûlante à essayer d'effacer ma bannière étoilée capillaire. Ensuite j'écoute, effondrée sur le lit, les messages qui encombrent mon répondeur : dix-sept monologues affolés laissés par mon adorable petit copain, les autres par ma mère. Roxanne a réapparu. Le shérif le plus joufflu qu'ait connu Glenwood a retrouvé sa trace sur le réseau fédéral d'alerte des shérifs ; elle a encastré une voiture volée dans un cerisier sur Haight-Ashbury. Depuis plus d'un an, elle vit à moins de trois quarts d'heure de chez moi.

Roxanne

Elle m'évoque d'abord une petite grand-mère au visage fripé et granuleux, puis une usurpatrice sans talent, enfin les pièces d'un puzzle que quelqu'un a laissées à l'abandon, éparpillées, sur les draps.

Ses yeux se braquent un instant sur moi, se referment aussitôt. *Tes cheveux… pourquoi… le drapeau… c'est quoi…* murmure-t-elle.

Une infirmière passe la tête dans l'embrasure de la porte et crie : *Le docteur vient vous voir dans une toute petite minute.*

Ça l'affole. Elle tressaille, chuchote un *C'est au-dessus de mes forces*, me présente une épaule, des racines graisseuses, une oreille à laquelle me confier, et je m'adresse à ces nouveaux interlocuteurs.

Alors… ça fait un bail…

…

Presque un an…

…

…

Elle se retourne. *Je ne peux pas te parler, pas maintenant.* Son visage tremble et se désagrège ; les branches sèches qui lui servent de bras sont reliées à des tuyaux, les tuyaux à des sacs contenant des liquides essentiels à son rétablissement. Elle dissimule ses lèvres craquelées derrière une main transparente.

Rien ne m'a préparée à ça. *Personne ne t'en veut. Absolument personne autour… Pas même… Maman va essayer de… Elle reçoit l'aide d'une espèce de shérif... et Dot va débarquer d'ici un jour ou deux, j'ignore encore sous quelle version...*

D'accord, d'accord, dit-elle en balayant mes paroles de la main. *Arrête de hurler.*

Personne ne hurle, je rétorque, sûre de mon fait.

S'il te plaît... arrête... de gueuler, les paumes plaquées sur les oreilles.

OK, je vais aller m'asseoir là-bas... et rester assise, je chuchote.

J'examine le profil de son visage qui prétend dormir, mais l'orientation de ses épaules m'affirme le contraire. J'agite mes pieds, agrippe mes bras, les tords, leur imprime les postures de yoga du nouveau millénaire que j'ai apprises il y a peu. Rien à faire, la nervosité m'envahit. Je fais des nœuds au coin de sa couverture, expulse de mon cerveau les ondes hospitalières en respirant par le ventre. Une autre infirmière passe sa tête par la porte. *Ils arrivent! Les docteurs arrivent,* annonce-t-elle, et je fonce dans le couloir, plus vite que si l'alarme tornades avait été activée.

Je les regarde remonter le corridor. Un chef de clinique et ses trois internes trottent comme des chevaux. Le chef s'arrête devant moi dans un dérapage contrôlé et ouvre la bouche, égrenant une longue liste d'hypothèses qui s'ouvre sur le surmenage surrénal et se conclut par les tests de l'hépatite et du sida dont les résultats ne sont pas encore arrivés. Il me propose : *Prenez une chaise, je vous en prie,* alors qu'il n'y a aucune chaise alentour, prend conscience de son erreur, se frotte les yeux, soupire puis embraye sur la dépendance à des drogues appartenant à une famille dont le nom finit en -ine.

Il déclare : *Votre sœur n'est pas passée loin ; on a failli la perdre.*

Moi qui déteste les hôpitaux, j'adore la façon dont s'expriment certains médecins, qui pèsent leurs mots et respectent des silences discrets permettant de digérer l'information, avant d'enchaîner sur pire encore. Celui-là appartient à cette catégorie. Les internes qui se pressent autour de lui, avec leur sale tête de lâches, plissent les yeux. Je les efface de ma vision olympique.

Ma mère fait tout son possible pour venir, je dis. *Et si elle vient, il va falloir faire attention ; elle est très nerveuse.*

Je garderai ça à l'esprit. Vous le savez, une enquête est en cours. Elle n'échappera ni au procès ni à la cure de désintoxication. C'est l'usage. Avant de partir vous allez devoir vous présenter au secrétariat et remplir les papiers.

J'emprunte un ascenseur peuplé de dépressifs. Nous plongeons dans le vide en groupe. J'atterris au secrétariat, face à une femme au visage honnête, auréolé d'une crinière de frisottis. Ses ongles, des griffes rose saumon, lui servent de flèches. *Signez ici… et ici… et ici.*

J'emprunte dans l'autre sens un ascenseur peuplé de dépressifs ; les portes s'ouvrent sur des couloirs, murs, carrelage, plafonds d'un blanc monochrome, des chaises beiges, des patients blêmes aux chaussures multicolores, un personnel médical vêtu de blanc.

L'héroïne provoque la mort aussi sûrement qu'un suicide planifié dans ses moindres détails. On finit écroulé dans sa crasse, au milieu de ses semblables et d'un univers en décomposition avancée. Prendre de l'héroïne, cela revient à se tenir au bord d'un gratte-ciel quand le vent souffle fort, dans le plus simple appareil et sur la pointe des pieds, traqué par un assassin de méchante humeur disposé à vous pousser dans le vide. Je regagne la chambre, observe le visage de Roxanne, qui s'est endormie, et je n'y comprends rien. Je m'assieds à son chevet, étudie son visage endormi, et les questions m'assaillent. Je suis la porte-parole nationale du programme Vivre Bien, Vivre Sain sponsorisé par la Croix-Rouge. Je boucle ma ceinture de sécurité dès que je prends place dans une voiture. J'applique des techniques de respiration, des comportements qui brident mon stress. J'étudie l'autohypnose sous la houlette d'un psychologue qui a formé certains des esprits athlétiques les plus estimés depuis le big bang. Je prends des cours de power yoga, de fitness, de Pilates. Je me poste au premier rang, m'étire à l'infini. Mes pieds sont si flexibles que mes gros orteils arrivent à toucher l'arrière de mes mollets, un exploit inhumain. J'ai tapé mes dissertations *Ô pudding, merveilles des merveilles,* qui m'ont valu une moyenne médiocre, assise sur un ballon de gymnastique me permettant d'exercer mon équilibre sur la terre ferme. Chaque soir je sombre dans un sommeil de velours noir, à bout de forces, et j'émerge avant le soleil. Je possède un cerveau bionique : il me suffit de visualiser quelque chose assez longtemps, avec l'intensité requise, pour que cela s'accomplisse.

À son réveil, Roxanne ne décroche pas une parole ; elle offre à mon regard une épaule maigrichonne et quelques mèches ternes. On injecte alors un médicament qui fait office de sérum de vérité. Débordante de gentillesse, elle me serre dans ses bras, sourit, s'épanche. Sa quête du bong parfait. *Shit, cannabis, herbe, marijuana, ganja, hash, spliff!* La première fois qu'elle a pris des champignons au collège, *les bonnes sœurs, on aurait cru des ombres qui crevaient d'envie de prendre leur envol!* L'argent qu'elle a subtilisé à maman *sous son nez, dans sa chambre, pendant qu'elle lisait!*

Le LSD, c'était cool, mais pas génial, ajoute-t-elle. *Tu te souviens du Thanksgiving que j'ai raté? John et moi, on s'était fait un shoot d'acide. On a regardé des briques bouger.*

De l'acide? je répète, et *acide* m'évoque *brûlure. Des briques dans un mur?* je demande, et ça rime avec *tarée.*

Ouais. C'était hallucinant. Elle lâche un soupir, nostalgique de souvenirs gagnés à la dure puis dispersés au vent.

Et le bâtiment est resté debout? Je reste rationnelle.

On aurait cru des dominos, mais qui restaient à l'intérieur du mur, explique-t-elle en pesant mûrement ses mots, comme si elle expliquait un projet scientifique malsain. *Mais après j'ai eu la frousse, parce que si les briques se déplaçaient et que je ne le remarquais pas en temps normal, qu'est-ce que je ne remarquais pas d'autre? Des trucs dans l'air, des trucs dans mes yeux, des trucs s'enfonçant dans ma peau. J'ai flippé. Mon premier mauvais trip.*

Je ne supporte plus les brûlures, l'acide, les ombres, ses yeux. *Excuse-moi, Rox; c'est pas la grande forme aujourd'hui.*

La psychologue chargée du suivi de Roxanne me convoque. Assise à un bureau en plastique transparent où trône un bouddha en or mat éclairé de l'intérieur, elle m'explique que Roxanne souffre d'une forme aiguë de solitude que n'allège pas son intelligence car celle-ci lui permet de trouver une bonne raison à tout ou presque, notamment à ses bêtises et à son comportement destructeur.

Elle a du mal à accepter les limites que la vie nous impose quand on est sobre.

J'observe le bouddha. *Oui, peut-être bien, mais balancer une voiture volée contre un arbre, ça ne facilite pas les choses.*

Elle a du mal à imaginer un monde dans lequel elle tient un rôle prépondérant.

Le bouddha m'intrigue. *Oui, mais maintenant elle est malade et hargneuse.*

Maman m'appelle, des sanglots inquiets dans la voix. *Dis-lui que je l'aime. Dis-lui que tout va s'arranger.* Mais son traitement est modifié sans que j'en sois informée, le sérum de vérité est remplacé par un médicament qui la rend fébrile, fielleuse, et elle m'intime l'ordre de foutre le camp, je cite, quand j'entre dans sa chambre – sa nouvelle façon de dire bonjour. Elle me toise lentement, des baskets à la pointe de ma queue-de-cheval. En profite pour m'informer que je suis *une salope de première, une tarée égoïste et une ravagée de la tête. Et la pire de ces connasses de nageuses vides et prétentieuses.* Je suis à deux doigts de déclarer forfait, mais la psychologue m'assure que Roxanne a besoin de moi: ce *Fous le camp* signifie *Aide-moi.*

Les substances non identifiées qu'ingurgite Roxanne n'aiment rien tant que de me faire poireauter dans le couloir, un de ces larges corridors baignés de néons. Je prends mon mal en patience sur une chaise inconfortable et j'étudie le sol. Tout ici fonctionne comme un repoussoir – acier inoxydable, plâtre verni, ciment à nu. Rien n'est destiné à résister au passage du temps, nul souvenir, nulle saveur, nulle pensée. L'ardoise sera effacée, à la poubelle terreurs nocturnes, cauchemars diurnes, lâches qui perdent pied face à la maladie, silence abyssal des spectateurs.

Je me fais l'effet d'un objet manufacturé ordinaire, en deux dimensions, équipé d'éclats glacés résistant à la chaleur de l'existence. L'échelon supérieur du service – médecins, infirmières, psychiatres, psychologues – est composé de gens cool, aussi affairés que des fourmis. Ils me jettent un rapide coup d'œil et un sourire assorti d'un signe de tête. S'ils sont un tant soit peu calés en natation, ils s'en cachent bien. Je regarde les veilleurs arpenter les couloirs en émettant un bruit métallique ; ils ont une allure de dur à cuir, les pores dilatés, un uniforme épais qui fait transpirer. Je regarde les garçons de salle leur courir après en tintinnabulant ; plus jeunes, mignons à croquer, ils donnent l'impression d'avoir eux aussi besoin d'un sevrage.

Roxanne sympathise avec Cat, Susi et Manfred le moribond qui me dit, les yeux dans les yeux : *Pas de ça avec moi, ma belle ; j'ai déjà un pied dans la tombe*. Impossible de leur donner un âge, ils semblent avoir avalé un élixir ou subi un sortilège. Je les étudie de loin, décrypte leur gestuelle, me convaincs que ce sont encore des gosses ; c'est alors qu'ils s'approchent de moi et leur visage juvénile s'assèche, devient une noix creuse, leurs cheveux des fils cassants, leurs dents des bananes trop mûres.

Ils s'écroulent dans les bras l'un de l'autre, versent de longues larmes cruelles, trouvent hilarantes les piques ignobles qu'ils adressent à leurs compagnons de misère. Leurs sentences se fondent sur des critères socio-physiques d'une férocité extrême ; ils se moquent des moches, des illettrés, des pauvres. *Quel gros tas de merde*, disent-ils d'une fille hideuse défigurée par l'acné.

En attendant que les effets du traitement de Roxanne se dissipent, j'offre un sourire à la fille, sourire auquel j'inclus un salut olympique désinvolte.

Va chier, fiente de rat, me lance-t-elle sans détacher son regard de l'horrible face qui l'affronte dans le miroir, et il m'apparaît soudain que le monde dit beaucoup de choses, et que si l'on tend vraiment l'oreille, on acquiert une ouïe exceptionnelle.

Le jour où je vais chercher Dot à l'aéroport, je découvre qu'elle a divorcé en cachette et viré au dictateur, et je dois me défendre contre ses accusations absurdes ; à l'en croire, ma gestion des crises familiales s'apparente à un désastre.

Et si on parlait de ta tendance à t'effacer derrière ta bonté ? je finis par rétorquer. Nous nous rendons directement à l'hôpital voir Roxanne.

Et si on changeait de sujet, plutôt ?, dit-elle.

OK... parlons de ta tendance à vouloir rafistoler tout le monde autour de toi pour mieux te faire oublier.

Tu dois vraiment devenir odieuse ? C'est plus fort que toi.

C'est l'hôpital qui se fout de la charité, je dis en mon for intérieur. *Tu aurais pu ouvrir un cabinet avec Benny Chap et nous réclamer des honoraires*, je dis à voix haute.

Une psychothérapie à doses massives l'a rendue intransigeante vis-à-vis de l'intimité des autres. *Alors c'est ça, ta réponse. Encore une de tes fichues références à Benny Chap.*

Il n'y a pas de réponse, bon sang, et arrête de m'emmerder pour un oui ou pour un non. Arrête de me dire que tout ce qu'on a vécu, jusqu'au moindre détail, nous a marquées à vie. Certaines choses n'ont aucune importance.

Lesquelles, par exemple ? Elle joue avec moi.

Par exemple… attends voir… l'envie que maman avait d'acheter des poulets rôtis aux herbes. Tu répètes ça encore et encore. Poulets rôtis par-ci, poulets rôtis par-là, à un moment ça suffit. Moi, j'aime bien le poulet rôti. Ça sent superbon et j'adore la sauce qu'ils mettent sur les pommes de terre, même si les pommes de terre…

Quand Dot s'enflamme, sa voix sonne creux. *J'étais végétarienne. Je n'avais rien à me mettre sous la dent. Ces foutues patates nageaient dans le gras. Elle ne me donnait rien à manger. J'étais comme… comme une esclave pour elle. Elle ne s'est jamais intéressée à mes problèmes. Elle n'a jamais pensé à moi. Tu te rappelles le jour de mes seize ans ?*

Je tente de l'apaiser, lâche le volant d'une main afin d'ébaucher le signe international de la paix universelle, et déclare : *Évitons ce sujet.*

On est en plein dedans. Tu t'en rappelles ? Sa voix ne souffre aucune réplique.

Oui. Non.

Oui ou non ?

Non.

Elle avait préparé des hamburgers et une tarte beurre de cacahouètes/chocolat, tu te rends compte. Elle explose de nouveau.

La pertinence de cette remarque m'échappe. Je préfère me taire.

J'étais végétarienne et je déteste le beurre de cacahouètes, depuis toujours, sanglote-t-elle. *Je trouve ça à gerber. C'était Bron qui en raffolait, tu te souviens ? Elle le mangeait à la petite cuillère. À une époque sœur Augusta me préparait son gâteau d'ange aux fraises… Tu te rappelles le gâteau d'ange de sœur Augusta ?*

Se produit alors ce que je voulais éviter coûte que coûte. *Non. Oui. Putain. Ne pleure pas… C'est la même histoire à chaque fois. À force de ressasser.*

Avec moi elles étaient adorables, les bonnes sœurs. C'est vrai. J'ai beau le dire aux gens, personne ne me croit. La tristesse l'envahit, son regard se voile.

Tu as failli suivre la même voie, j'ajoute en m'engageant sur un parking envahi de voitures poussiéreuses.

J'étais gentille pourtant. Papa… il… il… il… Papa, quand Bron… bon Dieu, Bron. Bordel. C'est trop dur. Trop dur.

Déviant la conversation, je me cantonne au moment présent. *Écoute, Dot, la situation s'est nettement améliorée. Je crois que maman en pince pour ce shérif aux grosses joues… qui, crois-le ou non, compte parmi les célibataires les plus courtisés de Glenwood. Le nouveau traitement de Roxanne semble donner de bons résultats, quant à toi, tu m'as l'air… contrariée… mais…*

Tu sais ce qu'Augusta me répétait souvent? Elle a les traits tirés, le visage vide.

Quoi?

Elle répétait: « Ne prête pas attention à l'avis des autres; ta vie, tu es libre d'en faire ce que tu veux. »

Tu cites le coach de softball, là, je corrige en m'attribuant une place vide à côté d'une énorme camionnette blanche dont la portière rouillée pendouille sur des gonds gauchis.

Tu ne l'as pas connue. C'était un vrai clown; qu'est-ce qu'elle a pu me faire rire, affirme-t-elle, tamponnant son mascara qui dégouline avec le coin d'une serviette en papier roulée en boule. À l'époque où Roxanne m'adressait encore la parole, elle avait émis une hypothèse: d'après elle, si Dot faisait autant de cachotteries, c'était par peur de passer pour un être humain.

Au tribunal, le casier judiciaire de Roxanne est égrené à voix haute, comme les titres du journal télévisé. Un juge, stature imposante et visage buriné, annonce qu'elle doit se rétablir en cure de désintoxication avant de payer sa dette à la société via un travail d'intérêt général. Il ajoute que s'il la reprend à conduire sous l'influence d'une substance illicite, elle ira croupir en prison.

Au téléphone, maman sanglote et m'implore de remercier les avocats, le juge, la greffière, le public anonyme de l'audience, et nous ramenons Roxanne à l'hôpital pour qu'elle y purge sa peine.

Les fenêtres du service de toxicologie sont équipées de barreaux afin que les désespérés ne se jettent pas dans le vide, par hasard ou délibérément. Dans la salle d'attente, je regarde les barreaux découper des rectangles dans le ciel. *Juste un joint, Mena. Ça me réussit plus que l'alcool ou la drogue, les joints. C'est même pas une drogue, quand on y pense, mais un truc naturel, comme la lavande.*

Je croise les bras. *Hors de question.*

Elle se penche vers moi, cajolante. *Allez, quoi. Rien qu'un tout petit joint. Deux trois bouffées, pas plus. Personne ne te suspectera. On ira dehors, genre on sort prendre l'air, une petite bouffée de rien du tout. Ni vu ni connu.*

Je me penche vers elle, inflexible. *Tu as entendu le juge, pas vrai ? Tu as entendu ce qu'il a dit, le juge ? Tu es cinglée ? Regarde-moi : pas question.*

Elle change de tactique. *Va te faire foutre, pouffiasse.*

Refuser de te ramener de la dope en cure de désintoxication, ça ne fait pas de moi une pouffiasse, Roxanne. Peut-être que je devrais en toucher un mot au shérif – histoire de voir ce qu'il en pense.

Elle s'affale dans un fauteuil en tweed râpé et imite Scarlett O'Hara dans sa scène de reine du bal. *Oh, June ! Tu nous as préparé de la purée avec des haricots ? Oh dis-moi que oui oui oui.*

Je suis à deux doigts de la gifler. À côté de nous un gamin fabrique une piñata, concentré sur ses bandes de papier journal qu'il imbibe d'une colle liquide et lisse consciencieusement des deux mains. Un sac d'os. Trop maigre pour être réel, les veines bleu électrique, protubérantes. Je l'examine de plus près ; il a cinquante ans. Je pousse davantage mon examen ; le voici octogénaire. Je me sens mal ; tabac, cire, médicaments et colle se mélangent sous mon crâne avec le chlore, le versant privé des gens est déconnecté de leur face extérieure, June est toujours portée disparue et je ne me lancerai jamais à sa recherche, ce pauvre petit vieux est condamné à finir ses jours dans une ambiance de halte-garderie et l'envie de gifler Roxanne n'a pas faibli, j'ai du mal à me retenir d'ailleurs.

Mon regard lui avoue qu'elle ressemble à un épouvantail couleur paille, mal assortie et sans cœur, que son maquillage farfelu ne sert qu'à effrayer les oiseaux.

La drogue l'a immunisée contre l'impact de mes yeux ; elle se borne à me fixer et pompe le sucre d'une fine plaque de chewing-gum vert à grands coups de mâchoire, mouvement qui me rappelle ces documentaires montrant des GI en service commandé. *Tu n'es qu'un putain de rouage de cette putain de machine.*

Je prends mon courage à deux mains : *Ne commence pas, Roxanne.*

Parce que tu es autre chose qu'un rouage, ma chère Phénoménale ? Tu es une putain de règle avec des petites lignes droites, un rouage carré de partout, un compas en métal ; tu es une calculatrice, addition, soustraction, plus, moins. Et si tu me permets ce post-scriptum, sortez les mouchoirs, c'est fini les haricots et la purée, ma puce. Bye bye June. Disparue. Volatilisée. Oh là là, où elle a bien pu passer ?... Te voilà foutue.

Moi, foutue ? je m'énerve en désignant les barreaux.

Ouais. Elle ignore mon geste.

La droguée en convalescence qui réclame du shit...

Je ne suis pas la seule à avoir besoin d'une béquille, affirme-t-elle en traquant une cigarette au fond des poches de son jean.

Tu as failli y rester, Roxanne. Cet arbre t'a presque tuée.

Elle allume une cigarette, me souffle la fumée en plein visage.

Mon psy dit que dans notre famille tout le monde sans exception est déglingué, même ceux qui pensent…

Je chasse la fumée d'un revers de main. *J'ai été sacrée meilleure nageuse de ma génération.*

Elle exhale une nouvelle volute droit sur moi, éclate d'un rire mauvais. *Ils ne savent rien sur toi, rien.*

Une désintoxication ne se fait pas en un jour, qu'elle réussisse ou non. Certains les enchaînent comme une roue qui dévale une colline. Maman fait revenir Roxanne à Glenwood pour la confier à un programme local géré par des psychiatres ayant une foi aveugle dans les pouvoirs curatifs de molécules surpuissantes, et elle est prise en main par des infirmières à cornette – le fiasco est total. Elle intègre ensuite un programme rigoriste au fin fond du Minnesota où, raconte-t-elle, un routier obèse aux cheveux coupés en brosse cherche à s'insinuer dans ce qu'il appelle sa *tirelire*, et le manque est alors si fort qu'elle se jette par la fenêtre pour s'enfuir dans la nuit, le tibia fracturé. Puis elle intègre un établissement luxueux, partage de la drogue avec de richissimes toxicomanes et multiplie avec des junkies cosmopolites des liaisons qui font naufrage dans des banlieues chic de New York. Elle achève son parcours à Montréal dans un programme familial, non subventionné, personnalisé et ancré dans la vie de tous les jours. Là, un déclic se produit en elle. Elle tire un trait sur les drogues dures et devient une architecte paysagiste en pleine possession de ses moyens, qui boit et fume pour s'amuser, et tout le monde pousse un gros soupir de soulagement.

Où j'ai une faim de loup

Assises sur un plongeoir, Sunny et moi nous massons les mollets avec une préparation à base d'ingrédients bio que la mère de Babe s'obstine à envoyer encore à l'équipe avec régularité. Nous reluquons les nageurs postés au bout du bassin.

Et celui-là, tu en penses quoi ? je demande à Sunny.

Elle secoue la tête. *Marié.*

Je lui frappe le bras. *Tu déconnes.*

Elle se frotte. *Je te jure. Il est marié.*

Il faut vraiment avoir une case en moins pour se marier si jeune.

Il n'est pas si jeune que ça… et nous non plus, d'ailleurs.

Je fais la sourde oreille. *Et l'autre là-bas, le mec mignon ?*

Tu plaisantes ! C'est le Russe.

Il ne fait pas russe du tout ; il fait bon gars de l'Oklahoma.

Oh… celui-là… j'ai cru que tu parlais du Russe.

Mes yeux passent de l'un, grand dadais aux épaules de tyrannosaure, à l'autre : élancé, brun, beau gosse universel, visage qui suinte l'orgueil et le mépris. Je l'ai déjà vu dans les parages. Penché au-dessus de son sac de gym, il en sort des lunettes de plongée, son maillot baissé sur les hanches aussi bas que l'autorise la décence. Pas désagréable à mater. Pas mon genre.

Pas mon genre, je décrète.

Le Russe me surprend en train de le regarder ; il se redresse, chausse ses lunettes, m'adresse un salut. Je jette un coup d'œil derrière moi : personne. Je le fixe bouche bée et, sans me laisser le temps de refermer la mâchoire, il disparaît sous l'eau.

Voilà qui est nouveau. *Quel connard. Il est russe?*

Plus ou moins. Ses parents sont avocats, ou scientifiques, ou médecins, j'ai oublié, ils viennent de Russie, ou de Boréalussie ou de Boréussie, ou peut-être de Borlussie. Il est né là-bas, mais il est arrivé ici avant ses deux ans, ou ses cinq ans, je sais plus.

Il fonce vers le mur. *Il est comment?*

Pas très sociable… arrogant, je dirais.

Et un sacré con par-dessus le marché. C'était quoi, ce salut qu'il m'a fait?

Sunny braque son regard sur moi, version étudiante en psychologie.

Chaque fois que nous nous croisons, il me salue ou s'incline. Je lui tourne le dos, mais l'énergie déployée dans cette manifestation d'indifférence me fait picoter les yeux et ne l'empêche pas de s'infiltrer dans le moindre de mes mouvements. Il surgit dans mes pensées, ténébreux et sournois, hoche la tête ou salue, et un épuisement m'envahit, une langueur qui d'ordinaire annonce le déchaînement d'un virus. Des scènes d'amour torride parasitent mon imagination; distant, il me captive.

Supercoach entame avec moi une série de discussions succinctes et à sens unique. *Le championnat pan-pacifique, c'est dans un mois… il reste quatre semaines. Si tu as besoin de moi, tu sais où me trouver.*

Je chasse le Russe de ma tête d'une chiquenaude, plonge dans la piscine, mais me recoiffe avec les doigts sitôt mon bonnet de bain ôté et troque mon baume hydratant contre un gloss rose, au cas où. Un jour, je me surprends à le suivre à la trace, d'assez près. Aucun détail ne m'échappe: chaussures et lacets *propres*, ourlet du jean *défraîchi*, jambes *longues*, T-shirt jaune canari *repassé*, épaules *bien dessinées*, cou *droit*, tête *harmonieuse*, jusqu'au moment où il s'engouffre dans les vestiaires et l'air qui m'entoure ne pétille plus.

Je multiplie les découvertes. La seule barrière qui le sépare des champions d'envergure internationale, c'est son je-m'en-foutisme ; son ambition se résume à participer au printemps à un triathlon organisé à Hawaï et, de toute évidence, il ne risque pas de gagner. Intelligent, il prépare une maîtrise de commerce ; il ne se sépare pas de son bonnet bleu marine même en Californie où les températures sont clémentes, se rase bras et jambes. Il ne cherche pas à être apprécié, donc personne ne l'apprécie. Il plaque tout, reprend courage, replaque tout, pique des crises durant lesquelles il jette son sac par terre, le roue de coups de pied, décide de tout plaquer, claque derrière lui la porte du gymnase. Il déteste lever de la fonte, est apparemment allergique aux œufs. La Russie lui ordonne de la représenter aux Jeux Olympiques, la légende prétend qu'il a répondu *Pas question*. Les filles l'aiment bien malgré sa réputation de don Juan qui jette après usage, de tyran au cœur de pierre, ce qui revient, et il en a forcément conscience, à agiter un steak sanguinolent sous le museau d'une meute de bêtes féroces.

Je le vois passer en voiture accompagné de différentes sortes de filles, longs cheveux auburn, bruns, blond vénitien. Il me salue avant que je puisse me mettre à l'abri, ajoute à son répertoire un salut de marine avec une pointe de reine d'Angleterre.

Nous nous rapprochons, assez pour échanger quelques mots.

J'ai une nausée terrible que je camoufle derrière un visage neutre et un nouveau gloss que je suis contente d'arborer. *Arrête avec les saluts militaires, tu veux bien ? C'est lassant.*

Tu adores ça, rétorque-t-il sans ralentir le pas.

Les gens vous considèrent comme une extraterrestre quand vous êtes bardée de médailles, que vous avez pulvérisé quantité de records, qu'une armée de sponsors vous exhibe dans des publicités où vous affichez un visage couvert d'une couche de maquillage qui vous transfigure, qu'un agent vous informe de votre planning par téléphone et vous fait porter par coursier des billets en classe affaires. Ils rêvent de la même vie, mais les longues heures à la piscine ne les inspirent pas. Lorsque certains se permettent trop de familiarités, j'évoque en passant l'un de mes exploits olympiques ou les photos dans *Sports Illustrated*, et, aussitôt, ils font machine arrière.

Je me blinde à grand renfort d'arguments : 1) j'ai plus de succès que lui, 2) je suis née aux États-Unis, 3) je suis une véritable célébrité, 4) les nageurs gentils m'adulent. Mon cerveau fourmille de questions douloureuses répétées en boucle. *Comment suis-je censée me comporter ? C'est n'importe quoi. Qu'est-ce que je dois faire avec mon visage quand il est dans le coin ; ce serait peut-être mieux de montrer qu'il ne me branche pas. Comment suis-je censée me comporter ?...* Je décide d'extérioriser mon indifférence en permanence, au cas où il m'aurait à l'œil, même s'il n'y a pas le moindre Russe autour du bassin.

Sunny remarque mon manège. *Tu as des ennuis ?*

Pas du tout.

Comment agirait à ma place un individu normalement constitué ? J'entreprends de me changer les idées en sortant avec un gentil nageur originaire, me semble-t-il, de l'Ohio. Main dans la main nous nous rendons à des barbecues, allons au cinéma, sommes d'accord sur pas mal de choses.

Au terme d'une semaine impossible durant laquelle je nage en dormant à la façon d'un robot fainéant, Supercoach range ses sourcils sous sa casquette de base-ball et se renfrogne : *Tu retouches au sucre ? Tu sais que tu peux m'en parler.*

Moi, agacée : *Je me limite au yam et tout va bien, merci.*

Il ôte sa casquette, gratte le sillon qu'elle a creusé dans ses cheveux. *Peut-être... mais tu négocies tes virages trop vite... erreur de débutante.*

Je contemple la surface de l'eau. *Tout va bien. Je gère.*

Un beau jour, le Russe m'attend à la fin de l'entraînement. Je l'aperçois, prépare en une seconde mon corps et mon visage à passer tout naturellement devant lui sans le voir, quand il m'effleure le bras et déclare : *Je t'attendais.*

D'emblée, j'arrête de respirer et en subis sur-le-champ les conséquences : je deviens écarlate. Il n'en tient pas compte et ajoute : *On devrait dîner ensemble.*

Je dois vite faire chauffer mes méninges, rate mon coup, réplique : *J'ai un copain très gentil.*

Il me scrute. *C'est bien la première fois qu'une fille me sort un truc pareil.*

Ça s'annonce mal. *Un copain, je voulais dire.*

Il ne détache pas son regard. *J'ai du mal à le croire.*

Les méninges en surchauffe, je rate mon coup une nouvelle fois. *Ça veut dire quoi, ça ?*

Ça l'amuse. *Tu sais très bien ce que ça veut dire.*

Je patauge, prise de court ; tous les symptômes de la nervosité éclatent au grand jour malgré mes efforts desésperés. Mes yeux, qui ne cessent de cligner, me posent problème. *J'ai voulu dire que j'avais déjà un copain et qu'il est… Et toi ?*

Il est très gentil ? Le moment est peut-être venu de l'échanger contre un vrai mec, non ?

Sa réflexion est si stupide que je le fixe, et il éclate de rire. Ses yeux vert orchidée reflètent un marécage, un océan d'ennuis à venir.

Dévoilements et révélations

Peggy maltraite sa masse corporelle sur le banc de musculation, aussi rose qu'un fringant saumon d'Alaska. *On n'est pas très bavarde quand il s'agit du sale type, pas vrai ?*

Il n'est pas si méchant que ça. Je suis cramponnée à la barre de mes haltères.

Ces quatre derniers mois tu n'as pas arrêté de nous bassiner avec ce mec, il est méchant, c'est un malade mental, et maintenant… rien.

Il est moins horrible que je m'y attendais. Je suspends mon mouvement.

Au départ tout paraît presque normal, comme dans une pièce de théâtre où d'excellents acteurs interprètent monsieur et madame Tout-le-monde avec un enthousiasme et un réalisme qui nous font confondre fiction et réalité. Nous mangeons des sandwichs à l'avocat tout en regardant la mer déferler, engageons de longues conversations où nous rivalisons d'intelligence et d'esprit, finissons la soirée au lit où se déroulent des choses dont l'intensité me stupéfie et dont nous ne discutons jamais ouvertement. En suggérant que tout cela est aussi normal pour moi que cela semble l'être pour lui, je commets une erreur tactique. Irrémédiablement déboussolée, je souffre d'insoutenables accès de sentimentalisme, j'ai besoin de son contact quand il n'est pas près de moi, consciente que l'auto-effacement me menace, que le danger guette, que je passe par une phase critique.

Je le laisse conduire, je le regarde quand il parle et le regarde encore quand il se tait. Exemple : ses oreilles ; mon cerveau serine *Eh bien, il a des oreilles normales*. En moi, tout n'est que tempête déchaînée – mon corps, mes bras, mon sexe –, mais je me contiens, bien que cette attitude ne cesse d'intriguer les autres.

Bron et Leonard traversent mes pensées à bord d'une Ford T. Au volant, Bron, coiffée d'une casquette en cuir brun, épaisses lunettes d'aviateur sur le nez. Leonard est affublé des mêmes accessoires, mais lui les porte de travers ; je jurerais qu'il a laissé Bron l'habiller comme un bébé docile. Il étudie le tableau de bord d'un œil indifférent : pas une seule chauve-souris à l'horizon. J'aurais besoin de voir un psy, mais ne consulte personne et commence à faire preuve d'une gentillesse sincère à l'égard de quelques-unes des nouvelles nageuses que je trouve imbuvables normalement.

Les rares nuits où il ne reste pas dormir chez moi, mon sommeil est aussi léger que celui d'une nonne la veille de Noël. J'ai arrêté d'aller aux barbecues car il estime que les nageurs sont, dans leur grande majorité, des cons. Il refuse de se rendre aux soirées costumées malgré mes suppliques : *On va bien rigoler*. Mon appartement se transforme en caverne d'une île tropicale.

Peggy dit : *Tu es devenue chiante*.

La lenteur rôde autour des nageurs avec la patience d'une panthère qui attend son heure pour frapper. Je la regarde jeter son dévolu sur Sunny que je vois lutter, chuter. Sa douleur ne se traduit plus en vitesse et ses chronos deviennent calamiteux. Sunny se convertit aux mélodies guillerettes de Dolly Parton et se laisse entraîner dans une psychanalyse intense par un homme qu'elle appelle Chuck.

Elle prend sa retraite un mois avant le championnat du monde. *L'heure est venue de passer à autre chose*, déclare-t-elle.

Je la supplie : *Ne t'en va pas*.

Elle s'esclaffe. *Mais je ne vais nulle part*.

Je ne la lâche pas : *Ne pars pas, s'il te plaît, Sunny. Ne fais pas ça.*

Je passe à autre chose, Pip, c'est tout. Je ne vais pas mourir.

Je participe au championnat du monde au Pérou et pulvérise, à la stupéfaction générale, deux de mes propres records du monde. Dans l'avion du retour je ne trouve pas le sommeil, n'éprouve nulle fatigue. Je regarde par le hublot, suis exubérante, exaltée, infatigable, mais taciturne, comme si mon ancien moi, tapageur et braillard, avait exhumé à l'instant de sa mort une nouvelle personnalité qui m'est vaguement familière. Je marmonne *Crame, saloperie, crame*, au décollage et à l'atterrissage, mais le cœur n'y est pas. À l'aéroport, mes yeux scannent des hordes d'inconnus, jusqu'à ce qu'ils le repèrent et se posent sur lui.

Au début il incarne le type un peu revêche dont le passé d'étranger me déconcerte, avant de devenir doux comme un agneau. Je me demande s'il n'essaie pas de me déstabiliser en changeant de personnalité comme de chemise mais, en définitive, je le mène par le bout du nez. Je le mets à l'épreuve en lançant, désinvolte : *Ça t'embêterait de ramasser un des trucs qui traînent ici et de le poser là-bas ?*, et lui répond : *Pas de problème.*

Il me présente à ses parents. À son père, d'une jovialité extrême, à sa mère, qui m'étudie par-dessus sa fourchette tandis que nous dînons de plats froids noyés dans le vinaigre. Ils ont un accent adorable et parlent lentement, comme des enfants retardés. Ils me font comprendre que le Russe est leur fils unique et qu'il est destiné à jouir d'une réussite aussi fulgurante qu'intergalactique. Leur fille, Alena, est morte dans des conditions mystérieuses à l'âge de huit mois. D'autres désastres impliquant des choux et du foin sont évoqués. Ces gens appartiennent à un peuple dont les souffrances me sont inconcevables, à moi qui suis née au cœur des États-Unis d'Identique. La mère se penche vers moi et, dans un long chuchotement, déverse au creux de mon oreille des anecdotes ignobles pleines de vagins ensanglantés, pendant que le Russe joue avec son père à un jeu de société que je ne connais pas et qui semble d'une facilité enfantine, même s'ils m'assurent du contraire. Je découvre que les hommes virils laissent les femmes vaquer à leurs affaires afin de recharger leurs batteries entre mecs. Parfois, la mère se redresse et lance quelques mots à son mari, du genre *Hic et moule au beurre gaga.* Et le père répond sans décoller ses yeux du jeu : *Hic et moule au beurre dada.*

Elle fait partie de ces femmes qui vous tirent par le bras quand elles parlent parce qu'elles exigent que vous les regardiez parler. Plus tard, je comprends la raison qui la pousse à agir ainsi : une fois qu'elle est lancée, mes yeux se mettent automatiquement à chercher une sortie de secours. Auraient-ils subi des interrogatoires, là-bas, dans leur lointaine Russie ?

Au retour, dans la voiture, je dis : *Ne me laisse pas seule avec ta mère.*

Il conduit une main sur le volant, un bras pendant par la vitre ouverte. *Tu n'étais pas seule.*

Toi et ton père, vous faisiez vos affaires dans votre coin.

Dans la même pièce…

Elle s'est accrochée à mon bras et m'a empêchée de regarder ailleurs ne serait-ce qu'une seconde. Elle m'a raconté des trucs horribles sur un mec pas net qui s'appelle Ivor et qui ne peut pas…

Je suis au courant, pour Ivor. Soupir. *Elle te fait confiance…*

Confiance ? Elle a passé la soirée à parler non-stop, un vrai moulin. Elle croyait que je venais de Chicago, elle ne sait même pas ce que je nage…

Pourquoi tu t'en préoccupes ? Il marque l'arrêt à un feu rouge.

Pourquoi je m'en préoccupe ? Je jette un œil par la vitre, histoire de gagner du temps. Dans la petite voiture arrêtée à côté de la nôtre, il y a une femme, dotée d'un goitre stupéfiant, qui fume une cigarette dorée. Je la regarde inhaler, puis recracher la fumée.

Il insiste. *Oui. Ça a vraiment tant d'importance pour toi ?*

Me met-il à l'épreuve ? *Non*, je mens.

Le problème est réglé, alors.

Alors ne me laisse pas seule avec elle.

Tu n'étais pas seule.

Il se prénomme Alexandre, mais je préfère largement son deuxième prénom – Stepanovitch. J'adore le faire rouler sur ma langue ; *D'accord, Stepanovitch*, ou *Une petite seconde, Stepanovitch*. Dans son dos je le rebaptise le Russe et, au fil du temps, l'usage se généralise.

Profondément retors, il me tend des pièges dans lesquels je m'empêtre, aussi ahurie qu'un animal suspendu, tête en bas, à une branche d'arbre.

Où est-ce que tu as acheté ça ? m'interroge-t-il sans bouger du lit, alors que je m'habille pour l'entraînement.

Dans un magasin. Lorsqu'il affiche cette expression, la méfiance est de mise.

Quel genre de magasin ?

Un grand.

Kansas ou Californie ?

Californie.

Tu as choisi ça toute seule ?

Bien sûr ! Il y a un problème ?

Hem hem.

Quoi, hem hem ? Je me fais une queue-de-cheval.

Rien.

Quoi ? Tu trouves ça moche ?

Oui… oui, je trouve ça moche. Et je parie que même un gamin de neuf ans un peu futé trouverait ça hideux.

Tu plaisantes ?

Juge par toi-même.

Je juge par moi-même. *C'est une culotte basique. Blanche. Simple,* j'ajoute en ajustant l'élastique du doigt. *Il y a des milliers de femmes qui portent la même.*

Il croise les bras derrière la tête, se rince l'œil. *C'est bien ça le problème. Elles sont vendues par lot, pas vrai ?*

Par trois. Je ne le regarde plus.

Toutes pareilles. Lui ne détache pas ses yeux de moi.

Oui…

Donc tu en as plusieurs.

Ben ouais. J'enfile mes chaussettes.

De la même couleur ? On dirait un avocat invité dans un talk-show.

Non. J'en ai des roses, des bleu clair. Un rayon de soleil transperce les rideaux et lui caresse les jambes. *Qu'est-ce qui te déplaît à ce point ?*

Tout. Elles sont faites pour les petites filles… et tu n'es plus une petite fille.

Je change de sujet. *Ça veut dire quoi, hic et moule au beurre dada ?*

Tu as entendu ça où ?

Ta mère n'a pas arrêté de le dire, je réponds en enfilant un survêtement. *Ça, et Annecy sous des niais.*

Il se redresse, pose les pieds par terre. *Tu as compris de travers.*

Depuis toujours, je considère les sous-vêtements comme des protections en coton blanc de la touffe pubienne, à la fois pratiques et hygiéniques. Si l'on élargit la perspective, j'ai toujours pensé aussi que ma féminité était symbolisée par un vagin en excellente santé et une bonne paire de seins. Arrive le Russe qui m'envoie un message à peine subliminal : être une femme, une vraie, cela ne se limite pas à posséder les bons attributs au bon endroit. Je deviens sensible au courant d'air et au bruit sourd d'une porte qui heurte le mur lorsque je l'ouvre à la volée, au sillon qui creuse ma cage thoracique lorsque j'éclate de rire, aux têtes qui se tournent sur mon passage au restaurant quand j'esquisse mes foulées de géant. Au moindre de mes cris l'air se contracte et je blesse les gens, sans le vouloir, en leur cognant le bras ; ils se crispent de douleur. Le Russe raille mes chaussures, aussi érotiques que des outils de jardinage, mes cheveux, qui manqueraient d'originalité, ma queue-de-cheval, qu'il juge banale. J'estime que l'eye-liner me fait une tête de déterrée, que le mascara transforme mes cils en pattes d'araignée, que le rouge métamorphose ma bouche en vagin miniature, sauf que lui voue une admiration sans bornes à ces accessoires. Moi, c'est nue, allongée sur le lit, après une épuisante séance d'entraînement, dans une transe hypnotique que je me trouve terriblement femme, mais je me vois mal expliquer la nuance à des gens dont j'ai déchiré les tympans, même sans le faire exprès. Je pare mes paupières d'un trait d'eye-liner à la Cléopâtre, je m'étends en travers des draps et je l'attends, nue, les cheveux sculptés par un peigne. Problème : ma transe sexy se mue systématiquement en sommeil bavouillant.

Dot s'offre une permission de trois jours, loin des gosses malheureux qu'elle doit repêcher à Portland et d'un divorce qui cherche à la démolir à tout prix. En virée shopping, elle pousse les cintres sur les portants avec une violence telle qu'ils grincent comme une nuée de chauves-souris et je regarde les vêtements filer dans un tourbillon. Mon regard est spontanément attiré par les pois, les petits blancs sur fond bleu marine, les gros crème sur fond noir. Je stoppe certains cintres à mi-chemin.

Tu déconnes ou quoi ? s'alarme Dot. *C'est pour les vieilles, ça, et en plus c'est immonde.*

Crochet par le rayon lingerie où une petite dame musclée aux mains rougeaudes prend mes mesures afin de me trouver un soutien-gorge digne de ce nom. Elle demande : *Vous êtes gymnaste, je me trompe ?*

Je mesure un mètre quatre-vingt-dix.

Ouh. Ça fait grand.

Trop grand pour devenir gymnaste. Vous, vous auriez pu en faire, de la gymnastique.

J'ai eu mon premier enfant à dix-sept ans, confie-t-elle, révélant des chicots jaune et gris.

Ce sourire encourage mon âme à s'épancher. *À cet âge-là, j'ai eu mes premières règles.*

Ça arrive, me rassure-t-elle, perchée sur une chaise, en ajustant un soutien-gorge qui empoigne mes seins et les fait pigeonner sous mon menton. Elle me les prend à pleines mains et les place là où elle le juge convenable.

Stupéfaction avant, pendant et après. Je commente : *On dirait que j'ai des oranges sous le menton.*

Elle m'étudie, le regard grave sous des picots de mascara violet, penche la tête, assure : *Non, pas du tout ; c'est très joli.*

Je me livre à elle. Elle revient les bras chargés de culottes faites de bandes de tulle lacéré et de soutiens-gorge à balconnets. Vautrée sur un sofa en velours pêche, Dot boit au goulot de l'eau minérale, perdue dans ses pensées.

Pendant qu'il parle il m'arrive de décrocher, de m'abîmer dans mes pensées. *Pourquoi lui ?* Ses incisives sont légèrement écartées. Je contemple ses dents du bonheur et je m'interroge : *Pourquoi lui ?* Le voici, une fourchette dans la main gauche, qui commente quelque chose que je n'ai pas suivi. Le voici encore, qui me demande si je l'écoute. Je hoche la tête, *Bien sûr*, un mensonge pur et simple. Et aussitôt il repose sa fourchette : *Si tu refuses de m'écouter, je refuse de parler.*

Non content d'afficher une susceptibilité exacerbée, pire que celle d'une fille, l'homme viril exige des doses massives d'attention. Il réclame de la femme féminine qu'elle papillonne autour de lui, avec légèreté et drapée d'une étoffe transparente, comme un chérubin polisson. Il m'explique, un jour où il baisse la garde, qu'en raison du sang russe qui coule dans ses veines il réfléchit intensément à tout ce qui se passe sur notre planète et juge nécessaire, voire essentiel, de hurler contre ceux qui sont infoutus de bosser correctement. Et pourtant, rien ne me prépare à la suite. Il hurle après les serveurs qui ramènent des plats tièdes, des huîtres à la fraîcheur douteuse, du bacon mal cuit dans des sandwichs ramollis ; il éventre le sandwich pour l'inspecter sous toutes les coutures alors que je me tortille, mortifiée, sur ma chaise. Il réclame : *C'est possible de parler au directeur ?* ou *J'aimerais dire deux mots à votre responsable.* Il s'avère parfois que la personne à laquelle il s'adresse est le manager, auquel cas il hausse un sourcil perplexe et se mure dans le silence, comme s'il refusait d'accorder le moindre crédit à une révélation aussi aberrante. Il déverse son mépris sur des filles à l'allure et à la coiffure hors normes s'il décèle une erreur de leur part dans l'addition. Je dis : *Lâche-la, la pauvre.* Il répond : *Un job, c'est un job.* Il conspue des laiderons qui prennent leur horrible boulot par-dessus la jambe. J'ordonne : *Arrête ! C'est pas de sa faute, à ce type !* Il dit : *Ce type n'en a rien à foutre de toi, chérie, et il vient de foirer ta commande.* Personne n'est épargné ; nul n'échappe à sa vindicte. Il renvoie des bouteilles de vin sous des prétextes divers et variés, *Bouchonné*, *De la piquette*, *Beaucoup trop chaud*, tandis que le sommelier lui retourne un regard froid de sommelier. Il se détache des longues files d'attente au cinéma si des idiots débitent des idioties trop fort et nous finissons la soirée ailleurs, tant pis pour le film que j'avais envie de voir. Le pire, c'est de croiser l'un de ses congénères ; la violence couve, l'atmosphère devient irrespirable. Le cas se présente avec un mécanicien, un serrurier, un informaticien peu scrupuleux et une fleuriste obèse qui cherche à lui vendre un bouquet fané depuis longtemps. Elle l'a emballé et paré d'un joli ruban, manifestement incapable d'identifier une situation de crise.

Dès que l'orage s'apaise, il se comporte comme si de rien n'était, comme s'il n'avait pas gâché ma soirée / ma journée / mon après-midi, et s'enquiert poliment : *Alors, ce poisson ?*, comme si chaque serveur, chaque client ne nous maudissait pas dans un coin de sa tête, et je réponds : *Excellent*, alors que le poisson en question n'est rien d'autre qu'une semelle en cuir nappée de cette cire citronnée dont se servaient les bonnes sœurs pour lustrer les bancs.

Un soir une voiture se gare trop près, bloquant la nôtre, et il nous faut dix bonnes minutes de manœuvres millimétrées pour nous dégager de la place. Il descend alors de la voiture sans mot dire et tord l'antenne de l'autre véhicule à mains nues ; je l'observe avec ce qui s'appelle un air éberlué.

Tu viens de tordre l'antenne de ce mec.

Merci, je n'avais pas remarqué.

Je le fixe du regard, abasourdie, silencieuse, mais l'antenne tordue gravite dans mon esprit. Et elle n'a pas quitté mes souvenirs, cette tige tristounette dont la petite tête en métal virevolte sur le capot. Dans ces moments-là, la loyauté exige de moi un silence absolu et, d'expérience, je sais que si j'ouvre la bouche la remarque la plus anodine peut mettre le feu aux poudres.

Il porte un parfum suave, envoûtant, qui me rend aussi moite que le cuir des sièges.

Tu sens un peu comme une fille.

Quoi ?

Tu sens un peu comme une fille. Je ne sais pas ce que tu portes comme parfum, mais c'est… sucré.

Ça m'étonnerait.

Ben… c'est du parfum russe, peut-être ?

Non. C'est pour les hommes américains. Les Américains mettent ça.

Bon, eh bien, tu sens comme une femme américaine.

Quand il est vexé, il livre des batailles non violentes, sans parler, qui durent des jours entiers, refuse de croiser mon regard, et le silence martèle l'air. Il reste dans son coin, ne téléphone pas. La tension m'épuise. Je plonge dans la piscine et même sous l'eau, je n'arrive pas à m'en libérer. Je dors mal, perds l'appétit, nage des longueurs minables jusqu'au jour où E. Mankovitz se sent obligé de débiter des laïus sur la concentration, qu'il émaille de soupirs, de grandes claques assénées par son bloc-notes, de mouvements de son cou veineux, de noms de champions internationaux suivis de leurs chronos respectifs. Il intime : *Gardons notre vie privée en dehors du bassin.*

L'un dans l'autre, toutefois, le Russe est un garçon très loyal qui voit tout en noir et blanc et doute fort que la loyauté des autres puisse rivaliser avec la sienne ou qu'il existe, en ce bas monde, des nuances de gris.

Tu sortais avec quelqu'un quand on s'est rencontrés, affirme-t-il un soir après avoir renvoyé son steak.

Je prends mon courage à deux mains et croque une bouchée d'un champignon poêlé aussi large qu'un béret. *On ne sortait pas ensemble... on se fréquentait d'une manière très amicale, très détendue.*

Alors ça ne te gêne pas de sortir avec deux mecs en même temps.

C'est toi qui m'a couru après, je rétorque, la bouche pleine.

J'ai juste voulu vérifier.

J'avale ma bouchée. *Vérifier. Et les saluts, les clins d'œil, les coucous, tu peux m'expliquer ?*

Il s'incline au-dessus de la table. *Tu sais très bien où je voulais en venir.*

Je me carre dans mon fauteuil, croise les bras. *Non. Justement.*

Allons, déesse de l'Olympe ! Il éclate d'un rire mauvais.

Déesse de l'Olympe ? Je ravale ma détresse. *Je suis accessible à cent pour cent ; tout le monde le dit.*

Oui, quand tu es sûre qu'on va se prosterner devant toi.

Je retiens mon souffle. *Tu délires.*

Hem hem.

Arrête avec tes hem hem à la noix. Pourquoi tu t'es pris la tête si je suis tellement…

Par curiosité.

Il me parle de cette voix qu'il prend lorsqu'il regarde une émission stupide, lit un article à peine croyable ou entend une phrase qu'il juge d'une sottise peu commune. Une voix qui le sépare de ses frères humains, comme s'il avait oublié que nous étions tous des bipèdes cheminant à grands pas vers la vieillesse, puis vers la mort. Cette voix, il la prend aussi lorsqu'il envoie ses critiques en pleine figure : impitoyable, infinie, porteuse d'une Vérité qui n'admet aucune discussion. L'acariâtre sœur Nestor a trouvé son maître.

Il emploie ce ton d'abord sporadiquement, de-ci de-là. *Il est rose, ce soutien-gorge ? Tu regardes vraiment ça ? Ça vient du Kansas ? C'est une bonne sœur qui t'a appris ça ? Et si on freinait un peu sur le yam ?* Quelque chose dans son inflexion, la position de ses épaules, la fixité absolue de ses yeux évoque en tout point, pour quelqu'un qui ne croit en aucun dieu, ni même en une quelconque idole, un pape séculier. Sa voix affecte l'équilibre de mes hormones, de ma rate, de ma colonne vertébrale, de mes chakras, de mes ressources énergétiques ; elle triture mes organes internes et les nerfs qui les relient ; elle fait tourbillonner mon système nerveux compatissant, me rend incapable de prononcer un seul mot, mais une fois tranquillisée je lui pardonne : il est russe, et on sait tous que les Russes sont fous.

Géant gargantuesque fantastique

La robe en soie bleu nuit dotée d'une encolure à la grecque que je porte, c'est le Russe qui me l'a offerte. Cette robe, je l'adore, mais j'ai d'abord adoré la boîte qui la renfermait. C'était la première fois de ma vie que je recevais une boîte de ce genre. Elle m'a métamorphosée : j'ai rejoint les rangs de ces femmes qui reçoivent des présents emballés dans des coffrets rectangulaires couleur chocolat, enrubannés de velours rose pâle. Ces femmes-là dénouent le ruban d'un geste gracieux et s'exclament *Oh ! Magnifique !* avant même d'avoir soulevé le couvercle. Notre hôtel, un écrin de verre suréclairé, domine New York. Le monde brille de mille feux ; une galaxie de lumières troue l'obscurité, la rumeur de la ville s'élève avec douceur comme une bulle de savon.

Le Russe s'est posté à la fenêtre. *J'adore cet endroit.*

Sports Illustrated m'a couronnée « Athlète féminine de l'année ». Ce sera la seule soirée de mon existence où je me retrouverai cernée par des gens plus grands que moi.

Le Russe, qui ne se sent plus de joie, ne se plaint de rien et refuse de laisser mon verre vide ; la blancheur immaculée de sa chemise souligne ses poignets hâlés, il recouvre mes mains de ses cals secs et chauds, stigmates de ses nombreuses heures de randonnées à vélo à travers les canyons. Il dit : *Profitons un peu de la vie.* Je bois quatre flûtes de champagne, goûte un mystérieux liquide rouge – pas du vin –, mets à la corbeille le discours rédigé sur du papier jaune et qui s'ouvrait sur *Merci, tout d'abord, pour l'honneur absolu qui vient de m'être accordé* et choisis d'improviser. Je pérore sur nos amis les chiens, les vertus de la camaraderie, les coaches dotés de superpouvoirs, la méthode Coué, la neige givrée du Kansas – rebaptisé *Ôôôô Kansas ! Mon cher Kansas.* Baissant d'un ton, je tente de motiver mon auditoire grâce à mon célèbre discours clamant que chaque montagne est à gravir, tandis que le Russe et Peggy se bidonnent. S'ensuit un silence ponctué d'applaudissements circonspects émis par l'élite des boxeurs, gymnastes, footballeurs, basketteurs, patineurs, plongeurs, joueurs de tennis, lutteurs, hockeyeurs, joueurs de base-ball, etc. du pays, c'est-à-dire de l'univers.

Nous nous rendons à plusieurs dans un club de jazz où coule à flots la vodka aromatisée au jus de canneberges. L'ambiance musicale est assurée par un groupe dans lequel s'illustre une femme aussi puissante que sa voix. Je lui confie tout le bien que je pense d'elle et elle fait *non, non* de la tête, alors que sa bouche affirme *Eh bien, oui ; oui, c'est vrai.* J'adore cette façon de nier le positif, d'affirmer une chose et son contraire en un seul mouvement. Mes yeux interprètent ses gestes, mes oreilles ses paroles et, entre-temps, mon cerveau résout le tout comme un tour de magie. Elle recommence lorsqu'elle chante l'amour, des *oui oui oui* tombent de ses lèvres quand ses poings se crispent. Passé minuit, les visages succombent aux lois de la gravité et je demande au Russe de me ramener à l'hôtel où, devenue sauvage, je jette par terre une boîte enrubannée de rose et pousse sur le lit, d'une seule main, un Russe étonnamment ivre.

Toutefois, le bonheur me déstabilise ; à peine l'ai-je entrevu que mes warnings clignotent et warnings égale problèmes, nul ne l'ignore. Pendant le voyage de retour, je pose ma tête sur son torse, perçois les battements de son cœur fantasque, me désintéresse du hublot, ne parle pas, perds mon sang-froid lorsque la sirène braillarde d'une ambulance traverse mon cerveau. Le Russe s'étonne : *On est drôlement calmes.* Et je mens : *Mais pas du tout,* parce que je ne sais pas quoi lui répondre.

Il veut s'installer à New York où il nous prédit un avenir de géants gargantuesques. Le poids immense d'un chagrin prématuré pesant sur mes organes vitaux, j'explique que personne ne nage à New York, qu'on n'y porte pas de tongs douze mois sur douze, qu'il y est absurde de s'encombrer d'une voiture, que sans voiture on ne peut pas écouter sa musique préférée en se déplaçant d'un point A à un point B, et autres *Et tu t'entraînerais où ? Et ton vélo, tu en ferais quoi ?*, tandis qu'il me tient la main sur une table de restaurant plongée dans le noir.

Je te parle de New York, déclare-t-il avec une conviction inébranlable.

Qu'est-ce qu'il y a de si intéressant à New York ? je rétorque, la conviction en moins.

C'est la ville la plus phénoménale de la planète. Tout le monde rêve de s'y installer.

Personne ne nage à New York, je contre-attaque, le poids immense d'un chagrin prématuré étreignant mon cœur. *C'est une vraie fourmilière. Il n'y a pas de juste milieu ; d'un côté les riches, de l'autre les fauchés. Ça attise les convoitises. Et la convoitise, c'est mal.*

Avec un soupir, il me lâche la main. *Et voilà, encore une fois tu cites la Bible. J'aimerais tant… On vit en Californie, bon sang, et la Californie, c'est mille fois plus… enfin bref… écoute, Mena, tu as passé l'âge d'être un dauphin. Il y a un tas d'autres choses à faire dans la vie, à part patauger dans une piscine. Il faut que tu envisages…*

Les Dauphins et moi, on n'aime pas assez New York pour y vivre. C'est moins sympa qu'on ne le croit ; tous ces gens déprimés qui marchent dans la rue, ça me rend nerveuse. Regarde ce qui c'est passé avec Roxanne.

Il y a des gens déprimés partout et Roxanne est devenue ce qu'elle est sans l'aide de personne.

Ils ont encore plus le cafard à New York. Et New York l'a rendue encore plus folle. Demande-lui, tu verras.

Il cogne ses phalanges contre les miennes, rituel russe millénaire, avant d'asséner : *De toute évidence, tu n'as jamais mis les pieds à Minsk.*

C'est impossible, XXVe olympiades Barcelone, 1992

Mille neuf cent quatre-vingt-douze, l'année du huit. Je n'ai pas touché à mes cheveux, je reste discrète, rationnelle et déterminée, mon esprit s'entortille en huit. Lorsque les journalistes réclament avec un petit sourire des prédictions grandioses, avec lesquelles je risque de me saboter, je souris en retour et rétorque : *Merci du compliment, Sherm, mais je dirais, en toute humilité, que tout est possible dans le meilleur des mondes possibles.*

Sherm me regarde et s'esclaffe. *Elle a bien grandi, Pip. D'où sort-elle, cette citation ?*

Du français. Une très vieille citation signée Bouvier, me semble-t-il.

Une citation signée Bouvier ? Mais…

L'Illustre E. Mankovitz intervient. *Le temps est écoulé, messieurs dames. On a une longue semaine devant nous.*

Mankovitz et moi visons l'impossible et faisons comme s'il s'agissait d'un élément tout bête à rayer d'une liste. Je me focalise sur le rayon laser qui émane de mon axe central et s'étire jusqu'à l'extrémité de mon couloir. Le rayon prend naissance entre mes yeux, fend l'eau, crée un espace dans lequel mon corps s'insinue. Mankovitz, qui s'est converti à des stratégies d'entraînement innovantes, me confie : *Regarder une grande nageuse évoluer dans son élément, je ne connais rien de plus beau.* Sous l'eau je me sens stable, calme. Je laisse mon corps flotter, me porter dans ses bras, je m'étire et m'enroule, enfin sereine, moins fatiguée au sortir de l'entraînement, moins fatiguée en pleine course, et mes chronos s'améliorent. Je surprends le Mankovitz qui m'observe à la dérobée, le visage en forme de huit. Pris sur le fait, il sourit et hoche la tête. *Huit*, suggère-t-il ainsi. Je lui rends la politesse. *Oui, bien sûr. C'est inévitable.*

Il m'oblige à suivre, en cachette, des cours de ballet auprès d'une danseuse étoile, une belle salope. Je contiens mes pleurs lorsqu'elle se place près de moi à la barre, me colle le genou sous le menton et le maintient en place à l'aide des brindilles démoniaques qui lui servent de bras. Je crève d'envie de lui arracher son petit chignon à coups de canines ; elle aimerait bien m'enfoncer le genou dans le sternum. Sans nous l'avouer, nous entamons un bras de fer.

Ça va comme ça ? demande-t-elle en me déboîtant lentement le bras.

Parfait, merci, je réponds en visualisant son cadavre au fond d'une piscine.

Je médite sous la direction d'un maître zen, assise par terre, et scrute la face interne de mes paupières afin de me convaincre qu'aucun de mes objectifs n'est édulcoré, illusoire ou fou.

Pour la première fois depuis de nombreuses années mes adversaires suprêmes sont féminines à cent pour cent ; aucune caractéristique masculine en vue, hormis quelques pectoraux bien développés. Il y a là plusieurs Australiennes, une Française immature aux épaules de bébé chimpanzé qui cherche à me défier de son regard noisette, une Hollandaise et une arriviste qui représente l'Allemagne unifiée, à mille lieues des Allemandes de l'Est baraquées de la grande époque – mains délicates, cou normal. Zéro surprise.

Le Russe est au courant, pour le huit. Il est l'unique personne – à part E. Mankovitz – que j'ai mise dans la confidence, ce qui ne l'empêche pas de me faire la tête dix jours durant, pile avant que je ne rallie le camp d'entraînement de Majorque. Sa fureur émane d'un recoin obscur situé quelque part sous son crâne qu'il choisit de ne pas partager avec moi, mais son silence dégouline de sous-entendus signifiant *Tu me traites comme un de ces nageurs ennuyeux dont tu n'as rien à faire* et je regrette soudain d'avoir joué cartes sur table au sujet de mon passé chaotique. En proie à une tension olympique extrême et incapable d'apaiser sa colère, je déclare : *Détends-toi, Alex ; tout va finir par s'arranger*. Erreur tactique. Sa mauvaise humeur atteint son apogée à l'aéroport, alors qu'il tourne les talons et part sans même un au revoir après avoir vu un autre membre du Team USA, ce dégénéré de Randy Urid, me mettre une main aux fesses.

Il fait ça avec tout le monde, j'explique à son dos qui s'éloigne. *C'est sa façon à lui de dire bonjour, à ce gros con. C'est pour rire. Reviens. Je n'arrive pas à y croire.*

J'ai beau crier, il lève la main sans un regard en arrière.

La scène n'échappe pas à Mankovitz. *Tu régleras ça plus tard. On a d'autres choses à gérer.* Puis il m'adresse un sourire et hoche la tête. *Huit.*

Nous y sommes. Je glisse deux amandes grillées bio dans chacun de mes blousons, je reste allongée sur mon lit, me masse les orteils, l'esprit tendu la plupart du temps vers le huit, de temps à autre parasité par des flashes – la Russie, encore et toujours – qui rougeoient avant de s'évanouir dans les airs.

Postée devant le miroir, Peggy s'occupe de ses cheveux. *Tu l'as vue, la Hollandaise ?*

Je n'écoute que d'une oreille. *Ouais.*

Elle rentre les joues, écarquille les yeux. *Tu l'as bien regardée ?*

Ouais. Oui. Je l'ai regardée.

Elle étudie son profil. *Et tu n'as rien remarqué ?*

Je me redresse. *Non.*

Elle observe mon reflet ; je me malaxe la nuque, mes pensées presque recroquevillées sur le huit. *Elle est… dis voir, tu crois qu'il est naturel son bronzage, et qu'elle est née avec de gros cils gluants et des lèvres rose fuchsia ?… Tu t'es dit qu'elle avait des parents extra-terrestres à la peau pastel ou quoi ?*

J'observe son reflet qui observe le mien. *Pourquoi tu fais ça ?*

Elle sourit, montre ses dents ; en sa qualité de fille d'orthodontiste, elle n'a de cesse de traquer les moindres imperfections. *Quoi ?*

Pourquoi tu dis des trucs pareils avant une compète importante, essentielle.

Délaissant le miroir, elle me fait face. *Je n'en sais rien… c'est intéressant, et dans ce cas précis, pathétique. C'est vrai, le maquillage et l'eau… qu'est-ce qu'elle essaie de prouver ?*

Peut-être qu'elle est amoureuse d'un nageur et qu'elle a peur de se faire larguer si elle lui montre son vrai visage.

Tu as inventé ça toute seule ou c'est Sunny qui parle à travers toi ?

Toute seule. Je pose ma tête sur mes genoux et étire ma colonne vertébrale, les reins aussi courbes qu'un panier en osier.

J'ai travaillé sous la houlette d'un hypnotiseur qui m'a appris à développer une nouvelle relation à l'eau. L'enseignement porte si bien ses fruits que l'élément liquide me devient plus vital que l'air. Je suis aussi concentrée et affûtée qu'un couteau de barbecue japonais. Je sais ce que l'avenir me réserve dans les moindres détails ; il me suffit d'attendre que le scénario se déroule de lui-même. La première médaille d'or sera la plus facile à décrocher. La difficulté grandira peu à peu à partir du moment où la presse s'emparera du huit et appliquera sa pression stérile. Les yeux fermés, je me perds dans l'immense mine à ciel ouvert qu'est mon esprit, des éclairs couleur de sang flamboient alentour. Je m'implore toute seule : *Repose-toi !*, mais désobéis à mes propres ordres. Je jette un coup d'œil à Peggy ; elle reprend haleine, les jambes contre le mur, la tête ballant au bord du lit. Nous vivons là nos derniers jeux Olympiques, mais nous l'ignorons encore. D'ici trois ans, Peggy aura été engrossée par Barney Rubble et ma mâchoire cousue avec du fil de fer pour mon bien. Enfoncée dans mon huit jusqu'aux genoux, je me laisse aller à une bienheureuse inconscience. *C'est ce que je suis. C'est mon boulot.*

Les voici, mes deux pieds, agrippés à la surface du plot de départ. Je suis accroupie, il fait quarante degrés, le soleil tape et rabote mes épaules, mon esprit censé se tenir à carreau refuse de jouer le jeu. *Hé. Il est où, ce crétin de Russe ?* Ma cinquième finale. Je commence à fatiguer.

Je patiente, les yeux braqués sur la ligne des quatre mètres. Le bip retentit ; je charge. La piscine se dresse comme une montagne ; je me suspends à sa saillie, l'eau se love autour de mes bras et tente de me retenir, m'écrase les pieds et tente de les stopper. Je sens mes globes oculaires craquer aux coutures et, juste en dessous, une infime giclée d'acide lactique, marqueur de l'épuisement. Ignorant la fatigue je tourbillonne, tords les épaules, rebondis de toutes mes forces contre le mur avec un grognement qui ne franchit pas mes lèvres et surfe vers la cinquième. Lorsque je touche le mur, la folie gagne le public. Je devrais laisser l'émotion me submerger, mais je tiens bon. Mes yeux repèrent Mankovitz ; il mâchonne un chewing-gum et se frappe la cuisse à l'aide de sa casquette un, deux, trois, quatre, cinq fois. Il me regarde, hoche la tête : *Ça fait cinq*. Je lui rends son regard, me réchauffe dans le bassin d'échauffement, laisse l'eau cascader sur moi comme de l'air. Trop occupée à me demander où est passé ce connard de Russe, je n'ai pas le temps de m'émerveiller devant l'exploit prodigieux que je viens d'accomplir grâce à un savant cocktail de travail acharné, de désir irrépressible et d'amour pathologique de la compétition. Plus tôt, alors que j'observais minutieusement les gradins, j'ai aperçu les Peggy coiffés de gigantesques chapeaux bleus sur lesquels flottent des étoiles rouges. J'étudie de nouveau l'assistance grouillant d'anonymes, les visages éteints sous l'effet de la chaleur. *Où est-il?*

Ma capuche sur la tête, je m'apprête à passer devant la meute des journalistes; ils ont eu vent du huit, ils sont à l'affût. Je les salue, leur offre un sourire paisible, déclare: *Oui, ça fait cinq*, et c'est à cet instant que je le vois. Paralysie générale. Il se tient derrière la barrière de sécurité et m'observe, fragment de métal froid. Exténué, il m'explique: *Tu sais que je n'aime pas quand un type te touche comme ça*. Je dis: *Tu t'énerves pour un rien*. Lui: *Ces exploits de natation, c'est trop. Ça empiète sur tout le reste*. Moi: *J'essaie de faire mon boulot du mieux possible, tout simplement*. Lui: *Je sais combien c'est dur. C'est magnifique, comme tu nages*. Il sourit, et son visage hargneux s'ouvre comme une fenêtre. C'est dans ces moments-là que je l'aime. Moi: *Je t'aime quand tu n'es pas méchant*, et lui: *Je t'aime aussi, et ça ne m'arrive pas souvent*. Mon cœur titube, *huit*. Un large sourire aux lèvres, je prends une inspiration lente, profonde, et mes poumons expirent de soulagement. Lui: *Tu peux y arriver*. Moi: *Je sais*.

Et je le sais.

J'attends, détendue, tel un animal puissant qui s'apprête à fondre sur sa proie.

Je nage, je sens posés sur moi des yeux slaves, que je ne parviens pas à localiser. *Six*.

Mankovitz, surexcité, serre les dents et clignote des yeux, *Tu y es presque*, tandis que je suçote le sel de quelques amandes grillées, la main sur le cœur.

J'attends.

Je nage, mon corps se fraye un chemin net et précis dans lequel je me faufile, je sens près de moi les membres de la nageuse la plus rapide d'Italie fouetter l'eau avec frénésie, je la distance au virage. *Sept.* Nouveau podium, nimbé d'une étrange brume électrique. Je courbe le cou afin d'être guillotinée d'or, la foule m'ovationne, la bannière étoilée est hissée, splendide, sous un soleil brûlant.

Je regagne le village olympique et m'abandonne à ce puissant narcotique qu'est le sommeil, mon cerveau fredonnant *huit* en boucle alors que Peggy regagne furtivement la chambre, s'affale sur le lit et rêve jusqu'au petit matin.

Le jour de la huitième médaille je me réveille tôt, j'ouvre les volets et regarde le stade olympique en contrebas, édifice de pierre, de verre et d'acier ; des badauds déambulent comme des jouets mécaniques, toutes nationalités confondues. Peggy s'éveille à son tour et demande : *Tu es fatiguée ?* Je me tourne vers elle : *Non.*

La matinée s'écoule entre rêve et réalité. Le calme règne au buffet du petit déjeuner ; Peggy lance des œillades à un nageur suédois qui la dédaigne avec soin. J'ai l'impression que des regards s'attardent sur moi ; lorsque je lève la tête, tout le monde a le nez dans son assiette.

J'attends. Mes rivales veulent me faire la peau, l'air est imprégné de leur rage. *Je suis la femme à abattre.* Le principal, estiment-elles, c'est que l'une d'elles me batte, peu importe qui.

Nous défilons derrière les plots de départ, sous le dôme de verre se répand un silence crucifiant, surnaturel. Mankovitz est là, en compagnie d'une petite bande d'entraîneurs, Kyd à ses côtés. Je me poste sur le plot, braque mon regard sur le point vers lequel il me faudra fendre à la manière d'un couteau. Le signal électronique retentit et je me surprends à déchirer les airs, presque après coup. Je les sens derrière moi qui luttent, je sais qu'elles ont enfin compris. *Huit. Inévitable.*

J'éprouve un soulagement indicible qui irrigue mon organisme lorsque je gravis mon dernier podium olympique. C'est fini, ma liste est close ; je peux désormais la mettre de côté.

Je donne les meilleures interviews de ma carrière à Barcelone, carrée dans mon fauteuil. Euphorique, et pourtant complètement vidée, je suis comme un Bouddha plongé dans une profonde mais vigilante torpeur. Il en aura fallu, des compétitions, des banquets et des séances diapos, des distinctions honorifiques, des moissons d'or, d'argent et de bronze, des gâteaux d'anniversaire préparés de mes blanches mains, des cadeaux de Noël que je trouvais en moins d'une demi-heure, des heures passées dans son bureau à sangloter ou à le défier du regard, avant de voir pleurer le Mankovitz. De voir ses larmes, deux gouttes grises et luisantes, perler au creux des poches qu'il a sous les yeux. À la huitième médaille il est resté pétrifié au bout du couloir, accroupi, la tête entre les mains. Depuis, entre nous, tout a changé. Il m'a dévoilé son attachement, qu'il refusera d'évoquer, et je lui ai dévoilé le mien.

Huit est une puissance de deux

Huit médailles d'or. Huit ! J'ai failli perdre le compte. Je te jure. En plus la natation, je m'en fous royalement. Huit.

Roxanne est en petite culotte, couchée sur le plongeoir ; à côté d'elle, largement entamée, une bouteille de vin. Elle fume un petit joint que je l'ai vu rouler d'une seule main. Moi, je flotte sur le dos, les yeux perdus dans les étoiles. Installée dans le hamac, Dot fait semblant de somnoler. Nous sommes au mois d'octobre, il fait aussi chaud qu'en juillet et le Russe se fait discret depuis l'arrivée de mes sœurs.

Et cette nana qui a débarqué de nulle part... Elle retient la fumée tout en parlant.

Tia Woodward, je précise, toujours sur le dos.

Une belle salope. Elle exhale.

Elle voulait gagner, c'est tout. Je plonge.

Une fois ou deux j'ai presque cru qu'elle allait te rattraper, dit-elle lorsque je remonte à la surface.

Impossible. Je ris, uniquement parce que tout cela est derrière moi.

Comment tu peux en être sûre ? s'étonne-t-elle, avalant une grande lampée de vin.

L'intuition. Je sens mes cheveux flotter autour de mon visage.

Quel âge elle avait, même pas douze ans ? Elle plane déjà.

Dix-huit.

Putain... dix-huit ans. Voyons voir... à dix-huit ans... j'étais... Elle plane carrément.

J'étais déjà allée à L.A., je dis.

Tu te fous de moi… à dix-huit ans ? Elle se redresse et s'assied au bord du plongeoir, les jambes pendantes.

Oui. La lune évoque une pupille piégée à la verticale entre deux paupières.

Dot se met debout. *C'est à cette époque que maman a perdu les pédales.*

Roxanne éclate d'un rire cruel. *Elle était déjà folle bien avant.*

Je ne me sens pas d'humeur à parler de maman. *Changeons de sujet.*

Dot se pose au bord de la piscine, s'empare de la bouteille, boit une longue gorgée. *Elle a toujours été folle. Sauf que personne ne s'en rendait compte.*

Ça ne marche pas comme ça.

Ça marche comment, alors ? Explique-nous.

Au début tout va bien et, un beau jour, une catastrophe se produit et te force à réfléchir. Et une fois que tu te mets à cogiter, c'est fini. J'en mettrais ma main au feu.

Nous gardons le silence un long moment, puis Roxanne dit : *Je commence à flipper*, et nous l'aidons à regagner son lit.

À l'issue de ces Jeux phénoménaux, le tourbillon du monde te happe. Tu dois tourner une publicité pour un rasoir à New York puis inaugurer à Hawaï une clinique destinée aux nageurs professionnels. Tu es interviewée par des comiques qui t'assaillent de questions stupides censées faire rire les gens de l'autre côté du poste. Tu te rends à Disneyland où tu testes toutes les attractions, tu nages gaiement avec des dauphins, déjeunes en compagnie de quelques cadres sup' et de leurs enfants qui sont en adoration devant toi, prends la pose avec le capitaine Crochet et disparais. Si tu fréquentes un Russe, tu dois faire preuve d'une extrême prudence : au téléphone, le soir, tu adoptes un ton mesuré et prétends que tout ce cinéma t'assomme. Tu étudies ton reflet dans le miroir, te demandes ce que l'avenir a en réserve pour toi, te glisses dans un lit qu'une main inconnue t'a préparé. Les draps seront frais et raides, les fenêtres encadreront de vastes pans de ciel et, en contrebas, une ville grouillera de vie.

Dans les avions du retour, je ne pense qu'à lui. Il m'attendra à l'aéroport, en retrait, à l'écart de la cohue ; à certains moments il a les cheveux courts, à d'autres il les a ras, presque tondus. Il me lance : *Ça s'est bien passé, les rasoirs, les maillots, les lunettes de plongée ? Ils étaient comment, les types de l'assurance ? Comment va Speedo ? Comment va Timex ? Comment va Hank ?* Et en frottant son crâne hérissé je réponds : *Bien, bien, bien, bien, bien* et la fièvre retombe jusqu'à l'instant où je me retrouve debout au bord d'un bassin vide, les vapeurs chaudes infiltrant la fraîcheur de l'air matinal, mes orteils cramponnés au plot de départ, prête à plonger.

Match aller, match retour

Glisser, virer. Technique du requin. Technique de la tortue. Des vieillards cacochymes et moroses disent : *Un jour existe, le suivant pas encore*. Respirer. Rythme deux temps. Tangage du corps. Rotation de l'épaule. Déplacement. Des vieillards cacochymes disent : *Ô courage. Ô chagrin.* Regarder les aiguilles de l'horloge, sentir l'eau caresser la peau. Le corps vise un point focal, l'esprit projeté vers l'avant. *Le temps transforme tout ce que nous connaissons en écume.* Je tourne vivement, le cerveau happé par un vrombissement électrique, et j'entends dans ma tête un bruit qui me rappelle la fois où Leonard a coupé le journal en deux avec son couteau japonais, celui d'une déchirure homogène, puissante : *Ta da.* Mon épaule. La douleur se propage en ondes de choc, en lames de fond, en déferlantes, en vagues tueuses, elle jaillit, se répand, gronde, plonge. Le cœur serré, je m'immobilise et me laisse porter par l'eau.

E. Mankovitz implore plusieurs coéquipiers et un gardien de me transporter jusqu'à une voiture et me conduit, pied au plancher, à l'hôpital. Durant le trajet j'observe par la vitre les gens au volant de leur véhicule, ils ont les traits tordus en une grimace intime réservée à la solitude de la route.

Étendue sur le dos, affublée d'une hideuse blouse bleue, j'écoute trois médecins débattre de ma condition. Le plafond se compose de fines plaques de plâtre cernées de tubes de lumière fluorescente.

Il est très probable que vous vous soyez déchiré le labrum ; soit on opère, soit vous souffrirez jusqu'à la fin, voilà le message subliminal qu'ils m'adressent.

Circonspecte, un cœur prudent martelant ma poitrine, j'affirme : *Ça ne fait pas si mal que ça.* Je refuse le baiser de la mort alors même que je sens ses lèvres glacées m'effleurer la peau.

Supercoach se tait, soucieux. *Il va falloir réfléchir très sérieusement au problème, peser toutes nos options.*

Entre en piste un fameux chirurgien aux sourcils ratatinés qui énumère les bénéfices potentiels d'une opération. Il me montre de quoi un chirurgien est capable puis entreprend de dévider un chapelet de statistiques afin d'assurer ses arrières. Voilà ce que j'exècre le plus chez les médecins, l'inventaire de ce qui peut mal tourner. Connaître l'éventail des éventualités éventuelles, cela met un terme à tous vos mouvements, prémédités ou involontaires. Submergés d'informations, les spermatozoïdes se figeraient en pleine course. Je visualise mes muscles racornis, des tranches de bacon sec. Tirer un trait sur la natation. Traîner toute la journée. Tuer le temps.

E. Mankovitz boit ses paroles.

Je me révolte du regard. *Je serai à l'hôpital, Ernie.*

Personne ne se révolte contre l'Éminent E. Mankovitz ; il est coulé dans le bronze. *Pour être soignée par les meilleurs médecins.*

Ils me diront que tout va pour le mieux. Je commence à trembler.

Parce que tout ira pour le mieux, déclare-t-il, calmement.

Mais je n'en saurai rien tant que ce ne sera pas fini.

On n'en sait jamais rien tant que ce n'est pas fini.

Et si après l'opération je découvre que ça ne va pas mais qu'ils continuent à me dire que tout va bien, hein ? Mes dents claquent ; je retiens ma mâchoire d'une main.

Je ne te suis plus. Lorsque je tourne E. Mankovitz en bourrique, il dirige son attention ailleurs. Il étudie ses chaussures, des Adidas en cuir blanc ornées de bandes bleu foncé. *Il y a toujours un temps de repos et de convalescence,* affirme-t-il.

Vous avez entendu ce qu'il a dit, tous les risques que ça comporte, je déclare en me rongeant les phalanges.

C'est le meilleur dans sa partie, rétorque-t-il, évoluant dans un monde binaire. *Ça fait partie de son métier d'évaluer les risques.*

Mon cerveau baigne dans un tourbillon de couleurs vives. *Il y a tellement de malades dans les hôpitaux… et si jamais…*

Si jamais quoi…

Je me cramponne à sa main. *J'en sais rien, moi. Il y a des gens qui meurent.*

Il me serre la main, baisse la voix, s'en tient à la vérité. *Les gens meurent parce qu'ils doivent mourir ; ceux qui doivent guérir guérissent.*

Je ne prends conscience de l'étendue de ma panique qu'à l'instant où le Russe me rejoint dans ma chambre et que Mankovitz s'éclipse. Je m'agrippe à son bras, tire dessus, déblatère : *Alex. Alex. Aide-moi. J'ai mal qu'est-ce que j'ai mal putain j'ai mal à l'épaule putain c'est terrible. Je suis morte, morte, mon corps ne nagera plus jamais comme il faut, jamais ; tout est fini. Ce chirurgien, là, avec ses sourcils pourris – tu l'as vu ? –, il n'a pas arrêté de m'avertir, de m'avertir, de m'avertir… Les médecins ont toujours cette tendance à vouloir… et voilà, voilà… tout est fini, fini. La vie c'est… c'est…* Mes intestins bouillonnent comme de l'huile de friture.

Il m'étreint, son visage slave aux pommettes hautes et à la symétrie parfaite reste impassible, il me rassure : *Écoute ; on va bien réfléchir à tout ça.*

Il me ramène à la maison, le pied sur l'accélérateur, les yeux braqués sur la route, l'esprit envahi de pensées qui demeureront un éternel mystère. Il me présentera une solution, une seule ; il me suffit de réagir en vraie femme et de me soumettre.

Les semaines s'égrènent, il m'invite au restaurant, n'émet pas la moindre critique au cours du dîner. Le serveur s'enquiert : *Tout va bien, monsieur ?* et monsieur répond : *Oui, parfait, merci*, tandis que je me morfonds.

J'ai pas mal réfléchi… les choses se mettent en place… j'ai fait ce que j'avais à faire, et maintenant que tu as ces problèmes à l'épaule… peut-être qu'il est temps de bouger. Il tranche un épais steak rouge.

Bouger ? Ma fourchette reste en suspens au-dessus de l'assiette.

Oui. Passer à autre chose. J'ai mon diplôme. Toi aussi. Installons-nous à New York. Posant son couteau sur la table, il me regarde dans le blanc des yeux.

Tu veux tout plaquer ? Je repose ma fourchette.

Passer à autre chose. Il avale une gorgée d'eau.

New York ? La main du chagrin me saisit le cœur et le serre fort.

Oui. Mal à l'aise, presque au supplice.

Maintenant ? La main du chagrin est gantée de cuir noir.

Bientôt. Le temps de régler deux trois trucs. Il tranche son steak, mais n'y touche pas.

Mais je suis en rééducation. Ernie m'a dit qu'il connaissait un docteur qui peut faire des miracles…

Je veux que tu viennes avec moi. Je veux qu'on s'installe ensemble. Qu'on construise quelque chose, toi et moi. Tu as passé assez de temps dans l'eau. C'est l'heure de t'échapper de ta prison. Tu peux t'investir dans tellement d'autres trucs. L'exaspération le gagne, il se met à plisser les yeux.

D'autres trucs.

Tu sais très bien lesquels. Il y en a tellement … Les reportages télé, par exemple. Tu pourrais devenir consultante, responsable de stages sportifs, entraîneur. Des tas de choses. Le petit écran. La radio. Les bébés.

Le petit écran… la radio… les bébés ?

Qu'est-ce qui te choque là-dedans ?

Les bébés, c'est... je n'ai jamais envisagé...

Je m'interromps, submergée par un accès de terreur intense, d'une violence telle que mes paumes en deviennent moites. Un bébé flotte à travers mes pensées. Un : trop petit pour être vivant. Deux : une peau nue aux veines apparentes et un point palpitant au sommet du crâne, sous lequel turbine le cerveau. Trois : trop délicat pour survivre. Et si on l'oublie une petite seconde, qu'il gigote un peu trop dans son lit et s'enfouisse sous une couverture ? Et si on l'abandonne et qu'il s'empale sur un couteau ?

Je lui retourne un regard empreint d'horreur et cela touche une corde sensible au plus profond de son âme slave, immémoriale et cinétique. Il m'a donné le choix et ce choix, je ne l'ai pas fait d'emblée.

Il n'en parle plus onze jours durant, un sourire féroce taquinant les commissures de ses lèvres à la façon d'une virgule inversée. Il s'allonge et dort sur le dos, le visage fermé, inhumain, Dracula dans toute sa splendeur. Je lui rends son sourire, à la fois affable et sage, comme s'il s'agissait d'une saute d'humeur temporaire, alors que le signal *danger danger danger* se réverbère le long de ma colonne vertébrale. Je dors sur le flanc, contemple un clair de lune qui reste immobile malgré la fuite des heures, me tait. Erreur tactique.

J'engage avec Sunny et Peggy de longues discussions sur l'avenir. Nous nous blottissons autour de salades mexicaines servies dans des bols aussi grands que des Stetsons, qui auraient fait tourner de l'œil à Mona. À en croire Sunny, *Les bébés ne meurent pas comme ça, sans raison, dans un pays développé ; c'est rarissime*. Elle se compose une face de psychologue, celle qui suggère : *Tu devrais consulter*.

J'ai tellement mal à l'épaule que j'arrête de m'en servir.

Le Russe me met au pied du mur un soir, tandis que je contemple le plafond, affalée sur le canapé.

Il m'effleure le dos de sa main chaude. *Alors, tu as réfléchi ?*

Je prends mon courage à deux mains : *Pas question de passer sur le billard.*

Ah bon ?

Je ne peux pas tout abandonner.

Quoi ? lâche-t-il. Sa main retombe, inerte. *Et quels sont tes projets ?*

Je vais finir ma rééducation. Ernie dit qu'avec un peu de chance, peut-être que… et ensuite je vais me concentrer sur Atlanta. Je ne suis pas… pas encore prête à prendre ma retraite. Je me sens trop…

Ses yeux se recouvrent d'une couche de glace. Il ouvre la porte d'entrée d'un geste brutal et inspire lentement. Je reste clouée sur place, hérisson bloqué au milieu d'une autoroute. Il se retourne, me salue, déclare : *Si tu as l'intention de faire traîner les choses et de te torturer en attendant que tes chronos dégringolent, libre à toi, mais si je franchis cette porte, c'est la dernière fois que tu me vois, ma belle. C'est ta dernière chance.* La nervosité me gagne, j'éclate de rire, il me quitte sans un regard.

Je considère ses procédés comme la marque d'un sadisme typiquement russe, l'absence de coups de fil, la disparition d'affaires personnelles durant mes séances de kiné. Je laisse des messages polis sur son répondeur. *Allez, Alex. Tu sais que je traverse une passe difficile… tu es mon… on peut… tu verras… rappelle-moi. Ne me fais pas ça.* D'abord les raquettes de tennis, puis sa panoplie de shorts cyclistes, l'eau de Cologne sucrée, les bouquins sur le pouvoir de l'argent, les T-shirts, les chaussettes, les chaussures, une boîte de lames de rasoir et, horreur et effroi, une boîte de préservatifs. Arrive le jour fatidique où, sur la table de la cuisine, sa clef se matérialise. Ma poitrine est transpercée de douleurs fulgurantes, mon bras droit parcouru de fourmillements avant de s'engourdir, mon cœur bat la chamade. Je panique, l'adrénaline court dans mes veines et j'appelle le médecin de l'équipe, tordue de terreur.

Il m'ausculte, pousse un soupir. *Mieux vaut faire des examens, mais je mettrais ça sur le compte du stress.*

Des coéquipiers me tiennent au courant des tribulations du Russe. Certains y prennent plaisir, d'autres pas. Ils l'aperçoivent en compagnie d'une fille, puis d'une autre, ou peut-être de la même les cheveux teints. Ils me donnent aussi de ses nouvelles. Il laisse tomber la natation, déménage à New York, se trouve un boulot gargantuesque.

Il me téléphone avant de mettre le cap sur sa nouvelle vie rutilante, solide, renforcée d'acier, bétonnée et verticale. Il me parle d'une voix cassante et froide, mais je me suis métamorphosée en bloc de bois gangrené par la honte et ma Jeep file à toute allure sur une route qui mène droit à l'enfer.

Moi : *Tu m'as lâchée quand j'étais au fond du trou*, et je ne mens pas.

Lui : *Ahhh, la reine de l'ego n'a pas quitté le royaume du nombril*, et il raccroche.

Certains envisagent la vie avec fatalisme. Ils me consolent, *Peut-être que vous n'étiez pas faits l'un pour l'autre*, à quoi je rétorque, crachant presque : *Allez vous faire foutre*. Je me réveille en pleine nuit dans la pénombre bleutée de mon appartement bien éclairé, tandis que la radio se pâme et que le téléviseur fredonne à l'unisson. Mes conférences de presse se colorent d'une *pointe de frustration*, à en croire mes sponsors. En apparence je reste la même et prétends qu'il en est de même à l'intérieur, mais nous ignorons ce qui nous soutient jusqu'au moment où ce soutien nous est retiré, et l'on se dresse alors au sommet d'une montagne de néant.

Pour m'assurer une guérison optimale, Babe m'envoie une liste d'instructions rédigée à la main. Méditation, visualisation mentale, sudation, ingestion de cellules vivantes importées du

Japon, étirements, cataplasmes d'argile et vingt-trois sortes de vitamines et de minéraux concentrés dans des gélules biologiques, pareilles à des minibottes de paille comprimée, qui coûtent la bagatelle de 99,99 dollars le bocal de trente.

Elle me conseille d'entrer en contact avec mon Indienne intérieure, et j'obtempère sagement. Je chantonne, prends le temps de dialoguer d'une voix douce avec mon corps : avec tous mes os et tous mes muscles, avec mes veines, mes organes, les vitaux comme les secondaires. Je chante les louanges des tortues avisées, les louanges du ciel philosophe. J'adresse des paroles caressantes à mes muscles et à mes organes, des paroles mesurées à mon cœur et à mon esprit. *Je vous adore, les gars, tenez bon, n'abandonnez pas, absorbez un peu d'oxygène et respirez un bon coup, chassez le poison et la douleur avec, continuez comme ça, courage, bougez-vous le cul de ce bourbier, laissez tomber et cassez-vous, arrêtez de maugréer et de pleurer sur votre sort sous prétexte que vous avez tout laissé se faner et crever autour de vous…*

L'un de mes sponsors me prend en pitié et m'envoie le vélo d'appartement le plus coûteux du marché, un petit bijou de technologie. Je l'enfourche et pédale, forçant le malheureux à gravir des collines aussi abruptes que des montagnes, à dévaler des pentes à pic à la vitesse du vent, tournant le dos à la douleur qui est, depuis toujours, synonyme de progrès, à moins de prendre en compte ces moments où elle se résume à ce qu'elle est, une souffrance.

De gentils nageurs veulent m'accompagner à des barbecues trois étoiles. Ils m'appellent, m'invitent à sortir, mais le Russe m'a gâché à jamais tout le plaisir que je pourrais y trouver. Je fais l'amour avec un beau gosse, dans son lit *king size* dont je m'échappe comme une voleuse à quatre heures du matin.

Je perds, le cœur crispé comme un poing.

Je perds, chronos médiocres.

Peggy sort avec la superstar du hockey canadien. Il la couve du regard, comme si son amour promettait d'être éternel. La destinée de Peggy affiche le visage de Barney Rubble.

Tu ne le trouves pas chou ? Elle est aux anges.

Fais gaffe. Je préfère la mettre en garde.

Arrête tes bêtises. Elle s'esclaffe.

Deux mois plus tard, enceinte de deux mois, elle se retrouve à Vancouver où elle dévore le moelleux gâteau aux carottes de belle-maman.

Plus dure sera la chute, acte deux

Je visualise. Paupières closes, je regarde mon esprit devenir matière. Je m'hypnotise. Je lévite. Pourtant, sous l'eau, mon bras gauche faiblit, mon bras droit surcompense, ma technique part en sucette. Une horde de toutes nouvelles nageuses, queues-de-cheval débordant de tonus et goûts musicaux originaux, me dépassent, torpilles lancées à travers l'espace intersidéral. Je les sens glisser tout près de moi, j'invoque chaque fibre de mon esprit conquérant, je perds. Serviette autour du cou, elles viennent me voir, me serrent la main, m'avouent qu'elles m'admirent depuis toutes petites. Je lâche un *Merci*, le regard durci comme ces flocons de neige en plastique que les enfants collent aux fenêtres. Des doutes existentiels m'assaillent au plus noir de la nuit, dans mon sommeil léger s'infiltrent des rêves que j'aurai oubliés au réveil. Je sombre dans un gouffre sans fond, ma libido fond comme neige au soleil, mon vagin ne s'anime pas plus qu'une moule de dessin animé. Le docteur Sunny Lewis attribue à cet état d'esprit un nom qui ne me dit rien qui vaille. Les bonnes sœurs, elles, en rendaient responsable la solitude.

Je contemple le plafond, je me dis : *Arrête de contempler le plafond.*

Dot s'exaspère, affirme que je souffre d'une crise d'égocentrisme aigu dont j'ai parfaitement conscience.

Supercoach m'informe qu'une guérison totale implique de la patience ; ses sourcils ont grisonné jusqu'au dernier poil, histoire de le préparer aux affres de la mort. Je lui fais savoir qu'il ne m'a pas échappé qu'il ment, ce qu'il savait déjà, puis je quitte son bureau, vexée.

De sa main veineuse, le père Tim bénit l'air qui baigne l'écouteur du téléphone, soupire, déclare : *Tu t'en sortiras*, préoccupé par un marasme religieux sans précédent. À la messe dominicale de Glenwood, le nombre de paroissiens est en chute libre.

Roxanne me dit : *Ton cerveau doit être accro à l'eau ; on a tous une came de prédilection.*

Je me qualifie à grand-peine pour le championnat du monde, lors duquel toutes les nageuses de la planète m'écrasent allègrement, et un journaliste japonais me demande si cela me perturbe d'avoir ainsi trahi ma patrie. Je garde mon sang-froid, le cœur noyé dans une vacuité abyssale, et réponds : *Il faudra plus, beaucoup plus qu'un échec de ma part pour mettre à genoux un pays aussi puissant que les États-Unis.* Mais je dégringole sans résistance les barreaux de l'échelle du succès et je tombe, de plus en plus bas. Je plonge dans le bassin, nage à deux à l'heure en subissant des élancements chroniques, sors de l'eau, m'étire sous l'assaut de ces élancements, retrouve mon appartement vide, m'endors sur le canapé, devant la télé, emmitouflée dans mon sac de couchage-momie extraluxueux en tissu réfléchissant violet avec capuche intégrée.

Maman épouse le shérif joufflu sous un belvédère installé dans le jardin, et les festivités durent trois jours entiers. Glenwood m'ouvre les bras comme une vieille dame familière. J'en connais tous les habitants par cœur. Je regarde le golfeur dansant entraîner la femme de l'orthodontiste dans un twist endiablé. Au Saint Nom, certaines matières sont désormais enseignées par des professeurs qui ont des vêtements normaux, et même des enfants. La grande fanfare boogie de Glenwood s'éclate et Roxanne s'ennuie à mourir, assise à une table peuplée de catholiques consolantes. Elle fume une cigarette, le regard dans le vague.

Dot s'est délestée de son énergie négative dans un sauna amérindien à Taos, petite ville du Nouveau-Mexique ; il émane d'elle un calme inaltérable. *Regarde comme maman est belle*, dit-elle en se postant à ma hauteur, ses cheveux agencés en une coiffure complexe, mi-nattes, mi-chignon.

Je vérifie par moi-même. Cernée par une horde de Bilieuses, maman se cramponne de ses mains blêmes à l'une des colonnes du belvédère, on dirait une montgolfière ballottée par le vent.

On n'a pas quitté le jardin, Dot. Le Joufflu n'a pas réussi à la faire sortir de la maison.

Arrête de l'appeler le Joufflu. Son prénom, c'est Ken, corrige-t-elle d'une voix douce.

Ça ne le dérange pas. Je regarde le shérif swinguer, les joues écarlates, comme une petite fille.

Si, justement, la voix moins douce.

Non.

Si, Pip. Méchante.

Non, Dorothy Rose. Plus méchante encore.

Si, ça le dérange, Philomena Grace. Pire qu'odieuse.

Non, pas du tout, divine divorcée, et je gagne par K.-O.

Espèce de salope, lance-t-elle avant de s'éclipser.

Je fais coucou à ma mère ; elle arrache l'une de ses mains de la colonne, me fait coucou en retour.

La vie de Lilly Cocoplat déborde de déceptions.

J'ai une vie de merde. Et le mariage, c'est nul. C'est vraiment, vraiment nul à chier, d'avoir un mari. Et je suis toujours coincée à Glenwood. À cinq kilomètres de chez mes parents. Pourquoi tu ne m'as pas arrêtée avant ? Quelqu'un aurait dû le faire.

J'essaie de détourner la conversation. *Regarde cette pauvre Tanya Slaughter, avec toute sa marmaille.*

Je m'en fous royalement de Tanya Slaughter.

Comme je ne sais pas quoi ajouter, je me tais.

Elle se calme, change de sujet. *Tu te souviens de notre catalogue de chattes ?*

Entre la Lilly d'aujourd'hui et celle de mon enfance, je ne note aucune différence, hormis son chagrin, et mon cœur enfle. Je la prends dans mes bras : *Seule une moule avariée pourrait oublier le catalogue de chattes*, et lorsqu'elle m'étreint à son tour, nos yeux débordent de larmes comme des ballons remplis d'eau percés de millions de trous d'épingle, et nous pleurons sur tout ce qui est perdu à jamais.

Éteins

Certains nageurs flairent la retraite avant qu'elle ne s'abatte sur eux ; d'autres attendent de la prendre en pleine face. Mon cerveau ressasse : *Atlanta, Atlanta ; attends jusqu'à Atlanta.* Mon corps lui répond : *Qu'Atlanta aille se faire foutre. Qui s'intéresse à Atlanta ? C'est moi ou Atlanta.* Lorsque je m'amuse à remonter le fil de ce mauvais sort, j'atterris aux pieds du Russe. Je lui écris des lettres brèves, horribles, qui finissent brûlées dans l'évier.

Peggy me rend visite avec son petit garçon qui vient de naître. Elle le porte sanglé sur la poitrine, tentant de dissimuler la triste vérité : elle a tellement grossi qu'elle ne peut plus porter les symboles d'amour que son mari lui a offerts, tant ses doigts ressemblent à des boudins.

J'ouvre la porte, mes yeux s'exclament : *Bibendum.*

Les siens expriment une sagesse nouvelle qui ne ressemble guère à la Peggy que je connais : *Oui. J'y suis allée un peu fort sur le gâteau, pas envie d'en parler maintenant.*

Mes yeux à moi : *Ouah. Tu peux te planquer derrière ton bébé, pour l'instant, un de ces quatre tu vas devoir le poser par terre et là, tu feras quoi ?*

Ses yeux : *Je ne suis pas aveugle, Pip.*

Les miens : *D'accord, je te laisse tranquille.*

J'organise un barbecue qui réunit les médaillées d'argent de Séoul. Babe débarque pour le week-end, hâlée, ses cheveux blonds méchés de brun. Sunny porte au sommet du crâne un chignon strict, tiré au maximum, si bien que sa grande bouche a pris la forme d'une truite. Toutes ferment les yeux sur le nouveau fessier de Peggy, trop large pour mes meubles de jardin. En revanche, entre le poulet et les yams au four, elles ne se gênent pas pour me bombarder de conseils judicieux.

Il est temps de prendre ta retraite. Peggy.

Il est temps de tourner la page. Sunny.

Il est temps de passer à autre chose. Babe.

Oui. Grand temps, conclut Peggy.

Sunny insiste pour que je tienne le bébé. *Tiens-le.*

Je ne peux pas, Sunny. Sa nuque… et si elle cassait ?… Ça a bien failli arriver avec Peggy.

N'importe quoi, s'insurge Peggy. *C'est quoi, ton problème ?*

Mais c'est vrai.

Non.

Si.

Non.

Elle essaie de détourner notre attention, analyse Sunny. *Prends-le*, m'ordonne-t-elle.

Mon épaule est considérablement affaiblie à cause de ces douleurs chroniques, je précise en désignant la zone en question. *Je pourrais le lâcher.*

Et c'est reparti… tiens le bébé, répète Sunny.

D'accord, d'accord, donne-le-moi, ce bébé. Je capitule, bras tendus.

Tu vois ? Tu tiens un bébé, déclare-t-elle avec des inflexions professionnelles censées apaiser les cœurs les plus féroces. *Tu n'as pas besoin de retenir ta respiration. Tout va bien se passer.*

Le nourrisson est avachi dans mes bras, chaud comme un sac de pommes de terre abandonné au soleil.

Tu deviens toute rouge, s'amuse Peggy.

Je vais bien, très bien, mais à mon avis tu peux le reprendre. Le bébé, longs cils, visage détendu, lèvres gonflées, ne bouge pas. *Il a l'air…*

Il dort, me rassure Sunny. *Il va très bien. Garde-le dans tes bras. Et respire. Respire.*

Sitôt les filles parties, Dot prend la relève. Elle s'installe dans mon fauteuil inclinable comme s'il s'agissait d'un siège de mortification en bois dur. Elle veut m'emmener loin d'ici. Je les traite de haut, elle et ses chaussures de femme. Elle estime que nous devrions être ensemble, nous serrer les coudes, resserrer les liens. Je les ignore, elle et ses talons de dame, m'affale sur le canapé, une couverture par-dessus la tête.

Elle ne se décourage pas. *Alors c'est soit nager, soit rien ?*

Je parle à travers un mélange coton-laine bleu clair. *Rien ? Depuis quand je ne fais « rien » ?*

Elle me taille en pièces. *Te tourner les pouces, c'était l'une de tes occupations principales. Tu as oublié ? Tu passais tes journées devant des rediffusions de séries télé. Tu connaissais les répliques par cœur. Tu te rappelles ?*

Je ne veux pas me rappeler. *Quelques-unes seulement.*

Elle refuse de me lâcher. *Presque toutes, tu veux dire. Franchement, ça m'étonnerait.*

On dirait qu'elle a répété ses réparties sous la baguette d'un professionnel agréé. *Tu les connaissais presque toutes sur le bout des doigts. Et tu te gavais de ces cochonneries aux cerises qu'ils ont retirées du marché.*

Mes pieds soulèvent la couverture, j'en fais une tente et sens mon visage devenir bleu pâle. *Je ne suis pas d'humeur pour ce genre de conversation.*

Tu en mangeais au dîner. Et tu savais presque toutes les répliques de cette série débile, là, qui se déroulait sur une île. Jamais Dot n'apprendra à respecter les limites.

Je ne veux pas en parler.

Évidemment. Le contraire m'eût étonnée.

Elle revient à l'assaut, martèle l'air de paroles jusqu'à ce que je me retrouve à bord d'un avion, avec elle. Elle lit *Ces mammifères mal-aimés*, ouvrage signé par le docteur Leonard Ash, et me tape le bras. *Écoute ça : « Les chauves-souris pêcheuses sont équipées d'un système d'écholocation d'une sophistication extrême, à tel point qu'elles arrivent à détecter une nageoire de poisson aussi fine qu'un cheveu humain. »*

Les chauves-souris, ça ne me branche pas trop pour le moment, Dot.

Tu devrais le lire, ce bouquin. Il y a un passage où il raconte qu'il a attendu toute la nuit l'arrivée d'une colonie de chauves-souris camuses. Il était sur l'île de Night en compagnie d'un guide nommé Tanguy, qui s'est révélé être le poivrot du village.

Ça ne m'intéresse pas, Dot.

Nous louons la maison d'une harpie sur une petite île au beau milieu d'une mer des Caraïbes infestée de requins. Je fais la planche juste à côté du bateau, par peur des requins. La vie m'a déjà prouvé qu'un malheur n'arrive jamais seul et qu'une fois la série entamée, il est très difficile d'y mettre fin. *Si un requin attaque, frappe-le sur le museau.* Coiffée d'une grande capeline orange, Dot reste assise, à contempler l'horizon et commenter les mystères de l'existence pendant que je nage. Je distingue des mots, des bribes de phrases, la fin d'un commentaire dramatique avant d'enfouir la tête sous l'eau, à l'affût d'un éclair gris, le poing serré. Je nage vers le large ; les hauts-fonds océaniques s'ouvrent sous moi en strates de plus en plus profondes, épousant la courbe terrestre, peuplés de créatures silencieuses frémissantes de vie.

La douleur de mon épaule se réveille. Je retourne au bateau, lentement, en m'aidant d'un seul bras et m'accroche au rebord pour reprendre haleine. Face à ma détresse, Dot s'apaise et parle avec éloquence de la solitude, de l'anéantissement par l'amour de toute autonomie, du flux et du reflux de la vacuité humaine.

Le choc qui ébranle le cœur est le coup de tonnerre originel, affirme-t-elle en ôtant sa capeline. Elle se laisse glisser dans l'eau, à l'arrière-plan le ciel bâille à s'en décrocher la mâchoire.

Je préfère le masque et le tuba à la plongée sous-marine, j'adore observer, en flottant à la surface, des bancs de poissons se frayer un chemin à travers des colonnes doriques de lumière, les rayons du soleil, les doigts de Dieu. C'est ce que je me dis lorsque le soleil se faufile dans une eau sombre : *Ahhh, les doigts de Dieu.* Dot est devant moi, ses palmes remuent lentement et ses cheveux se déploient en auréole comme autant d'herbes mêlées de roseaux. Elle porte un maillot une pièce turquoise ; ses jambes ondoient, suspendues dans l'eau, on croirait deux fils de fromage fondu. Elle se tourne vers moi, le visage coupé en deux par un masque de plongée et me fait signe. *Regarde, regarde.* Face à elle, deux tortues de mer nagent, une vieille et une jeune, avec leur tête de grenouille toute verte, leurs yeux qui rappellent des calots, leur groin tout rond. L'amour submerge mon cœur : je ne fais qu'un avec l'univers et mon souffle s'échappe du tuba à gros bouillons pour se perdre dans l'air chaud et sec.

Une fois à l'intérieur, je me jette sur le lit et écoute le vent chuinter à travers les lames des persiennes en bois qui protègent les fenêtres, je regarde le soleil et le vent s'insinuer comme une pluie fine, la poussière en suspens dans l'air comme une nuée de diamants.

La harpie nous harcèle de coups de fil dans le seul but de nous rappeler qu'elle a *compté méticuleusement le nombre de serviettes*, que *les serviettes ont été comptabilisées par une équipe de professionnels méticuleux.*

Je finis par m'énerver. *Mais j'en ai rien à branler de vos serviettes amidonnées.*

Comment osez-vous, crache-t-elle avant de me raccrocher au nez.

Dot soupire. *La personne qui l'aimait a dû arrêter de l'aimer.*

Et alors ? Ça ne l'empêche pas d'être une grognasse.

J'ai fini. Tu veux le lire ? demande-t-elle, changeant de sujet.

J'examine la couverture : une tadaride du Brésil est saisie en plein vol à haute altitude, la lune se réduit à une moucheture grise, les arbres tropicaux se profilent, vert et noir, sur fond de ciel saphir.

Pourquoi pas.

Il y a du progrès, conclut-elle avant de me le confier.

Un homme peu avenant ne doit pas ouvrir boutique

De retour chez moi, je passe de longues heures avachie sur mon canapé, le regard scotché à l'écran. Maman me téléphone du poste placé près de son oreiller. *Pourquoi tu ne fais pas autre chose ?*

Je lui réponds du tac-au-tac. *Pourquoi toi, tu ne fais pas autre chose ?*

On ne parle pas de moi, là. J'ai traversé de nombreuses épreuves.

Je sors de mes gonds. *Et qui les a traversées avec toi, maman ? Tu peux me le dire ?*

L'Illustre E. Mankovitz jette un filet à l'aveugle sur le vaste océan des thérapeutes, soigneurs et autres médecins du sport, le remonte et m'envoie consulter une ostéopathe de renom, Tara. Elle porte un turban blanc en éponge maintenu par des bandes Velcro. Je n'y prête pas attention. Elle décrit la procédure : elle va aligner mes os sur mes muscles et débloquer mes chakras de ses doigts magiques aussi efficaces que du Destop. L'énergie ainsi libérée sera diffusée à travers mon organisme dans une grande explosion. Il se peut que je pleure ou que je vomisse.

Il en faut beaucoup pour me faire pleurer. Et je ne vomis jamais, même quand je suis malade.

Je ferme les yeux, la douleur palpite au creux de mon épaule au rythme du marteau-piqueur que l'on entend dehors. Elle frotte quelque chose dans ses paumes, puis les porte à ses narines et inspire. Elle hume avec délice : *Le néroli, j'adore ça*, et ses mains glissent sur ma peau comme des maniques chaudes.

Ses mains s'attardent, s'arrêtent, s'attardent, s'arrêtent, s'attardent puis s'arrêtent, enfin.

Depuis combien de temps dure cette situation ? murmure-t-elle.

Laquelle ? je murmure en retour.

Mais celle-ci ! Ces énergies !!! Ces esprits !!! Ces gens morts, si vous voulez. Son turban se fait la malle.

Que je réfléchisse… les énergies… ça fait un bout de temps maintenant… douze ans. Vous arrivez à les voir ?

Par flashes. C'est difficile à expliquer, mais elles ont besoin d'être libérées.

Surprise totale. *Libérées ?*

Oui. Ses mains planent au-dessus de mon corps, se figent au niveau de mon front. *De voler de leurs propres ailes.*

Leurs propres ailes ? Tous mes sens sont pris d'assaut par le néroli ; mon esprit s'engorge.

Elle fait la sourde oreille, me tapote le crâne du bout des doigts, frappe un point situé sous mon œil gauche, brasse l'air qui entoure ma gorge au moyen d'une cuillère invisible ; ses mains apaisantes volettent au-dessus de mon cœur, elle chuchote : *Ouvre-toi, ouvre-toi, ouvre-toi*, les bras écartés.

Ça marche ? je demande en écarquillant les yeux.

Eh bien, il faut y mettre du sien, avoue-t-elle avant de s'accroupir, en quête d'une autre huile.

Elle commence à me faire peur.

Détendez-vous. Personne ne va vous faire de mal, dit-elle sans se retourner.

Je ferme les paupières. De ses maniques, elle me frotte l'épaule jusqu'à ce que je tombe dans un demi-sommeil. Là, je vois une horloge, la vieille comtoise de Leonard au balancier mobile, son buste en bois dégage une vague odeur de citron encaustiqué.

Qu'est-ce que tu fabriques ? Il est deux heures du matin. Ma mère se tient sur le seuil de notre chambre. La lumière du couloir la transforme en ombre mouvante.

Je suis maussade, moulue de fatigue. Le jour, je nage comme une dératée et la nuit, Bron refuse de me laisser dormir. *Rien.*

Elle hausse le ton : *Pourquoi est-ce que tu... hurlais, dans ce cas ?*

Je mens. *Je ne hurlais pas.*

Si. Je t'ai entendue. Sa voix se rapproche de mon lit.

Bron présente son dos à la porte quand maman pénètre dans la chambre et, ce faisant, m'abandonne. *Fiche-lui la paix, maman ; c'est ma faute, je l'ai réveillée*, admet-elle, le dos toujours tourné.

Tu la déranges, c'est ça ? Tu peux m'expliquer comment elle va retrouver la santé et... et... complètement guérir si tu lui casses les pieds ? Elle devrait être en train de dormir. Viens ici. Viens ici. Viens par ici.

Elle me déchiquette le bras et, ses griffes plantées dans ma peau, m'attire vers le couloir illuminé.

Je suis maintenant une lycéenne obstinée et rebelle. *Lâche-moi, maman*, et mes yeux explosés ajoutent : *Grosse truie !*

Poing serré, paupières plissées, elle tremble de fureur. Lorsqu'elle me frappe, son visage exprime une surprise totale, elle est estomaquée par la douleur. Elle retient le poing qui m'a cognée avec mille précautions de son autre main. Je me prends l'uppercut en pleine mâchoire. Ma nuque part en arrière mais je ne tombe pas. Un épicentre de vide fleurit au cœur de ma cage thoracique et se déverse, lave liquide, dans mes membres. Je reste debout, palpe mon menton en feu, sens un nouveau pouls battre à l'intérieur.

Prie. Elle halète. *Prie. Ferme les yeux et demande à Dieu, avec tout ton cœur, d'empêcher qu'il arrive malheur, compris ? Demande-Lui. Parle-Lui.*

Elle m'entraîne dans le bureau de Leonard et nous nous

agenouillons par terre, victimes d'une crise de nerfs commune. Le visage caché dans mes mains, je prie. *Cher Dieu faites que Bron ne meure pas, cher Dieu faites que Bron ne meure pas, cher Dieu faites que Bron ne meure pas, cher vieux faites que les poules n'aient pas de dents cher vieux ne laissez pas Roxanne errer cher Dieu écoutez-moi prier tous les jours qu'il fasse gris ou soleil.* Mais je la vois morte et quand je la vois morte, je me vois morte aussi, et quand je me vois ainsi, l'obscurité m'engloutit, et je suis seule dans le noir.

Tu as été trop exigeante avec moi, maman. J'étais une gamine trop grande, rien de plus.

Lorsque j'ouvre les yeux, Tara est assise à côté de moi. Elle touche mon front. *Celle-là est toujours vivante*, annonce-t-elle, *mais elle a de gros problèmes.*

Mon estomac se soulève. *Je sais*, je réponds, puis je vomis dans un seau jaune pâle, tandis que Tara me frotte les tempes, ses doigts enduits d'une huile qui a la même odeur que Manny. Je regarde le soleil gifler la fenêtre ; de mes yeux, comme d'un robinet rouillé, s'écoulent des larmes irrégulières. Les ouvriers qui s'affairent sur le chantier écoutent la radio à plein volume. L'été, de nouveau. Les petits vieux chutent de leur lit et se brisent par terre en mille morceaux. Un garçon a été trouvé sur l'autoroute, pédalant à fond de train sur son tricycle. J'ai l'impression qu'un poignard explore mon épaule ; mes pensées sprintent à bord d'une pirogue rapide. Je m'étends au fond de la pirogue et regarde le ciel défiler. Quelque chose en moi sait que je dois dire adieu à la compétition, mais je refuse de le croire.

Destination destinée

Je m'entraîne deux fois par jour, ne prends plus la peine de me changer au vestiaire, conduis si lentement que les klaxons se déchaînent. *L'homme est loin d'être une créature raisonnable*. Je me poste devant une glace, de guingois et de mauvaise humeur, aucun angle droit, aucune symétrie. J'engloutis en vain ma potion miracle, me masse les pieds avec un cocktail d'huile de rose et de géranium, entre en contact un bon quart d'heure avec mon Indienne intérieure, déchiffre un chapitre d'*Europe*, un essai de Bud Lancer dont je ne retiens rien. Les étoiles se montrent. J'observe les constellations qu'elles dessinent, les implore comme une lépreuse, rentre faire face à mon destin. *L'homme se résume à un acte non accompli*. Je ne lui accorde pas le moindre regard, me dresse sur la pointe de mes orteils flexibles, attrape une lime à ongles dans la boîte rangée à la va-vite sur l'étagère qui surplombe le miroir à la réflexion infaillible, me récupère en plein vol, glisse de nouveau et tombe avec la légèreté d'une grue de Mandchourie qui attaque en piqué. À l'arrivée, je me fracasse l'omoplate droite sur le rebord de la baignoire ; l'os se casse net comme une aile. Ce que je vois dans ma chute : un univers vaste et blanc qui ouvre grand ses mâchoires, prêt à ne faire de moi qu'une bouchée.

Ma voiture m'emmène aux urgences et se gare devant l'entrée. Mes pieds me transportent à l'intérieur, frappent le carrelage comme des palmes. Un interne beau gosse m'explique que quatre-vingt-dix-neuf pour cent des accidents sont de nature domestique et sont le fait d'Américains lambda qui n'ont pas réfléchi avant d'agir, jugeant cela inutile. De mon côté je tente de prouver que je n'ai rien de lambda, mais mes paroles sont absorbées par un océan de sang strié de salive et mes dents jouent des castagnettes. Au départ on pense que ma mâchoire est simplement déboîtée, avant de découvrir qu'elle est bel et bien cassée et qu'il faut la maintenir fermée avec du fil de fer, pour mon bien.

Sensation bien connue. À l'époque où je portais l'uniforme, jupe plissée bleu marine et chemise blanche, je regardais les enfants manger des pizzas les jours de pizza, la cantine était baignée de blanc et de bleu marine, les bouches mâchaient tranquillement, l'esprit vide. Moi, je crevais d'envie de mâcher comme eux, le regard n'exprimant rien sinon un plaisir intense, tandis qu'aucun membre de ma famille ne se serait décomposé en silence sous la neige, en chaussettes, pull à paillettes et jean bien coupé, sans un manteau d'hiver douillet dans lequel emmitoufler son squelette. Pizzaïolos hors pair, les bonnes sœurs utilisaient un mélange trois fromages qui, fondu, s'étirait en filaments chauds et incassables, si ce n'est avec un coup de dents. J'aimerais tant voir cette bonne vieille sœur Bedaine en préparer une, là maintenant. Les yeux fermés, je suis du regard le mince frisbee de pâte qui vacille à la façon d'une soucoupe volante, la farine tourbillonnant alors qu'il tombe au ralenti, doucement, joliment, et regagne la terre aux mains si généreuses.

À mon réveil, l'Éminent E. Mankovitz se tient à la fenêtre et contemple un ciel proche du néant. Ma mâchoire est ficelée comme un rôti, mon cerveau brasse un épais brouillard. Du doigt je lui fais signe d'approcher, je l'interroge : *Où est passé le docteur Bob ?*

Honnêtement, je n'en sais rien.

Ses traits habituels ont cédé la place à un masque fripé. *Qu'est-ce que tu as fait à ton visage ?*

Il passe la main dans ses cheveux roux saupoudrés de gris : *Rien.*

Je lui agrippe la main. *Où est le docteur Bob ? Où est-ce qu'ils sont tous allés ?*

Aucune idée.

À mon second réveil, il n'a pas quitté mon chevet. Il dort dans un fauteuil, un magazine sur la figure. Je le rate d'un cheveu lorsque je projette le plateau du petit déjeuner contre le mur, et une douleur indescriptible me traverse l'épaule de part en part. Au lieu de sursauter, il se redresse et demande : *Qui est ce docteur Bob ?*

Je me résous à distribuer des coups de poing et à convulser. *Il a oublié tout ce qu'il savait et il est mort comme un bébé.*

Il dit : *Il est temps d'avoir une petite discussion, toi et moi.*

Je hurle : *Temps de quoi ?*

Drame cosmique

Une queue-de-cheval pendouille, mélancolique, sur ma nuque ; mon épaule se drape d'une écharpe propre et blanche. L'Illustre E. Mankovitz se tient juste derrière moi, avec son regard carré de Supercoach.

Je remercie le monde, les dents serrées. *Merci mille fois, pour tout.*

Puis je prends ma retraite. J'ai vingt-huit ans. Deux fois quatorze.

La voie secrète de la guérison

Debout derrière moi, lunettes noires à la monture rafistolée avec du scotch, Roxanne suce de toutes ses forces un caramel mou. *Je me grillerais bien une clope*. Ma mâchoire est toujours garrottée et je surfe sur la crête de la mauvaise humeur. Grognon, je parle entre mes dents comme Clint Eastwod avant d'appuyer sur la gâchette. *Tu es censée être ma garde-malade, bordel, alors arrête de fumer sinon on va devoir encore une fois gérer ton sevrage.*

Ronchon elle aussi, elle rétorque : *Je ne vais pas m'en griller une, mais ça ne veut pas dire que je n'en ai pas envie*. Le téléphone sonne dans l'indifférence générale. Maman est en haut, planquée au fond de son lit. Le shérif joufflu patrouille, occupé à mettre la racaille de Glenwood sous les verrous. Nouvelle sonnerie. Roxanne observe le téléphone. *Tu sais que c'est Dot*. Je n'accorde aucune attention à l'appareil. *Je ne suis pas d'humeur*. Trop affairée à regarder le monde qui s'agite à l'intérieur de la lucarne : courses automobiles, attaques de requins, joueurs de tennis qui grognent comme des ogres dès qu'ils effleurent une balle, golfeurs tantôt jeunots, tantôt décrépits, qui clignent des yeux dès qu'ils slicent, gnomes brésiliens pourchassant des gnomes espagnols dans un vaste champ herbeux. Plus je fixe l'écran, plus je perds mon humanité. Ces jambes dépliées sur toute la longueur du canapé, ce sont des jambes que je ne connais pas, pas plus que je ne connais les bras qui surgissent de mes épaules. Mon cerveau est en ébullition, je le sens. *Ce n'était pas correct de regarder les morts en face ?*

Ma mauvaise humeur s'évapore et je pose les yeux sur Roxanne.

Tout ça, ça va mal se terminer.

Tout ça quoi ?

Ça, je précise en désignant le téléviseur.

Roxanne est une marathonienne de la télé, accro à *Nature Channel*. Elle développe sa théorie en regardant des tortues de mer éclore sous le sable brûlant d'une plage qui s'étend sur des kilomètres puis tenter de rallier l'océan avant d'être décimées par une armée de crabes. Sa philosophie se trouve renforcée par une nature pleine de cadavres de bébés pingouins au duvet englué de pétrole huileux, de poissons étranglés par des cordes en plastique coincées dans leur bouche, de léopards de Bornéo qui dévorent des gazelles. Elle déniche des preuves irréfutables dans les dingos qui s'attaquent aux chatons, dans les chacals qui ont de la chair d'écureuil entre les molaires, dans les busards qui fondent sur des portées de souriceaux. Une perche à large bouche dévore un écureuil pris au piège, un éléphant chute sur le flanc et la terre cède sous son poids, un singe se cure les dents à l'aide d'un bambou, des tortues somnolent à la surface de la mer déchaînée des Sargasses, des épaulards plongent dans l'eau sombre du cercle arctique, des phoques se prélassent sur des rochers déchiquetés et chauffés par le soleil, des bébés phoques attendent la massue de leur bourreau, et les yeux de Roxanne glanent des informations sur ce monde horrible.

La logique de Roxanne : du plastique flotte au beau milieu de l'océan ; les poissons s'en nourrissent jusqu'à ce que mort s'ensuive. De l'héroïne traîne sur la table ; Roxanne se shoote jusqu'à ce que mort s'ensuive. Dans la chambre à coucher, il y a une porte ; maman la garde fermée jusqu'à ce que mort s'ensuive. Un nouveau manuel de développement personnel apparaît dans les rayonnages d'une librairie ; Dot le feuillette jusqu'à ce que mort s'ensuive. L'eau coule aux quatre coins du monde ; Pip plonge jusqu'à ce que mort s'ensuive.

Tu appelles ça une théorie ? Ça ressemble plutôt à un tas de conneries. La vie, ça n'a rien à voir avec des tortues à peine sorties de l'œuf.

De cet air catégorique et irritant au possible qu'affichent les ex-junkies, elle déclare : *Certaines n'ont même pas la chance d'atteindre l'eau. C'est fini avant même d'avoir commencé.*

Elle porte une salopette bleue et s'est fait une coiffure normale qui lui donne un visage normal. Je la croirais presque.

Parle pour toi, je dis en dégustant à la paille une potion miracle. *Dot et moi, on a vu des tortues de mer, des vieilles, des jeunes. En train de nager. Elles pétaient la forme. Et quelle grâce. Arrête de regarder Nature Channel. Ça te déprime trop.*

J'adore cette chaîne. C'est toi que ça déprime.

Ce n'est pas normal d'adorer une chaîne pareille. Depuis qu'on a ligaturé ma mâchoire, je démarre au quart de tour. Je fais pleuvoir des gouttelettes de potion sur mon T-shirt. *C'est déprimant. Les bébés tortues. Les bébés chevreuils. Les bébés lions. Cafard assuré.*

Elle ôte ses lunettes estropiées. *Il y a des moments mignons. C'est la vie, quoi.*

Non, ce n'est pas la vie. Je m'empare d'une couverture pastel que je convertis en paréo. *C'est un type qui filme des animaux dans leurs meilleurs moments quand ils sont le plus mignons possible, et puis ensuite quand ils se font réduire en charpie par des animaux qu'on a vus plus tôt dans leurs meilleurs moments quand ils étaient si mignons. Ces mecs veulent nous effrayer ; ça fait partie de leur contrat. Il n'y a rien à applaudir, sauf si tu préfères les serpents aux crapauds, les panthères aux zèbres. Cette pieuvre qui se faufilait dans la fissure de cet aquarium répugnant pour essayer de s'enfuir… j'ai bien cru que j'allais gerber.*

Tu devrais voir un psychiatre. Elle paraît de nouveau normale, mais je sais qu'elle cache son jeu. *Je t'assure.*

J'en ai vu des tonnes, de psychiatres, j'affirme en me recouchant.

Ils m'ont donné leur feu vert, à l'unanimité. Leurs encouragements. Leur soutien indéfectible.

Ne te fous pas de moi, lance-t-elle avant de chausser ses lunettes. *Putain, qu'est-ce que j'aimerais m'en griller une.*

Déception à Atlanta

En un temps record je me métamorphose en une superprofessionnelle de la motivation, j'ai un tel pouvoir motivateur qu'il me suffit de débouler dans une pièce, de baisser la voix et de fixer le front d'individus sans méfiance pour les mettre dans ma poche, pas besoin d'effectuer la moindre pirouette.

NBC me prend en pitié et me propose de commenter les compétitions d'Atlanta, avec micro rien qu'à moi et maquillage orange. Comme j'ai envie d'avoir envie de faire des choses, j'accepte. Pour la première fois depuis douze ans, j'assiste aux J.O. en spectatrice, en tandem avec le célèbre Sherm Russel. Sa femme, qui vient d'accoucher de jumelles, l'appelle à chaque pause publicitaire, paniquée. Il lui répète le même message en boucle: *Je rentre ce week-end, ma puce. Tiens bon, chérie. Ne pleure pas.* Il lit le journal du matin, le visage fendu en deux par un froncement de sourcils, tel un prêtre séduisant concentré sur des passages difficiles de la Bible. Je ne touche pas au journal mais fronce quand même les sourcils tandis que Jolie, notre coiffeuse-maquilleuse, nous asperge le visage à l'aide d'un vaporisateur argenté qui dépose une pellicule beige sur notre peau. Cela me fait une tête de biscuit mais plus tard, sur le moniteur, je ressemble à tous ces gens de la télé qui ont l'air équilibrés, en pleine santé et plutôt heureux. Lorsque j'éternue, Jolie se précipite sur moi et me retouche à grands coups de *pschitt*.

À tes souhaits, bordel de chiotte, lance Sherm.

Sherm commente. Je commente. Il enchaîne.

À votre avis, Pip, que ressent cette athlète à la seconde où je vous parle? Sherm est doté d'une voix qui s'impose aux gens, même à ceux qui n'en ont pas envie.

Eh bien, Sherm, à sa façon d'agiter les bras, je dirais qu'elle se sent un peu patraque, je mouline moi aussi des bras afin de prouver ce que j'avance.

Patraque?

Nerveuse. Observez Lindsay Lions; elle veut nous faire croire qu'elle est une dure à cuire en ricanant et en secouant sa serviette. À présent jetez un œil à Hayley Glennon, la Sud-Africaine, qui reste très calme et tire sur ses orteils... Les nageuses qui tirent sur leurs orteils sont, par nature, assez difficiles à cerner et les Sud-Africains ont quelque chose à prouver, c'est indéniable. J'ai étudié ses statistiques et je crois qu'elle est bien partie pour l'or, aujourd'hui. Peut-être même avec un record du monde à la clef. Je maîtrise mon domaine sur le bout des doigts.

Intéressant, Pip... Tout ça parce qu'elle tire sur ses orteils. Vous y voyez un record du monde, vous? Le front soucieux, ce coup-ci agrémenté d'un sourire.

Il y a des codes, Sherm, des codes utilisés par les nageurs et qui demeurent invisibles, à moins que vous ne parveniez à les décrypter... Pendant ma rééducation j'ai passé onze mois à analyser des compétitions, à déchiffrer ces codes... La vérité est contenue dans... Vous seriez stupéfait, Sherm. Mes mains voltigent tels des oiseaux.

Je crois que nous sommes tous stupéfaits, Pip. Nous faisons une pause.

Sa femme appelle, il lui dit: *Ne t'inquiète pas, ma chérie, courage*, tandis que j'observe mon reflet orange dans le miroir. J'ai commis une erreur monumentale. Existe-t-il pire torture pour une championne de haut niveau, en plein dans les affres de sa jeune retraite, que de regarder des championnes de haut niveau disputer une course sans elle? Et quelle idée de lui confier une paire de jumelles hors de prix afin de suivre l'événement dans ses moindres détails. Je porte les jumelles à mes yeux : Sonia Westerholm, la Suédoise, suce son pouce, planquée sous sa serviette comme un petit bébé. Hanna Lafont, la Parisienne, joue avec les nerfs de Susie Jenks, la Californienne, en mimant le geste de la tailler en pièces. La pieuse Susie l'ignore, prie aussi ostensiblement qu'une catholique bilieuse. Je les regarde tirer sur leur maillot qui leur rentre dans les fesses avant de monter sur les plots, je les regarde propulser leur corps dans les airs, le visage intérieur enfin libéré, la dentition dénudée. Elles semblent transcender le commun des mortels. Toutes sans exception. Même cette petite garce venue d'Omaha qui me répète avec un sourire mielleux qu'elle m'adule. Il n'y a aucun espace où j'aurais pu me glisser, aucun plot inoccupé. C'est aussi douloureux que de violents coups de poing assénés dans l'estomac. Je m'observe dans le miroir, toujours orange, toujours humaine, toujours grande, toujours en manque d'amour. *Bon, ben voilà.*

Parce qu'il est en phase avec sa part féminine, Sherm remarque certaines choses. Il se penche vers moi et murmure : *Essaie de prendre ça moins à cœur, Pip, profite ; c'est ton sport, au plus haut niveau.*

Mais j'en profite, Sherm, je murmure en retour. *Vraiment. À cent pour cent. Sauf que c'est comme si je n'avais jamais… comme si c'était…*

Mon rêve, c'était de jouer au base-ball, tu n'as pas idée à quel point j'en mourais d'envie… J'ai un pincement au cœur chaque fois que je couvre le championnat… Il chuchote toujours. *Mais toi, Pip, ton rêve tu l'as accompli. À dix-sept ans à peine, tu as mis K.-O. ce pauvre Milt, celui qui interviewait Ali à l'époque – tu aurais dû les voir ensemble, c'était quelque chose. Onze médailles d'or. Une carrière qui s'étale sur trois olympiades. Regarde ce que tu as accompli à Barcelone. Huit ! J'en avais les larmes aux yeux.*

Douze médailles d'or, Sherm. Et je ne l'ai pas mis K.-O. à proprement parler, je mens. *Je l'ai bousculé. Ce nabot, je te jure que…*

Il est mort l'année dernière. Emporté par un cancer. Il avale une gorgée de cette eau vitaminée qu'il adore. *On avait l'habitude d'en rire… il me racontait qu'il avait vu sa vie défiler.*

Je… il était… c'est… Je suis désolée.

Ne sois pas désolée. Il retrouve sa gaieté. *Tu lui as offert son quart d'heure de gloire. Et il est parti vite. En tout cas, c'était toi la championne.*

C'est vrai, c'était moi.

Et c'était génial, non ? Pas vrai ? demande-t-il, éperonné par la curiosité.

Possible, probablement. Je deviens pensive. *Mais je m'entraînais dur et ma mère, elle était… elle avait cette… des gens pas nets lui donnaient de la bouillie à manger avec une paille parce qu'elle était si… tu n'en croirais pas tes yeux… mes sœurs… et… Leonard. Il avait sa chauve-souris de laboratoire préférée, Rosy. Après coup ils l'ont expédiée vers… je… la Californie, il m'a semblé… j'avais un chien, Manny, le chien le plus fidèle au monde, comparé aux autres… ça se passait comme… alors non, oui… en fait c'est le seul chien que j'aie eu. Et June. June, par contre. Sherm, ça a dû être génial, c'est certain, mais je trompais le temps, je prenais zéro risque tu comprends, en attendant qu'il m'arrive quelque chose, n'importe quoi, bref, et la révélation me viendra sûrement trop tard, sur mon lit de mort, ou si vieille qu'il me faudra… peut-être…*

Tu m'as l'air dans une forme éclatante. Il m'offre un sourire. *On ne se rend même pas compte que tu t'es fracturé la mâchoire.*

Ça ne fait mal que quand il pleut.

Dans ce cas, détends-toi ; profite du spectacle.

Je change de sujet. *Ce n'est pas moi qui me retrouve avec des jumelles.*

Soupir. *Si encore c'était héréditaire. Mais je suis le premier dans la famille.*

Mordre la poussière, c'est dans nos mœurs

Mon corps change ; les veines s'estompent, les muscles se fondent dans la chair, les épaules se repositionnent à leur place originelle, les pieds rétrécissent, les mains perdent de leur puissance, les yeux foncent, les cheveux foncent, les genoux rouillent.

Le temps passe. Je m'efforce d'arriver à la dernière page de *Destination destinée*. Raté. J'essaie de finir *Ces mammifères mal-aimés* de Leonard Ash. Encore raté. Je prends l'habitude de porter des casquettes et des capuches, comme un gangster. Au téléphone, Hank m'encourage. Ses exhortations m'ont à l'usure et j'accepte de partir motiver Omaha. Je boucle une modeste valise, règle le radio-réveil qui trône sur la table, près du canapé, et me glisse dans mon sac de couchage-momie modèle grand luxe en tissu réfléchissant violet avec capuche intégrée.

À mon arrivée à Omaha, le temps semble à la pluie. L'humidité qui plombe l'air déclenche une douleur dans ma mâchoire et pourtant, le ciel reste bleu et le sol sec. Par la vitre du taxi, tout en méditant mon discours, je regarde des nuages s'effilocher et zébrer le ciel de blanc. Thème de la matinée : la souffrance. L'après-midi sera consacré à l'audace, je picorerai çà et là dans les fameuses théories du docteur Requin-Marteau et les réarrangerai à ma manière. Je sais que ma chambre d'hôtel embaumera les violettes en plastique, que les draps de mon lit seront amidonnés à la perfection, que les gens m'adresseront sourires, signes de tête, et que je les imiterai, consciente que tout cela est d'un dérisoire absolu.

Je me tiendrai en retrait derrière ma surface corporelle, à la façon d'un hologramme, et laisserai mon enveloppe extérieure traiter de problèmes périphériques. Eux seront assis en retrait derrière leur surface corporelle, comme des hologrammes, et leurs enveloppes prêteront attention à mes problèmes périphériques. Ainsi seules les enveloppes se rencontrent, ce qui nous condamne au dérisoire absolu. Je ne me sens ni d'attaque ni d'humeur mais Hank n'en démord pas, il faut que je m'occupe.

Les gens n'apprécient pas qu'on les regarde dans les yeux ; cela les intimide. Lors de mes interventions, je vise d'ordinaire le front. À ceux qui ont l'air plus solides, j'adresse de loin en loin un coup d'œil furtif que j'agrémente d'un sourire avant de revenir au front, pour les rassurer. Mon auditoire aime être diverti. Je marche, tricote des chevilles, crée des remous dans lesquels ma queue-de-cheval se perd. Quand je suis détendue, ils sont détendus. Quand je baisse la voix, ils se redressent et prêtent l'oreille. Il m'arrive de les secouer, de les surprendre par-derrière, de bousculer les avachis du dernier rang.

La salle de conférences anthracite où j'officie est dotée d'une baie vitrée qui ouvre sur des fragments d'Omaha. Alors que je contemple le ciel bleu mat baigné de lumière, une pensée m'assaille. *Hé ? Va te faire soigner ! C'est quoi ce délire avec les hologrammes ?* Bafouillante, je redirige mon regard vers le champ de fronts et baisse d'un ton.

Lorsque vos orteils se cramponnent au rebord du plot sous les yeux de vingt millions de personnes, il n'y a qu'un seul endroit à atteindre. Est-ce que mes pieds puissants m'y propulseront ? Est-ce que j'ai battu un énième record du monde ou est-ce que les Berlinoises de l'Est ont pris la tête ? Est-ce que Fredrinka Kurds gonflait ses cheveux pour compenser les phénomènes étranges qui affectaient son organisme et faire oublier ses poils au menton ?

Je passe sous silence mon sommeil lourd désintégré en insomnies, le plafond noir que je fixe dès que j'ouvre un œil, l'achat d'une veilleuse aux nuances mauves censée accomplir des miracles. Au lieu de cela je parle à voix basse, lâche dans l'arène les Berlinoises de l'Est que je dépeins avec la palette sombre du mélodrame en les affublant de barbes, de moustaches, de muscles élastiques, de voix crissant comme des pneus sur du gravier, de petits cœurs mesquins. À voix basse, presque inaudible, je dis : *Je refuse d'abandonner, je tiens bon.*

Un homme mince aux cheveux poivre et sel lève un doigt. Il souhaiterait connaître la recette qui lui permettrait de libérer son potentiel sans lâcher prise, merci. *Très bonne question*, je réponds avant de marquer une pause, et mon hologramme en profite pour dire : *Ça va durer encore longtemps, cette comédie ?* Un silence à couper au couteau s'abat sur les démotivés d'Omaha, franchit la fenêtre et se déploie sur les plaines du Nebraska jusqu'aux confins de cette glorieuse planète, et tout le monde se tortille sur sa chaise sauf moi, qui me tortille debout. Je scanne la salle du regard – une salle vide, à l'exception des quarante paires d'yeux braquées sur moi. J'observe mes mains veineuses ; de couleur chair, elles pendouillent comme à l'accoutumée au bout de mes poignets massifs. *Parfait.* J'examine mes pieds, bien sages dans leurs chaussures. *Puissants.* J'agite mes orteils contre le cuir de mes chaussures et conclus *Tout va bien*, mais mon cœur tressaute, trébuche sur un obstacle qu'il ne voit pas, gronde à l'abri de ma poitrine comme un coup de tonnerre. Le peu d'énergie qu'il me reste, je m'en sers pour sauvegarder un semblant de royauté olympienne ; je lève un doigt pour m'excuser un instant car les os de ma nuque sont entrés en collision avec mes clavicules, réduisant à néant ma capacité à construire des phrases. Je me réfugie dans les toilettes réservées aux cadres, remplis d'eau froide un lavabo et y plonge mon visage afin de déclencher le réflexe d'apnée et de ralentir mon rythme cardiaque. Soit j'ai atteint un point de non-retour, soit je suis à l'article de la mort.

La directrice du marketing, courbes voluptueuses et talons aiguilles en cuir bleu marine, me rejoint en trottinant comme un quarter horse, se poste près du lavabo et tente de me repêcher. Je m'adresse à ses pieds.

Tout va très bien.

Ça n'a pas l'air, je vous assure. Vous avez arrêté de respirer et votre visage est dev…

Tout va bien, ne vous inquiétez pas. Ces doughnuts au buffet du petit déjeuner… je n'ai pas reconnu ce qui était saupoudré dessus… c'était à base de sucre, forcément, ou pire encore, d'édulcorants, et parfois les nageurs sont… ça va aller. C'est juste que j'ai du mal à m'y faire… La retraite, vous comprenez… Écoutez, je reviens dans une minute. Sortez le chrono ; je suis une rapide.

J'observe mon antithèse dans le miroir, qui me renvoie mon regard – *Souviens-toi des huit, moule avariée* –, et je retourne finir mon discours.

Une fois dans la salle, je me rends compte tout de suite que la reine de l'Olympe a laissé place à madame Tout-le-monde ; mes yeux et ma bouche s'affaissent, le devant détrempé de ma chemise révèle un soutien-gorge en dentelle noire aux bretelles invisibles, cadeau du Russe sur le chemin qui me menait à la féminité. Ma voix éraillée se coince dans ma gorge, j'aboie mes mots comme un chien. Très agacée par la Russie, je déclare : *Nous n'avons pas fini d'entendre parler d'eux.* Agacée par les morts, j'affirme : *Ils auraient pu tenter le coup.* Mon collier de perles m'étrangle, je l'arrache, les perles se détachent à l'unisson et roulent aux quatre coins de la pièce. Un expert-comptable impossible à motiver les récupère, une à une, à genoux. Un hiver digne du Kansas frappe la salle, des flocons de neige du Kansas pleuvent de la bouche d'aération comme autant de confettis tristes, le givre du Kansas grignote les vitres.

Je suis glacée. *Quelqu'un aurait-il une couverture ?*

Voilà qui les désarçonne. *Une couverture ?* Ils échangent des regards. Le silence le dispute à la gêne. Une jeune femme en charge du développement lève la main et, d'une politesse exquise, m'interroge sur la meilleure façon de rester motivée. Je soupire, claque des dents comme si un bâillon les retenait. *Il y a des gens décédés dans votre entourage ?* Elle soupire à son tour. *Oui. Oui, il y en a.* Je dis : *Et ça n'est pas suffisant, comme motivation ?* Mon cerveau me prévient, il est *largement* temps d'y aller, et j'obtempère. Hélas, une perle se loge dans l'une de mes chaussures et même si mon cerveau hurle *Laisse tomber cette foutue perle, tire-toi d'ici*, je plante un genou puissant en terre et je la repêche méticuleusement, sous les regards de l'assistance, consumée par un silence aussi irrésistible que la pesanteur. Mon cerveau trépigne : *Tu dois te dépêtrer de cette situation de toute urgence.* Je me mets debout, j'obéis.

Je téléphone à Hank un peu plus tard tout en bouclant mes valises. Je grelotte comme si on m'avait donné une pilule pour ça. *Il vaudrait mieux faire une pause sur les conférences pour le moment ; je ne suis pas en état de motiv…*

Tu renonces à un boulot potentiellement facile.

Tu n'as qu'à le faire, toi, je rétorque, l'estomac sous pression.

Il marque un temps d'arrêt, songeur. *J'aimerais bien* – soupire-t-il –, *crois-moi, mais je n'ai pas douze médailles d'or sur mon CV et je n'ai pas pulvérisé tous ces records du monde… Je ne sais pas quoi te dire au juste. Réfléchis. Ne te précipite pas. Le célébrité, ça va, ça vient. Les gens ont la mémoire courte. Il faut que tu la capitalises maintenant, que tu restes visible.*

Visible ?

Tu as accompli plein de choses. Parles-en avant d'en faire d'autres. L'inaction n'est pas une bonne idée dans l'immédiat. Tu es dans un entre-deux. Et l'entre-deux, c'est délicat.

On doit trouver un autre truc. Les gens commencent à… Mes

discours ne sont plus… J'ai eu un gros problème aujourd'hui, Hank… Je ne pas… Je ne sais plus. Je me regarde dans le miroir : un désastre.

Gros comment ?

J'ai pété un plomb.

Pété un plomb ?

Ne t'étonne pas si tu reçois des coups de fil.

Hank réfléchit ; le téléphone reste muet une éternité. *Tu es fatiguée, Mena. L'année a été stressante. Change-toi les idées.*

Hank, j'ai passé l'année affalée sur un clic-clac à Glenwood dans le Kansas. Tu sais où ça se trouve, Glenwood ? Ma mère reste cloîtrée dans sa chambre ; je te l'ai déjà dit ça ? Elle a une trouille bleue qu'il arrive une catastrophe si elle met le pied dehors. Mais dehors il n'arrive jamais rien, à part la vie.

Non. Non, tu n'en as jamais parlé. C'est… – de nouveau pensif. *Alors, qu'est-ce qui te branche ? Il est là, le nœud du problème. De quoi as-tu vraiment envie ?*

Je n'en sais rien. Franchement. Je me tâte, pourquoi ne pas tenter un tour du monde à la nage, un défi de ce genre… peut-être pour l'UNICEF.

Sois plus précise.

Je pourrais traverser la Manche pour l'UNICEF, ou l'océan Arctique, ou un autre océan. Il y a des gens… J'ai lu un bouquin sur ce champ de force électrique en haute mer, si j'ai bien compris, un truc qui protège les nageurs des requins, ou d'une espèce précise de méduses, ou des raies manta, enfin bref… Tu te souviens de ce mec qui passait pour un barjo jusqu'au jour où… j'avoue, ce n'est pas l'exemple idéal mais… je me verrais bien faire un tour du monde à la nage pour soutenir la liberté, ou alors en faveur de… je sais pas moi… ou, ou, ou en étant plus modeste je pourrais travailler comme bénévole dans une clinique du sport à Washington, ou nager pour la recherche médicale ou contre une maladie, ou contre plusieurs d'ailleurs, ou réunir tout un tas d'athlètes médaillés et on irait ensemble sur le volcan de Deception Island pour relever un défi qui consisterait à…

Tu as oublié ton épaule ? dit-il d'une voix de plus en plus douce. *Ça t'achèverait. Et personne ne souhaite ta mort. NBC cherche toujours quelqu'un pour présenter l'émission pour les mômes…*

Je te l'ai dit, ça ne m'intéresse pas l'émission pour les mômes. J'en ai marre, marre, marre, marre que tu continues à me répéter…

OK. On trouvera quelque chose. Je ne programme plus aucune conférence, mais n'oublie pas que tu dois nager mardi prochain avec les petits autistes, il est trop tard pour annuler.

Parfait.

Écoute, on ne va pas se laisser abattre. Prenons le temps qu'il faut pour trouver un boulot qui te convienne.

De retour chez moi, impossible de me regarder dans la glace. Penchée au-dessus du lavabo, j'ânonne *Pardon pardon pardon.*

Leonard se matérialise : *Il faut qu'on parle.* Ces paroles marquent le début de la fin, sensation si familière, si âcre, que je bloque mes poumons.

Hank m'appelle. *Comment ça va ?*

Ma mère m'appelle. *Glenwood sera toujours là pour toi.*

Dot m'appelle. *Navrée de te le dire, mais je t'avais mise en garde.*

Supercoach m'appelle depuis sa cabane de pêche en Floride. *J'en ai discuté avec Kyd hier et elle suggère fortement que tu reconsidères ta position concernant ce poste d'entraîneur. Tu serais géniale.*

Avachie sur le canapé, je porte un sweat-shirt à capuche dont j'ai noué les liens sous mon menton. *J'hésite, Ernie.*

À l'arrière-plan je distingue une clameur sourde : des cloches carillonnent. Il hausse la voix, à peine. *Qu'est-ce que tu en penses, au fond de toi ?*

Merde et re-merde. *Au fond de moi… je me dis…*

Ne précipitons pas les choses. On a le temps ; écoute simplement ton instinct. Et appelle-moi quand tu auras pris ta décision.

Roxanne m'appelle, égrène une litanie de griefs contre son dernier petit copain, le maestro. Le maestro par-ci, le maestro par-là. Moi : *Tu me saoules avec ton maestro.* Elle : *Lâche-toi un peu.*

Dommage, je n'ai rien à lâcher ; mon cul est aussi vide que le ciel que je contemple depuis mon canapé. Chaque fois que je croise, le hasard aidant, quelqu'un que je veux éviter à tout prix, il ou elle m'interroge par des voies détournées sur ma mine défaite. *Il y a une mauvaise grippe qui circule... tu l'as attrapée ? Tu as entendu comme le vent hurlait cette nuit ?* D'autres n'y vont pas par quatre chemins ; ils m'implorent, les yeux dans les yeux : *Qu'est-ce qui ne va pas ? Mais qu'est-ce qui ne va pas ? Dis-moi !* jusqu'à ce que je leur ferme le clapet : *Rien ! Lâchez-moi et arrêtez de me faire chier.*

Je visionne de vieilles cassettes vidéo. Fredrinka Kurds entremêle ses doigts avant une compétition, fait craquer chaque jointure sans en oublier une seule, à la manière d'un tricheur professionnel qui jette les dés. Victime de paranoïa aiguë quant à ses lunettes de plongée, elle ne cessait de les vérifier, de les triturer, de les revérifier. Passage au ralenti : la voilà en train de tracer des petits cercles en l'air, un doigt après l'autre, sans omettre le pouce, la voilà ensuite absorbée dans l'examen des verres de ses lunettes estampillées Berlin-Est qu'elle plaque contre ses yeux. Pendant ce temps les hormones se déchaînent à l'intérieur de son organisme et lui donnent la nausée. Peggy grognait, crachait, frissonnait et se pelotonnait dans sa serviette, serviette qu'elle jetait à terre à la Batman lorsqu'on la convoquait sur la ligne de départ. Son rituel, c'était de tremper la main gauche dans l'eau, avec délicatesse, et de baptiser sa nuque à la façon d'un prêtre. Babe s'était spécialisée dans une série de sautillements qu'elle esquissait en saluant la foule de la main, une Lady Di mâtinée de Mary Lou Retton, puis elle fermait les yeux ; l'expression qu'affichait alors son visage rappelait le père Tim au beau milieu d'une séance de prière. Je l'appelle. Midi a sonné dans la réserve indienne. Le Dr Babe fait une sieste bien méritée.

Salut Babe, je lance de ma voix fatiguée.

Salut Pip, chuchote-t-elle de la sienne.

Je me tourne vers l'un des médecins du sport les plus éminents de l'hémisphère occidental. Je passe en revue les caprices de mon muscle cardiaque, les tremblements, la température corporelle en dessous de zéro, les pensées négatives que les positives n'arrivent pas à conjurer, sans évoquer les apparitions du ténor de la biodiversité, barbu et émacié, alias mon père. Il me prête une oreille attentive, ses vieilles mains croisées sur les genoux, m'interroge sept minutes chrono puis me prescrit un anxiolytique, une pincée d'antidépresseurs et me tend l'ordonnance, le visage aussi lisse qu'un Bouddha.

J'examine de plus près l'ordonnance. *J'ai remporté douze médailles d'or.*

Il me dévisage. *Oui ! Mais c'est très léger. Considérez-le comme une vitamine pour le cerveau. Ça va vous faire du bien.*

Je regarde son front. *Mais je croyais que je n'avais aucun problème sur le plan physique.*

Il me dévisage. *Exact.*

Je plonge mon regard dans le sien. *Donc. Je ne vais pas mourir… et je ne suis pas bonne pour la camisole.*

Il éclate de rire. *Noooon ! C'est juste de l'angoisse et l'angoisse ne peut pas vous faire de mal !*

Pas convaincue, je le laisse rire tout seul. *Donc… tout va bien.*

Redevenu sérieux, il jette un coup d'œil à sa montre. *Techniquement, oui. Physiquement, oui.*

Je ne regarde pas sa montre. *Je suis en bonne santé ?*

Il me fixe, sourit, feuillette des papiers. *Excellente.*

J'ignore toute cette agitation. *Mais… quoi… dans ce cas… je ne comprends pas… il n'y a pas d'autre moyen ? Je veux dire…*

Il se met debout et me serre la main, la sienne est vieille et sèche. *Cela va vous aider à retrouver votre calme tant que vous n'aurez pas trouvé d'alternative. Bientôt, vous aurez envie de reprendre une activité. Vous vous remettrez à dormir.*

Je stationne devant son cabinet, l'ordonnance posée sur le siège passager, ma Jeep à l'arrêt. Je dois me concentrer de toutes mes forces sur ma respiration, sinon elle risque de s'arrêter. J'observe les voitures, tels des éclairs gris, passer à toute allure de l'autre côté de la vitre, les arbres gris se dresser, solennels, et supplier le ciel de leurs doigts cendrés, une dame grise aux cheveux gris léchouiller du yaourt glacé servi dans un cornet gaufré de la taille d'un journal. Je lève les yeux vers le ciel : il a disparu. Il n'en reste rien, l'assiette est vide.

Il me faut deux bons mois pour composer une lettre d'excuses protocolaire aux citoyens démotivés d'Omaha. Je parle d'une fatigue due à un emploi du temps surchargé et combinée à un trop-plein d'enthousiasme ; j'évoque les aléas de la retraite, le gouffre que l'entraînement a creusé dans ma vie ; j'explique que l'absence d'effort physique alliée aux deux ou trois doughnuts arrosés de sucre du petit déjeuner a transformé un discours parfaitement normal en aberration mentale. J'écris : *Je suis allée en Russie. Un pays fascinant peuplé de gens formidables !* J'ajoute : *Les athlètes de niveau olympique développent souvent une sensibilité au sucre !* J'écris aussi : *Je vous présente mes excuses les plus sincères ! Je vais prendre une année sabbatique à l'étranger – des vacances bien méritées –, mais dès que je retourne à Omaha, promis juré, je passe l'après-midi avec vous tous !!!* J'ai retenu la leçon, pourtant : si l'on cherche à disserter de la véritable valeur de certains mystères sans offrir une quelconque perspective universelle et concrète, tandis que des rivières de mascara ruissellent sur votre visage blafard, les gens n'aiment pas ça, mais si l'on se limite aux arguments les plus flatteurs, les plus savoureux, c'est autant de mensonges que déversera votre bouche.

Tous les jumbos-jets que j'ai empruntés au cours de ma vie m'ont emmenée vers un objectif précis, toutes mes séances d'entraînement m'ont préparée à un avenir pavé de gloire. Je tombe, je bascule vers le purgatoire qui flotte au-dessus d'une terre recouverte de cendres, synonyme de mort. Tout autour de moi, des gens goûtent à l'effroyable réversibilité de la nature, ce qui ne les empêche pas d'entonner des chansons dont ils ne connaissent pas les paroles. Tout autour de moi, il y en a qui galopent vers le repos éternel, ce qui ne les retient pas de claquer des sommes folles pour une paire de chaussures dont ils se lasseront bientôt. Je respire avec prudence, conservant mon oxygène en silence, en cas d'urgence vitale.

Ma mère m'appelle : *Je ne comprends pas.*

Roxanne m'appelle : *Mais c'est n'importe quoi.*

Dot m'appelle : *Tu ne peux pas échapper à toi-même.*

Supercoach m'appelle : *Appelle-moi.*

Hank m'appelle : *Sur ce coup-là, je ne suis pas convaincu.*

Je me volatilise et prends place dans une boîte en métal chargée d'anonymes aux origines inconnues qui contemplent par les hublots des champs de blé, des champs de maïs, des silos, des cochons, des porcheries, des moutons, une chaîne de montagnes et des bouts du Mississippi. Je débarque à New York, circuit intégré géant, et m'installe dans une autre boîte de conserve, elle aussi chargée d'anonymes aux origines toujours inconnues. Je lance *Coucou, tête de gland russe* en survolant Manhattan, m'assoupis aux abords du Groenland qui flotte sur l'Atlantique à la manière d'un papillon duveteux. Le docteur Leonard Ash profite que je sois endormie pour se réveiller : bruni par le soleil, amaigri, il me parle avec un grand sérieux, son chapeau à la main. Sur mes genoux, un exemplaire de l'édition originale de *Ces mammifères mal-aimés*, aux pages cornées par Dot. À mon réveil, je regarde des lumières rouges vaciller de l'autre côté du hublot et regrette de ne pouvoir me raccrocher, sur la terre ferme, à cette sensation que j'éprouve dans les airs où l'on n'attend rien de moi, absolument rien, à part rester assise et obéir aux ordres jusqu'à l'atterrissage et l'ouverture des portes. Une évidence : nous sommes tous cinglés.

Dis-moi ce que je suis,
et je le deviendrai

Ô tour Eiffel, brume splendide, ô errances de l'âme

Dans l'aérogare, j'observe la porte métallique, équipée de fanons en caoutchouc noir, éjecter un à un des bagages qui ne sont pas les miens. Un petit homme huileux me bouscule et tire de toutes ses forces sur sa cigarette, l'odeur du tabac se mêle à l'atmosphère putride de l'aéroport, savant cocktail d'essence, d'haleines fétides, de croissants et de café. M'éventant de la main, je me réfugie derrière une blonde dont le visage mastic a mal supporté le vol, qui s'empresse d'allumer une cigarette et de me souffler sa fumée dans l'oreille. Je joue des coudes pour me frayer un passage, attrape ma valise qui fait une embardée sur le toboggan, passe devant deux douaniers occupés à gober les mouches. Ils ne m'accordent même pas un regard. Dehors, il fait un temps de chien et cent cinquante personnes attendent un taxi, parmi lesquelles cent trente-trois tirent sur leur cigarette comme si leur vie en dépendait. Je m'incruste dans la file, culmine au-dessus de mes voisins, croise les mains sur ma poitrine, étudie mes pieds monstrueux tandis que de minces colonnes de fumée s'entortillent jusqu'à mes narines.

Par la vitre du taxi je regarde le paysage défiler, virer de l'incongru au merveilleux lorsque l'architecture monumentale de Paris se grave lentement sur une plaque de ciel gris. Au moment d'atteindre les portes de la ville, le décalage horaire m'allonge une claque et mes yeux se pétrifient. Le taxi me débarque au pied de ma nouvelle adresse ; toujours étourdie, j'appuie longuement sur la sonnette et décline par deux fois mon identité. Un déclic : j'entre. Je gravis tant bien que mal un escalier en colimaçon qui grince et tournicote comme les volutes d'un coquillage. Madame Madame ouvre sa porte à la volée sans me laisser le temps de frapper, me toise de bas en haut puis de haut en bas, jappe sans relâche au sujet des interrupteurs, une cigarette blonde enfumant son visage. Elle s'engage sur les marches comme une infirme et je lui emboîte le pas, la regardant s'escrimer avec des centaines de clefs retenues ensemble par une ficelle rouge. Elle déverrouille la porte, s'engage dans l'appartement le bras tendu à la façon d'un vendeur de voitures, explique des choses que je ne comprends qu'à moitié, retouche son maquillage à la Cléopâtre, tapote son énorme chignon blond afin de s'assurer qu'il ne s'éboule pas, souligne un dernier point puis repart en agitant une main d'épileptique.

Je m'assois sur ma valise et je ne fais rien, signe universel de renoncement séculier. Au téléphone, elle a omis de préciser que le lit est un lit double sur pilotis surplombant la table de la salle à manger, que dormir nécessite d'abord de gravir une échelle, que la douche, casée dans la cuisine, se trouve près d'un four crasseux et bancal, que les toilettes communes se terrent au fin fond du couloir derrière une porte cassée et empestent autant que le cadavre d'un ours. Elle m'avait vanté la luminosité, les fenêtres ouvrant sur un ciel d'exception et attirant de tels flots de lumière naturelle que toute lampe serait superflue. Un mensonge.

Lorsqu'on lève les yeux, les vitres, rectangles de verre fendillé, encadrent un ciel sombre ; en revanche, lorsqu'on les baisse, le regard s'abîme dans les profondeurs d'une cour bétonnée où dépérit un seau rouge dans lequel un balai à franges malpropres se dresse tel un grand dadais, efflanqué et avachi, qui pointe au chômage et s'en contrefiche. Je déballe mon sac de couchage-momie avec capuche intégrée, escalade les pilotis, me glisse dans le lit, me cogne la tête contre une poutre – si fort que je vois trente-six chandelles – et sombre dans le lourd sommeil d'une personne éreintée. À mon réveil il fait nuit; les immeubles répandent une lueur mandarine, preuve que, en bas, la ville ne dort pas; des appareils électroménagers fonctionnent à plein régime; des gens que je ne connais pas sont en vie.

Silence

Le troisième soir, feu d'artifice. Je me poste sur l'une des nombreuses passerelles qui enjambent le canal et admire le spectacle. Madame Madame m'alpague dans le hall et m'informe que le pays célèbre la prise de la Bastille, le démantèlement d'une prison, pierre par pierre, dans cette ambiance gaillarde que la rébellion instille tout naturellement dans le cœur des Français, qu'en temps normal Paris est une ville calme, civilisée, peuplée de gens calmes et civilisés qui maîtrisent sur le bout des doigts l'étiquette des musées. À voix basse elle prononce *étiquette des musées* avec des accents de conspiratrice. Mon visage réagit comme s'il savait exactement de quoi il retourne et elle sourit. Jolie dans sa jeunesse, elle affiche cet air frustré propre à toutes les ex-beautés. Elle crève d'ennui, et manipule sans cesse son casque de cheveux blonds comme si elle redoutait une catastrophe. Je ne l'encourage pas, lui fais *bye bye* de la main jusqu'à ce qu'elle saisisse le message et me rende mon *bye-bye*. Puis je gravis les marches, ouvre ma porte, place ma chaise près de la fenêtre et observe le ciel qui se dissout peu à peu et cède la place à ma mère, à ses soupirs.

Le mode opératoire de maman : elle remplit d'air ses poumons, le fait vibrer une bonne minute puis l'expulse par les narines à la façon d'un taureau. Entortillés à la base de sa nuque, ses cheveux dessinent un chignon noueux, elle s'est fardé les lèvres d'un baume couleur de craie. Postée devant les portes automatiques de la grande galerie marchande de Glenwood, elle déboussole les capteurs ;

les portes coulissent, s'ouvrent à moitié, hésitent, cherchent à se refermer tandis qu'elle me dévisage, les deux poings serrés. Je détourne le regard, me focalise sur les guirlandes de Noël qui clignotent, allumées, éteintes, allumées, éteintes, et la révélation me tombe dessus : *Déjà à l'époque, on était toutes cinglées.*

Je prends mes douches dans une boîte en céramique dotée d'un pommeau bringuebalant à peine plus grand qu'une ampoule, et m'habitue à me retrouver nue dans la cuisine, regardant mes yams cuire derrière la porte du four alors qu'un filet d'eau bouillante tombe goutte à goutte sur mes cheveux. Je me précipite dans le couloir, ouvre la porte de l'ours puant, retiens ma respiration et de ma vessie se déverse à torrents une urine retenue des heures entières. Pas une seule chose familière, utile, ordinaire ou agréable à l'horizon. La journée, je suis seule dans l'immeuble et la couche de bâtiments qui cernent la cour absorbe les bruits de la ville mais, le soir, mes voisins regagnent leur appartement, ouvrent grand les fenêtres, hurlent. Aujourd'hui, le locataire d'en bas a traité la voisine du dessous de « dégénérée », en retour celle-ci l'a régalé d'un « trou de balle ». Je ressasse en mon for intérieur un mantra apaisant. *Allons, allons. Voilà qui est mieux.*

Je ne parle à personne. Ainsi s'égrènent les semaines dans un monde privé de mots. Je me ravitaille à l'épicerie quand la faim me tenaille, charrie mes courses dans des sacs plastique. Assise à ma table, sous les pilotis, je fixe le mur blanc et la journée s'étire devant moi telle une main vide. *Pas de planning, pas de coach, pas de diététicien, pas de thérapeute, pas de compétition, pas d'objectif, pas de programme, pas d'équipe* : mon destin a été extirpé de mon être comme on presse une éponge imbibée d'eau. Je ferme les yeux, je retrouve une Fredrinka marquée par la détresse, les muscles chevillés au squelette. Elle marmonne des mots à peine audibles, sa pauvre petite barbe aussi terne que du bois. Même sa fidèle comparse, cette grognasse de Dagmar, est méconnaissable ;

le souvenir l'a métamorphosée en la rouant de coups. Je brûle d'envie de la réduire à néant, ma fureur immémoriale bêle au plus profond de moi : *Je vais l'écrabouiller*, mais ses yeux en boutons de bottine débordent de larmes amères d'Allemage de l'Est que sa fierté tente d'étouffer et son menton tremble comme une machine à laver. Elle s'assied sur le plot et étudie d'un regard absent les lunettes de plongée qu'elle tient comme un bouquet de fleurs entre des mains aussi épaisses que des jambons, et la pitié brandit son glaive magique. Je donne de petites tapes amicales à la main veineuse de Dagmar, *Allons, allons*, dis-je tout en songeant : *Pas d'homme, pas d'amour, pas de désir, pas de prise, pas de poigne, pas de première, pas de deuxième, pas de troisième place.*

Flâner, traîner, vagabonder

Je dors le jour et veille la nuit ; je pense avoir touché le fond mais mon corps s'adapte à ce rythme et c'est pire. Je me réveille seule au crépuscule au sommet de mes pilotis, baignée de la lumière maussade d'un ciel vaste et gris ouvrant les yeux pour pleurer. Tantôt les larmes se coagulent en neige fondue dont les flocons giflent le toit comme autant de plumes humides, tantôt elles restent à l'état liquide et, dans leur chute, pilonnent la moindre surface. Les Parisiens semblent aussi indifférents à la grisaille qu'au reste ; affichant la même humeur exécrable que le jour de mon arrivée, ils évitent avec soin tout contact humain superflu et réduisent leurs échanges verbaux à un *pardon* occasionnel.

Je fixe jusqu'à la nausée mon mur blanc, noue soigneusement mes lacets, ouvre la porte qui mène à la rue et m'éparpille dans Paris, telle une poussière humaine.

Les Français disposent dans leur vocabulaire d'un verbe qui signifie sortir dehors sans raison, vagabonder le nez au vent, sans but : *flâner*. Je flâne chez moi, du couloir à la salle de bains, de la cuisine à la fenêtre, de la fenêtre au lit suspendu. Je flâne dans les musées, emboîtant le pas à un inconnu sous le prétexte qu'il porte des chaussures intéressantes, sans accorder une miette d'intérêt aux œuvres exposées. Je flâne sur les canaux, sous les ponts, dans des ruelles pavées et sinueuses. Si Ernest K. Mankovitz avait le pouvoir, tel Dieu Notre Père Tout-Puissant, de garder l'œil sur le monde entier, il m'attraperait de sa main aux phalanges rougies et me mettrait en sûreté, à bonne distance d'une flânerie excessive.

Je flâne. Je re-flâne. La lumière traverse mes yeux, des sons identifiables se muent en rumeur aléatoire, l'avenir se contracte, le passé se dilate, Paris disparaît pour céder la place à Glenwood, ensoleillé, beau, sombre, froid et enneigé. Je contemple la neige. Elle se détache, flocon par flocon, d'un bonhomme que je viens de sculpter à mains nues, et s'élève délicatement jusqu'au ciel étoilé de noir. Je recule, me retourne. Roxanne recule avec moi, son visage exprime une franchise qui ne laissera qu'un vague souvenir dans ma mémoire. Concentrée, elle se débrouille pour que les flocons, l'un après l'autre, se reconstituent et s'envolent. Nous franchissons une porte qui s'ouvre devant nous, nos manteaux se suspendent à ces crochets en cuivre que Leonard a cloués au mur un dimanche, et me voilà à la maison. Silence domestique mêlé aux bruits familiers, fenêtres striées de neige, air immobile, clarté aveuglante jaillissant du tapis et se répandant dehors, dans la nuit, avant de disparaître instantanément, à la vitesse de la lumière. C'est si joli, j'en ai le souffle coupé.

Je m'assoupis aux prémices de la nuit – *Voilà, c'est fini* – et me réveille, la bave aux lèvres, en sursaut, tirée du sommeil par des fanfares de pluie dissonantes qui tonitruent au-dessus du lit et par la voix de Leonard, qui s'est mis en tête de m'expliquer les lois fondamentales de l'univers, la théorie du pendule, la genèse du temps. Lorsqu'un orage éclate, les fenêtres luttent comme si les murs s'étaient mis à respirer. Lorsque les fenêtres luttent, impossible de dormir.

Je téléphone à Roxanne à trois heures du matin. Ses poumons s'emplissent d'une fumée indéfinissable, elle dit : *Je t'aimais mieux quand tu nageais* et *Je t'avais dit de ne pas partir*, alors que nous savons toutes deux qu'elle ne pouvait pas me supporter à l'époque où je nageais et que j'allais partir de toute façon.

Plus les fiascos s'enchaînent, plus la force de la délivrance est grande, philosophe-t-elle.

Hein ?

Les gens vraiment ravagés peuvent devenir plus normaux que les gens normaux lorsqu'ils cherchent le soulagement absolu qui leur est inhérent.

Et d'où tu tiens une information pareille ?

De ma cure de désintox.

Laquelle ?

Montréal.

Ma mère m'appelle de sa chambre et s'efforce de donner l'illusion de quelqu'un qui n'hésite pas à sortir. *Le passé, c'est le passé, Philomena.* Soupir théâtral. *J'ignore la raison qui…*

Soupir théâtral de mon côté. *Le passé, c'est le passé, maman, et l'avenir c'est l'avenir, mais, à l'intérieur, tout coexiste. Tu en penses quoi ?*

J'en pense qu'un jour tu auras une fille, et la boucle sera bouclée.

Quand j'appelle Dot, je mens. *C'est pas mal. Étrange et intéressant. Tout se passe bien, très bien même.*

Elle s'agace. *Tu as fumé ou quoi ?*

Son agacement est contagieux. *En effet, Dorothy, on ne peut rien te cacher.*

Pourquoi tu parles comme ça, alors ? À ta voix on dirait que tu planes. Elle s'adresse à moi comme elle s'adresse à ses tarés, la gentillesse professionnelle en moins.

Comme si cela pouvait m'arriver, Dorothy chérie. J'ai une vue magnifique, même s'il pleut non-stop depuis mon arrivée… De temps en temps il m'arrive de repenser à cette pauvre vieille Fergus, j'avoue, de plus en plus vexée.

Elle avale une gorgée de ce thé vert dont elle raffole, avec des brindilles et des fleurs spéciales aux vertus apaisantes. *Tu penses à Fergus ? Tu as un petit coup dans le nez, Pip ?* Elle souffle doucement sur sa tasse.

Non, Dorothy, je vais très bien. Tu avais peur que je… eh bien, laisse-moi te rassurer, je réponds en malmenant, triomphante, la vérité. *Je me repose, je considère la natation sous un autre angle et…*

Elle m'interrompt, ses inflexions se réverbèrent sur mon oreille interne d'une façon qui m'est désagréablement familière. *L'humanité s'entre-tue aux quatre coins du globe, des enfants crèvent de faim, des gamins sortent du lycée complètement analphabètes, l'océan est plein d'ordures, le monde se détraque et fonce tête baissée vers un désastre écologique, la vie c'est de la merde en barres et toi, tu es obsédée par un seul truc, nager. Nager.*

Va te faire foutre, Dot.

Avalant une goulée d'air, elle raccroche. *Clic.*

Les défunts qui mènent une vie équilibrée dans l'au-delà savent prêter une oreille attentive, je me tourne donc vers eux. À genoux, je dis : *Désolée que tu sois mort. J'ai trop honte et je te demande pardon. Je me suis vraiment comportée… comme une conne. Je ne me rendais pas compte*. Ensuite je défais ma queue-de-cheval, rampe sous les draps en m'aidant des coudes et des genoux, évite la poutre, m'enfonce le visage dans l'oreiller et pleure à chaudes larmes.

Eux : *Ne t'en fais pas. Comment tu aurais pu savoir ?*

Moi : *Vous savez quand arrive mon tour ? J'ai l'impression que c'est pour bientôt.*

Eux : *Oui, à vrai dire. Qu'est-ce qui t'a mis la puce à l'oreille ?*

Ce monde regorge de merveilles dont aucune n'arrive à la cheville de l'homme

La saison des pluies débute. Une nuit, le ciel se lézarde et le déluge noie la ville. Faisant fi des trombes d'eau, je ne prends même pas la peine de me cacher sous un porche tandis que les gens détalent, un sac plastique sur les cheveux ; pas plus que je ne m'écarte lorsqu'ils m'embrochent d'un parapluie aussi large que les parasols de la piscine du country club de Glenwood. Je continue à marcher, indifférente.

L'intérêt de la flânerie, c'est de faire fausse route avec nonchalance. Il suffit, une fois perdu, de poursuivre sa balade jusqu'à retrouver ses repères ou de lever les yeux pour distinguer un élément connu du décor : une tour, une église, un clocher, un cavalier doré, un ange doré, un poète mort, une péniche mugissant sur le fleuve, un grand magasin. Mais je me fiche d'être perdue, je regarde Glenwood se substituer aux rues parisiennes avec netteté, comme une image en relief dans un livre animé. Glenwood est parsemé de maisons de plain-pied, d'un vaste monastère bâti dans une pierre rouge foncé, d'une allée longée de conifères dont émane le parfum âcre du vrai sapin. *Le jour ? Mardi. L'année ? Aucune.*

Le plus stupéfiant dans Paris, hormis le fait qu'une ville pareille existe encore, c'est cette impression de patchwork architectural : vieilles pierres cousues à de la pierre moderne, à des briques d'avant-guerre, des dalles de béton, des éclats métalliques, des plaques de verre. Les coutures sont serrées, sans interstices, le bois est exclu du paysage sauf pour les portes et les arbres qui s'élèvent alentour, branches entrecroisées.

Je sais que le sucre possède des vertus nutritives limitées, que c'est un produit à cent pour cent chimique extrait de la betterave, de la canne à sucre ou de feuilles d'arbres exotiques strangulés pour l'occasion. Je n'ignore pas qu'il accélère la mort cellulaire, qu'il ne contient aucune fibre, aucun minéral, aucune protéine, aucun lipide, aucune enzyme, qu'il poisse, qu'associé au gras il tue deux fois plus vite ; mais la vie de toute façon se dirige droit vers la mort et le sucre a un goût exquis, alors je m'achète deux cents grammes de chouquettes que je déguste une à une. Et peu à peu, les statues que je croise me font penser à des cadavres à la verticale. Quand la nuit tombe, je croise l'hologramme de Fredrinka et comprends qu'elle ne sera jamais mère.

Une église surgit dans mon champ de vision et m'attire de ses doigts forts et mélancoliques vers sa lourde porte en bois. En France, les églises resplendissent d'une fraîcheur minérale, leurs ouvertures enchâssées de vitraux déversent mille esquilles de lumière précieuse. Elles sont peuplées de gens presque morts et de variantes cosmopolites de la bonne sœur moderne. Je trouve un banc vide, m'assois. La plupart des quasi-morts sont si décrépits qu'ils doivent se cramponner le plus fort possible à leur banc afin d'éviter une chute fatale. Jésus est suspendu à sa croix. Marie étudie le bout de ses pieds nus avec une élégante désinvolture, des anges choisis au hasard soutiennent ici et là les voûtes de leurs ailes musculeuses, démons et monstres sont assis en contrebas, à croupetons, yeux fendus, tête rentrée dans les épaules, cœur sculpté dans la pierre. J'allume un cierge, j'observe la flamme dessiner des ombres tremblotantes sur la paroi beige et gris, et je m'agenouille.

Je ferme les yeux : une montagne de gâteaux tourbillonne sur un podium qui pivote à toute vitesse, les nonnes érigent d'une main vive une pièce montée constituée uniquement de babas à la noix de coco. Convoitise et frustration vont de pair. Bron louche sur la forêt-noire, elle qui depuis toute petite salive devant l'alliance chocolat-cerise. Ses cheveux sont longs, épais, lustrés, ondulés, ses yeux brillent comme des boutons hors de prix en pleine lumière. Je regarde ma sœur valser, je regarde les gâteaux trembler.

Leonard apparaît : *L'observation des chauves-souris, comme l'observation des phénomènes naturels en général, demande à la fois de la chance et du talent, et autant de talent que de patience. La plupart des espèces n'attendent pas l'obscurité totale pour sortir, mais d'autres ne prennent leur envol qu'à la nuit tombée et celles-là, seule l'imagination permet de leur donner forme.*

J'ouvre les yeux, mon cœur s'affole, l'atmosphère humide de l'église me soufflette la mâchoire. Je ne flâne pas. Je fuis.

Dos au mur

Mes chaussures valsent sous la table, mon manteau atterrit sur le parquet. Je déniche un stylo-feutre et trace une ligne d'un mur à l'autre. J'ai besoin de visualiser les événements fouettés, transformés en mousse épaisse et gluante par le souvenir. Une flèche file vers l'avant. Une autre vers l'arrière. J'entreprends de remplir le temps. Le bancal. L'inégal. Le vague. Le juste. Le passé, en noir. L'avenir, inconnu.

Stop

Je travaille d'arrache-pied jusqu'au petit matin ; la pointe de mon stylo glisse à rebours du temps jusqu'à ce que je déclare forfait et appelle en urgence le poste personnel de la psychologue des stars déprimées et de leurs enfants dépressifs, le docteur Sunny Lewis, laquelle décroche à la seconde sonnerie avec un *Allô ?* des plus professionnels.

Il faut que je te parle à titre privé et tout de suite. J'ai pris ma voix sérieuse.

D'accord. Elle est toujours sérieuse.

J'ai un problème… ou peut-être que…

Je t'écoute. Que se passe-t-il ?

J'ai visité des églises… et les églises, ça me donne le cafard.

Ça ne pose aucun problème de visiter des églises, Pip.

Je fixe des statues. Je fixe des gens qui prient. Eux, ils n'y sont pour rien. À chaque fois je me jure de ne pas recommencer, sauf qu'il y a une église tous les cinquante mètres qui m'attire comme un aimant. J'allume un cierge, je fixe Marie jusqu'à ce qu'elle se transforme en Barbie… et il pleut presque tous les jours. J'ai posé la question à ma logeuse et elle m'a répondu : « Oh, ce n'est pas de la pluie. » Mais elle raconte n'importe quoi. Il pleut non-stop. Dès que je sors, je suis trempée. Les jours se suivent et se ressemblent, Sunny, c'est pire qu'un entraînement intensif. Je me balade dans les rues, je suis aimantée par une église, je fixe Jésus jusqu'à ce qu'il se transforme en père Fouettard, ensuite je rentre chez moi et je remonte le temps en auto-

hypnose, si bien que les choses que j'ai oubliées n'ont pas l'air… Et ça s'est retourné contre moi. Maintenant je rentre automatiquement en transe hypnotique… tout flotte vers le haut. Ça ne se présente pas bien, Sunny. Je me sens mal.

OK. D'accord. Calme-toi. Laisse-moi réfléchir… je vais voir si je peux te trouver quelqu'un. Peut-être que… je vais trouver un psy à Paris. Je te rappelle dans une minute. Ça va s'arranger. Il n'y a pas de quoi s'inquiéter… tout le monde traverse une phase de… doutes… ils n'ont pas vraiment…

Je chuchote faiblement. *Et je me suis remise au sucre.*

Elle tombe de haut. *À quelle dose ?*

Assez pour me rendre… très, très malade.

Tu vas t'en tirer. Je te connais. Souviens-toi de Barcelone. Impossible, qu'ils disaient.

Sunny me rappelle tandis que je maudis mon avenir nébuleux postée à ma fenêtre ; le ciel bombarde le monde, au petit bonheur, d'un merveilleux assortiment d'obus gris.

J'ai trouvé quelqu'un. On m'a dit qu'elle était bien.

Je dégringole mes pilotis, brave des trombes de gouttes grises, trouve l'immeuble. Interphone, sonnerie, déclic du verrou. Je gravis deux volées de marches, trouve une autre sonnette, à laquelle répond l'ouverture automatique d'une porte qui mène à une salle d'attente déserte. J'entends des murmures derrière une porte fermée et, en arrière-fond, le brouhaha de la rue. Je m'assieds et dresse la liste, sur le conseil de Sunny, de toutes mes interrogations. *C'est possible que mon cerveau invente des choses affreuses et que mon corps lui fasse confiance ? Possible de se sentir malade, fou à lier, à l'agonie, alors que tout va bien ? Vous pouvez m'expliquer pourquoi je ne remarque les choses que maintenant ? Et si je m'auto-hypnotise à longueur de journée sans le faire exprès, ça signifie que je suis cinglée ?*

Lorsque Esther risque sa tête par l'embrasure, sourit et déclare : *Je suis Esther*, il ne m'en faut pas plus pour oublier mon inventaire, froissé, sur le canapé. Un petit homme courtaud, épaules voûtées et nez crochu, quitte le cabinet et m'évite avec soin. Mauvais signe. La voix d'Esther me guide à l'intérieur de la pièce, je m'installe sur la chaise qu'elle m'indique du regard. J'ouvre la bouche et des mots s'en échappent.

Bonjour. Il n'y a pas longtemps j'ai décidé de m'habiller avec des couvertures en laine… enfin, pas qu'avec ça, bien entendu… je mets une couverture par-dessus mes habits ou… bref, je me sens mieux quand j'ai une couverture… si seulement j'en avais une là, sous la main.

Vous avez froid ? Neutre.

Oui. Je reprends le contrôle de moi-même.

Parfait ! En voilà une ! Elle semble sincèrement ravie de la draper autour de mes épaules. La couverture embaume la couverture. Je me détends.

Parlez-moi de vous, suggère-t-elle en regagnant son fauteuil.

De moi à quelle époque ? Mauvaise question. *Avant ou après, je veux dire ?* Mauvaise question bis.

Et si vous me disiez ce qui vous amène ici, plutôt ? résume-t-elle dans un souci de simplicité.

Ici où ? À Paris ?

Non, ici. Dans mon cabinet, réplique-t-elle, les mains sur les genoux.

Haché, universel, strictement privé

J'ignore que la gentillesse d'Esther tient lieu de paravent et dissimule un esprit acéré qui pourrait effrayer les neurasthéniques et les faire fuir ; du coup je lui raconte ces histoires de remontée dans le temps, et plus encore. Emmitouflée dans la couverture, je lui révèle que la zone située entre mes deux oreilles me fait atrocement mal, qu'une mélodie de nonne mélancolique résonne le long de ma colonne vertébrale, que l'art me pompe mon essence vitale à la façon d'une sangsue invisible. Je lui explique que l'amour est incompatible avec le lourd fardeau de l'existence. Je m'emmitoufle de plus belle et lui confie mes hypothèses : les amoureux gauchissent l'objet de leur amour à grands coups de marteau, la vie est un monstre de douleur que certains apprivoisent, quand d'autres s'allongent dessous pour qu'il les écrase comme des fleurs séchées. Je lui dis que les bonnes sœurs savent tout cela depuis que le monde est monde, qu'elles connaissent de toute éternité le caractère chimérique de l'existence, que cette information a été catapultée dans leur subconscient à la manière d'un boomerang métaphysique, que chaque cœur qu'elles offraient à notre contemplation se couronnait d'épines et sécrétait un sang spécial, plus sombre que le sang humain, que chacun de ces cœurs se dégonflait lentement, un pieu fiché en son épicentre. Je m'emmitoufle, la couverture enroulée autour des épaules, et explique à voix basse que mon cerveau ne cesse de me reconduire dans des lieux où je ne souhaite guère me rendre, que la nature remonte le courant d'une façon contre-nature, que je suis mal à l'aise dans le noir et que j'aimerais que rien ni personne ne s'érode, ne se métamorphose, ne mue ni ne meurt. Je lui dis que tout est sens dessus dessous dans ma tête, qu'afin d'y mettre un semblant d'ordre j'ai entrepris de tout consigner sur mon mur, juste sous le lit, de tout cataloguer année par année, à rebrousse-temps. Je lui dis que tout cela est fou et que je suis lucide. Et que je n'aime pas ça, toute cette folie.

Elle écoute mes histoires de remontée dans le temps et s'éclaircit la voix : *Je suis désolée, vraiment, mais vu l'heure il va falloir y aller*. Je vérifie par la fenêtre ; elle a raison. J'ai été si bavarde que la nuit s'est imposée là où jadis régnait le jour.

Aquaplanning

Je m'élance à travers une fine brume urbaine ; les gaz d'échappement cendrés des automobiles grises donnent à la brume un goût de métal. Les parapluies orange éclairent les visages d'une lumière orangée, les rouges les ensanglantent, les bleus leur font un teint de cadavre. Quant aux sans-parapluie, ils dégoulinent. Je les interpelle. Ils me snobent. Je recommence.

Voilà à quoi j'occupe mon esprit : *Gauche, droite, gauche, droite, gauche, droite*. Tout tombe en ruine, les bâtiments se désagrègent, les voitures percutent des gravats grisâtres, les passants s'agglomèrent en un à-plat bleu marine ; ne subsistent que mes pieds, à la fiabilité éprouvée, jusqu'à l'apparition de June : *Tu te rappelles ce sandwich immonde que j'avais préparé avec des cornichons et du jambon en boîte ?*

Je dévale l'escalier et me retrouve dehors, le dos arrondi, au côté du père Tim.

Les prêtres ne prennent leur retraite que six pieds sous terre. Les cheveux soyeux du père Tim grisonnent, d'adorables ridules étoilent ses yeux, une petite bedaine – due aux gâteaux et à la purée maison de ses sœurs dans la foi – renfle le milieu de sa soutane comme un oreiller. Il est adossé à sa voiture, une berline ivoire aux sièges en skaï marron. Il est venu me voir à présent que ma mâchoire n'est plus entravée.

Je dois te faire un aveu qui risque de te déplaire, m'annonce-t-il, solennel.

Je le dévisage. *Ne dites rien dans ce cas.*

Il fait la sourde oreille. *La natation n'intéresse pas grand monde cette année… Les filles préfèrent le foot.*

Alors ça y est, c'est la fin. Je soupire.

Oui, c'est la fin.

Le monde est une verrue géante.

Ce serait une bonne idée que tu envisages de te réconcilier avec Dieu un de ces jours.

Je ne parle pas à Dieu pour de vrai, père Tim.

Le contraire du doute, c'est la confiance.

Certains des gens les plus odieux que je connais sont catholiques.

Le contraire de l'inquiétude, la foi.

Les voies de Dieu inspirent la terreur.

C'est là tout le problème d'une interprétation humaine des Saintes Écritures.

Je suis diplômée de littérature anglo-saxonne, père Tim. Les métaphores, je connais.

Je rentre, j'ouvre le réfrigérateur, j'en détaille le contenu. Une brique de lait, trois pots de confiture, de la crème de châtaignes enrobée de moisi, de la moutarde, du ketchup, de la sauce Worcestershire, du pesto, un filet de pommes de terre, de la dinde en tranches, de la Budweiser du shérif joufflu. J'étudie le pot de moutarde et je marmonne : *Je suis à la retraite.* Il ne se passe rien. Rien de mauvais, rien de bon. Rien du tout.

Je furète dans des cartons, j'explore des armoires, j'inspecte les tiroirs de bureaux qui ne m'appartiennent pas. Je fais des découvertes. Une liste de cadeaux datant de l'inoubliable tombola de Noël, vers 1983 : *Un demi-jambon, un demi-jambon, un kit de Noël tricoté main, un cache-théière tricoté main, un Sacro-Saint Coussin Brodé, un sachet de bonbons : Les Caramels du corsaire !* Je déniche une petite bourse en daim qui recèle les dents de lait de Lilly Cocoplat, une poupée sans yeux, un exemplaire d'*Alerte aux chauves-souris !*, des photos de moi affublée d'oreilles de chauve-souris à l'encre indélébile, et l'un des tracts de Bron. Elle a écrit :

Non à Marie.

Non à Joseph.

Non à Jésus.

Non à Ponce Pilate.

Non aux Sacrements.

Non à la Trinité.

Non à l'absolution.

La mort, ça m'ira très bien. La mort, ça m'ira très bien. La mort, ça m'ira très bien.

Elle s'est éteinte en pleine nuit, seule, un 23 décembre. Il neigeait. Moi qui n'arrivais pas à fermer l'œil, je regardais la neige tomber, je contemplais son lit sans me convaincre totalement qu'il n'avait rien de commun avec un cercueil. Quelqu'un de bien aurait agi autrement. Je note cette sentence sur le mur :

Quelqu'un de bien aurait agi autrement.

Arrête ! Je t'en supplie !

Lorsque je retourne voir Esther, je prends place sur ma chaise et m'emmitoufle dans la couverture, le regard fixe.

Elle me regarde.

J'en fais autant.

Elle ne détourne pas les yeux.

Moi non plus.

Je craque la première. *Je n'arrive pas à me souvenir d'une seule chose clairement. Pas une seule. Les bons souvenirs me semblent à peine croyables, les mauvais tiennent du cauchemar. Comment les gens peuvent supporter tout ça ?*

Tout ça, quoi ?

Ça. Ça. Ça. Et ça. Je désigne d'un index rageur la chaise, le plafond, la fenêtre, mes pieds. J'y vois la terre, le ciel, le tombeau, le monde entier.

Comme ils peuvent, répond-elle et, parce que je ne la lâche pas du regard : *Dans la majorité des cas, mal.*

Chantons Noël, que nos cœurs se réjouissent

Noël me revient en mémoire au moment où il pointe le bout de son nez. Un éclat rouge, une barbe entraperçue, une bouteille de vin emballée dans du papier vert et scintillant, l'adorable voix éraillée d'un enfant qui résonne dans la cour et appelle de tous ses vœux Papa Noël avec ses jouets par milliers. Accrochées aux bras d'arbres frigorifiés, le long de voûtes en briques, au sommet de clochers d'acier, des myriades d'ampoules clignotent et illuminent un monde plongé dans le noir, tandis que d'antiques jouets mécaniques ajustent leurs ailes, époussettent leurs souliers, jaillissent de leur boîte et entament une danse. Des patinoires éphémères fleurissent aux quatre coins de la ville sous la surveillance des arbres revêtus de perles argentées ; des bouchons sautent, l'univers tout entier s'imprègne de l'esprit de Noël, la brume se fige en verglas, les gens se planquent sous des couches de vêtements bariolés, les yeux débordent de rêves et de vœux, d'espérance et de prière, et le seul moyen de s'en débarrasser, c'est d'attendre la fin.

Je vais voir de nombreux films français, de ceux qui filent le cafard. Dans la salle je tends le cou vers l'écran, une migraine en embuscade derrière chaque œil parce que les bouches des acteurs s'agitent comme des moteurs. Quand arrive la fin je devrais savoir que chacun d'eux se dissout en lui-même, mais j'oublie systématiquement. De retour dans la vie réelle, la pluie me fouette le visage et le trottoir n'a rien à envier à un miroir. Les bonnes sœurs cherchaient à me convaincre que tout s'accomplit là-haut, mais je n'y distingue que nuages en grands préparatifs, neige qui se cristallise avant de s'abattre, vent en formation, disque lunaire, étincelle fugitive d'un trait de soleil.

Mon cerveau turbine à plein, chantonne : *Juuuuune ! C'est Ja---son !* Debout à la fenêtre, je plonge mon regard dans l'allée. À travers le pare-brise de la voiture on aperçoit le bout incandescent de sa cigarette. June me tire vers l'arrière. *Arrête.* Il reste assis sans bouger des heures durant ; nos séances d'espionnage se chargent d'érotisme. Roxy et moi, grisées, nous sautons partout, dansons. Dot s'affole. June fait mine d'être captivée par un jeu télévisé tout en pliant des vêtements et en mâchonnant ses cuticules.

Qu'il aille se faire foutre, va lui dire, déclare-t-elle en me poussant sur le seuil. *Dis-lui : Hé, toi ! C'est une propriété privée ici ! Dégage ! June te dit d'aller te faire foutre ou elle appelle les flics !*

Pour la première fois de mon existence, je vois quelqu'un allumer une cigarette avec le mégot de la précédente. Il fronce les sourcils, comme si ce geste exigeait de lui une réflexion profonde.

Salut, inhale-t-il, *paumé mon briquet.* Je jette un œil au voyou le plus célèbre de Glenwood ; mignon, dans le genre dur à cuire imbibé d'alcool.

Salut. June dit que ça serait mieux si vous alliez vous faire foutre et si vous dégagiez d'ici sinon elle appelle les flics.

Imperturbable. *Tu es laquelle, toi ?*

Je hais mon prénom. *Philomena.*

Celle qui aime les bestioles… tu mesures combien ?

Celle qui nage… un mètre quatre-vingts. Mensonge.

Aaah, la nageuse… Au temps pour moi. Il éclate d'un rire frugal qui n'atteint pas son visage. *Dis à June que je serai devant chez Gabe à dix heures. Tu as retenu ?*

Devant chez Gabe à dix heures.

Dis-lui que j'attendrai. Et dis-lui que je m'excuse, d'accord ? Dis-lui que Jason t'a dit qu'il demandait pardon. Enfin il sourit, hoche la tête, démarre le moteur, l'écoute ronronner une fraction de seconde avant de remonter l'allée en marche arrière, plus cool tu meurs.

Je l'implore : *N'y va pas, June.*

Avec un soupir, elle se passe la main dans les cheveux et déclare : *Je suis obligée.*

Lorsqu'ils redeviennent amoureux, il téléphone et réclame sa *pupuce.*

Debout dans ma cuisine, j'attends que les spaghettis absorbent l'eau avant de rincer la casserole. Mon esprit s'échappe par la fenêtre et se mêle au vent ; cette année tout le monde passe Noël dans son coin. À Portland, Dot sert de la dinde à des gens qui vivent dans des cartons, un moignon calciné à la place du cœur. À San Francisco, Roxanne élague un des arbres hors de prix qui appartiennent au maestro ; comme il fait un froid inhabituel pour la saison, elle a enfilé des mitaines et un bonnet immonde. À Glenwood, maman prépare un festin en compagnie d'une meute de Bilieuses. Les réjouissances se résumeront à un concert de gémissements assortis de larmes de détresse et, dans leur chagrin, leurs cœurs s'embraseront et clignoteront au rythme de la guirlande de Noël torsadée autour de la balustrade. Pendant ce temps, le shérif joufflu regardera la télé dans le salon, une bière glacée à la main.

Je m'empare d'un stylo, repère une place nette sur le mur, griffonne :

Les mecs français sont des tarlouzes.

Ce matin j'ai trouvé Esther assise sur sa chaise, tout sourire et tout oreilles, un poinsettia écarlate en faction au coin de son bureau. J'avais passé la matinée dans une minuscule église à fixer si intensément Jésus qu'il n'en était resté que les os. Dehors il tombait de minuscules flocons d'une neige fondue, des gens tristes campaient sur des sacs-poubelle posés à même le trottoir, leur misère énoncée sur un bout de carton, des femmes défigurées par d'épaisses couches de maquillage me dépassaient, laissant dans leur sillage un parfum nauséabond, et Esther m'a paru si réservée, si sèche, si impartiale et si calme que je n'ai pas réussi à brider ma colère.

Avec un regard noir, j'ai lancé : *Qu'est-ce que vous fichez ici, au fait ?*

Ici ?

Oui, ici, ai-je répondu, un index agressif désignant la pièce, la fenêtre, la porte, mes pieds.

C'est ici que je vis. Que je travaille. Que j'élève ma famille.

Ça crève les yeux qu'il y a eu un problème, que vous avez fui votre pays, délibérément, pour vous installer ici, comme si vous étiez une fugitive.

C'est ce que vous avez l'impression d'être ? Une fugitive ? Ses boucles d'oreilles en jade ont cliqueté, imperceptiblement.

Non, ai-je dit en me redressant, *ce n'est pas du tout mon impression.*

Elle s'est réfugiée dans le silence, donc moi aussi, jusqu'à ce que tout ce silence m'étrangle. J'ai rendu les armes.

Quoi, j'ai l'air d'une fugitive ?

À quoi ressemble une fugitive, d'après vous ?

Et d'où je suis censée savoir à quoi ça ressemble et à qui ça ressemble, hein, dites-moi ? Je pousse un soupir, toute colère évaporée.

Les spaghettis mollissent, je jette l'eau de cuisson dans l'évier, pisse dans la douche, escalade mon lit et me cogne le front contre la poutre ; sous l'effet de la douleur, mes yeux larmoient et mes oreilles bourdonnent. Je déguste une truffe à la vanille enrobée de chocolat noir. Je peux établir le portrait-robot d'une fugitive dans ses moindres détails : une gamine discrète, quinze ans, un mètre quatre-vingt-dix, avec des galets bleus en guise d'yeux et des pieds d'une puissance hors du commun. Elle arbore des queues-de-cheval toutes simples, dort en jogging, suçote des bonbons à la menthe, mâchonne des caramels, met au défi les jumbos-jets qu'elle emprunte de plonger en piqué.

La nature est ce qu'elle est

Des Français attendent sur le trottoir que le feu passe au vert. Une mamie coiffée d'un sac plastique bleu promène un caniche à moitié mort dans une vieille poussette. Mon voisin de passage piéton allume sa cigarette, la main en cornet afin de protéger la flamme. La cigarette se consume au rythme de ses narines lorsqu'il inspire la fumée. Le petit bonhomme rouge devient vert. Nous traversons une rue bordée d'édifices agglutinés les uns aux autres, bâtis entre le dix-septième et le vingtième siècle. Face à moi, une vitrine aménagée d'étagères en métal offre à la vue des délices auxquels je n'ai jamais goûté. Marquant l'arrêt, je distingue le contour de mon reflet dans la vitre ; les nuages filent à l'arrière-plan, la terre miroite et tournoie, caquetant comme une idiote.

Seule la beauté excentrique attire désormais mon regard. Je repère : une statue recouverte d'une bâche verte, une église à la façade syphilitique, un visage en pierre auquel manque le nez, une gargouille polluée, un miroir noirci qui ne reflète plus rien, une fleur brune, la densité de l'air, les sombres émanations qui s'échappent des moteurs diesel, un chien toiletté à la perfection assis sur un trottoir, les lambeaux d'un sari doré entassés sous un pont crasseux, un homme séduisant une mitraillette à la hanche. Je lui lance une œillade ; il m'ignore. En marchant d'un bon pas, on traverse la ville en quatre heures. Au retour, mes pieds sont deux cloques rouges et bombées. Je les baigne dans un seau d'eau tiède tout en contemplant les gouttelettes de pluie qui s'écrasent sur la vitre où elles glissent sans joie. C'est alors que je me retrouve étendue sur un transat à l'abri d'un arbre, au cœur de l'automne, les feuilles virevoltent jusqu'à terre et dessinent un vaste kaléidoscope dans notre jardin laissé en friche, je regarde Roxanne et Dot se mesurer au ping-pong, Bron est assise près de moi. Elle me dévisage : *Je mets mon fric sur Dot ; elle a des ressources insoupçonnées.*

Esther consacre de nombreuses journées à m'interroger. Ses interrogatoires abordent de vastes et glorieuses questions, sondent en long et en large la souffrance que l'homme s'inflige. Emmitouflée dans ma couverture, je lutte contre l'irrésistible envie de dormir ; j'apprends que la dépression ne se réduit pas à une tristesse morale, qu'elle ne s'associe pas automatiquement à la couleur bleue. J'apprends qu'éviter la poutre de mon lit une fois sur deux ne témoigne pas d'un effort réel, que l'athlète en moi n'a pas rendu l'âme, que la personne qui se dissimule sous la championne ne l'a pas non plus rendue.

Esther m'explique que le siège des toilettes a représenté mon accès à une vie nouvelle. Elle m'explique aussi que certaines personnes ne réagissent que si des toilettes glissantes, à la porcelaine perfide, s'embusquent au bord de leur chemin comme des tigres. Esther explique : *Mordre la poussière, c'est dans la nature humaine. Même les arbres les plus nobles ont des racines sombres. Seule une authentique championne peut se briser des os essentiels et conduire sans assistance jusqu'à l'hôpital. Seul un esprit très particulier peut remarquer que la pluie aura beau rebondir sur une surface colorée, elle n'en restera pas moins couleur de pluie*. Esther explique : *Vous ne vous en sortez pas si mal.*

Je prends tout en note. *Je ne m'en sors pas si mal.*

La nature est vaste et glorieuse et généreuse et radine et petite et merdique.

Toutes les créatures vivantes, y compris les têtards, les vers de terre, les cafards et les puces, finiront par fermer leurs yeux une bonne fois pour toutes et pour les siècles des siècles amen.

Le cœur est un organe conçu pour s'arrêter de battre ; certains exploseront comme des pots de marmelade luisante. D'autres vont cracher et toussoter ; d'autres encore préféreront être transpercés par une balle, brûlés, poignardés, piétinés, broyés par une force surnaturelle, obstrués par un cocktail de sucre et de graisses, etc.

Les bananes vertes jaunissent.

Les bananes jaunes brunissent.

Les bananes brunies sont parfaites pour les gâteaux mais, quand on a faim, on ne fait pas la fine bouche.

Les Russes sont aussi cinglés que les bouseux du Kansas.

Madame Madame m'alpague dans le hall et me demande : *C'est vrai que les femmes américaines croient que si elles n'ont jamais de rides, elles deviendront immortelles ?*

Je ne suis pas d'humeur, je rétorque : *Oui. Les hommes aussi.*

Ô Père, ô Père, résurrection

Esther a des yeux expressifs. Ils disent : *Peut-être que vous manifestez l'amour que vous portez à votre famille à travers l'amour que vous portez à votre équipe*. Ils disent encore : *Les bonnes sœurs sont d'hilarantes bouffeuses de doughnuts qui n'ont pas de vie sexuelle.* Ils disent aussi : *Les Russes sont certainement aussi humains que les autres humains.*

Il arrive pourtant à Esther d'accorder un répit à ses yeux si éloquents et de s'en remettre à sa voix. *Parlons de votre sœur.*

Laquelle ?

Celle dont vous ne parlez pas beaucoup.

Elle est morte.

Oui. Quel âge avait-elle précisément ?

Presque dix-huit ans.

Donc vous avez eu le temps de la connaître.

Oui.

Quels souvenirs gardez-vous de cette époque ?

Je réfléchis. *Quand j'étais petite elle adorait me faire peur ; à force, j'ai commencé à croire que je m'appelais Bouh !*

Lorsque j'évoque Leonard, elle me demande : *Vous faites référence à votre père ?*

Oui.

Pourquoi l'appelez-vous Leonard ?

Parce qu'il n'aurait pas aimé.

Ceci posé, elle l'appelle *votre père*, constate : *Vous m'avez l'air en colère. Je me trompe ?*

Interloquée, je mens : *Complètement. Il est mort.*

J'entreprends de désigner Leonard par son titre de *père*, jusqu'au jour où je laisse échapper un *Papa*, et le ciel ne me tombe pas sur la tête.

Bronwyn s'insinue dans mon esprit : *Tu vois ? J'étais plus complexe que ce que tu pensais. Aux antipodes de la caricature de l'ado mal dans sa peau.*

Mon père délaisse un instant son livre, abasourdi. *Tu as cru que je m'étais crashé exprès ? D'où t'est venue cette idée ? Mes moteurs sont morts bien avant moi.*

Esther a un visage expressif, d'un seul tenant. L'intégralité de son visage déclare : *La retraite, ça n'a rien à voir avec une grosse truie à l'haleine violette.* Je note son diagnostic sur le mur, en dessous de mon avenir désertique : *La retraite, ça n'a rien à voir avec une grosse truie à l'haleine violette.* La retraite, ce n'est pas non plus un long tunnel bouché par un mur en ciment ni même une machine à fabriquer du pop-corn, déglinguée, minable et sans intérêt, une fin finalité conjecture, qui nous accompagne du berceau à la tombe. Son visage affirme : *Les Russes sont des hommes comme les autres, ils tâtonnent en quête d'un bonheur et d'une paix durables, comme ils peuvent.*

Je me remets à nager. Juste pour voir ce que ça fait. Je me réveille le matin et me rends directement à la piscine, où des humains apathiques s'égaillent lorsque je plonge. Je vais mieux. Mes bras tracent des lignes nettes et brusques, mes pieds brassent l'eau, libèrent de la puissance. Intimidés, les autres nageurs s'enfuient de mon couloir, c'est l'affaire de cinq minutes, et je peux me laisser aller à nager. *Un trop-plein de bonté, cela traduit une peur de devenir soi-même.*

Dans les vestiaires, une femme m'interpelle : *C'est vrai qu'aux*

États-Unis avant un certain âge on a le droit de partir à la guerre et de mourir pour son pays mais pas de boire de la bière ?

Pas d'humeur, je mens : *Non.*

Les bonnes sœurs remplaçaient *merde* par *flûte*. C'est ce qu'Aloysius grognait chaque fois que je la battais aux échecs : *Et flûte !* Cela me rappelle que Roxanne, à une époque, jouait de la flûte. Elle s'asseyait au milieu de sa chambre, par terre, à la façon d'un Shawnee, et maltraitait l'instrument comme une toxicomane dépressive, *Na na na na…* Sa mélopée convoquait la mort, appelait la pluie, torturait les tympans, *Na na na na*. Je l'implorais, *Arrête !*, tandis que son souffle donnait vie au métal, que ses doigts agiles faisaient sangloter ces notes mélancoliques. Je l'entends encore, cette mélodie, quand mes oreilles forcent la surface de l'eau et écoutent le monde sec et dur.

Flottaison

La pluie cesse, le mur est tapissé de gribouillis indéchiffrables à moins de se pencher dessus. Le ciel change de position, révèle un océan noir, un océan étoilé, un océan de lune ; il règne en ce bas monde un silence tel qu'il réveille le dormeur. Ma chaise postée devant la fenêtre, je lève les yeux. Le monde foisonne de merveilles. Des étoiles en germe tourbillonnent et donnent naissance à des fleurs. Des molécules d'énergie. Des trous noirs. Des trous blancs. Qui rayonnent faiblement. Un univers en perpétuelle expansion que l'on peut remplir encore et encore d'immondices et de rebuts. Mon cerveau m'ordonne : *Compte ! Vingt milliards, dix-neuf milliards neuf cent quatre-vingt-dix-neuf millions neuf cent quatre-vingt-dix-neuf mille neuf cent quatre-vingt-dix neuf...* et j'atterris devant une porte vert foncé, rutilante, encastrée d'une maison gris perle, une gerbe de fougères dentelées jaillissant d'un pot en terre cuite. Près de la porte, une chaise inoccupée, si l'on fait abstraction de la boîte de clous rouillés, des millions, de toutes les formes et de toutes les tailles imaginables, qui se désagrègent lentement. Le perron est peint en blanc mais cette pureté n'a pas résisté au temps ; une ligne grise marque le frottement des chaussures. La moustiquaire sent un peu la poussière. J'appuie sur la sonnette.

À en croire June, aucune raison rationnelle ne peut expliquer que ses parents aient baptisé sa sœur Chan, car elle n'a pas une tête à s'appeler Chan : douce et blonde, elle a le front haut et large des attardés mentaux. Je l'avais croisée, une fois, sur le parking d'un 7-Eleven. Elle fumait tout en mâchant un chewing-gum, un granité à la main, et discutait avec une meute d'hommes qui traînaient une meute de chiens dans leur sillage. Je me souviens de son short en jean, qui laissait voir le V de son entrejambe.

Chan ? Je suis une amie de June.

Je sais qui vous êtes. Elle s'est métamorphosée en petite boulotte morose aux traits bouffis. Des banderoles sont suspendues derrière elle, ainsi qu'un cerf-volant en forme de dragon doté d'une queue rouge.

June était… on s'est perdues de vue. On vient de retirer les fils de ma mâchoire et je continue à zozoter, par solidarité avec mon passé.

Elle soupire. *Elle s'est remise à boire*. Les traits amicaux s'affaissent.

Je soupire en écho. *Beaucoup ?*

Elle se tortille. *Oui.*

Tout le temps ? Je garde les yeux fixés sur ses pieds minuscules.

Aussi souvent qu'une pochetronne, s'esclaffe-t-elle, fielleuse.

Vous savez où je peux la trouver ?

Non, assène-t-elle, et un petit garçon avec une coupe au bol accourt vers elle, lui attrape les jambes et tire dessus. *Je l'avais prévenue, si elle partait avec ce… ce cinglé… en fauteuil roulant, ce n'était pas la peine de rappeler. Et elle m'a prise au mot.*

Jason ? Je m'étonne, le regard vrillé sur l'enfant qui a vrillé son regard sur moi et son index dans sa narine, bien profond.

Oui. Il avait un porte-charge sur le côté de sa camionnette. Elle est partie. Le même jour.

Un porte-charge ? je répète, gagnée par la stupidité.

Oui, déclare-t-elle, et son fils prend la fuite.

Vous savez où exactement en Floride ? je demande, appuyée contre le chambranle.

Quelque part pas loin de West Palm, aux dernières nouvelles, mais elle est furieuse contre moi, avoue-t-elle, reculant d'un pas.

Et ça fait combien de temps qu'elle est… furieuse contre vous ? Le regard plongé dans la boîte à clous.

Six ans. Elle s'agite, nerveuse.

Six ans. Ça fait longtemps, mine de rien. Elle n'est pas… morte, quand même ?

Noooon. Surprise. *Pourquoi morte ?*

Six ans. J'observe le malheureux dragon qui reste bloqué à terre. *Je ne sais pas.*

Quand June boit… – elle me regarde, hausse les épaules –, *elle… vous savez comment elle est, June.*

Elle ne vient jamais vous voir ? Je connais déjà la réponse.

Elle préférerait crever, réplique Chan en croisant ses bras potelés.

Quand vous la verrez, dites-lui que je n'ai pas oublié, au contraire. Et dites-lui merci de ma part. Me détachant du chambranle, j'esquisse quelques pas en arrière.

Je n'y manquerai pas, promet-elle avant de claquer la porte.

Ô mort éternelle, sale crevure, vil dégueulasse

Mon père me rend visite, plus imposant, plus émacié que son ombre opaque. Les cheveux coupés, rasé de près, il porte un costume en flanelle grise et douce, ainsi que de très jolies chaussures. *Les chauves-souris nocturnes arborent d'ordinaire un pelage terne, même si un poil plus sombre que la moyenne n'exclut pas une vie colorée. Les esprits impressionnables ont tendance à y déceler une connexion mystique. Voici quelques-uns des innombrables mystères et merveilles que l'univers soumet à notre sagacité.*

Je dis : *Merci papa*. Il me serre dans ses bras et m'assène une petite tape sur la tête.

À mon réveil, son contact ne m'a pas quittée. Je le touche, regarde par la fenêtre l'épais tapis de neige accumulée sur le rebord. Les flocons n'en finissent pas de tomber, de gros flocons qu'il fait bon se prendre sur la tête, émerveillé. Un essaim tourbillonnant, formant une couche isolante sur les arbres et les pieds des chaises de jardin rouillées, pirouettant, dessinant spirales, vrilles et entrechats, atterrissant sur mon visage, fondant sous ma peau, et neige et moi ne faisons plus qu'une. J'attends un Leonard toujours ponctuel, mes cheveux se cristallisent en stalactites tandis que je regarde les flocons tomber ; une auréole de blancheur dorée couronne les lampadaires du parking, un halo électrique ceint les pavillons de plain-pied réduits à une immense et unique baie vitrée, qui se multiplie à l'échelle du quartier et se répète à l'infini à travers les rues de Glenwood. Je suis seule ; les autres Dauphins sont partis depuis un bon moment. Sa voiture s'arrête devant moi. Avec sa toque à la Boris Eltsine et son sourire penaud, il me dit : *Pardon d'être en retard* et me flatte le crâne. La nuit fragmente son visage dans l'ombre. *C'est pas grave, papa.* Je me glisse sur le siège passager, indifférente aux véhicules que nous croisons sur la route, détachée de tout. Un sentiment de sécurité m'envahit – mon père, son chapeau, ce monde à la douceur glaciale et au feuillage délicat. D'humeur peu bavarde, Leonard ne disserte pas sur l'érosion, la corrosion, la pollution, le désespoir. La climatisation me souffle de l'air chaud en pleine figure et transforme l'habitacle en sauna. Les yeux fermés, je plonge plus profond en moi, vaste entité fluctuante, archipel posé au beau milieu d'une rivière. Mon maillot de bain rouge est frappé du sigle CCG, dessiné en arabesques blanches, et l'été arrive sans crier gare. Je me ragaillardis ; la belle saison me remonte le moral.

Me voici au country club de Glenwood, perchée sur la haute chaise du maître nageur. La canicule s'est abattue sur le pays ; les petits vieux qui n'ont pas l'air conditionné tombent comme des mouches, un par jour minimum. Je badigeonne de zinc mes lèvres et les ailes de mon nez. Les maîtres nageurs ont droit à un déjeuner gratuit et aux sodas à volonté, mais c'est bien le seul avantage. Je me promène jusqu'à la buvette, ma visière rose fuchsia peignant mon univers de couleurs psychédéliques. Je commande deux ou trois bouteilles de Gatorade. J'avais pensé, naïvement, pouvoir rester plantée là, comme tous les autres maîtres nageurs, solides et décontractés, aux orteils bruns et symétriques dépassant de sandales antidérapantes, mais mon responsable de stage, Brent, est un connard qui consacre ses journées à reluquer les filles et me laisse sauver des vies toute seule. C'est ce qu'il m'a annoncé le premier jour : *Si tu as besoin de moi, je suis au bord du grand bassin en train de reluquer les filles.*

La Cocoplat effectue son stage à la piscine du parc aux Blaireaux, sous le patronage d'une ex-Dauphin propriétaire d'une décapotable bleu marine aux sièges en cuir crème. Le premier jour, celle-ci lui a remis un sifflet lors d'une cérémonie parodique à laquelle assistait l'ensemble de l'équipe, parmi lesquels trois beaux mecs. Elles fauchent dans les casiers et se baignent à poil après la fermeture. Elles me doublent à toute allure dans une tempête de klaxons tandis que je gravis la colline à bicyclette, mes mollets macérant dans l'acide lactique. Bron m'a réveillée la nuit dernière, au faîte de la panique. Le regard fixe, j'ai attendu que sa silhouette émerge de l'obscurité et la peur nous a étreintes l'une et l'autre de ses bras puissants. Je l'ai rassurée : *N'aie pas peur. Je suis là.* Et je ne mentais pas, j'étais bien là, près d'elle.

Les gamins du country club ont une drôle de façon de s'amuser. Ils restent allongés au fond de la piscine, les yeux ouverts et les poumons en *stand-by*, jusqu'à ce qu'ils n'en puissent plus ou que je les hisse à la surface, jouant du sifflet à en perdre haleine. Ils flottent aussi sur le ventre, les bras ballants, et respirent en douce via l'entrelacs de leur chevelure. J'en ramène certains sur la terre ferme en appliquant la procédure standard de la Croix-Rouge : il s'agit de les tirer par la nuque, avec douceur, et non par les cheveux, à l'inverse de ce que rapporteront ensuite certains témoins. Les mères me hurlent dessus avant d'aller se plaindre auprès de Geo, maître nageur en chef et despote absolu. Les garnements du country club retiennent la leçon, élaborent de nouvelles stratégies, nagent comme des torpilles puis simulent une crampe et m'adressent des appels au secours convulsifs ; pendant ce temps, Brent reluque les filles enduites d'huile solaire sans se priver de mater les mamans. Sifflant à en perdre haleine, je sors mes noyés de l'eau en appliquant étape par étape la procédure standard de la Croix-Rouge. Eux piaillent et couinent, à croire que j'essaie de leur briser les cervicales. Les mères se réunissent en conseil de guerre, chuchotent, ne s'arrêtant que pour me dénoncer de l'index, moi qui suis juchée sur ma chaise et observe le monde arc-en-ciel en contrebas, une neutralité confondante inscrite sur le visage. Geo me convoque dans son bureau, une pauvre cabane à outils accolée au vestiaire des hommes, prononce son fameux discours *Maître nageur, ce n'est pas à la portée du premier venu* et me rétrograde à la buvette où je développe la recette du pop-corn idéal. Croustillant, avec une pointe de sel, pas d'huile, pas de beurre ni de produit dérivé, aussi léger qu'un nuage, aussi divinement bourratif que du polystyrène.

Geo se balade, nonchalant, un *Désolé* factice imprimé au fond de ses prunelles démoniaques. Je le foudroie de dessous ma visière : *En vrai tu t'appelles George, et tout le monde le sait.*

Mes deux semaines bouclées, je retrouve Brent, Geo et le coach Stan pour mon évaluation. Geo et Brent carillonnent à l'unisson, deux cloches réclamant l'intervention du Père Éternel.

Abuse du sifflet.

Abuse de son autorité.

Application dangereuse des procédures de sécurité.

Brent : *Elle aurait pu blesser un des gosses, coach. Elle a causé pas mal de tension parmi nos… parmi les mamans.*

Geo : *Je t'assure, Stan, c'est la première fois que je vois un truc pareil.*

Morte de honte, je m'avachis sur ma chaise. Stan considère les deux maîtres nageurs des siècles durant, sans souffler mot. Ce silence nous écrase à la façon d'une coulée de boue. Lui, enfin : *Vous me prenez pour un con ou quoi ? Elle a l'étoffe d'un maître nageur hors pair. J'aimerais jeter un œil aux méthodes de formation que vous employez. Je conteste vos conclusions et je vais faire appel. L'enquête vous pend au nez. Si vous voulez vous mesurer sur le terrain, c'est sur elle que je mise. La balle est dans votre camp, messieurs.*

Sa chaise penchée en arrière, Geo mastique une tablette de chewing-gum vert. Au *messieurs* il se pétrifie, estomaqué.

Stan le toise, imperturbable.

Geo s'incline vers l'avant, sa chaise retrouve sa stabilité dans un fracas assourdissant.

Je sens la joie m'irriguer des pieds à la tête, les poils de mes bras se hérisser sous l'effet de l'excitation, les rouages les plus secrets de mon cerveau valser au rythme du quadrille archaïque de la stupéfaction. Bras croisés, yeux plissés, je lance : *Bye bye, le Gatorade gratos.* L'air de la pièce est vicié par la testostérone, l'huile de bronzage, l'oxyde de zinc, le Fanta, l'Old Spice, les pieds qui puent, les chaussures qui fument, les raquettes de tennis, la Javel, le rot à la saucisse. J'entends les pendules faire tic tac et les golfeurs murmurer de leur voix basse de golfeurs.

C'est plié en quelques secondes. Geo avale sa salive, sa mâchoire s'active, la vie va de l'avant. *D'accord. Elle est reçue.*

Stan me ramène à la maison. En chemin nous nous arrêtons pour déguster une glace ; appuyés au capot brûlant de sa voiture, nous la léchons à toute vitesse de peur qu'elle ne fonde.

Stan adore enfoncer des portes ouvertes. *Mazette, c'est froid !*

J'ai du mal à m'en remettre. *Comment vous saviez que Geo s'appelle George ?*

Stan reste de marbre. *Ça n'avait rien à voir avec Geo ; c'était toi le sujet du jour.*

À table, ce soir-là, Bron m'interroge : *Alors Buffy, le stand de pop-corn, ça roule ?*

Leonard s'étonne : *Quel stand de pop-corn ? Qui est cette Buffy ?*

Échange de regards entre Bron et moi. Elle sourit et de fines pattes-d'oie se creusent au coin de ses yeux. *Oh rien.*

Mon cœur s'emplit d'un amour démesuré, infini, envers les surprises phénoménales que nous réserve l'existence et envers tout ce qui s'y rattache. Parfois, Bron accomplissait des miracles.

Je ne revois sœur Fergus qu'une seule fois après les J.O. de Los Angeles. Elle est dans son cercueil, recroquevillée sur elle-même, le visage aussi lisse que celui d'un gisant, son long chapelet aux grains polis et à la lourde croix s'entremêle à ses doigts cireux. Le remords me taraude au moins une fois par semaine, surtout à l'approche de Noël. Elle a des sourcils blancs, des moustaches de chaton. Je ferme les yeux, les cloches carillonnent, les bonnes sœurs lèvent les yeux vers l'ardeur aveuglante du soleil.

Je fuis le cimetière, j'évite coûte que coûte d'y mettre les pieds. Les fleurs, les bougies, les plaques commémoratives peintes à la main, les plantes en pot, très peu pour moi. Je ne tombe pas à genoux sur son cadavre enseveli six pieds sous terre. Je ne me traîne pas aux pieds des Bilieuses pour extorquer des informations connues des seules initiées. Je n'implore pas Dieu de m'accorder un aperçu véridique du paradis. Cloîtrée chez moi, je bataille ferme avec ma conscience :

Va au cimetière.

Plus tard.

Non, sérieusement. Va au cimetière.

Plus tard, bientôt.

J'arpente les rues de Paris, n'effleurant que fortuitement ce qui importe vraiment, de crainte que cela ne me tue – auquel cas je mourrai, fatalement. J'extirpe cette pensée de mon esprit, la pose au fond du bac de douche, ouvre à fond le robinet, regarde l'eau la chasser dans la bonde mais, la nuit, je ne suis plus la même. Mes crises de délire, le Russe les comprenait. Les yeux vrillés sur moi, il répétait : *Ça va s'arranger, ne t'inquiète pas*. Moi, je le croyais sur parole.

Petit, plus petit encore, jusqu'à l'éclipse totale

Je prends l'habitude de flâner la nuit, histoire de prendre le pouls de la ville. Des cohortes de gens insouciants défilent sous des strates de lumière artificielle ; cinq gamins échangent des passes dans un parc sculpté par les ombres ; une blonde décharnée sanglote dans son téléphone ; des couples se pelotent au bord de l'eau, des flics mignons armés de mitraillettes déambulent par groupes de trois ; immeubles, fenêtres, jardinières, tout brille de mille feux, les gens mangent, les coudes collés au corps, des tranches de pain se dessèchent dans un petit panier en osier, les bougies vacillent, les briquets cliquettent, l'eau coule, l'église réprimande, les gargouilles rigolent, les saints protègent, une Jeanne d'Arc plaquée or se replie sur elle-même, l'ombre dorée de Dieu se reflétant dans ses pupilles, des crêpes cabriolent, du beurre fond, un poivrot pisse, un homme en smoking pique un sprint, une femme dotée d'un visage mauvais et de chaussures improbables clopine, les taxis s'estompent, l'obscurité canalise une chaleur terne, caoutchouteuse. La tour Eiffel braque sur le firmament des faisceaux lumineux qui ne capturent rien, hormis des nuages renégats. Je m'installe sur un banc et dresse la liste de tout ce que je suis capable de faire :

Me lever à dix heures, je peux.

Dévaler sur une luge une colline qui surplombe une autoroute, je peux.

Faire des tours d'auto tamponneuses du matin au soir, passer pour la fille bizarroïde à la fête foraine, je peux.

Réduire des objets en bouillie à l'aide d'un marteau, enfiler des bottes, aller dehors et abattre un arbre, je peux.

Décoller en snowboard d'une saillie verglacée et planer dans l'air raréfié, je peux.

Me faire mousser et injurier des inconnus, je peux.

Coucher avec des non-nageurs, en trouver un à mon goût, je peux. Ensemble on aura neuf bébés ; aucun ne mourra. Je leur apprendrai des choses, je remplirai le monde, je n'aurai pas une minute à moi.

Reprendre mes études, apprendre quelque chose qui restera gravé dans ma mémoire, je peux.

Prendre une douche le matin et rester sèche le reste de la journée, je peux.

Prendre du sirop contre la toux quand je tousse, de l'aspirine quand j'ai mal au crâne, je peux.

Me caparaçonner de saindoux, me confectionner un double menton, je peux.

Forcer les gosses à bien nager en leur fichant la trouille, je peux. J'aurai un chronomètre rien qu'à moi, que je démarrerai quand bon me semblera. Je les enguirlanderai jusqu'à les faire pleurer et les obligerai à retourner dans l'eau.

Visiter toutes les villes du monde, libre comme l'air, je peux.

Glander jusqu'à ce que ça me sorte par les trous de nez, je peux.

Les yeux fermés, j'enfile mes rollers et fonce en arrière aussi vite que le permettent mes jambes. Maman est enceinte jusqu'aux yeux, sa pauvre tête semble avoir doublé de volume ; les mains posées sur son ventre distendu, elle regarde le ciel. Je fais coucou, virevolte, refais coucou, ma queue-de-cheval vole au vent. Leonard : *Je vais te raconter l'histoire d'une chauve-souris dont la durée de vie était plus courte que ses ailes, mais dans les airs elle était sans égale.* Je passe devant Bron qui n'a pas encore réparé son dix-vitesses ; avec un outil qui ressemble à un soulier de nonne, elle frappe les rayons de la roue. Je décris quelques virages périlleux, tournoie autour d'elle à la façon d'une mouche épileptique. Je sais que je ne tomberai pas.

Ô joie, ô soleil

Postées sur une estrade plongée dans l'obscurité, Lilly Cocoplat et moi attendons que les lumières s'allument. Cela prend un temps fou ; je commence à m'agiter. Lilly, qui perçoit ma nervosité, saisit ma main sèche et chaude dans la sienne, moite et poisseuse. Elle porte une robe à smocks, jaune et empesée, garnie de petits boutons verts, avec des marguerites dans les mêmes tons brodées sur le corsage. J'ai enfilé quelque chose de violet qui me serre de partout. Soudain, les projecteurs nous aveuglent. Applaudissements du public. Je plisse les yeux. Mon palmier planté de biais – une idée de ma mère – bride mes paupières, à la chinoise. Je m'en moque, trop occupée à répéter les paroles dans ma tête. S'ajoute à la chanson une chorégraphie alambiquée de danse moderne, mais je m'en préoccuperai lorsque la musique démarrera. Tout cela me semble infaisable, horriblement compliqué.

La Cocoplat se lance. *Plus heureuse que moi, y a pas. J'aime Dieu, j'aime le ciel bleu.* Leonard a ciré mes chaussures qui reluisent d'un éclat resplendissant. J'observe le reflet de mon visage entre les lacets. *Merci papa.* Il est facile à repérer dans l'assistance, immense tache en fusion qui plane au-dessus de la mêlée. Je lui adresse un sourire, puis un discret salut esquissé avec deux doigts. Pour le moment je ne compte aucun mort dans mon entourage, je ne sais pas situer la Russie sur un planisphère et la natation est cantonnée au rôle d'activité extrascolaire. J'enchaîne, d'une voix de crécelle : *Plus chanceuse que moi, y a pas. Merci au soleil qui brille, aux étoiles qui scintillent.* J'arbore une petite croix en or. Quand je sautille, ses pointes se plantent dans ma peau. Les garçons ? Des crétins. Je ne les aime pas. Si d'aventure l'un d'eux tente une approche, nous faisons des grimaces, des bruits de pet avec nos aisselles, et nous nous pinçons le nez très fort. Sœur Joy malmène le clavier ; c'est une bonne sœur qui a les nerfs à fleur de peau et joue avec les tripes. *Pour moi c'est le bonheur.* La Cocoplat exécute une pirouette parfaite. Je pirouette à mon tour, ma queue-de-cheval me fouette les yeux ; voilà qui n'était pas prévu au programme.

Je crois en Dieu ; Il est Vieux, Il est Fort, Il déborde d'Amour et les pécheurs, Il en fait des papillons cramés quand ça Lui chante à l'aide d'un éclair qui jaillit de Son Auguste Main. Je connais par cœur les sept péchés capitaux, je peux les réciter dans l'ordre : *superbia, avaritia, luxuria, invidia, gula, ira, acedia.* J'évite Jésus, un peu refroidie par la couronne d'épines. Je dérape, me rattrape de justesse. *Plus heureuse que moi, y a pas.* Nous tourbillonnons ensemble, valsons main dans la main, la Cocoplat se dandine, aussi légère qu'un oreiller, je la traîne un peu, nous rectifions notre position avant d'échanger un regard. Ses yeux me disent que tout est super. Mes yeux lui répondent que tout est génial. *Et quand Il me prend dans Ses bras, oooooh doux agneaux venus de fermes douillettes.* Nous ne connaissons pas encore la joie de remplacer les paroles originelles par des mots orduriers, mais le potentiel est là. *Plus chanceuse que moi, y a pas. Merci au soleil qui brille, aux étoiles qui scintillent.* À genoux nous nous balançons telles des fleurs, tournoyons et, la tête calée au creux des bras, faisons mine de nous assoupir. Les lumières se rallument et le public s'embrase. Ce sont mes premiers vivats ; mon cœur s'emplit d'un amour illimité envers l'existence et tout ce qui s'y rattache. Joy se met debout, esquisse une révérence et, bras levés, désigne la scène. La Cocoplat s'incline, nous nous tenons par la main. Ovation générale. La Cocoplat pirouette ; je pirouette avec elle. J'ignore que les vagins saignent et se couvrent de poils, que rien ne distingue les bonnes sœurs du reste de l'humanité, à l'exception de leur accoutrement. Nous nous mettons à danser. À l'improviste. Cette spontanéité m'électrise. Série de bonds et de sautillements surexcités ; la croix me perfore la peau, la queue-de-cheval me fouette la bouche. En coulisse, Fergus nous appelle. *Venez, les filles ! Tout de suite ! Allez, les filles !* Nous l'avions complètement oubliée. Nous ne connaissons pas la mort, même si nous avons conscience qu'une menace rôde non loin. *Venez ! Allez, on se dépêche !* C'est la première fois que je me retrouve, à proprement parler, hypnotisée ; je suis ses mains du regard, les yeux comme des billes de loto. Lilly, immunisée, pivote une dernière fois sur elle-même puis fait la révérence. Fergus me tire doucement par la main et, de l'autre, pousse l'un des grands sous les feux de la rampe. Celui-ci refoule Lilly dans la pénombre et nous nous jetons dans les bras l'une de l'autre. Pour nous le rideau est tombé, mais les applaudissements crépitent encore à nos oreilles.

Je contemple des nuages dodus qui se fraient un chemin à travers un ciel noir de jais, le profil déchiqueté de Paris illuminé en contrebas. Elle doit être divorcée de son avocat, entourée de la nombreuse tribu Cocoplat qui lui apporte un soutien indéfectible. Je lui téléphone.

Lilly, ça va ?

Oui. Mieux.

Mon ignorance a vécu. Désormais, je sais que la nature nous destine à flotter, que nous sommes des êtres doués de souffle, respirant naturellement, que notre souffle est réglé à la microseconde, à la nanoseconde près, vers l'arrière comme vers l'avant. J'explique à Lilly ces choses évidentes, nous en débattons, elle conclut : *Oui, tu n'as pas tort. Mais les mecs sont tous des connards.*

Je jargonne, façon bonne sœur : *Je ne te contredirai pas, chère amie, mais la mort ne saurait être plus problématique que la naissance, quand bien même ces deux phénomènes se valent sur le plan de la matérialité, nonobstant le mouvement apparent de l'astre solaire à travers la voûte céleste, les phases d'une lune capricieuse, le battement d'un cœur humain. Aussi ne nous reste-t-il qu'à oublier tout ceci et à nous offrir des sodas multicolores.*

Elle réplique sur le même ton : *Certes, mais je dois présentement me rendre chez le coiffeur, car ma chevelure manque d'humilité et de discipline.*

J'en remets une louche : *En vérité je te le dis, l'être humain doit prendre garde à ne pas fourvoyer son âme dans ces vastes tergiversations.*

Et nous rions aux éclats.

Allons, allons

J'écoute la radio parler de la pluie, examine une mappemonde, fredonne. *Je jure de vivre chaque journée qui passe comme s'il m'en restait des milliers.* Le ciel crache de la chevrotine sur l'Europe centrale. Berlin se voile d'une couche nuageuse qui déboule de la zone dense de Schwerin, traverse la mer Baltique puis l'Atlantique, franchit le Groenland, s'abat sur l'État de New York d'où elle remonte la vallée du Mississippi. Un soleil de plomb calcine le sud de la Californie tandis qu'un raz-de-marée dévore des pans entiers de la côte de la Floride ; certains ont leur vie contenue tout entière dans leur voiture ; d'autres transportent leurs possessions terrestres sur leur dos. Ma mère est plongée dans un livre de haute volée qui traite de l'agoraphobie en tant que système de défense comportementalo-cognitive asymptomatique, livre que le shérif joufflu a commandé à son intention. Elle ne quitte pas son lit, un paquet de M&M's entamé à portée de la main. Elle envisage de donner une seconde chance au monde extérieur. En ville s'est installé un nouveau généraliste qui lui a expliqué que les pensées ne peuvent pas tuer, et pour une fois nos névroses sont synchrones puisque Esther s'échine à m'enfoncer la même idée dans le crâne. Le médecin a ajouté que les sentiments sont eux aussi incapables de donner la mort, peu importe leur charge négative. En proie à un soulagement indicible, maman s'est jetée à genoux, pleurant à chaudes larmes, et a bien failli avoir une crise de nerfs en souvenir du bon vieux temps.

J'ai dévisagé Esther : *Franchement, ça m'étonne.* Elle : *C'est prouvé : les êtres humains ne peuvent pas se tuer à coups de sentiments et de pensées. Imaginez l'hécatombe, sinon.*

Maman : *J'ai eu envie de lui baiser les pieds.*

Moi : *Tu t'es retenue, quand même.*

Maman : *Bien sûûûr.*

Esther : *Vous avez cru que c'était possible de se suicider par hypoglycémie ?*

Moi, mythomane : *Pas vraiment.*

Esther : *Vous aviez l'impression de mourir, alors vous vous êtes convaincue que ça vous arrivait pour de vrai.*

Moi, sincère : *Oui, tout à fait. Comme si tout était fini, enterré à jamais.*

Esther : *Vous comprenez maintenant ? Tout se passe dans la tête.*

Moi : *Oui, je comprends, Esther. Dans la tête. Mais c'est comme ça que je suis devenue championne. Que j'ai accompli tout ce que j'ai accompli.*

Son rendez-vous bouclé, maman regagne la maison en voiture et remonte les rues mouchetées de Glenwood, les vitres grandes ouvertes, le vent balayant ses cheveux dans trois directions : haut, bas, dehors. Je la félicite : *Bravo, maman. Je suis superheureuse pour toi.* Elle : *Merci.*

Je quitte le cabinet d'Esther et rentre chez moi à pied, alors qu'une lumière grise s'insinue dans le vert des feuillages. *Je jure de vivre chaque journée qui passe comme si c'était la dernière.* Le pressentiment m'envahit de fins horribles, de morts atroces – *c'est dans ma tête* –, je laisse ces flashes me doubler comme autant de ténébreux poissons. Je passe devant une pâtisserie orientale : une débauche d'amandes pilées, de sucre, d'huile, le tout nappé d'un miel ambré. Une seule de ces douceurs me rendrait à coup sûr malade comme un chien, dix-sept heures d'affilée, et engendrerait des visions d'apocalypse. Je n'entre pas : quel intérêt ?

Coiffé d'une casquette de base-ball extralarge, le père Tim se tient sur un terrain de football. Il s'est fait retirer un grain de beauté suspect sur le lobe de l'oreille, ce qui a creusé un cratère dont les élèves s'amusent ; désormais, il se montre vigilant. On devine le Russe vêtu d'un complet bleu marine à travers une fenêtre miroitante qui reflète des millions de fenêtres miroitantes et un petit rectangle de ciel strié d'orange. Il est seul. Fredrinka Kurds s'autorise une courte sieste ; elle dort sur le côté, les mains glissées sous le menton. Sœur Fergus, invisible, tourbillonne ; ses radiateurs, ses pastilles au citron, ses pneus offerts par une âme charitable, ses jambons de Virginie, ses émissions cul-cul, tous flottent dans son sillage, métamorphosés en courant d'air, comme une traîne de poussière magique. Assise sur le trottoir, à côté de son vélo dix-vitesses, Bron natte ses cheveux d'une main négligente ; ils sont plus blonds qu'avant, elle est aux anges. Elle arrête de se laisser vieillir : *Ça ne me sert plus à rien, je suppose.* Les cheveux coupés ras, Leonard décide de partir pour de bon. Il me regarde avec cet air qu'il prend lorsqu'il lit un article sérieux : *Je vais devoir m'éclipser, mon sucre d'orge.* Débarrassé de la gravité, il se propulse vers l'arrière comme un astronaute, et me salue. *Vise l'impossible ; ça t'aidera à t'occuper sainement.* Je le salue à mon tour : *Merci, papa, je m'en souviendrai. Au revoir, papa, à bientôt. Je t'aime, je t'aime.* Assise dans une voiture, June boit quelque chose qui ne brûle pas ; elle a refoulé les reliques du passé pour n'y faire face qu'à son dernier jour ici-bas. Roxanne est enceinte ; assise à côté de son maestro, parcourue de convulsions sismiques, elle pleure toutes les larmes de son corps. *Comment quelqu'un comme moi peut avoir un enfant ? Comment quelqu'un comme moi peut avoir un enfant ? Comment quelqu'un comme moi peut avoir un bébé ?* À ses côtés, le maestro ressent une joie si vive qu'il en est mal à l'aise. Dot sillonne le centre-ville de Seattle ; la tête posée contre l'appuie-tête, elle plisse les yeux pour contrer les assauts d'un soleil timide. Elle fréquente un certain Andrew, qu'il est inutile d'améliorer puisqu'il frôle la perfection. Dans sa cuisine, Peggy, perplexe, se demande ce qu'elle peut passer au mixer ; la veille elle a réduit en purée des pommes de terre, du potiron et vingt grammes de poisson cuit à la vapeur, que les deux bébés ont jugé bon de recracher sur leur grenouillère de velours blanc. Elle porte un pantalon en molleton baissé sous le ventre et un T-shirt de hockey. La Cocoplat se fait prescrire des lunettes ; elle a déjà en tête un modèle précis – celui à la monture épaisse et lourde qui modifie les traits du visage. Comme elle s'installe à Minneapolis, elle veut avoir l'air intelligente.

De ma vie, je n'ai pas pris la moindre décision ; ce dont je suis sûre, c'est que j'aime nager, voilà tout. *Je jure de vivre chaque journée qui passe comme si elle signifiait quelque chose.* Madame Madame m'ayant vivement recommandé de rafraîchir le mur, je suis son conseil. Une couche pour recouvrir les médailles. Une couche sur les chapelets des bonnes sœurs qui sirotent leur granité sur le parking du Kmart, une autre sur la cigarette jaune d'Ahmet Noorani qui fume dans la neige, une dernière pour effacer la classe de petits autistes de onze ans qui flottent sur le dos, paisibles, dans une piscine chauffée et ombreuse sous le regard attentif de leurs mères. Lorsque je leur apprends la technique du dauphin, la joie éclate dans leur cœur. Je recouvre le ciel alors qu'il se fend en deux et crache des obus mouillés sur les plaines du Kansas, je recouvre Ernest K. Mankovitz qui pêche tout seul en haute mer, petit soldat de plomb à bord d'un rafiot en fer-blanc. Du pouce et de l'index, il amorce son hameçon. À la lumière, le ver apparaît translucide. On raconte qu'ils ne sentent rien, mais comment en être sûr ? Pas un seul nuage à l'horizon. Je fais disparaître la coquille de noix tandis qu'elle tangue au gré des vagues qui s'en vont rugir sur la plage. Je fais disparaître la côte, l'arrière-pays, sans oublier les plaines. Je peins sans relâche jusqu'à ce que le mur soit d'une blancheur immaculée.

Ma valise est prête, ses sangles bouclées. Derrière la porte, madame Madame s'apprête à frapper, nimbée de cigarette froide et de savon à la rose. Une pensée prend forme : *Le début de la fin.* Je la cueille, l'escamote, forge un substitut : *La fin du début.* Je lui rendrai les clefs, lui ferai deux bises, et ce chapitre sera clos. Une émotion monte en moi, ma gorge est comprimée par un sanglot que je garde en réserve comme un pélican. J'ignore ce que le destin me prépare. Je n'en ai pas la moindre idée. Les profanes croient que négocier un virage, cela consiste à exécuter une galipette ; ils se trompent. En fait, on roule sur soi-même. On imprime une rotation à ses épaules, on plie les genoux, on s'appuie fermement au mur des deux pieds, on pousse aussi fort que possible et on se laisse glisser.

Remerciements

Merci à Bill Clegg.

Merci à Jordan Pavlin.

Merci à Maria Montclaire de Montonnaire Massey, Carole Devine Carson et Leslie Louise Amandine Levine.

Merci à Matt Hudson, Hannah Josephine, Carol Gewirtz, Chad Kia, Alice Notley, Marie Houzelle, Amanda Bay et Hugh O'Neill.

Merci à ma famille pour le matériau littéraire qu'elle me fournit involontairement. Merci à mes sœurs, les magnifiques Hayley, Joeanna, Tara ; à mes frères : James, Emmett, Andrew et Geo. J'adresse un salut en aparté au docteur James Keegan.

À la mémoire de ma grand-mère, May, de mon grand-père Daniel et de Margaret Morse Youngman.

Merci à vous, Margaux, Sasha et Roman, pour votre vitalité, votre patience, votre amour, votre humour. La vie n'a aucun sens sans vous.

Et merci à mon mari Philippe. Si ce roman existe, c'est d'abord grâce à toi.

Réalisation : PAO Éditions du Seuil
Achevé d'imprimer par Normandie Roto Impression s.a.s.
à Lonrai (Orne)
Dépôt légal : mai 2010. N° 620 (101678)
Imprimé en France